AF276090

Adivina quién soy

Megan Maxwell

Adivina quién soy

Adivina quién soy, 1

Esencia/Planeta

La lectura abre horizontes, iguala oportunidades y construye una sociedad mejor.
La propiedad intelectual es clave en la creación de contenidos culturales porque
sostiene el ecosistema de quienes escriben y de nuestras librerías.
Al comprar este libro estarás contribuyendo a mantener dicho ecosistema vivo y
en crecimiento.
En **Grupo Planeta** agradecemos que nos ayudes a apoyar así la autonomía creativa
de autoras y autores para que puedan seguir desempeñando su labor.
Dirígete a CEDRO (Centro Español de Derechos Reprográficos) si necesitas fotocopiar,
escanear, distribuir o poner a disposición algún fragmento de esta obra (www.cedro.org;
91 702 19 70 / 93 272 04 45).
Queda expresamente prohibida la utilización o reproducción de este libro o de cualquiera
de sus partes con el propósito de entrenar o alimentar sistemas o tecnologías de
inteligencia artificial.

© Megan Maxwell, 2014
© Editorial Planeta, S. A., 2021
    Avda. Diagonal, 662-664, 08034 Barcelona (España)
    www.esenciaeditorial.com
    www.planetadelibros.com

Adaptación de la cubierta: Booket / Área Editorial Grupo Planeta
Imagen de la cubierta: Shutterstock
Primera edición en Colección Booket: noviembre de 2021
Primera edición en esta presentación: enero de 2026

Depósito legal: B. 21.123-2025
ISBN: 978-84-08-31417-2
Impreso en España

Biografía

Megan Maxwell es una reconocida y prolífica escritora del género romántico que vive en un precioso pueblecito de Madrid. De madre española y padre americano, ha publicado más de sesenta novelas, además de cuentos y relatos en antologías colectivas. En 2010 fue ganadora del Premio Internacional de Novela Romántica Villa de Seseña, y en 2010, 2011, 2012 y 2013 recibió el Premio Dama de Clubromantica.com. En 2013 recibió también el AURA, galardón que otorga el Encuentro Yo Leo RA (Romántica Adulta). En 2017 resultó ganadora del Premio Letras del Mediterráneo en el apartado de novela romántica. Y en 2025 fue galardonada con el premio Inspira Lectura, otorgado por Women Inspira, del periódico *La Razón*. Ese mismo año recibió también el Premio Honorífico a toda una carrera otorgado por los Premios Caligrama. *Pídeme lo que quieras*, su debut en el género erótico, fue premiada con las Tres Plumas a la mejor novela erótica que otorga el Premio Pasión por la Novela Romántica y llevada a la gran pantalla por Versus Entertainment y Warner Bros. Pictures España. Por otra parte, *A qué estás esperando* fue convertida en serie de televisión por A3 Player.

Encontrarás más información sobre la autora y su obra en:

🅧 @MeganMaxwell

f @Megan Maxwell

◎ @megan__maxwell

🌐 https://megan-maxwell.com

Para todas aquellas personas que besan con ternura, disfrutan del ser ama-
do con locura, se entregan a él con pasión y, cuando están en la intimidad,
entre juegos y caricias, les murmuran al oído:
«Adivina quién soy», y sonríen.
¡Espero que os guste la novela!

1

Y no me importa nada

Playa de las Teresitas,
Tenerife (España). Mayo 2012

¡Me asfixio!

Sergio me besa y yo me asfixio.

No es por su beso, es por el calor tan tremendo que hace en el interior del coche. Me gusta que me bese, pero estoy tan acalorada que la angustia comienza a apoderarse de mí. Muevo la mano en busca del botón para bajar el cristal de la ventanilla y él, al darse cuenta, me pregunta:

—¿Qué haces?

Sudorosa y a punto del desmayo, respondo:

—Necesito aire. Baja el cristal de las ventanillas, ¿no ves que estamos sudando?

Sergio, mi chico desde hace seis meses, me mira y, besándome el cuello, murmura:

—Hay demasiados coches alrededor y nos verán.

—¿Y qué más da? —pregunto, chorreando de sudor.

Mi guapo acompañante, un morenazo de los que a mí me gustan, dice excitado y deseoso de continuar:

—Verán que estás sin camiseta y luego la gente hablará.

Eso me toca la moral.

Me importa un pito lo que piense la gente y así se lo digo:

—Lo que hable, piense o imagine la gente sabes que me da igual.

—A mí no —sentencia como siempre.

Voy a protestar, pero su boca cubre la mía, de modo que no puedo hablar. Su respiración se acelera y noto que tantea por mi espalda para abrir el cierre del sujetador. Me arqueo un poco para facilitárselo, pero nada. Parece que... parece que... no atina.

Es un poco torpe, para qué lo voy a negar.

—No quiero que vayas mañana a trabajar a ese hotel —me dice.

Deseosa de que me desabroche el sujetador de una vez, musito:

—No empieces con eso.

—Yanira —insiste—. Los hombres te mirarán y...

—No me vengas con celos, que sabes que eso a mí no me va.

Si algo tengo claro es que ni soy celosa ni quiero dar celos. No creo en el amor ni en la pareja. ¿Por qué? Pues porque cuando yo tenía veinte años, un neozelandés que vino de vacaciones a Tenerife me rompió el corazón y, tras sufrir el desengaño de mi vida, me lo blindé a prueba de amoríos y tonterías románticas. ¡Paso de ellos!

No soy una princesa que busca a su príncipe azul, especialmente porque creo que los príncipes no existen y, de ser así, desde luego yo no los veo.

Cuando me despidieron de la guardería, decidí intentar cumplir mi sueño, que es ser cantante. Y, para mi suerte, el Grand Hotel Mencey me ha contratado como chica de coro para las actuaciones nocturnas. Pero como siempre, lo que a mí me hace feliz, a este tontorrón que se cree mi novio no le gusta e insiste:

—Prefiero que continúes trabajando en la tienda de tus padres.

—Pues yo no —resoplo—. Yo preferiría seguir trabajando en la guardería, pero para mi desgracia me despidieron. Por lo tanto, a cantar. Que me gusta, dicen que lo hago bien y ahora puedo dedicarme a ello —sentencio.

Durante unos minutos continúa la lucha con el cierre de mi sujetador, mientras yo sigo sudando y sudando. Cuando ya no puedo más, me retiro y le grito tan enfadada que casi se me saltan las lentillas:

—¡Dej...!

Pero su boca va directa a la mía y no puedo decir nada. La respiración se le acelera mientras me besa y, torpemente, tantea de nuevo el cierre del sujetador intentando desabrocharlo. Espero que esta vez acierte. Pero no lo hace...

¡Será torpón!

Durante varios minutos sigue en su lucha mientras yo sudo y me acaloro más, hasta que, ya harta, lo aparto de un empujón e insisto:

—Baja la ventanilla, por favor...

—No.

—¡Me muero de calor!

—He dicho que no.

Intento entenderlo. Intento todo lo imaginable, pero cuando siento que me voy a desmayar, exijo:

—O bajas la ventanilla o me bajo del coche.

Me mira boquiabierto y yo levanto las cejas.

Sergio es mi último ligue. Es el hermano mayor de un amigo de mis hermanos mellizos. Recuerdo que cuando vino a buscar al chico a casa, pensé: «¡Qué tío más interesante!». Pero cada día que pasamos juntos, queda patente que no estamos hechos el uno para el otro.

Siempre me han atraído los hombres mayores que yo. Su personalidad me encanta, mientras que los de mi edad me aburren soberanamente.

No soy una devorahombres, pero tampoco una monja de clausura. He aprendido que en la vida he de intentar coger lo que me gusta y el sexo es una de las cosas que me atrae y disfruto.

Por suerte, tengo una familia muy liberal que no se asusta por los cotilleos de vecindario. Papá y mamá tuvieron que sufrir su propia ración de habladurías cuando se conocieron y se enamoraron, y hoy por hoy lo único que les preocupa es que sus hijos sean felices y buenas personas... El resto les da igual.

La verdad es que Sergio es una excelente persona, pero su carácter y el mío son demasiado diferentes. Me repatea que sea tan controlador, tan poco aventurero y tan remilgado.

No se come en su coche.

No se fuma en su coche.

No se pone la música alta en su coche.

Si vuelvo de la playa con la tabla de surf, no puedo ir en su coche porque se lo lleno de arena.

Lo que al principio me pareció gracioso y me hacía reír ahora no lo soporto. Normalmente, no me echan atrás los problemas y tengo mil ideas para solucionarlos, pero con él todas mis iniciativas han fallado. ¡Es cuadriculado! Y, para remate, ahora no se bajan las ventanillas del coche porque los demás pueden ver lo que estamos haciendo.

¿Por qué no se suelta de una vez el pelo y simplemente disfruta de la vida?

Sin moverse, me mira y dice:

—Si quieres que baje las ventanillas, ponte la camiseta.

¡Flipante!

Ve que estoy mosqueada y sudando como un pollo ¿y lo único que le importa es que me ponga la camiseta?

Sin dejar de mirarlo, toco el botón del cristal de mi lado, pero veo que está bloqueado. Mi mal humor crece, miro a Sergio y siseo:

—Estoy empapada en sudor, ¡¿quieres hacer el favor de bajar la puñetera ventanilla?!

Mi tono de voz parece que lo hace reflexionar, porque se aparta y, frunciendo el cejo, toca uno de los botones y la ventanilla de mi lado baja un cuarto.

—Más —exijo.

Lo piensa y vuelve a apretar el botón hasta que el cristal baja a la mitad. Pero yo necesito aire o me va a dar algo e insisto:

—Sergio, por Dios, ábrelas del todo, ¿no ves que los cristales están empañados?

Pero él sigue obstinado y, cambiando el tono de voz, repite:

—Ponte la camiseta. No quiero que nadie te vea así.

Llevo un sujetador negro que parece un biquini, pero, aun así, Sergio continúa:

—Tenemos familia y...

—Pero ¿qué narices estás diciendo?

—Digo simplemente que tu familia tiene negocios en la isla y que yo trabajo para una correduría de seguros y todo el mundo nos conoce. ¿Quieres que hablen de nosotros?

Este chico a veces me deja sin palabras, pero intentando calmarme, consigo decir:

—Tengo calor, Sergio. Y todo el mundo que está aquí, en el aparcamiento de la playa de las Teresitas, ha venido a lo mismo...

—Tienes veinticinco años, Yanira, y yo treinta y tres.

—¿Y qué?

Pero antes de que conteste, resoplo y me planto de una vez por todas.

—Mira, Sergio, ¡esto no funciona! Y perdona que te lo diga, pero no es cuestión de edad.

Una de dos, o este tío es tonto o tiene cera en los oídos, porque insiste:

—Nos verá todo el mundo y luego la gente habla, ¿no lo has pensado?

Resoplo, resoplo y resoplo. En mi casa, para mofarse de mí me llaman Resoplidos.

Mi paciencia llega al límite al ver sus miradas reprobadoras. Levanto la voz indignada:

—Pero ¿tú crees que alguien se va a fijar en nosotros? Joder, Sergio, todos los que estamos aquí hemos venido para estar con nuestras parejas. ¡Para disfrutar del sexo y meternos mano! ¿Acaso tú te paras a mirar lo que hacen en el coche de al lado?

Al decirlo, miro hacia la derecha y me quedo con la boca abierta.

A escasos metros de nuestro coche, una pareja que está en el suyo con las ventanillas bajadas se lo pasa genial sin importarles el que dirán.

¡Olé por ellos!

Veo cómo ella sube y baja sobre él sin ningún decoro, mientras se besan con pasión y disfrutan del momento sin pensar en nada más. Eso es exactamente lo que yo quiero.

Al darse cuenta de lo que estoy mirando, Sergio sube rápidamente la ventanilla y me espeta:

—¿Qué haces mirando lo que hacen ésos?

De repente me entra la risa floja, algo habitual en mí y que suele desesperar a los que me rodean.

Joder... si antes digo que nadie mira lo que hacen los demás... ¡Si la primera en hacerlo soy yo!

Suspiro y oigo a Sergio decir:

—Creo que será mejor que nos vayamos.

Molesta, yo resoplo de nuevo. ¡Estoy a punto de explotar!

Al verme así, él cambia de idea y finalmente dice:

—Vale, arrancaré el coche y lo llevaré al fondo del aparcamiento. Allí parece que no hay nadie. Tenemos que hablar.

Bueno... bueno.... bueno... Ese «tenemos que hablar» suena interesante.

Aunque lo que me tenga que decir no me preocupa ni me inquieta. El pobre cada día me aburre más con sus remilgos. Y eso que sólo llevamos juntos unos meses. No quiero imaginar lo que podría ser un futuro con él.

Sergio para de nuevo el coche y, efectivamente, en esa parte del aparcamiento no hay nadie; además, la única farola que hay está rota.

A oscuras, e indignada por todo lo ocurrido, salgo del coche. Él sale tras de mí.

—Yanira, esto no puede seguir así.

Asiento. Tiene razón.

—Oh, no... no puede seguir así.

Durante por lo menos media hora, nos decimos todo lo que nos tenemos que decir y ninguno de los dos se corta un pelo. Si él dice, yo respondo. Si yo digo, él responde. Ambos nos llenamos de reproches y una vez hemos sacado todo lo que llevamos un tiempo callando, nos miramos en silencio. Está claro que lo nuestro se ha acabado.

Cuando nos calmamos, me enciendo un cigarrillo. Yo apenas fumo, pero en estos momentos lo necesito. Y de pronto, contra pronóstico, Sergio me quita el cigarrillo, lo pisa, me atrapa contra el coche y empieza a besarme.

¡Oh, sí..., esto sí!

Esta pasión suya fue lo que me enamoró, lo que me cautivó. Lo que hizo que quisiera estar con él. Dejo que me bese. Me encanta cuando se muestra exigente e impetuoso.

La brisa de la playa me da en la cara y siento que recupero las fuerzas.

¡Vivan la brisa del mar y el sexo!

Sergio mete las manos por debajo de mi camiseta y empieza a batallar de nuevo con el broche del sujetador. Definitivamente, es torpe. Sonrío y yo misma me lo desabrocho. Luego me saco los tirantes por las mangas, tiro del sujetador por debajo de la camiseta y, enseñándoselo, digo:

—Obstáculos fuera.

Sergio mira a ambos lados y cuando ve que nadie nos está mirando, sonríe y yo me lanzo a su boca. Mientras nos besamos me toca los pechos y yo, deseosa de continuar la morbosa escena tras nuestra acalorada discusión, me muevo hasta quedar sentada sobre un lateral del capó del coche.

Nos seguimos besando y, en un momento dado, me quito la camiseta y me quedo desnuda de cintura para arriba. Sergio se aparta, me mira y gruñe:

—¿Qué haces?

¡Ya estamos otra vez!

Pero mimosa, le toco el botón del pantalón y digo en voz baja y sensual:

—Tranquilo, está oscuro y nadie nos ve. ¿No quieres que lo hagamos sobre el capó del coche? Vamos..., dame lo que te pido.

Su cara es un poema, pero mi risa se congela cuando dice.

—Lo que planteas es indecoroso. ¡¿Estás loca?!

¿Indecoroso? ¿Loca?

Plan A: lo mando a paseo.

Plan B: olvido lo que ha dicho y continúo.

Plan C: ahora disfruto y luego lo mando a paseo.

Finalmente me decido por el plan B... Quiero que continuemos. Lo agarro de las presillas de los pantalones y murmuro, dispuesta a hacerle cambiar de idea.

—Nadie nos ve. Y si nos ven, ¡que disfruten! Vamos, Sergio... te deseo.

—Y yo a ti... pero...

—Pero ¡¿quéeeeeeeeee?!

Su rostro es un mar de contradicciones. No sabe qué hacer. El Sergio primitivo y apasionado que conozco en la intimidad de una habitación lucha por salir y disfrutar como un loco, pero se niega y responde:

—No soy un exhibicionista.

—Ni yo tampoco... —Sonrío—. Pero sólo estamos tú y yo... No tienes más que desabrocharte el pantalón y...

—No.

—Vamos, tonto... sé que te gusta.

—He dicho que no —replica.

Tiene la respiración acelerada mientras me mira los pechos. ¿Qué le ha pasado? ¿Por qué con el paso de los meses se ha vuelto tan mojigato?

Cuando lo conocí era más atrevido, más osado, más salvaje. Sé que le tienta hacer lo que propongo, le gusta el sexo y a mí me gusta hacerlo con él, pero se resiste. Divertida, agarro uno de mis pechos e insisto, provocándolo:

—Ven...

Pero ni «ven» ni porras. Cogiéndome del brazo, me baja del capó del coche de un tirón, abre la puerta rápidamente y, empujándome, sisea:

—¡Métete dentro!

¡Se acabó!

¡No puedo más!

No me gusta esa orden, ni su voz, ni su gesto. No me gusta y me resisto. Enfadada, me vuelvo hacia él y grito, empujándolo yo también:

—No vuelvas a agarrarme así en toda tu vida, ¿entendido?

—Y al ver su mirada pregunto—: Pero ¿qué narices te pasa?

No contesta. Nos miramos. La furia crece en mí y me pongo la camiseta. Las ganas de sexo se me han evaporado y lo último que deseo en este instante es su contacto.

—No sé qué te pasa —digo—. Siempre tan preocupado por si alguien nos ve.

—Me preocupo por tu...

—Por mi ¿qué? —Y al ver que no contesta, prosigo—: Si realmente te preocuparas por mí, no estaríamos discutiendo. Estaríamos besándonos, acariciándonos y pasándolo bien. ¿Sabes qué?, estoy harta. Harta de tu falta de espontaneidad. Harta de tus limitaciones. Harta.

Mis palabras le calan hondo. Lo sé. Lo veo. Nunca me ha visto tan furiosa como hoy y, dispuesta a acabar la discusión que hemos tenido antes, suelto:

—Mira, Sergio, creo que tú y yo como pareja hemos tocado fondo. No queremos las mismas cosas, somos muy diferentes. Cada día está más claro y yo no estoy dispuesta a cambiar ni por ti ni por nadie y, por supuesto, tampoco te voy a pedir que tú cambies por mí. Eres un tipo genial, maravilloso, pero lo nuestro no funciona. Se acabó.

Sin moverme de mi sitio, veo cómo el hombre que hace unos meses me volvía loca asiente y finalmente dice:

—Tienes razón. Esto no funciona. Yo busco a una chica que me quiera, que me haga sentir especial y tú, Yanira, eso no vas a hacerlo nunca. Lo mejor es cortar.

Al oírlo hablar así, mi nivel de cabreo desciende. Me da pena y asiento. Tiene razón, yo no lo voy a querer nunca como él desea.

—Lo nuestro ha sido bonito —expongo—, pero sabemos desde hace tiempo que no funciona. Me gustas y sé que te gusto, pero no te quiero como debería quererte y...

—Lo sé. No hace falta que lo jures.

Esto lo deja todo claro y, sin ganas de seguir hurgando en la herida, lo miro y concluyo:

—Entonces, creo que hasta aquí hemos llegado.

Sergio asiente con gesto serio y, mirándome, dice:

—Tienes razón. Llevo un mes pensándolo, pero era incapaz de dar el paso. Gracias, Yanira. Me has ayudado a hacer algo que me costaba mucho.

Está claro que ambos pensamos lo mismo y eso me quita un peso de encima. Sergio me pregunta si quiero que me lleve a casa, pero yo no tengo ganas de continuar más rato a su lado, así que me acerco, le doy un beso en la mejilla, cojo mi bolso del coche y respondo:

—No, gracias. Prefiero ir dando un paseo.

—¿Seguro?

—Sí.

—¿Amigos? —pregunta mirándome.

Lo miro a mi vez con afecto. Sergio es una excelente persona y con una sonrisa, contesto:

—Claro que sí, mi niño. Aunque lo nuestro haya acabado, sé que nos tenemos cariño y estaré encantada de poder ser tu amiga. Y ahora quédate tranquilo. Llegaré sola hasta mi casa. Ya sabes que no está lejos.

Él me sonríe y luego sube al coche y arranca. Cuando se va, digo en voz baja:

—¡Que la fuerza te acompañe!

Joder, ¡qué fuerte! ¿Qué hago yo diciendo eso?

¡Soy como el friki de mi hermano!

Eso me hace sonreír y mientras el coche se aleja, no siento pena, ni tristeza, ni desamor. Simplemente, ¡me siento liberada!

Vuelvo a ser dueña al ciento por ciento de mi vida. Me han despedido de mi trabajo y estoy soltera, puedo decidir lo que quiero o no quiero hacer. ¡Menudo lujo!

Miro alrededor y opto por volver a casa caminando por la orilla del mar. Me encanta mojarme los pies y, mientras lo hago, tarareo la canción de Shakira.

Te lo agradezco pero no,
te lo agradezco, mira niña, pero no.
Yo ya logré dejar de amarte.
No hago otra cosa que olvidarteeee.

En Tenerife, la temperatura en mayo es estupenda para caminar, incluso sobre la arena húmeda. Miro el reloj, la 01.40. Sonrío.

Tras un rato siguiendo la orilla, ensimismada en mis cosas, decido sentarme junto a unas hamacas antes de abandonar este idílico lugar e irme a casa.

La luna, la buena temperatura y el sonido del mar son maravillosos. Relajantes. Cierro los ojos e inspiro hondo. ¡Qué bien se respira en mi isla!

Pero de pronto oigo el sonido de unas voces. A escasos metros, tras una barcaza abandonada en la arena, veo a una pareja que, entre risas, se entrega al placer del sexo.

Parapetada tras las hamacas, decido contemplar el espectáculo. Mi respiración se acelera. Nunca he visto nada así en directo y, como soy muy curiosa, no me pierdo detalle. Sus jadeos me excitan.

Estoy a unos escasos cinco metros y no me puedo mover. Sólo puedo mirar... observar... y alucinar con su deleite. Hacen el amor en la playa sin ningún decoro, protegidos sólo por una barcaza a escasos metros del paseo marítimo. Oigo la voz de la mujer, que exige más...

En uno de sus movimientos le veo la cara y la reconozco.

Joderrrrr. Es Alicia, la hermana mayor de mi amiga Coral, que está casada con Antonio. ¡Qué fuerte!

De pronto veo un hombre que se acerca y me intranquilizo. A mí no me puede ver, pero a ellos los va a pillar. Horrorizada, no sé qué hacer, ¿los aviso o no? Pero me quedo atónita cuando, pese a ver que alguien se acerca, ellos dos siguen a lo suyo.

El recién llegado se para junto a la barcaza y se apoya en ella.

Joder... joder. Pero ¡si es Antonio, el marido de Alicia!

Diosssssssssss, ¡qué pillada!

Se va a liar una buena y yo estoy en primera fila.

Pero, de pronto, contra todo pronóstico, oigo que Antonio pregunta:

—¿Lo pasáis bien?

Ellos jadean en respuesta y Antonio, sonriendo, se desabrocha el pantalón y se acerca a Alicia, luego, sacándose el pene del calzoncillo, se arrodilla, se lo introduce a ella en la boca y dice con voz ronca:

—Vamos, cariño..., sé que lo estás deseando.

¿¡Cómoooooooooo!?

¡Si antes estaba ojiplática, ahora lo estoy aún más!

Ahí está Alicia, entregada al placer del sexo con un tío, llega su marido y, en vez de liarla parda y hacer que rueden cabezas, se une a la fiesta.

¡Increíble!

Durante varios minutos, observo sin respirar cómo el trío jadea y lo pasa bien. Nunca he visto nada igual.

¡Esto supera las tontas pelis porno que he visto a veces!

Sus roncos gemidos suben de decibelios, o quizá soy yo, que cada vez los oigo más alto. No puedo dejar de mirar. ¡Me he quedado clavada en la arena, sin poder quitar ojo! Hasta que finalmente los tres gritan sin decoro al alcanzar la liberación.

Ellos respiran agitados. Yo no respiro.

Ellos sonríen y hablan. Yo estoy sin palabras.

Cinco minutos después, los tres se visten y oigo cómo Antonio y Alicia invitan al desconocido a tomar algo en su bar, que han inaugurado hace poco.

Con la boca seca y la cabeza como un bombo, los observo alejarse mientras me tiemblan las piernas, el corazón, las raíces del pelo, ¡todo! ¡Me tiembla todo!

Cuando me quedo sola, aún con tembleque, me enciendo un cigarrillo y proceso lo que he visto.

Porque es verdad que lo he visto, ¿no?

Me pellizco el moflete y doy una calada.

Sí, lo he visto. ¡Decididamente, lo he visto!

Cuando me termino el cigarrillo, me pongo de pie. Veo que las piernas me sostienen y echo a andar. Veinte minutos más tarde entro en mi casa y lo encuentro todo en silencio. Mis abuelas y mis padres con toda probabilidad, estarán en la tienda de souvenirs que tenemos en el paseo marítimo de la capital de la isla, Santa Cruz de Tenerife.

Al pasar junto a la puerta de mis hermanos Garret y Rayco oigo risas y jaleíllo. Deben de estar jugando con los frikis de sus amigos a algún videojuego, que les encantan. Cuando llego ante el cuarto de mi otro hermano, Argen, abro la puerta, pero veo que no está, así que decido irme a mi habitación.

Sigo en estado de shock. Lo que he visto en la playa me alucina, pero reconozco que también me ha excitado. ¿Estaré mal de la cabeza?

Me quito las lentillas. Tengo los ojos cansados, pero aun así enciendo mi portátil y, sin saber por qué, busco el bar de Antonio y Alicia. Se llama Sueños y tiene página web. Cuando lo encuentro, no me sorprende ver que es un local de intercambio de parejas. Atraída como por un imán, navego por el sitio y lo visito virtualmente. Barra de bar, sala de espejos, sala del placer, camas comunes, sala oscura, fiestas privadas y jacuzzi.

Cuando he satisfecho mi curiosidad, apago el ordenador y me meto en la cama. Nunca he visitado un local así, pero estoy segura de que lo haré. Me llama la atención.

2

Impermeable

*P*ipipipí... pipipipí... pipipipí...

Alargo la mano y apago el despertador. Madrugar me mata, pero hoy me toca a mí abrir la tienda de souvenirs. Cojo el reloj y me lo acerco a la cara. Soy miope y sin gafas o lentillas no veo tres en un burro. Una vez compruebo la hora que es, me levanto, me pongo las gafas y me encamino hacia la ducha. Después, ya vestida y con las lentillas puestas, bajo a la cocina, donde sonrío al ver a una de mis abuelas.

Ankie, mi abuela paterna, es holandesa. Hace años, cuando murió mi abuelo, se trasladó a vivir con nosotros. Es divertida y a veces demasiado alocada para su edad, pero me gusta y disfruto de su locura. Es una mujer muy actual y moderna y me entiende mejor que nadie; además, ambas somos artistas.

—Buenos días, tesoro, ¿has dormido bien?

Digo que sí con la cabeza y me siento en una de las sillas. Ella me pone delante un zumo de naranja recién exprimido que yo me bebo encantada. Mientras trastea por la cocina, le pregunto:

—¿Dónde está la abuela Nira?

La veo sonreír —me encanta su sonrisa picarona— y, acercándose, dice en voz baja:

—Cotilleando con las vecinas. Mira que le gusta el cotilleo.

Nos reímos. Es cierto que a la abuela Nira un buen cotilleo le puede.

—No te quejes —le replico en el mismo tono de voz—. Luego bien que te gusta que te los cuente.

Mi abuela se parte de risa y yo con ella. Ankie es todo un personaje. De entrada, no le gusta que ni mis hermanos ni yo la llamemos abuela, ni yaya, ni nada parecido. Desde pequeñitos, nos dejó muy claro que ella es Ankie, ni más ni menos.

En su juventud, formó parte de una banda de moda en Holanda que abandonó por amor y ahora, en su madurez, es la guitarrista de un grupo de música que montó con unas amigas en la isla. Tiene una marcha que no hay quien la iguale.

Veo el bote de Nesquik, ¡que es mi vicio! Lo cojo, lo abro y me meto una cucharada en la boca. La paladeo con deleite y, como siempre, ¡me ahogo con el polvillo!

—Tómate un vasito de leche, cielo, y deja de comerte el cacao así a palo seco —me regaña mi abuela al verme.

Miro el tetrabrik de leche entera y se me ponen los pelos de punta. Nunca me ha ido mucho la leche, por lo que murmuro, cerrando el bote de Nesquik:

—Vale... ahora lo haré.

—Hoy es el gran día, ¿verdad, cariño?

—Sí. Hoy actúo por primera vez en el Grand Hotel Mencey —respondo contenta.

Por fin he conseguido que alguien me contrate para cantar, aunque sea en el coro. Sin embargo, por algo se empieza. Es el momento. Me acaban de despedir y, o lo hago ahora, o sé que no lo haré nunca.

Mi abuela y yo nos enfrascamos en una conversación sobre música y canciones y se olvida del vaso de leche. ¡Bien! Ankie es una entendida en la materia y me encanta charlar con ella de lo que nos apasiona a las dos.

Hablar con tu abuela de grupos actuales de pop y rock no es normal, pero ella está tan puesta como yo en el tema.

De pronto, en la radio suenan los primeros acordes de una canción y digo:

—Escucha, Ankie. Me encanta esta canción.

—¿Quién la canta?

—Pixie Lott, el tema se llama *Cry me out*. Tiene unos añitos, pero me parece preciosa.

Ankie la escucha. Sonríe y, mirándome, pregunta:

—¿Te la sabes, cariño? —Yo asiento—. Anda, cántamela.

Con un cucharón de la cocina como micrófono, hago lo que me pide sin ninguna vergüenza y entono:

> *You'll have to cry me out,*
> *you'll have to cry me o-o-out.*
> *The tears that will fall, mean nothing at all,*
> *it's time to get over yourself.*
> *Baby, you ain't all that,*
> *baby, there's no way back.*
> *You can get talking*
> *but, baby, I'm walking away.*

Disfruto... disfruto y disfruto.

Me encanta cantar y canciones como ésta se amoldan perfectamente al «color de mi voz», como dice mi abuela. Mientras canto, mi otra abuela, Nira, entra en la cocina y se queda junto a Ankie. Las dos me miran encantadas.

Para ellas soy su orgullo, cada una a su modo. Para Ankie soy la joven cantante que desea que triunfe en la vida con la música y para Nira soy la nieta que espera que un día se case y le dé guapísimos bisnietos. Vamos, que lo tengo crudo para poder hacerlas felices a las dos.

Una vez acabo la canción, me río y ellas aplauden emocionadas.

—Ay, mi niña, ¡qué bien cantas! —suspira mi abuela Nira.

—Tienes un futuro brillante, Yanira —me dice Ankie.

Así de divertidas estamos las tres, cuando entran en la cocina mis hermanos Garret y Rayco. Aunque mellizos, son polos opuestos. Garret me mira y, al verme con el cucharón en la mano, afirma con una de sus célebres frases de *La guerra de la galaxias*:

—Sin duda, maravillosa la voz es.

—Gracias, Maestro Yoda —me mofo yo.

Él se lleva una mano al corazón y responde:

—Que la fuerza te acompañe, pequeña.

—¿La Aulliditos de la casa ya está cantando? —se burla Rayco.

Yo me río. Mis hermanos para mí son la bomba.

Garret es un friki por excelencia y en mi familia creo que ya todos lo hemos asumido. Oírlo hablar con sus frasecitas de la saga de las Galaxias es lo normal. Tan normal que en ocasiones hasta el resto las decimos casi sin darnos cuenta.

Rayco, en cambio, es otro cantar. Es el guaperas de la familia y el *latin lover* de nuestra bonita isla. Todas caen rendidas a sus pies. Todas babean cuando él pasa. Y todas terminan llorando.

Mi abuela Ankie le da una colleja al oír su comentario.

—¡Ay! —protesta él con su vozarrón.

Yo me vuelvo a reír cuando mi abuela le dice:

—Un poco de respeto, sinvergüenza. Tu hermana es una artista y a los artistas hay que respetarlos.

—No conviene soliviantar a una wookie —cuchichea Garret, haciéndome reír.

—Dirás a una bruja montada en una guitarra eléctrica —se mofa Rayco, mirando a Ankie.

La abuela Nira sonríe al ver la cara de mi otra abuela y, para calmar el revuelo, dice:

—Vamos, muchachos, a desayunar, que se hace tarde.

Con la mirada, le pido a Rayco que se calle. Me hace caso y los cinco desayunamos en la mesa de la cocina, entre risas y confidencias.

Media hora después, mis dos hermanos y yo subimos a mi coche y nos dirigimos hacia Santa Cruz de Tenerife para abrir la tienda. Durante horas, ellos dos y yo atendemos a los clientes que entran a comprar y cotillear. En ocasiones, el trabajo aquí es agotador y hoy es una de esas ocasiones. Hacia la una de la tarde, aparece mi hermano Argen.

—¡Garret, Rayco —grita—, vosotros ya os podéis marchar!

Rayco se acerca a nosotros y, subiéndose el cuello del polo granate, murmura al ver a unas turistas que lo miran.

—El deber me llama... ¡que os den, hermanitos!

Garret, para no ser menos, añade:

—Y que la fuerza os acompañe, humanos.

Divertida, los miro marcharse, y entonces Argen pregunta:

—¿Por qué serán tan frikis?

Yo, sonriendo y mirándolo, respondo:

—Si mamá te oyese, diría que no son frikis, son apasionados.

—Joder, Yanira..., tienen casi treinta y cinco años, ¿es que nunca van a cambiar?

Resoplo, me rasco la cabeza y digo:

—Me parece a mí que no. Por cierto, ¿tu nivel de azúcar bien?

Argen me mira y asiente risueño.

—Sí, mamá. Insulina administrada e ingeridos los hidratos de carbono necesarios. Todo genial.

Sonrío y miro cómo empieza a atender a unos turistas. Argen siempre me preocupa. Tiene diabetes desde que era pequeño y, aunque él hace vida normal, no me permito olvidar que tiene que controlar su enfermedad.

Somos cuatro hermanos, a cuál más distinto. Argen es el mayor y tiene cuarenta años. Es un loco de la cerámica. Trabaja en su propio taller y echa una mano en la tienda de mis padres entre semana. Luego vienen Garret y Rayco, con casi treinta y cinco, dos frikis declarados, y por último voy yo, «da niña». La pequeña. La inesperada de la casa, con veinticinco años y cantante.

Papá, Argen y yo somos los rubios y «holandeses» de la familia, mientras que Garret, Rayco y mamá son los morenos e «isleños».

Vamos, que tenemos de todo.

Después de atender a varios turistas, que compran algunos recuerdos, mi hermano se acerca y me pregunta:

—¿Estás nerviosa por lo de esta noche?

Al pensar en mi actuación, me encojo de hombros y respondo:

—Un pelín.

Argen sonríe. Los dos tenemos una conexión muy especial a pesar de ser él el mayor y yo la pequeña. Es mi mayor fan y el mejor hermano del mundo. Ahora, emocionado, me dice:

—Lo vas a hacer de fábula y cuando te oigan cantar, van a flipar.

Un cliente me trae unas conchas para que se las envuelva y mientras lo hago, le digo a mi hermano:

—Sólo soy una del coro.

—¿Y qué?

—No creo que nadie me preste mucha atención.

—Con lo guapa que eres y lo bien que cantas, ¡lo harán!

Ambos nos reímos, mientras seguimos atendiendo a los clientes que nos entregan sus compras.

A las cuatro de la tarde aparecen mis padres, Larry e Idaira. Una pareja original. Mamá habla por los codos y papá todo lo contrario, pero con la mirada lo dice todo. Creo que esa manera de ser tan distinta es lo que hace que estén tan enamorados el uno del otro.

Entre todos llevamos el negocio familiar. Un negocio que nos da de comer y nos permite vivir con holgura.

Veo que mi madre se acerca a Argen y por sus gestos sé que le está preguntando cómo se encuentra. Todos nos preocupamos por él y, como siempre, mi hermano se limita a sonreír.

Papá, que, como yo, observa la situación, acercándose a mí me pregunta:

—¿Está nerviosa mi Resoplidos?

Sonrío al oírlo y, haciendo honor al nombre, resoplo antes de responder:

—Un poquillo, papá.

Mamá le da un beso a Argen y luego se acerca a mí y me besa también.

—Mi niña, vete ya y descansa —me dice—. Esta noche tienes que estar relajada. Te he dejado el vestido recién planchado colgado en el armario y antes de irte para el hotel, tómate un buen vaso de leche, ¿entendido?

Yo asiento. No le voy a hacer caso en cuanto a la leche, pero asiento.

—Por cierto, mi vida —añade—, si podemos, alguno nos escaparemos para verte.

Tras darles un beso a mis padres y guiñarle el ojo a mi hermano, me voy a casa. Una vez allí, cojo la bolsa de deporte y me dirijo a mi clase de baile, donde me lo paso bomba. Bailamos salsa, danza del vientre y hip-hop, de todo.

Cuando regreso, entro en mi habitación y me tiro en la cama. Oh, Dios... me encanta dormir. Es uno de los mayores placeres de la vida, pero si me duermo a esta hora, me levantaré de un mal humor que no me aguantará nadie, así que decido ducharme a ver si me espabilo.

Al salir de la ducha, bajo a la primera planta para charlar un poco con mis abuelas y sobre las siete me pongo un vestido negro, como me han dicho que haga los que me han contratado, y unos zapatos de tacón. Luego cojo el coche y me dirijo hacia el Grand Hotel Mencey para mi «debut».

Vale, lo reconozco, ¡ahora sí que estoy un poco nerviosa!

Ser chica de coro no es el trabajo de mis sueños, pero al menos me permitirá subirme a un escenario y pasarlo bien.

Al aparcar el coche, en las inmediaciones del hotel, me quedo de piedra al ver a Sergio, mi reciente ex, al otro lado de la calle. ¿Habrá venido a verme? Pero en seguida me doy cuenta de que yo no soy el motivo de que esté aquí, sino seguramente una chica pelirroja con la que se lo ve muy acaramelado.

Increíble. Ya veo que la pena por nuestra ruptura no lo deja vivir.

En cierto modo, eso me hace gracia. Está claro que Sergio y yo no estábamos hechos el uno para el otro y me confirma que lo mejor ha sido dejarlo.

Una vez cierro el coche, saludo a varios amigos al entrar por las cocinas del hotel. Ahí trabaja mi amiga Coral, que hace unas tartas de escándalo. Al verme aparecer, me coge de la mano y pregunta:

—¿Es verdad que has roto con Sergio?

—Sí.

—¿Por qué? —Y al verme resoplar, asiente—. Vale... no hace falta que me lo digas, ya me lo imagino. Al final te has dado cuenta de que ese tostón y tú no tenéis nada que hacer juntos, ¿verdad? Mira, mi niña, ya te decía yo que ese pelmazo no es para ti. Tú necesitas otro tipo de hombre. Te empeñas en ir siempre con los que son mayores que tú, pero yo creo que debes encontrar un chico de tu edad al que le guste lo mismo que a ti y que te sepa enamorar.

—Coral, mal vas si piensas que yo me voy a enamorar de nadie.

Mi amiga, la gran romántica por excelencia, replica:

—Tienes que dejar de ir de flor en flor y encontrar un hombre como mi Toño. Por cierto, el otro día, en una revista, vi un vestido de novia precioso. Cuando me pida que me case con él, te aseguro que lo haré con ese vestido.

Me río. Ella, Toño y su boda.

Si algo quiere Coral en este mundo es casarse, tener una familia numerosa y ser feliz. A mí, en cambio, todo eso me da más bien alergia. Creo que en el mundo en que vivimos, la familia es ya una institución del Jurásico, pero bueno, respeto que ella sea tan romántica y desee tener su bonita boda y su historia de amor.

Por otra parte, se empeña en que me tienen que gustar los de nuestra edad y no entiende que los chicos jóvenes me aburren soberanamente. A mí me gustan los maduritos, hombres interesantes con los que se puede hablar y que a la hora del sexo saben lo que se hacen.

Cuando le presenté a Sergio, lo miró de arriba abajo y sé que no le gustó. Me dio un plazo de dos meses. Al final han sido casi siete, pero vamos, ¡que sus intuiciones no fallan!

Durante unos minutos la escucho despotricar sobre el pobre de Sergio mientras yo me río. Coral es única. Habla por los codos, como mamá, y creo que eso es lo que hace que la adore y la quiera tanto. Cuando por fin voy a decir algo, aparece Alicia, su hermana.

—Hola, Yanira —me saluda.

Me pongo roja como un tomate.

Coral me mira extrañada.

Al ver a Alicia me he acordado de lo que la vi haciendo en la playa con su marido y con otro hombre y soy incapaz de disimular.

Ella me mira y yo me doy aire con la mano mientras exclamo:

—Uf... qué calor aquí, ¿verdad?

Coral frunce el cejo. Me conoce y sabe que si he reaccionado así es por algo, pero cuando va a preguntar, su hermana se le adelanta y dice:

—Estás muy colorada. ¿Estás bien, Yanira?

Oh... oh... oh... ¿Qué digo? ¿Qué respondo?

Plan A: me río.

Plan B: me hago la sueca, aunque soy medio holandesa y medio española.

Plan C: intento disimular.

Sin duda, el plan C es el mejor y, tocándome el ojo, digo:

—Esta lentilla hoy está rebelde y me está jorobando.

Alicia sonríe y, guiñándome un ojo, comenta:

—Esto de cantar no es como trabajar en la guardería. ¿Estás nerviosa?

Por mi cabeza no dejan de desfilar las imágenes de ella con los dos hombres, pero me ha ofrecido una salida fácil y yo digo que sí con la cabeza y contesto:

—Sí, la verdad. Un poco nerviosa.

Cuando coge lo que ha venido a buscar y se marcha, yo miro a Coral, que, cuchillo en mano, musita en tono maternal:

—Yanira Van Der Vall, ¿qué te ocurre?

—Nada.

Pero mi amiga es muy persistente y sin quitarme ojo, insiste:

—O me lo dices o cuando me case no te invito a la boda.

Eso me hace gracia y sonrío, pero como veo que ella no, finalmente respondo:

—Estoy agobiada por la actuación, sólo es eso.

Coral levanta una ceja. Sé que no me cree, pero sin decir nada más, se pone a batir claras de huevo a una velocidad que me deja atónita. Pronto vuelve a uno de sus temas preferidos: las virtudes de su amado y empalagoso Toño, hasta que de pronto se para y comenta:

—Luis me dijo que Arturo y él pasarán esta noche a verte.

—¿En serio? —Sonrío al pensar en mis buenos amigos.

—Sí. Ya sabes que besan por donde pisas. ¡Eres su «tulipana»!

Arturo y Luis son una pareja increíble. El año pasado se casaron y yo fui su madrina. Fue un día mágico para todos y los tres nos profesamos un amor incondicional. Además, Luis es un hombre abierto a cualquier tipo de conversación, algo que me va de perlas porque, aunque con Coral hablo de casi todo, en ciertos temas es bastante limitada.

Tras un par de minutos en silencio, me apoyo en una estantería y como quien no quiere la cosa, digo:

—Tu hermana y Antonio han abierto un bar, ¿verdad?

Ella asiente para de cortar verduras, me mira y susurra:

—Eso es... eso es lo que te pasa. ¿Quién te lo ha dicho?

—¡Tú desde luego no! —le reprocho.

Coral prosigue con sus verduritas y, sin mirarme, cuchichea:

—Cuando me enteré, ya estaba todo decidido. Mi Toño está escandalizado y mi madre avergonzada de Alicia por haber montado un local así. Y yo aún estoy sin palabras. Joder... no soy una mojigata, pero no me hace ninguna gracia que me relacionen con sus depravaciones.

—¿Depravaciones?

Suelta un bufido de frustración y, tras mirar a nuestro alrededor para cerciorarse de que nadie nos escucha, continúa:

—Tú mejor que nadie sabes que yo para el sexo soy muy tradicional. Aunque bueno, mi Toño y yo nos damos nuestros homenajes de vez en cuando. Pero una cosa es una cosa...

—Y otra... es otra —finalizo yo y Coral asiente.

Después de unos segundos en silencio, añade:

—Telita mi niña cuando mi madre se enteró de que allí se intercambian las parejas como si fueran cromos. No paró de llorar en cuarenta y ocho horas. Tiene un disgusto la mujer que ni te cuento.

¡¿Cromos?!

Esa comparación me hace gracia, pero disimulo. No sé qué decir. Mi cara es un poema ante su reacción. Me sorprenden sus comentarios. Diga lo que diga, ella no es nada puritana en temas de sexo.

—Esa misma cara se me quedó a mí cuando la descerebrada de mi hermana me explicó lo que su marido y ella iban a hacer. Le dije que mi madre se lo tomaría mal, pero Alicia erre que erre. Que es un negocio rentable y la verdad es que, aunque no me haga ni pizca de gracia, reconozco que en sólo un mes que lleva abierto, el bar les va genial. Por lo visto va mucha gente. —Y bajando la voz, repite—: Mi Toño está escandalizado.

Pero no podemos continuar hablando, porque el chef nos mira y dice:

—Vamos, vamos, niñas, dejad de hablar y a trabajar.

Coral sigue rápidamente cortando verduras y yo me despido de ella guiñándole un ojo.

La actuación sale muy bien. Es mi bautizo sobre un escenario que no sea un karaoke y le agradezco mucho a Richi, un amigo que trabaja en esta banda, que pensara en mí.

En un momento dado, veo al fondo a mi abuela Ankie con unas amigas. Se han colado en el hotel y aplauden como locas. Y cuando ya reviento de satisfacción es cuando veo a Luis y a Arturo bailando en la pista mientras cantamos *Mamma mia*.

Cuando la actuación acaba, busco a mi abuela, pero no la veo. Se ha ido con su grupo de amigas. Pero Luis y Arturo se me acercan encantados.

—¡Ay, mi tulipana, qué bien lo has hechooooo! —grita Luis, abrazándome.

A mí siempre me da mucha risa cuando me llama «tulipana». Como el tulipán es la flor de Holanda y mi padre es de allí, Luis decidió bautizarme así.

Arturo espera su turno para abrazarme y cuando lo hace me dice:

—Enhorabuena, artistaza. Lo has hecho de fábula.

Me voy con ellos a tomar una copa. Hay que celebrar mi debut y, como siempre, los tres lo pasamos estupendamente. Dos horas después, tras despedirme de ellos, cojo el coche y regreso a casa contenta.

Al entrar, la abuela Nira, que está haciendo ganchillo sentada en una mecedora, me saluda:

—Hola, mi niña, ¿qué tal ha ido la actuación?

Mientras dejo el bolso en una silla y las llaves en la bandeja de cerámica de la entrada, respondo, quitándome los tacones, que me están matando:

—Bien, abuela, todo genial. —Y mirando alrededor, pregunto—: ¿Estás sola?

Ella sonríe. Mi abuela siempre sonríe.

—Tus hermanos se han ido hace horas, Ankie está con unas amigas y yo me he quedado aquí, feliz y tranquila, viendo cómo esos se pelean en la televisión. Por cierto, ¿sabes que la nieta de Manolín Martínez se ha casado con el nieto de Luciano Llorente?

Sorprendida, la miro y pregunto:

—¿Y quiénes son ésos?

Sin dejar el ganchillo, mi abuela responde:

—Son toreros de mis tiempos. Y, para que me entiendas, las dos familias no se llevan bien y sus nietos se han casado en secreto. ¿Te lo puedes creer?

—Sí tú me lo dices, me lo creo —me mofo.

Ella asiente con la cabeza al ver mi risa y continúa:

—Me gustaba más que trabajaras en la guardería con los niños que no que te dediques a cantar. Una cosa es que le hagas los coros a Ankie en sus actuaciones y otra que tú también quieras ser artista como ella. Me preocupas, Yanira. Ese mundo no es para ti.

Suelto una carcajada.

—Abuela, pero ¿qué dices?

—Lo que oyes, mi niña. Ya te digo que estoy preocupada. Lo que deberías hacer es buscarte un novio, como tu amiga Coral. Un chico decente y con buenas intenciones con el que formar tu propia familia.

—Abuela...

—Ay, pequeña, el día que tú te cases, será uno de los más felices de mi vida. Recuérdalo.

—Abuela, no empecemos.

—Estarás tan guapa vestida de novia...

Y como hace siempre que quiere hablar de un tema que yo no quiero, me mira con ojos de perrito abandonado. Y añade luego con voz emocionada:

—¡Con lo guapita y rubita que eres, estarás tan bonita que sólo de imaginármelo me emociono!

—Abuelaaaaaa —protesto con cariño.

Charlamos durante un rato sobre lo que ella quiere, es imposible no hacerlo, y, tras despedirme, me voy directa a mi habitación. Ya no quiero seguir hablando de bodas.

Una vez en mi cuarto, me quito las lentillas, me desmaquillo, me pongo el pijama y las gafas y enciendo mi portátil para conectarme a Facebook. Quiero que mis amigas, virtuales o no, sepan que la actuación ha ido genial. Recibo sus felicitaciones y cuando voy a cerrar el ordenador, recuerdo algo y busco en Google la palabra «Swinger».

Alucinada, veo que hay cientos de páginas dedicadas a una actividad hasta ahora para mí desconocida y encuentro mogollón de bares de intercambio de parejas por todo el mundo. Incluso en Tenerife, además del de la hermana de Coral, hay tres más.

Leo con curiosidad un montón de páginas donde se explica lo que es el movimiento Swinger y, finalmente, visito virtualmente algunos locales.

Todavía incrédula por lo descubierto, me pregunto si de verdad la gente intercambiará de pareja en esos lugares. Pensar en eso me provoca morbo.

Dios, como se enteren Coral y su Toño, pensarán que soy otra degenerada, como Alicia.

El sexo, jugar con mis parejas y mi imaginación siempre han sido una gran fuente de placer para mí y pronto me doy cuenta de que nada de lo que leo o veo en esas páginas me escandaliza, como por lo visto le pasa a Coral.

Cuando por fin me acuesto, no puedo dejar de pensar en esos lugares. Me atraen.

3

Aprendíz

Al día siguiente, domingo, tras una fatigosa jornada en la tienda de mis padres, regreso a casa y me ducho. Estoy cansada. Sobre las seis, tras comer algo, me pongo un vestido oscuro y los zapatos de tacón y me marcho a trabajar al hotel. Hoy el repertorio cambia un poco: toca música de los setenta.

Cuando terminamos, el director de la banda me hace llamar y, tras decirme que le gusta mi voz y mi buena disposición, me propone trabajar todos los fines de semana. Acepto encantada.

Mientras me dirijo hacia mi coche, me siento una triunfadora. He conseguido que una banda quiera que cante con ellos, aunque sea en el coro. ¡Bien!

Contenta, conduzco mi coche mientras tarareo la música que suena en la radio. Cuando estoy a punto de salir de Santa Cruz, reduzco la velocidad y, sin dudarlo una sola vez, giro a la derecha, decidida a visitar uno de esos bares de intercambio. Pero no voy al que vi que estaba cerca de mi casa, sino a otro más alejado. No quiero encontrarme con nadie conocido. Menudo corte, ¡por Dios!

Cuando aparco son las once y media de la noche. Miro la puerta del local, que se llama Instantes. Ya sólo el nombre me motiva. Una parte de mí quiere entrar, pero otra parte me grita que no lo haga.

¿Entro? ¿No entro?... ¿Qué hago?

Plan A: entrar.

Plan B: marcharme.

Plan C: ¡¡¡Dios, no tengo plan C!!!

Finalmente, arranco el coche y me voy. ¿Qué hago yo ahí?

Noche sí y noche también, cada vez que salgo de trabajar regreso al mismo sitio y observo el local pensando qué hacer. Miro con curiosidad a la gente que entra y veo que son gente tan normal como yo. Eso me motiva y finalmente me atrevo a salir del coche.

Aunque una cosa es salir del coche y otra meterme en el local. Pero tras pensarlo un buen rato, la curiosidad que siento por ver ese sitio con mis propios ojos me hace encaminarme hacia allí con mis pies martirizados por los zapatos de tacón, mientras me digo en voz baja:

—Vamos, Yanira, tú puedes llevar a cabo el plan A.

Abro la puerta y me encuentro con un bar normal y corriente.

¿Y esto es todo?

¿Para esto tantas dudas?

Hombres y mujeres hablan junto a la barra del local, mientras toman algo y suena música.

Qué decepción. No sé qué esperaba, pero desde luego, esto no.

Cuando llego a la barra y pido un vodka con Coca-Cola, una mujer se me acerca y me saluda.

—Hola, ¿cómo te llamas?

—Yanira —le digo.

—Hola, Yanira, yo me llamo Susan y soy la relaciones públicas de Instantes. Es la primera vez que vienes aquí, ¿verdad?

—Sí.

—¿Esperas a alguien?

—No. —Veo que mi respuesta la deja un poco descolocada y añado—: Pasaba por aquí y he decidido parar a tomar algo.

Ella asiente, se toca su cabello rojizo y, acercándose un poco a mí, dice:

—Yanira, no sé si lo sabes, pero este local es...

—De intercambio de parejas —termino yo la frase.

Estoy nerviosa. Muy nerviosa.

Pero si algo tengo bueno es que los nervios los llevo por dentro y la gente sólo ve en mí tranquilidad y seguridad. Sonriendo, añado:

—Tranquila, Susan. Sé dónde estoy.

Ella vuelve a sonreír y pregunta algo extrañada:

—¿Eres de la isla?

Asiento. Es una pregunta que oigo varias veces al día y le explico:

—Sí. Mi padre es holandés y mi madre chicharrera. Y sí, soy muy rubia y sé que parezco guiri, pero no lo soy. Soy tinerfeña.

—Yo soy inglesa, pero por amor me quedé a vivir en este precioso lugar. —Ambas sonreímos y ella agrega—: Una vez roto el hielo, te diré que siempre que viene alguien nuevo me encargo de enseñarle el local y explicarle por encima las normas.

—Genial.

—¿Me permites que te informe un poco de cuál es la finalidad de Instantes?

—Por supuesto.

Susan sonríe y dice:

—La filosofía de este tipo de locales es disfrutar de nuevas experiencias, siempre de común acuerdo. Aquí nadie debe verse forzado a hacer nada que no quiera y nuestro lema es «Disfruta del sexo, pero sin molestar o incomodar a otros, y acepta que te digan que no».

—Buen lema —afirmo, mientras mantengo mis nervios a raya.

—Las personas que vienen solas, como tú, pasan a una sala distinta a la de las parejas y sólo pueden pasar a las zonas comunes si allí han formado una pareja o alguien del local requiere su presencia. Esto funciona así todos los días excepto los sábados, cuando sólo se admiten parejas.

»En principio, las parejas sólo hablan, bailan o toman algo y si deciden hacer un intercambio o relacionarse con otras en busca de sexo han de pasar a unas salas privadas. ¿Quieres que te enseñe el local?

Asiento y la sigo. Todo lo que me ha dicho ya lo había leído por internet.

Traspasamos una puerta azul y nos encontramos en otra sala donde la música es algo más suave y hay asimismo gente que habla y bebe. Soy consciente de que varios hombres y mujeres me observan. Les despierto tanta curiosidad como ellos a mí, pero sigo a Susan al cuarto oscuro, la sala de cine porno, una pequeña sala con agujeros en la pared, varias habitaciones privadas y un salón enorme con una ancha y larga cama. Se me seca la boca al entrar y ver lo que allí están haciendo unas parejas.

¡Qué fuerteeeeeeeeee!

Una vez salimos de la sala, disimulo, pero me siento como si me fuese a dar un yuyu.

Susan me enseña otra estancia en la que hay dos jacuzzis ocupados por gente.

El corazón me late con fuerza cuando veo lo que están haciendo en esos jacuzzis. Después, Susan me enseña las taquillas, en las que veo varias bolsas transparentes cerradas herméticamente, que contienen toallas de baño, toallitas y botellas de agua. Me explica que en un lugar como éste la higiene es primordial y yo asiento. Aquí todo es moderno y está limpio. Muy limpio.

Una vez acabada la visita, Susan me guía hasta una sala donde hay gente hablando y relacionándose.

—Ésta es la sala azul —dice—. En ella está la gente que viene sin acompañante. Y yo ahora debo dejarte. Estaré por el local. Cualquier cosa que desees, pídemela, ¿de acuerdo?

Le digo que sí con la cabeza. Me he quedado sin palabras. Si me pinchan, no me sacan sangre del susto que tengo.

Pero ¿qué narices hago yo aquí?

¿Dónde me he metido?

Con la boca seca como una lija, me dirijo hacia la barra y cuando el camarero me mira, digo:

—Una agua sin gas.

Él me la sirve y yo me la bebo casi de golpe. Estoy sedienta. De pronto, un hombre se sienta a mi lado y, mirándome, dice:

—*Ciao, bella*. Mi nombre es Francesco.

Pego tal respingo en la silla que creo que me he dado con la cabeza en el techo. Con los ojos como platos, miro al hombre que tengo delante y murmuro:

—Tengo que irme. Adiós.

El italiano no se mueve. No me toca. No me detiene.

Salgo del local, me subo al coche y, con taquicardias por todo lo que he visto, conduzco hasta mi casa.

4

Cuando nadie me ve

Un mes después de empezar a trabajar como chica de coro, todo va viento en popa. Por primera vez estoy haciendo lo que siempre he soñado y me siento la protagonista total de mi propia historia. Disfruto cantando con la banda y el día que me proponen interpretar una canción sola, ¡casi me muero de felicidad!

Por mi cabeza no han dejado de pasar imágenes de lo que vi esa vez en el bar de intercambio de parejas y, finalmente, una noche, cuando termino la actuación en el hotel, decido volver a ese local.

Aparco y me quedo mirando el letrero. Tomo aire y salgo del coche. Sin dudarlo, entro y, al ver a Susan, la saludo. Ella se acuerda de mí y me recibe con una sonrisa. En esta ocasión, sin necesidad de que me lo explique de nuevo, me encamino hacia la sala azul. He venido sola y por tanto sé que he de ir allí.

Una vez dentro, veo que la gente charla tranquilamente y que nadie me mira. Más segura que la vez anterior, me siento a la barra y pido un vodka con Coca-Cola. Apenas he bebido un sorbo, cuando oigo decir a mi lado:

—*Ciao, bella.* Me alegra verte de nuevo por aquí.

Reconozco su voz y recuerdo su nombre. Me vuelvo para mirarlo y saludo:

—Hola, Francesco.

—La última vez que nos vimos no me dijiste cómo te llamas.

Tras pensarme durante unos instantes si inventarme un nombre o decir la verdad, finalmente respondo:

—Yanira.

—Bellísimo nombre.

Sonrío y él hace lo mismo. Su acento italiano me gusta, pero si algo he aprendido es a tener cuidado con los extranjeros que vienen de vacaciones. Y más con los italianos, que ¡menudo peligro tienen!

Francesco es alto y delgado. Tendrá unos treinta y cinco años, melenita castaña y ojos oscuros. Sinceramente, resulta muy agradable a la vista y pronto descubro que al oído también. Durante un rato, hablamos de cosas insustanciales, hasta que me mira y pregunta:

—¿Qué te ocurrió el otro día?

Me río. Cuando estoy nerviosa, es lo que hago. Luego respondo:

—Nada. Sólo que decidí marcharme.

El italiano asiente y, tras beber un trago de su bebida, continúa:

—Susan me ha dicho que otra vez has venido sola.

—Sí.

—¿Qué vienes a buscar?

Me acaloro...

Me flaquean las piernas...

Pero dispuesta a ser la mujer segura de sus actos que quiero ser, contesto:

—He venido a tomar una copa y a conocer el local.

—¿Nada más?

Asiento como un muñequito, pero al ver su mirada, añado:

—De momento sí.

Francesco sonríe y, acercándose un poco más a mí, murmura:

—Aquí no encontrarás un novio ni nadie que te pida matrimonio, pero sí sexo. Por cierto, eso de «de momento», me gusta.

Me entra la risa floja. Si alguien no quiere novio y matrimonio ésa soy yo y, mirando al camarero, le pido otro vodka con Coca-Cola.

Cuando pone la copa ante mí, el italiano dice:

—Susan me comentó que era la primera vez que venías. —Asiento y él pregunta—: ¿En serio? ¿Y qué te trajo a este bar?

—La curiosidad —respondo sincera.

Francesco me mira sonriente y, acercándose más, susurra:

—Has de tener cuidado con esa curiosidad.

Me acaloro. ¡Cuánta razón tiene!

—¿Por qué?

—Porque lugares como éste te pueden asustar y además, ya sabes, ¡la curiosidad mató al gato!

Suelto una carcajada. ¡Qué nerviosa estoy! Pero intentando mantener mi apariencia de seguridad, respondo:

—Estoy convencida de que en un lugar como éste me puedo sorprender, pero asustar, ya te digo yo que no.

Ay, madre, ¡qué bien miento!

Una hora después, Francesco y yo ya nos hemos cogido más confianza. Es muy agradable y me hace sentir cómoda. Durante nuestra charla, me entero de que vive en Portofino, a unos 35 kilómetros de Génova, pero que desde hace dos meses está en la isla. Trabaja en el puerto de su ciudad como informático y su empresa lo ha enviado seis meses a Tenerife.

¡Interesante!

Cada segundo que paso con él me siento más y más receptiva a su seducción.

¿Qué tendrán los italianos que nos dejan bloqueadas?

¿Será su acento? ¿Su estilo? ¿O el elegante nudo de su corbata?

No me pone un dedo encima, pero su mirada de deseo habla por sí sola y eso me calienta como nunca habría llegado a imaginar.

¡Ay, madre!

Francesco y su sentido del humor me cautivan, me embelesan. Su carácter me lo pone fácil y su sonrisa, acompañada por su bonito pelo, me enamora. Llevo un par de copas y, aunque no estoy borracha, me percato de que cada vez que veo a una pareja desaparecer tras la cortina negra o la puerta de los reservados, me excito. Francesco se debe de dar cuenta, porque me pregunta:

—¿Te apetece bailar en la sala oscura?

Vaya, la propuesta es, como poco, interesante. ¿Qué hago? ¿Qué digo?

Estoy caliente, excitada, eso no lo voy a negar. El italiano es un bombón. Tiene unos labios fantásticos, unos ojos encantadores y un acento embaucador, y yo estoy dispuesta a pasarlo bien y a disfrutar de lo que mi cuerpo me exige.

—Depende —suelto.

Él sonríe.

—¿Depende de qué?

Como una vampiresa, me toco el pelo y respondo toda chula:

—De lo que pretendas que hagamos ahí.

Con un gesto felino que me hipnotiza, acerca su cabeza a la mía y me dice:

—La primera norma de estos locales es jugar sólo a lo que uno desea. ¿Tú quieres jugar? —No respondo, pero siento cómo se me acelera el corazón y él prosigue—: Está claro que me gustas, me atraes y yo jugaría contigo a todo lo imaginable. Pero también está claro que no eres una mujer experimentada en cierta clase de juegos, ¿verdad?

Su mirada me hace saber que espera una contestación y respondo:

—He tenido relaciones, pero... bueno, es la primera vez que...

No digo más porque se me corta la voz. Él asiente. Se levanta y, con galantería, me tiende una mano y murmura:

—Fíate de mí y pasemos a la sala oscura.

Dios santo, ¡ha llegado el momento de la verdad!

Lo pienso unos segundos. ¿He de fiarme de él o no? Pero mi radar no me alerta de ningún peligro y, decidida, me levanto y contesto:

—De acuerdo.

Francesco me coge de la mano y juntos nos encaminamos hacia las cortinas oscuras por donde a lo largo de la noche he visto aparecer y desaparecer a bastantes personas.

El estómago me da un vuelco. ¡Estoy histérica!

Una vez traspasamos las cortinas todo es oscuridad. Me agarro de su mano con fuerza y él, abrazándome, dice, mientras una sensual canción suena por los altavoces del local:

—Tranquila, *bellissima*, sólo llegaremos hasta donde tú quieras. Hasta donde tú desees. Nadie te va a obligar a hacer nada. Y si algo de lo que te haga te incomoda, dímelo y pararé.

Nuestros cuerpos se mueven al compás de la voz de Whitney

Houston cuando noto que sus manos bajan hasta mi trasero y me lo aprietan por encima del vestido. Incitación.

¡Dios santo, estoy dejando que un hombre al que no conozco me meta mano!

Sin decir nada, dejo que sus manos se paseen por mi cuerpo, mientras su boca busca la mía y me besa. Lo hace muy bien y respondo a su beso. Atrapo su lengua en mi boca y la degusto, la disfruto. Así estamos varios segundos hasta que él se interrumpe y sus carnosos labios bajan hasta mi cuello, para acabar llenándome el escote de besos. Estimulación.

Siento que los pezones se me ponen duros y el estómago se me encoge ante este asolador ataque, pero no lo detengo. Disfruto. No quiero pensar en nada más. Sólo quiero disfrutar del morboso y caliente jugueteo. Me aprieto contra él y lo incito a que continúe.

La música...

La oscuridad...

Y la manera en que me toca hacen que pierda la razón y más cuando soy consciente de la dura y latente erección que hay bajo su pantalón. Tentación.

Sentirlo excitado por lo que hacemos me pone como una moto.

—¿Seguimos jugando? —me pregunta al oído.

—Sí.

Hasta el momento todo me gusta y quiero continuar.

—¿Puedo meter las manos bajo tu vestido y tocarte?

Me he quedado muda. No puedo contestar.

¿Dónde está mi chorro de voz?

Mucha gente calificaría como una indecencia lo que estoy haciendo, pero a mí me gusta. En todo caso, es mi indecencia. Es mi cuerpo con el que juego. Y no quiero parar. Cuando Francesco mete las manos por debajo de la falda de mi vestido, la respiración se me acelera. La sensación de su tacto subiendo por mis muslos hasta llegar a mi trasero es increíble. Aceptación.

Cuando mete los dedos por un lado de mis braguitas hasta alcanzar mi sexo me vuelvo loca, y más cuando lo oigo decir:

—... Separa un poco más las piernas. Así... Así... Mmmm... estás húmeda.

Dios... Dios... Diosssssssssssssssssss...

Hago lo que me pide mientras, ya más acostumbrada a la oscuridad, comienzo a ver que a nuestro alrededor hay más gente y que una pareja baila junto a nosotros.

Sin demora, Francesco introduce un dedo en mi interior y yo suelto un gritito de sorpresa.

—¿Te gusta? —me pregunta.

Oh, sí... ¡claro que me gusta!

—Sí —respondo en un hilo de voz.

Noto que él sonríe y, tras morderme la barbilla, murmura:

—Cuando tú digas, pararé.

Asiento... y asiento, pero no le digo que pare.

¡Ni loca!

Mueve los dedos dentro de mí y, agitada, suelto un gritito lujurioso. Me masturba y yo, pegada a él, dejo que me excite y se haga dueño de mi cuerpo. La pareja que baila a nuestro lado oye mis jadeos y no me sorprendo cuando veo que comienzan a hacer lo mismo que nosotros.

Nunca he estado junto a otra gente haciendo algo así y me resulta enormemente excitante.

Tras varios placenteros minutos en los que la otra mujer y yo jadeamos, Francesco se me acerca al oído y pregunta:

—¿Continuamos el juego?

No lo dudo, de modo que contesto con rotundidad:

—Sí.

—Vayamos a uno de los sofás. Estaremos más cómodos.

Lo sigo hasta un lateral de la sala, donde hay varios y un par de parejas.

Nos sentamos y Francesco me besa. Vuelve a atacar mi boca mientras una de sus manos se mete de nuevo bajo mi falda para masturbarme. Sentada y sin necesidad de que me diga nada, abro las piernas cuando de pronto susurra:

—¿Puedo quitarte las bragas, Yanira?

¡¿Las bragas?!

Esto va en serio.

—¿Qué... qué vas a hacer?

Al oír mi pregunta, responde sin dejar de masturbarme:

—Te saborearé, si tú me lo permites. Posaré mi boca en tu caliente y delicioso sexo para besarte y mimarte como sé que deseas. Te abriré con los dedos y pasearé mi lengua dentro de ti para sumirte en oleadas de placer y finalmente, si tú quieres, te follaré. ¿Puedo?

Madre míaaaaaaaaaaaaaaaaa.

Madre míaaaaaaaaaaaaaaaaa.

Madre míaaaaaaaaaaaaaaaaa.

Oírlo hablar así me excita. Me pone a mil revoluciones.

Plan A: sí.

Plan B: sí.

Plan C: sí.

Resoplo mientras, contradictoriamente, me pregunto: ¿cómo voy a dejar que me quite las bragas un extraño? Pero el morbo que todo esto me provoca me hace olvidar mi pregunta y contesto:

—Sí, quítamelas.

Francesco lo hace en dos segundos. Luego se pone de rodillas ante mí, y yo empiezo a jadear como una locomotora. Me toca los tobillos, me besa las rodillas y cuando sus besos suben por la cara interna de mis muslos y mis piernas se abren solas, estoy a punto de gritar. Durante varios segundos se dedica a besarme los muslos hasta que se incorpora para estar a la altura de mi boca y me dice:

—Recuéstate en el respaldo. Eso es... Sí... así... muy bien. Ahora abre las piernas... así... un poquito más... Sí... eso es... Y ahora déjame entrar en ti. —Cuando yo jadeo, él prosigue—: Primero te lavaré y luego prometo ser cuidadoso y llevarte al séptimo cielo. Y, recuerda, cuando algo no te guste o te incomode, solamente tienes que decírmelo y pararé. ¿Entendido, Yanira?

Asiento.

Me gusta que antes de hacer nada pregunte. Aprecio que esté pendiente de lo que yo quiero o necesito.

De una bolsa sellada que hay en un lateral del sofá, saca agua y una toalla y me lava con suavidad y luego me seca. Después empieza a darme de nuevo dulces besos en las piernas. Se me altera la respiración y más cuando veo que la pareja que hay a nuestro lado prosigue también con su juego.

Francesco mete las manos bajo mi trasero para acercarme más a él e instantes después me abre las piernas con seguridad.

¡Oh, Dios mío, qué calentura llevo!

Mi sexo, húmedo y palpitante, queda totalmente expuesto para él. Yo jadeo. Noto que el corazón se me desboca y un grito de lujuria sale de mi boca cuando siento cómo su dura y caliente lengua pasa por el centro de mi placer.

¡Oh, Señor...! estoy permitiendo que un hombre al que no conozco chupe mis partes más íntimas.

¿Me he vuelto loca?

Sigo jadeando acalorada mientras él me agarra los muslos con gesto posesivo, me abre más y mete su lengua en mi interior, tras darme unos toquecitos en el clítoris.

¡Qué pasote!

Clavo las uñas en el asiento del sofá.

Oh, Dios... ¡qué placer!

Nunca, nadie, ningún hombre me ha chupado con tal ímpetu y el deseo de que continúe me hace abrir más las piernas. Le exijo que no pare y él sigue mientras yo me muevo incesantemente, loca de placer.

No sé cuánto rato pasa. Sólo sé que disfruto. Le sujeto la cabeza para apretarlo contra mí y me muevo contra su boca, mientras él parece disfrutar tanto o más que yo.

De pronto, siento una mano que no es la suya en mi muslo y, al mirar, veo que la mujer que está a mi lado y que está siendo penetrada por el hombre que la acompaña me mira. Nuestros ojos conectan. No le aparto la mano. El calor de ésta sobre mi piel es estimulante y más cuando me agarra con fuerza mientras siento las embestidas de su compañero y oigo sus gemidos.

La boca de Francesco me está volviendo loca y estoy totalmente desinhibida. Enredo mis dedos en su pelo.

¡Oh, sí, que no pare!

Aprieto su boca contra mi sexo y siento que comienzo a temblar. El italiano y la mano de la mujer me están llevando a un punto en el que nunca he estado y al que estoy segura de que quiero volver.

¡Voy a estallar!

Tiemblo. Comienza en los pies, sube por mis piernas, se pasea por mi estómago, continúa por mi pecho y cuando llega a mi cabeza explota, haciéndome chillar y convulsionarme de placer.

Francesco, al verme, sonríe, acerca su boca a la mía y me pregunta, mientras aún tiemblo:

—¿Puedo follarte ahora?

Le digo que sí con la cabeza. Él se quita el pantalón y el calzoncillo y con la oscuridad del lugar, apenas puedo distinguir su pene. Sin demora, lo veo ponerse un preservativo. Luego se agacha y, dándome un beso en los labios, murmura, mientras pasa un dedo por la entrada de mi sexo:

—Así me gusta, lubricación natural.

No puedo hablar.

No puedo razonar.

Sólo puedo animarlo a que haga lo que ambos deseamos.

Colocándose entre mis piernas, introduce la punta del pene en mi sexo y, agarrándome por la cintura, se hunde totalmente en mi interior. Ambos jadeamos. Cierro los ojos y me arqueo gustosa. Disfruto del momento y no quiero pensar en nada más. Me niego.

Francesco me penetra una y otra vez, mientras, en un italiano que me excita aún más, no para de decir:

—*Bellisima... sei bellisima.*

Así estamos unos minutos, hasta que de nuevo el clímax estalla en mí y le clavo las uñas en el trasero. Segundos después, tras un gruñido, él se queda totalmente quieto y al mirarlo veo que los tendones del cuello se le tensan y su expresión es de auténtico placer.

Dios santo, acabo de follar con un desconocido y ha sido una de las experiencias más placenteras de mi vida.

Al cabo de unos segundos, durante los cuales ambos nos reponemos de lo ocurrido, Francesco sonríe, sale de mí y se sienta a mi lado. Posa su boca sobre la mía y noto el sabor de mi propio sexo.

Nos besamos y nos tocamos con total libertad, hasta que su pene vuelve a estar duro y preparado de nuevo.

—Creo que, por hoy, para ser tu primera incursión en este mundo, ya has tenido bastante. ¿Qué crees tú, *bellissima*?

Alucinada, flipando y totalmente seducida por él, respondo muy acalorada:

—Creo que tienes razón.

Francesco asiente y, tras darme otro beso, susurra:

—Esta pareja me ha invitado a jugar, ¿te importa?

Miro al hombre y la mujer que tenemos al lado, y que parecen estar disfrutando plenamente del sexo, y respondo:

—No. No me importa.

Tumbada en el sofá, observo a Francesco, que se levanta, y esta vez sí puedo ver su enorme erección. La boca se me hace agua, pero he de parar. He de controlar mi cuerpo y mi locura. No debo hacer nada más o sé que me arrepentiré.

Sin dejar de mirarme, veo que se lava el pene y se pone un nuevo preservativo; después se coloca tras la mujer, que está sentada a horcajadas sobre su pareja, y, tras un movimiento seco, la penetra.

¡Joder... la acaba de penetrar con toda facilidad por el ano! ¡Qué dolor!

Pero el grito gozoso de ella me hace saber que de dolor nada y luego me lo confirma cuando la oigo suplicar: «Sigue... sigue, dame más».

Medio tumbada en el sofá, acalorada y sin bragas, los observo. Lo que están haciendo a menos de un palmo de mí me resulta estimulante, lujurioso, caliente y abrasador. El roce de sus cuerpos, unido a sus voces y sus jadeos, me hace desear participar también. Los envidio, pero sé que aún no estoy preparada.

Media hora después, salgo del local todavía en una nube y cuando llego a mi coche, oigo que me llaman. Al volverme veo que es Francesco. Viene hacia mí y, entregándome una tarjeta, dice:

—Llámame cuando quieras, ¿de acuerdo, *bellissima*? Como te he dicho, estaré un tiempo en la isla y ni que decir tiene que estoy a tu entera disposición.

Su propuesta y lo de *«bellissima»* me hace gracia. ¡Es tan italiano! Pero no digo nada.

Cojo la tarjeta, en la que hay un número de móvil y leo:

Francesco Galliardi

Asesor Financiero de RNTC

Portofino - Génova (Italia)

Sin un ápice de vergüenza por lo que ha ocurrido entre nosotros, pregunto:

—¿Pretendes ser mi profesor?

Él sonríe y, apartándose el pelo de la cara, contesta:

—Sólo pretendo enseñarte a jugar y a que lo pases bien.

Sonrío, me guardo la tarjeta en el bolso y, tras darle un beso en la mejilla, subo a mi coche y me voy. No le doy mi teléfono.

¡Aún no puedo creer lo que he hecho!

Cuando llego a mi casa todos duermen y voy directa a mi habitación. Me meto en la cama todavía alucinada por mi comportamiento.

¡Madre mía, si mi familia se enterase!

5

Manías

—¡Buenos días, dormilona!

Un cojinazo en toda la cara me despierta.

Abro los ojos y los achino para ver mejor. Los miopes siempre hacemos eso para intentar enfocar con claridad. Veo a mi hermano Argen con un cojín en una mano y una taza de café en la otra. La expresión de sus bonitos ojos claros, tan parecidos a los de papá y los míos, me hace sonreír y, sentándome en la cama, pregunto:

—¿Qué hora es?

—Las nueve y media y...

Tumbándome de nuevo, me tapo con la almohada y protesto:

—Por Dios, Argen... Me acosté tardísimo, déjame dormir.

—Vamos, levanta. Hoy hace un día estupendo para hacer surf.

Acaba de decir la palabra mágica.

Me levanto de un salto, me pongo las gafas y miro por la ventana. El día está algo nublado, pero cuando miro el mar y veo su movimiento, sonrío y digo:

—En media hora estoy en el coche.

Cuando mi hermano se va de la habitación, lo veo sonreír. Argen y yo nos parecemos mucho. A los dos nos encantan los deportes, en especial el surf.

Me ducho a toda mecha y cuando bajo a la cocina, mi abuela Ankie, que está tomando un café con él, pregunta:

—¿Adónde van mis artistas?

—A surfear —contestamos mi hermano y yo al unísono.

Ankie nos mira sonriente y me pone delante un vaso de leche. Pongo cara de asco y lo aparto. Luego cojo el bote de Nesquik, lo abro y me meto una cucharada en la boca.

—Hummm...

—Por favor, Yanira —protesta mi abuela—. Te hemos dicho mil veces que el cacao es para la leche, no para que te lo tomes así.

—Es que me encanta —digo, metiéndome una nueva cucharada. La disfruto, la paladeo.

Mi abuela refunfuña. Rápidamente, me como otra cucharada y le sonrío a mi hermano, que se parte de risa al verme los dientes negros.

Yo también me río, pero al hacerlo, el polvo del cacao se me va por el otro lado y me ahogo. Toso, salpicando por todas partes.

Mi abuela me da unas palmadas en la espalda y gruñe:

—Esta niña..., todos los días igual.

Argen, acostumbrado, coge rápidamente un vaso de agua y me lo pone delante, mientras se carcajea. Bebo y me ahogo y cuando la angustia se me pasa, oigo preguntar a mi abuela:

—Hoy no trabajas, ¿verdad, Yanira?

Todavía acalorada por mi casi ahogamiento nesquitero, le digo que no con la cabeza y ella exclama:

—¡Genial! Esta noche, mi grupo actúa en el bar La Chusma y te necesitamos para los coros, ¿vendrás?

Asiento. Me encanta acompañar y cantar con mi abuela y sus amigas. Ankie sonríe y, tras ponerme de nuevo el vaso de leche delante y llevarse el Nesquik, le pregunta a mi hermano:

—¿Te has puesto la insulina, cariño?

Él responde:

—Sí, Ankie. Insulina puesta e hidratos de carbono ingeridos.

Los tres sonreímos. El pobre tiene que decir eso mil veces al día.

—¿Hoy no vas al taller? —le pregunta mi abuela entonces.

Mi hermano es un artista de la cerámica, que se gana la vida con ello, y explica:

—Sí iré, pero primero haré un ratito de surf con Yanira. Por cierto, ¿dónde están Han Solo y el guaperas?

Mi abuela y yo soltamos una carcajada y ella responde:

—No lo sé. Se han levantado temprano y se han ido. Por cierto, me ha dicho Nira que hoy hay de comida rancho canario, ¿qué os parece?

—Mmmm... ¡qué rico! —digo.

Ella y Argen se miran. Saben que soy de buen comer.

Tras despedirnos de la abuela con un par de besos, Argen y yo nos metemos en su escarabajo amarillo. Este coche tiene más años que nosotros, pero nos encanta. Fue donde mi padre se declaró a mi madre y mi hermano lo cuida con mimo.

Mientras él conduce hacia la playa del Socorro, yo canturreo lo que suena en la radio, la canción de Carly Rae Jepsen *Call me maybe*.

> *Hey, I just met you*
> *and this crazy*
> *but here's my number*
> *so call me, maybe!*
> *It's hard to look right*
> *at you baby,*
> *but here's my number*
> *so call me, maybe!*

Argen Sonríe. Siempre le ha gustado cómo canto y cuando la canción acaba, pregunta:

—¿Es cierto que ya no estás con Sergio?

—¿Quién te ha ido con el cuento?

Él niega con la cabeza y dice:

—¿Cuándo vas a desblindar tu corazoncito?

—Nunca.

Argen es con quien más he hablado de mi fobia a enamorarme. Fue a él a quien le conté mi drama cuando el neozelandés me rompió el corazón.

—Me encontré con Sergio ayer por la calle —explica— y me comentó que no quieres nada serio. Dice que él te quiere, pero que sabe que tú no lo quieres a él. Pero mira, ahora que ya no estáis juntos, quiero que sepas que siempre he pensado que Sergio no era para ti. Tú necesitas otra cosa.

Divertida por su comentario, pregunto:

—¿Y qué otra cosa necesito yo?

—Un hombre.

—Vayaaaaaaaa... ¿Y Sergio qué es, una salamandra?

Argen suelta una carcajada y mientras aparca, añade:

—Sergio es un buen tío, pero tú con ese carácter que tienes, ¡te lo meriendas! Es demasiado blando para ti y me alegra saber que ya has puesto en marcha tu plan B para conocer a alguien más.

Ahora la que se ríe soy yo al oír lo de plan B. ¡Yo y mis planes!

Bajamos del coche, abrimos la puerta trasera del escarabajo y comenzamos a ponernos nuestros trajes de neopreno, mientras observamos las olas.

—Quítate las lentillas —me recuerda mi hermano.

Yo me río, pero lo hago y me pongo las gafas. He perdido demasiadas lentillas en el agua.

Una vez terminamos, cogemos las dos tablas de surf que llevamos en la baca del coche y Argen me coge de la mano mientras caminamos hacia la orilla del mar.

Antes de quitarme las gafas, busco un punto de referencia, como hago siempre. Una roca picuda al fondo y una sombrilla enorme de Pepsi. Las corrientes me mueven y, si no tengo una referencia clara, cuando salgo del mar sin gafas no veo nada.

El mar está algo picado y los bañistas sólo toman el sol y observan a los surfistas.

Cuando llegamos a la orilla, clavamos nuestras tablas en la arena mientras saludamos a varios amigos. Todos son surferos como nosotros, y juntos contemplamos el oleaje y a los que ya disfrutan de las olas.

Al cabo de unos minutos, mi hermano y yo nos lanzamos también al agua. Boca abajo sobre las tablas, nadamos con los brazos para adentrarnos en el mar. Una vez lo hacemos, nos sentamos a la espera de una buena ola y charlamos con los amigos que están cerca.

Surfear es divertido. No necesito ver con nitidez, una vez en la tabla sólo necesito sentir. Durante un par de horas, cabalgamos las olas y gritamos satisfechos cuando el subidón de adrenalina nos desborda.

Cuando salgo del agua, busco la sombrilla de Pepsi y la roca y una vez en la arena, clavo mi tabla y saco de la bolsa una toalla para secarme la cara. Luego me pongo las gafas y me siento a observar a mi hermano. Es buenísimo. Él fue mi maestro y quien me inculcó el amor por este deporte.

Oigo la música que suena por los altavoces del chiringuito y, mientras miro el mar, tarareo la canción *Single ladies*, de Beyoncé, mientras muevo los hombros siguiendo el ritmo. Me encanta esta cantante.

Pienso entonces en lo ocurrido anoche. Todavía no puedo creer lo que hice. Si alguien se entera, me muero de vergüenza, pero sonrío al recordar lo bien que lo pasé y que, en realidad, sólo yo sé lo que ocurrió allí.

Poco después me entra sed, así que me levanto y me encamino hacia el chiringuito:

—Una garimba fresquita —le pido al encargado.

El hombre, que ya me conoce de otras veces, me sonríe y les grita a sus ayudantes:

—Marchando una cervecita fresca para la guapa surfera rubia.

Divertida por la guasa que se traen, cojo mi bebida y, cuando voy de regreso hacia mi tabla, oigo que alguien me llama.

Me vuelvo curiosa para averiguar quién es y me quedo de piedra al ver ante mí al de Portofino, el italiano que conocí anoche.

Me entran las calandracas de la muerte, «¿qué hace él aquí?».

Sonríe y, acercándose a mí, murmura:

—Con gafas estás guapísima.

Y una mierda.

¡Joder! No me gusta que me vean con gafas. Siempre las he odiado. En el colegio me llamaban Yanira *la Gafitas* y recuerdo que me sentaba fatal. Así que procuro ponérmelas sólo en casa y cuando no me queda más remedio, como ahora en la playa.

Qué mala suerte. ¿Por qué he tenido que encontrarme a este hombre?

Mi cara debe de ser todo un poema, porque el pobre se acerca rápidamente y, cogiéndome del brazo, pregunta:

—¿Qué te pasa?

Me pasa de todo. Pero mirándolo fijamente, cuchicheo:

—No se te ocurra comentar nada de lo ocurrido entre tú y yo, ¿entendido?

La que es ahora un poema es su cara y, acercándose más, responde:

—Yanira... eso es algo entre nosotros, no para ir contando por ahí ni para fanfarronear. —Y al ver mi expresión, sonríe y murmura—: Creo que aún tienes que aprender muchas cosas del mundo Swinger.

Sus palabras me tranquilizan, veo que puedo fiarme de él, y señalando hacia la playa, digo, al ver a Argen salir del agua:

—Ven, te presentaré a mi hermano.

Francesco y él se caen de maravilla. Al final, los tres nos volvemos a acercar al chiringuito y tomamos algo mientras bromeamos sobre mis gafas. Según Francesco, estoy *bellísima* con ellas. Yo, en cambio, no veo el momento de tener dinero para operarme y así no tener que llevarlas nunca más.

Luego hablamos sobre la isla y el trabajo y cuando nos vamos a despedir, mientras mi hermano camina hacia el coche, el italiano me pregunta:

—¿Me llamarás?

Paseo la vista por este hombre que tan buena pinta tiene y, tras pensarlo un momento, respondo:

—¿Qué tal si nos vemos mañana sobre la una en el mismo sitio?

Él sonríe y, guiñándome un ojo, asiente y se va.

Cuando llego al coche, mi hermano, que se está quitando el traje de neopreno, me mira divertido y dice:

—Es majo el *bellísima*.

—Sí. Es simpático.

Tras un silencio, Argen añade:

—Pero ése tampoco es un tío para ti. ¡Tú a ése te lo meriendas, como a Sergio!

Me entra la risa y él pregunta:

—¿De qué lo conoces?

Comienzo a quitarme yo también el traje y respondo:

—Lo conocí una noche, tomando una copa.

—Pásalo bien con él, hermanita —me dice Argen—, pero recuerda, ese plan B no es para ti. Inicia ya tu plan C.

Sonrío divertida. Sé que tengo carácter y más me vale, después de haberme criado con tres hermanos varones en casa siendo yo la única niña y encima la pequeña.

Cuando vamos a subir al coche, suena el teléfono de Argen.

—Era Jonay —me dice al colgar—. Su primo ha empezado a trabajar en el Siam Park y nos invita a pasarnos cuando queramos.

—¡Cámbate! Qué bien.

Al oírme esta expresión de admiración tan de la tierra, mi hermano se ríe. Sabe que adoro ir al Siam Park, un parque acuático al sur de la isla, en cuyas piscinas hay las olas artificiales más grandes del mundo. En alguna ocasión hemos ido a ver practicar a los mejores surfistas del momento. Cuando cierran el parque, lo abren para ellos y es maravilloso verlos cabalgar esas impresionantes olas.

De pronto, un coche se para a nuestro lado y veo en él a la chica que Argen idolatra desde hace años: Patricia, su amor platónico.

Lo miro divertida y él me devuelve la mirada con el cejo fruncido. Acercándome, le pregunto:

—¿Algún plan?

Argen niega con la cabeza y yo digo:

—Plan A: ¡salúdala!

—No.

—Plan B: hazte el encontradizo.

—No.

—Plan C: dejo caer mi tabla sobre su coche, le hago un bollo y seguro que nos mira.

—Te mato —sisea él.

Me río y miro al grandullón de mi hermano volverse chiquitito ante la presencia de esa joven. A su edad, Argen ha tenido ya varias novias, pero ninguna cuaja. Tarde o temprano todas lo dejan, al parecer por su enfermedad. Y sin duda alguna, no se atreve a acercarse a Patricia por eso mismo. Teme ser rechazado, pero yo insisto:

—Plan D: saludo al chico que va con ella, que lo conozco, y...

—No —gruñe mi hermano—. Déjate de planes y sube al coche, que nos vamos.

Me callo y no propongo ningún plan más. Está visto que Argen no quiere mi ayuda para que Patricia se fije en él. Durante todo el camino de vuelta, me mofo de él, que no para de protestar.

Una vez llegamos a casa, le digo adiós y me encamino hacia mi habitación. Cuando entro, me miro al espejo y sonrío contenta. Esta noche cantaré con mi abuela y sus amigas y mañana he vuelto a quedar con Francesco. ¿Qué más se puede pedir?

Tras pasar parte de la tarde en la tienda de mis padres, a las siete regreso a casa para cambiarme y vestirme para la actuación de esta noche. A diferencia de cuando canto en el hotel, para acompañar a mi abuela y su grupo no me pongo zapatos de tacón. ¡Qué descanso! Con ellas lo que pega son los vaqueros, el cuero y las botas de roquera.

Una vez lista, bajo al salón, donde mi abuela ya está preparada y al verme dice:

—Estás preciosa, cariño.

—Gracias, Ankie.

La abuela Nira nos mira y niega con la cabeza, pero no dice nada. Se lleva bien con Ankie, pero la sigue descolocando su faceta de roquera, aunque lo acepta. Igual que Ankie acepta que a ella le encante mirar revistas del corazón y el cotilleo diario de la tele.

Tras despedirnos, mi abuela coge su adorada guitarra y subimos a mi coche. Veinte minutos después, llegamos al local y sonrío al encontrarme con el resto de la banda. Cuatro mujeres de la misma edad que mi abuela, todas roqueras, cachondas y divertidas.

¡Menudo peligro tienen cuando se juntan!

Cuando entramos en el local, la gente nos mira. Alucinan al verlas tan mayores y vestidas con pantalones de cuero, chupas vaqueras y con los instrumentos a cuestas.

En general, la gente se ríe. No las entiende y eso me joroba cantidad. ¡Me subleva este ponerle etiquetas a la gente por su edad!

Pero cada vez que voy con ellas, vuelvo con alguna lección aprendida. Y me encanta su lema de «Que digan lo que quieran, porque con la edad que tengo, con mi vida, mi música y mi cuerpo hago lo que me da la gana».

Mientras ellas acaban de colocar los instrumentos en el escenario, los turistas las observan con curiosidad. Están desconcertados. No saben qué esperar de lo que están viendo, pero, desde luego, nada bueno.

En cambio, Pepe, el dueño del local, está tranquilo. Me guiña un ojo y yo le sonrío. Sabe que cuando el grupo comience a tocar, se los meterán a todos en el bolsillo.

Se sube en el escenario y dice en inglés, alemán y español:

—Buenas noches a todos.

El publico grita, levantan sus bebidas y dicen alguna que otra inconveniencia al ver a las abuelas en el escenario, pero Pepe prosigue:

—¡Es un placer tener aquí a Las Atacadas! Recibámoslas con un gran aplauso.

La gente aplaude y silba, pero sin muchas ganas. Están convencidos de que no les va a gustar el espectáculo, hasta que Ankie enciende el amplificador, lo enchufa a su guitarra y, tras mirarme con cara de «¡Éstos se van a cagar!», se marca un riff de lo más cañero que los deja a todos sin habla y luego grita en plan macarra por el micrófono:

—¡Viva el rock and roll!

Sus compañeras se van incorporando a la melodía. Primero la batería, luego el teclado y, finalmente, los dos bajos eléctricos. Y uno a uno, todos los presentes se quedan sin habla y empiezan a aplaudir.

La gente se vuelve loca. Bailan, se mueven, se divierten. Lo pasan de fábula y yo, en un lateral del escenario, sonrío encantada mientras bailo también.

Siempre pasa igual.

Siempre la misma reacción.

Disfruto cuando mi abuela y sus amigas los dejan a todos boquiabiertos.

Canción a canción se hacen las dueñas del local hasta que tocan la suave *Flor de Luna*, de Santana, antes de parar un poco. A Ankie le encanta esa canción y la toca como nadie.

Tras un descanso de quince minutos, subimos de nuevo al escenario y esta vez el recibimiento no tiene nada que ver con el anterior. ¡Es brutal! La gente quiere caña y el grupo de mi abuela se la da durante otra hora, hasta que suenan los primeros acordes de guitarra de la canción *She's got the look*, del grupo Roxette y sé que eso significa que es la última canción. Con su peculiar voz, mi abuela comienza a cantar la pieza y yo le hago los coros.

She's got the look, she's got the look.
She's got the look, she's got the look.
What in the world can make a brown-eyed girl turn blue.
When everything I'll ever do, I'll do for you.
And I go: la la la la la.
She's got the look.

Todos los presentes se la saben y participan encantados. Cuando acabamos e intentamos bajarnos del escenario, no nos dejan. Mi abuela y sus amigas sonríen y deciden darles un final apoteósico, por lo que tocan *You shook me all night long*, de los AC/DC.

El local se viene abajo de los aplausos, mientras yo me siento orgullosa de mi abuela a más no poder.

6

Ese hombre

Tenerife, 2013. Un año después

Dejo el coche aparcado en las inmediaciones del Grand Hotel Mencey y me apresuro para no llegar tarde a la actuación. He estado surfeando en la playa de Las Palmeras con mi hermano y después he pasado a tranquilizar a Luis y Arturo. Van a ser padres en menos de un mes y Luis está histérico.

Cruzo el vestíbulo del hotel con mis supertaconazos negros y me encuentro con Alberto, un morenazo que trabaja en recepción y con el que me veo de vez en cuando. Solemos pasarlo bien, pero ambos sabemos que entre los dos no existe ni existirá nada.

Justo cuando el presentador da paso a la orquesta, yo llego y, de un saltito, me subo a la tarima con el resto de mis compañeros. Luciano, el pianista, me contempla con reproche. He llegado tarde y le pido disculpas con la mirada.

Durante una hora, canto junto a otra compañera los éxitos del verano, aunque también incluimos en nuestro repertorio canciones de toda la vida. Cuando hacemos el primer descanso de quince minutos, me suena el móvil.

—Yaniraaaaaaaaaaaaaaaaaa.

Al reconocer la voz de mi querida amiga Coral, que ahora vive en Barcelona con su amado Toño, suelto una carcajada y respondo:

—Hola, loca, ¿qué tal por Barcelona?

—Maravillosamente, ¿y tú?

Miro a mis compañeros de la orquesta, resoplo y digo:

—Pues bien, una noche más cantando. Por cierto, acabo de estar con Luis y Arturo y me han dicho que los llames. Tienen algo que contarte.

—Será bueno, ¿no?

Sonrío al pensar que lo que le quieren decir es lo de su bebé y contesto:

—Buenísimo. —Pero al notarla rara, añado—: Cuéntame qué te pasa, te noto desanimada.

—He dejado a Toño.

—¡¿Quééé?!

—Que lo he dejado. No es el hombre de mi vida. Adiós boda, niños y chalecito con piscina.

—¿Que has dejado a Toño?

Si me pinchan, no me sacan sangre. Si había alguien enamorada de su novio, ésa era mi amiga.

—Sí. ¡Se acabó! —dice.

—Pero ¿por qué?

—Porque yo no soy la chacha de nadie y desde que nos mudamos a Barcelona me hacía sentir como gordicienta.

—¡¿Gordicienta?! —repito divertida.

—Una mezcla de gorda y cenicienta —explica—. Y ya sabes que adoro el cuento de la Cenicienta, con ese final tan bonito que tiene, pero ¡se acabó! Y este final nuestro ha sido de todo menos bonito.

Alucino. Ni siquiera sé qué decir. Sé bien lo que representaba Toño para mi amiga.

—El otro día —prosigue—, estaba recogiendo la cocina y el muy idiota entra con uno de sus amigotes, coge una de las magdalenas de chocolate que yo acababa de hacer para él y me dice: «Creo que deberías dejar de comer estas cosas. Tus muslos te lo agradecerán».

—¿Eso te dijo delante de su amigo?

—Sí, Yanira, eso me dijo. Te juro que me tuve que contener para no darle con la bandeja de magdalenas en la cabeza. ¡Será cabronazo el tío! —levanta la voz—. Yo recogiendo la mierda que él deja por todos lados, aguantando a los payasos de sus amigotes, cuidándolo como a un príncipe, haciéndole bollitos y todas las comiditas que sé que le gustan y ¡va y me llama gorda delante de su amigo!

Pero se acabó ser la Cenicienta de ese imbécil. A partir de ahora, seré mi propia Cenicienta. Así que recogí mis cuatro cosas, le hice una peineta, lo puse a parir y me fui a vivir con unos amigos. Anda y que le den al muy idiota.

—Pero si estabas locamente enamorada de él...

—Tú lo has dicho, lo estaba. Pero ¡se acabó! Al final vas a tener razón con lo de que en esta vida todo caduca, como los yogures. —Sonrío al escucharla—. Definitivamente, haber estado con Toño todos estos años y encontrarme con este final hace que no crea en el amor. Como dice esa canción que a veces cantas: es un gran necio, un estúpido engreído, egoísta y caprichoso, un payaso vanidoso, inconsciente y presumido, falso, enano, rencoroso, que no tiene corazón.

—Vaya... pues sí que te la sabes bien —me mofo.

—Yo que por él habría sido capaz de matar —continúa con dramatismo— y ahora no quiero verlo ni en pintura. Y si lo veo será para insultarlo.

—Mujer...

—Que no, mi niña, que no. ¡Se acabó! Es más, he decidido que mi novio a partir de hoy, ¡se llama chocolate!

Como no me ve, sonrío, aunque sé que no es momento de hacerlo.

—Lo siento y...

—Calla, que eso no es todo —me interrumpe—. Mi rachita de disgustos continuó y hace dos días me han despedido del restaurante. Ea... ¡eso sí que es una desgracia!

—Ay, Dios, Coral, ¡qué putada!

—¡La puñetera crisis!

—Vaya...

—Esta jodida crisis, que hace que los dueños reduzcan plantillas, y como yo soy de las últimas que llegué, pues derechita a la calle. Vamos, como te pasó a ti en la guardería.

—Pero si eres la mejor repostera que conozco.

Oigo que suelta una carcajada y luego dice:

—Gracias, cielote, yo también te quiero. —Y, tras un lastimero suspiro, añade—: Así pues, estoy soltera, abierta a nuevas experiencias en las que el amor no va a aparecer ni loca y sin trabajo, ¿qué te parece?

—Fatal, Coral, fatal.

—Perooooooooooooo... no hay mal que por bien no venga y ya he pasado al plan B. Me he enterado de un trabajo que nos puede convenir a las dos.

—¿A las dos? —repito extrañada, mientras cojo un rico canapé de salmón de una bandeja.

Conozco a Coral y por su tono de voz sé que está nerviosa por lo que me tiene que contar.

—Ayer, una amiga que está en paro como yo —empieza—, me dijo que están buscando personal para un crucero por la costa mediterránea. La plantilla ya está completa, pero por lo visto ha habido unas bajas y necesitan gente. ¿Qué te parece?

Cojo otro canapé y respondo:

—Pues bien. ¿Qué perfiles buscan?

—Camareras y personal de cocina.

—¿Alguna cantante?

—Eso no lo sé, pero en esos cruceros suele haber espectáculos nocturnos y seguro que podrías trabajar en ellos. Por lo visto, es un crucero que sale desde Barcelona y visitará sitios tan impresionantes como Marsella, Génova...

—¿Génova?

Coral dice que sí y seguro que sonríe. Sabe que allí vive mi amigo Francesco. Se lo presenté una vez, cuando los dos aún estaban en Tenerife y la tía se quedó coladita por él. ¡Si ella supiera...!

Francesco y yo seguimos manteniendo contacto vía Facebook o email y siempre hablamos de volver a vernos, pero nunca surge la oportunidad. Ambos somos adultos y cada cual ha seguido con su vida en su país. La última vez que me escribió, me comentó que había conocido a una chica y que estaba saliendo con ella en serio. Me gustó saberlo.

—Escucha, Yanira —prosigue Coral—, mañana por la mañana iré a informarme de este trabajo y sabré qué tenemos que hacer para intentar que nos contraten. ¿Te animas?

Lo pienso. Salir de Tenerife y ver algo de mundo siempre me ha llamado la atención, pero al pensar en mi familia y en especial en Argen, respondo:

—No lo sé, Coral.

—Dime que sí... Ahora que no sales con nadie es momento de hacerlo. Di que síííí.

Su insistencia me hace reír y digo:

—Escucha...

—Nooooooooooo... —me interrumpe ella—, no quiero escucharte. Quiero que me digas que sí. Es una oportunidad de estar de nuevo juntas, conocer hombres interesantes y ver algo de mundo. Y además...

—¡¡Coral!! —grito y ella se calla—. El contrato con el hotel se me acaba el mes que viene, pero seguramente conseguiré que me lo renueven. El trabajo está muy mal y...

—Es una oportunidad, Yanira, ¿no lo ves? —vuelve a la carga—. Será un contrato temporal, que sólo durará mientras dure el crucero. Pruébalo y, si no te gusta la experiencia, regresas de nuevo a Tenerife y sigues cantando en hoteles. Vamos... dime que sí... Por favorrrrrrrrrrrrrrr. ¡No le puedes decir que no a Gordicienta!

Sonrío sin poderlo evitar. La verdad es que me atrae mucho salir de la isla y trabajar en un crucero. Un camarero pasa con una bandeja por mi lado y yo cojo otro canapé y le digo a Coral:

—Vale. Infórmate bien de todo y me cuentas.

Su grito es atronador y, divertida, anuncio:

—Te dejo. Tengo que subir de nuevo al escenario.

—Vale. Besosssssssssss.

Una vez cuelgo, apago el móvil y me lo guardo en el bolso. Cinco minutos después, estoy con la orquesta, cantando *Extraños en la noche* para los clientes del hotel.

7

Eso de saber

¡Estoy en Barcelona!

Coral se informó sobre lo del crucero y no pagan mal. No me han contratado como cantante, sino de camarera. Eso sí, les he dejado muy claro a qué me dedico y lo han apuntado. Espero que no lo olviden y me llamen si me necesitan.

Y aquí estoy, dispuesta a disfrutar de una nueva experiencia al lado de la loca de mi amiga.

—¡Qué pasada de sitio! —exclamo, mirando a mi alrededor.

El crucero es un impresionante hotel flotante. Caben en él tres mil personas y tiene siete cubiertas e instalaciones increíbles para organizar veladas con espectáculos y animación.

Los nuevos tenemos una reunión con el jefe, que nos explica que en el buque hay cuatro categorías de camarotes. Y nos los enseña.

Los interiores, sin ninguna apertura al exterior, que son los más económicos y con seguridad el que yo podría pagar. Los exteriores, que son igual que los interiores pero con un ojo de buey. Otros exteriores mejores, con balconcito privado. Y, por último, las lujosas suites, espaciosas, con balcón privado, jacuzzi y salón, que están ubicadas en la cubierta superior y que son una pasada.

—Bonita suite —le dice de pronto un joven rubio a otro pelirrojo, caminando hacia nosotras.

—Para disfrutar a tope en ella, ¿no crees? —responde Coral, dejándome boquiabierta.

¡Será descarada!

Desde que ha dejado a Toño está desatada. Ha pasado de ser la dulce Coral que creía en los cuentos de hadas, a la devorahombres que se crea sus propios cuentos de princesa traviesa.

Miro al chico que está al lado del rubio, sonrío y pienso: «Pelirrojo, prepárate».

El que ha hablado, al ver que ambas sonreímos, sonríe a su vez y se presenta.

—Hola, me llamo Tomás.

—Yo Fredy —dice el pelirrojo.

Nosotras también les decimos nuestros nombres Y, en seguida, Tomás se pone a mi lado y comienza a bromear conmigo, mientras Coral parpadea y coquetea ya con el tal Fredy.

—Trabajo aquí desde hace tres años —me explica Tomás, mirándome.

—Vaya, qué suerte —contesto.

Cuando acabamos de visitar los diferentes tipos de camarotes, se nos explican las obligaciones de cada uno y Tomás sonríe al ver que estamos en el restaurante Cocoloco junto con él y que es uno de nuestros encargados.

Desganada, escucho que deberé atender en el restaurante y, si es necesario, echar una mano en la barra durante los espectáculos nocturnos.

De pronto, veo que se abre una puerta lateral y un morenazo vestido con pantalones de camuflaje y una camiseta blanca cruza la estancia mirando un móvil que tiene en las manos.

¡Madre míaaaaaaaaaa!

Sin poder evitarlo lo sigo con la mirada. Se lo ve un hombre interesante, no un muchacho, como Tomás. Me atrae su pinta de tipo duro. Su mentón cuadrado, su seguridad al andar. Cuando desaparece por otra puerta, vuelvo a prestar atención a las aburridas explicaciones.

Escucho al jefazo de todo el tinglado, el señor Martínez, mientras nos explica cómo atender a los clientes. ¿Por qué casi todos los encargados son tan serios? ¿Acaso nunca se han divertido?

El señor Martínez, que es como él quiere que lo llamemos, nos hace mucho hincapié en que debemos ser corteses, no descuidar nuestra apariencia ni nuestro vocabulario y facilitarle el viaje al cliente.

Después nos habla de la noche de gala del capitán y resoplo al darme cuenta de que yo no seré de esas mujeres glamurosas que están junto a él, bebiendo champán. Yo más bien seré de las que estarán trabajando a saco ¡y el champán ni olerlo!

Cuando la reunión se acaba, todos los nuevos curritos nos bajamos del buque, felices por haber conseguido este trabajo. Tras despedirnos Coral y yo de Tomás y Fredy, miro a mi alrededor con la esperanza de ver al morenazo, pero nada, ni rastro. Mi amiga, feliz por esta aventura juntas, me coge del brazo y dice mientras caminamos:

—¡Qué pasote de sitio! Estoy convencida de que lo vamos a pasar genial.

Asiento. No dudo ni un segundo de que así será, pero añado:

—Me compraré unas pastillas antimareo por si las necesito. Mejor que me sobren que no que me falten.

Ambas nos reímos. El crucero zarpará dentro de dos días y yo soy una mujer muy previsora. Una vez salimos de la farmacia, le pregunto a Coral:

—¿Qué te parece si nos vamos a un Starbucks por un *frappuccino*?

—Excelente idea —contesta ella.

Encantadas de la vida, nos encaminamos hacia el Starbucks más cercano al puerto. Al llegar hay una cola enorme, pero dispuestas a tomarnos nuestro *frappuccino* de moca blanca, esperamos con paciencia.

De pronto, me fijo en un hombre que espera a que le entreguen su consumición y el corazón se me acelera inmediatamente.

¡El morenazo del barco!

Lo vuelvo a mirar y cuando levanta la vista del móvil, me quedo sin palabras. Ay, Dios, tiene la boca más sensual que he visto nunca y una mirada desafiadora que me encanta. Se pasa una mano por su corto pelo y después por la barbilla. Su magnetismo y su virilidad me dejan clavada en el sitio y cuando consigo respirar, le susurro a mi amiga:

—Atención, morenazo más que impresionante a las doce en punto.

Sin ningún disimulo, Coral estira el cuello y tras escanearlo a conciencia, exclama:

—¡Vaya tela, cómo está el hombre!

—Interesante.

—Yo diría que madurito.

—Ya sabes que los niños no me gustan.

Ella asiente y murmura:

—Éste los treinta y cinco ya no los cumple. —Y asintiendo con la cabeza, añade—: Yanira, con este hombre te digo yo que las seis fases del orgasmo las cumples a rajatabla.

Me río. No sé a qué se refiere con eso de las seis fases y ella me lo aclara bajando la voz.

—La primera es la que se denomina asmática y es cuando dices lo de «¡Ah... ah...!». La segunda es geográfica: «¡Aquí... aquí!». La tercera, matemática: «¡Más... más!». La cuarta, religiosa: «¡Ay, Dios mío!». La quinta, suicida: «¡Ay, que me muero!». Y la sexta, y no menos importante, la homicida, que es cuando le sueltas: «¡Si te paras, te mato!».

Mi carcajada hace que todo el mundo nos mire. Pero ¿dónde ha aprendido eso la santurrona de mi amiga?

Entre risas, me cuenta quién se lo enseñó y yo me parto. Después observamos al madurito mientras él sigue esperando su consumición hablando por el móvil. Desde luego, yo estaría más que encantada de probar esas seis fases del orgasmo con un hombre así.

No parece contento. Su cejo fruncido y los movimientos que hace con la mano libre me dan a entender que la conversación lo irrita. Me encanta su cara de perdonavidas, y cuando se da la vuelta, me quedo sin aliento al ver su ancha espalda y su estupendo trasero.

Por favor... qué culito más mono.

Poco después, cuando la camarera del local le entrega un vaso de café con una sonrisa de lo más encantadora, murmuro:

—Acabo de encapricharme a primera vista.

—Y yo...

Molesta, miro a Coral y digo:

—No jorobes. ¿Del mismo que yo?

Ella niega con la cabeza.

—Tranqui, mi niña —responde—. A mí me pone más el de la camiseta pistacho que hay a las tres en punto. Debe de ser medio tonto, pero me encanta esa nariz aguileña.

Miro hacia donde indica y sonrío cuando añade:

—Qué le voy a hacer si ahora me gustan los jovenzuelos.

Sonriendo, vuelvo a mirar a mi morenazo, que se acerca a nosotras en su camino hacia la salida.

Qué nervios.

¡Y qué alto es!

Me excito sólo mirándolo. Su seguridad al caminar, al mirar, al respirar me hace pensar que yo a éste, como diría mi hermano Argen, ¡no me lo meriendo! Y eso me provoca. Me vuelve loca.

De pronto, Coral, en su estilo más loco, le corta el paso y pregunta:

—¿Tienes un cigarro?

Él clava su impresionante mirada en nosotras y dice:

—No.

—¿No fumas? —insiste ella empujándome para que diga algo.

—No.

Vaya, ¡es parco de palabras!

Y tras un incómodo silencio, durante el cual no sé qué decir ante su penetrante mirada, al ver que va a seguir su camino, miro el vaso que lleva en la mano e, incapaz de dejarlo marchar, digo:

—Vale, pues adiós, Dylan.

Me escudriña con la mirada y de pronto me siento como una tonta.

¿Por qué he tenido que decir eso?

Coral se ríe. La madre que la parió.

Yo me río. La madre que me parió a mí también.

Y el hombre, sin quitarme ojo y más que serio, pregunta en tono molesto:

—¿Nos conocemos?

Pero ¡qué bordeeeeeeeee!

—No —contesto.

Desconcertado, se inclina un poco para estar a mi altura. Me saca un palmo por lo menos. Clava sus impresionantes ojos castaños en mí y pregunta:

—Entonces, ¿cómo es que sabes mi nombre?

Plan A: le digo la verdad.

Plan B: le cuento una milonga.

Plan C: le doy un besazo de tornillo y que salga el Sol por Antequera.

Finalmente me decido por el plan A, pues el C es demasiado arriesgado y respondo:

—He supuesto que tu nombre es el que está escrito en el vaso del Starbucks.

El morenazo lo mira, lee lo que pone en él y pregunta:

—¿Y si no fuera ése?

Me derrito al perderme en sus ojos y, encogiéndome de hombros, digo con sonrisa de lela:

—Pues habría metido la pata hasta el fondo.

Me traspasa con la mirada y luego me contempla desafiante, con los ojos entornados. Aprieta los labios y yo me río de nervios. Parece que va a decir algo, pero finalmente niega con la cabeza y se va.

¡Ohhhh... qué penaaaaaaaaaaaa!

Lo miro totalmente extasiada. Me ha impresionado más que cuando Ricky Martin me firmó un autógrafo hace unos años y me guiñó un ojo.

Coral, que se da cuenta de todo, suelta una carcajada y, acercándose a mí, cuchichea:

—Recoge las bragas del suelo, que nos toca pedir.

Vuelvo en mí. ¿Qué me ha ocurrido?

Empujo a mi amiga y, todavía algo acalorada, le pido los *frappuccinos* a la camarera.

Salimos del local riéndonos y cuando unas chicas que pasan corriendo me empujan sin querer, caigo como una tromba sobre alguien.

—Weeepaaa —oigo.

Mi *frappuccino* se derrama sobre ese alguien y al mirar veo que es un hombretón moreno. Apurada, digo:

—Ay, Dios... lo siento mucho.

Él, todavía sujetándome entre sus brazos, me suelta y, mirando su camisa empapada por mi bebida, dice en castellano, con un acento de guiri que no puede con él:

—No te preocupes. No ha sido culpa tuya.

—Ya, pero...

Sin dejarme acabar la frase, ese tiarrón me suelta:

—Te has manchado el pañuelo de Hermès que llevas.

¡Será pijooooooooooo! Me entra la risa y respondo divertida:

—Te podría decir que sí, pero es de los chinos. Concretamente, de la tienda de mi vecino Yuyun.

Sorprendido, toca una punta del pañuelo y musita:

—Son increíbles estos chinos. Desde luego, parece un auténtico Hermès.

Sonrío sorprendida por su amabilidad. Ese tipo de hombres tan pijos y repeinados no suelen ser tan simpáticos. Mientras lo miro, él se da la vuelta y habla con un grupo de hombres a cuál más arreglado. Los observo y rápidamente deduzco que son gays musculitos y guapitos. ¡Con esta pinta, no me cabe la menor duda!

—¿Estás bien? —pregunta Coral.

—Sí. Pero necesito otro *frappuccino*.

Caminamos de nuevo hacia la cola y mientras esperamos, mi amiga exclama:

—¡Qué tiarrón! ¿Por qué no chocaré yo con tíos así?

Divertida, estoy a punto de contestarle que a ese hombre creo que le va otra cosa, cuando alguien me coge del brazo y, al volverme, veo que se trata de él, que me pregunta:

—¿Qué estabas bebiendo, linda?

Alucinada, respondo:

—Un *frappuccino* de chocolate blanco, sin café.

Ya nos tocaba y veo cómo él lo pide y un par de minutos después me lo entrega. Agradecida, digo:

—Gracias y también por sujetarme para que no hincara los dientes en el suelo.

El tiarrón sonríe y entonces se nos acerca un hombre algo mayor y regordete, con unas enormes gafas de sol. Le toca la cabeza en un gesto que se me antoja protector y pregunta:

—¿Qué ha ocurrido, Tony?

¿Será su novio?

El tal Tony va a responder, cuando yo salto:

—He sido yo. Unas chicas me han empujado y...

Sin dejarme terminar la frase, el recién llegado dice:

—Vayamos al hotel. Allí podrás cambiarte.

Al ver su mala educación, Coral interviene:

—Yanira, vámonos. Ahí están Jordi, Aída y los demás.

Cuando nos juntamos con sus amigos, ella me los presenta y me olvido del incidente. A Jordi y Aída ya los conozco: son sus compañeros de piso. Entre todos proponen ir al Obsesión a cenar y a tomar una copa. Yo encantada. No conozco Barcelona y donde me lleven me va bien. Pero al dirigirnos hacia los coches, el hombre al que le he tirado mi *frappuccino* encima se acerca y pregunta:

—¿Adónde vais?

Coral, que ya le ha echado el ojo, responde, encantada con su presencia:

—A cenar y luego de fiesta.

Observo que él mira hacia atrás y veo que el grupo con el que estaba ya no está.

—¿Os importa si voy con vosotros? Me compraré una camiseta, aunque sea en los chinos, así no tengo que ir al hotel.

Vaya... no es tan pijo como yo creía, pero intuyo que esto nos va a traer problemas. Lo sé. Mi sexto sentido de mujer me dice: «¡Alerta!».

Pero Coral, que lo mira con ojitos de loba, pero de loba... loba, sonríe.

—Claro —contesta Coral—. ¿Cómo te llamas?

—Anthony, pero me puedes llamar Tony.

Sin más, se une al grupo y nos vamos todos de juerga. Miro a

Coral y sonrío al ver que ya ha elegido a su siguiente víctima, aunque no dudo que tardará poco en darse cuenta de que con éste no hay nada que hacer.

Sobre las cuatro de la mañana, tras bailar hasta quedar agotados y Coral ser por fin consciente de que el tiarrón no pasará por su cama a no ser que sea para dormir a pierna suelta, decidimos regresar a casa, pero no sabemos qué hacer con Tony.

¡Está como una cuba!

Ha bebido más de la cuenta y, tras meditarlo, Coral y yo decidimos no dejarlo abandonado en mitad de la calle y llevarlo a la casa donde nos alojamos. Ayudadas por Jordi y Aída, conseguimos subirlo hasta el piso, que está en la Villa Olímpica, y Tony cae como una piedra sobre el sofá.

—Pero ¿qué ha bebido? —pregunto, mirando a Coral.

—No lo sé. Yo sólo lo he visto con un bacardí con Coca-Cola. Eso sí, ¡toda la noche!

Agotada y cansada por la juerga, decido irme a dormir. ¡Lo necesito! Pero sobre las ocho de la mañana, un ensordecedor ruido, que identifico como la música de la película *Tiburón*, me despierta y me levanto buscando su origen.

No lo encuentro. Corro por mis gafas, pero sigo sin dar con él.

Tutu... tutu... tutu... tutuuuuuuuu.

¡Oh, Dios..., esta estridente musiquita me está volviendo loca! Jordi, Aída y Coral aparecen en el comedor y con cara de cansancio, preguntan:

—¿Qué es esto que suena?

—*Tiburón* —respondo, a punto del infarto.

Tony sigue dormido como un ceporro sobre el sofá, boca abajo, y me doy cuenta de que el ruido proviene de uno de los bolsillos de su pantalón. Con cuidado, le damos la vuelta y el ruido se hace más ensordecedor.

Tutu... tutu... tutu... tutuuuuuuuu.

—Debe de ser su móvil —comenta Jordi, tapándose los oídos—. Páralo, por favor.

Meto la mano en el bolsillo trasero del pantalón y saco el móvil. Es una llamada. ¡Menuda musiquita...! El teléfono suena y suena y Tony no se despierta. Cuando ya no puedo más, abro el móvil y, sin mirar la pantalla, grito:

—¿Quién es?

—¿Quién es usted? —oigo que responde un hombre y, al no recibir contestación, me dice—: Haga el favor de decirle a mi hermano Tony que se ponga al teléfono.

Oh... oh... ¡aquí está el problema! Resoplando, contesto:

—Imposible. Aún no se ha despertado.

El tipo suelta toda una serie de improperios y cuando por fin agota su bonito vocabulario, pregunta:

—¿Tony ha bebido?

Miro al susodicho. Más que beber ha debido de absorber el licor por todos sus poros.

—Bueno —digo—, la verdad es que...

Ahora el que resopla es él, y pide:

—Deme su dirección. Iré a buscar al loco de mi hermano.

Pienso qué hacer. No me apetece que ese idiota aparezca por el apartamento, pero me guste o no es lo mejor para todos. Así que, con la misma frialdad con que él me ha hablado, le doy la dirección y, tras colgar, miro a Coral, Jordi y Aída y digo:

—Volved a la cama. Yo esperaré a que venga el simpático hermanito de Tony a buscarlo y luego también me acostaré.

Sin poner la más mínima objeción, los demás desaparecen mientras yo paso al cuarto de baño para peinarme y lavarme los dientes. Mi aspecto nada más levantarme es, como poco, aterrador. Eso sí, no pienso cambiarme de ropa para recibir a nadie y menos a ese prepotente. Con mi pijama rojo de pantalón corto estoy más que presentable.

Cuando me estoy tomando una taza de café, suena el timbre del portero automático. Corro a abrir para que no vuelva a sonar y veo por el monitor que se trata del hombre gordito de las gafas de sol que le dijo ayer a Tony que fuera al hotel a cambiarse de ropa.

¡El novio!

Durante unos segundos, lo observo sin ser vista y lo primero que me llama la atención es su cara bonachona mientras pregunto por el intercomunicador:

—¿Quién es?

—Disculpe, señorita, vengo a buscar a Tony.

Una vez le doy al botón, voy hacia la puerta de la casa y la abro.

—Buenos días —saludo.

El hombre asiente con la cabeza y al ver que no se mueve, digo lo más jovialmente que puedo:

—Puedes pasar. Vamos, no te quedes ahí.

Una vez dentro, me tiende la mano y dice:

—Soy Tito Fernández.

Yo se la estrecho y contesto:

—Y yo Yanira Van Der Vall.

Cuando cierro la puerta, le hago un gesto con la cabeza y él me sigue hasta el salón. Tony está tirado en el sofá y al ver su estado, el hombre se acerca, le pasa la mano por el pelo y murmura:

—Joder, Tony...

No digo nada. Entiendo su gesto. Ver las condiciones en que está el otro es para decir «Joder» y algo más.

Recuerdo cuando yo he tenido que ir a recoger en alguna ocasión a Rayco en este estado para que mis padres no se enterasen. «Joder» fue lo más suave que dije.

Finalmente, tras un tenso silencio, suena su móvil. El hombre lo coge. Lo oigo hablar en inglés y, de pronto, tendiéndome el móvil, dice:

—El hermano de Tony quiere hablar con usted.

Sorprendida, cojo el teléfono y saludo jovialmente:

—Hola, hermano de Tony.

Como esperaba, continúa enfadado y responde sin saludar:

—Tito dice que tiene el coche aparcado en la puerta.

—¡Perfecto! Ayudaré a bajar a tu hermano.

—¡¿Cómo?!

—Que ayudaré a bajarlo hasta tu coche —repito.

—¿Usted?

Resoplo. Este tío es tonto. No pienso llamarlo de usted por mucho que él me siga tratando así. No me extraña que Tony le pusiera la música de *Tiburón*.

—Sí. Yo. Aunque no me conozcas, tengo que aclararte que tengo más fuerza de la que imaginas.

Noto que está alucinado y añado entre risas:

—Me he criado con tres hermanos varones y no sería la primera vez que me encuentro en una situación como ésta.

—Señorita, ¿qué le hace tanta gracia?

Menudo borde. Estoy a punto de colgar el teléfono, pero finalmente contesto:

—Me río de la absurda situación.

Sé que mi respuesta no le gusta, ¡porque él también resopla! No puedo evitar soltar otra carcajada.

—¿Puede dejar de reír?

—No puedo, mi niño —digo.

Uf... qué momento tan inoportuno para reírme. ¡Siempre me pasa igual!

Tony, borracho como una cuba, el novio mirándome desesperado y el hermano al teléfono con ganas de estrangularme y yo sin poder dejar de reír.

—No soy un niño y menos «tu niño» —protesta él.

Consciente de que no me ha entendido, aclaro, mientras el hombre que tengo delante sonríe con disimulo:

—Ya sé que no eres un niño, ni «mi niño», pero de donde yo vengo, decir «mi niño» es una frase cariñosa y me ha salido sin querer. Pero vale... ¡lo retiro!

Tras un tenso silencio, pregunta:

—¿Lo pasó bien con mi hermano?

Sonrío. La verdad es que me lo pasé genial bailando con él. Menuda marcha que tiene Tony y qué bien baila salsa. Pero su tono de voz me hace entender que no me ha preguntado eso y poniéndome en jarras, siseo, deseosa de tenerlo enfrente:

—¿¡Qué estás insinuando!?

—Yo no insinúo... yo afirmo.

Resoplo de nuevo. Este idiota se está pasando y, dispuesta a merendármelo con patatas, doy un paso al frente y en plan macarra de barrio le suelto:

—Mira, pedazo de imbécil, ten cuidado con lo que afirmas, porque conmigo estás metiéndote en arenas movedizas y yo no soy de las que se callan cuando las cosas no son verdad. Afortunadamente para ti, no te tengo delante y además hay varios amigos durmiendo en la casa y no tengo ganas de despertarlos con las palabritas que me encantaría dedicarte, de lo más desagradables todas ellas, por borde, creído y prepotente. Así pues, y una vez dicho esto, haz el favor de irte a la mismísima mierda.

—¡Oiga!

—Ah... y ahora no voy a ayudar a bajar a tu hermano, porque no me sale del mismísimo potorro. ¡Gilipollas!

Voy a colgar cuando lo oigo decir:

—Nunca he conocido a una mujer tan desagradable y mal hablada como usted.

—Me alegra saberlo. Las mujeres como yo solemos tener gusto y criterio. Y ahora desaparece de mi oído, mamarracho, y espero no volver a hablar contigo nunca más.

Resopla. Yo resoplo también y cuelgo.

A borde no me gana nadie.

Histérica, miro al otro hombre, que me tiende la mano para que le devuelva el teléfono. No dice nada. Sólo sonríe. Luego se agacha, agarra a Tony con facilidad, se lo echa al hombro y cuando llega a la puerta, dice:

—Gracias por cuidar de él.

Asiento. No tengo ganas de hablar ni de pensar y, cuando se marcha, me voy derecha a la cama, muerta de sueño.

8

Una historia importante

Esa tarde, cuando Coral y yo nos despedimos de Jordi y Aída, me parto de risa. Parece que nos vayamos de vacaciones, con nuestras maletas y nuestras gorras modernas, cuando en realidad, lo que vamos a hacer es trabajar mientras otros disfrutan de sus vacaciones.

¡Qué asco de vida! ¿Por qué no habré nacido rica?

Los trabajadores tenemos que estar en el buque, de nombre *Espíritu Libre*, veinticuatro horas antes de que lleguen los pasajeros. Engullidas entre el personal fijo, Coral y yo nos miramos encantadas. ¡Qué cantidad de gente!

Un coordinador nos indica nuestro número de camarote. Éste es diminuto, pero sólo es para nosotras dos y nos sobra y nos basta.

Una vez deshecho el equipaje, subimos a cubierta, donde otro coordinador nos entrega los uniformes y las placas con nuestros nombres que todos debemos llevar. Me sorprendo al encontrarme con dos músicos con los que he actuado alguna vez en Tenerife.

—Pero, mi niña, ¿qué haces tú aquí? —me saluda Richi, mientras Josele me da dos besos.

—¿Trabajáis aquí? —pregunto alucinada.

Ambos asienten y Richi pregunta:

—¿Te han contratado para la orquesta?

Niego con la cabeza y, encogiéndome de hombros, explico:

—No, estaban todos los puestos cubiertos. Aquí soy camarera.

Veo que se miran sorprendidos y de pronto presiento que tengo dos aliados. ¡Bien! Si ellos están en la orquesta, no dudo de que harán todo lo posible por que yo cante en ella.

Al reconocerlos, Coral se lanza a sus brazos y, tras ponernos todos al día, nos vamos a dar una vuelta por el barco. A mí me entra la morriña tonta cuando al llegar a un enorme salón de fiestas, Richi y Josele se despiden de nosotras y se van con los otros miembros de la orquesta, mientras yo debo encaminarme hacia el comedor, donde me toca ya empezar a colocar servilletas y cubiertos en las mesas.

Mientras rumio mis penas, noto que alguien me pone una mano en la cintura y al volverme veo que es Tomás.

—Hola, preciosa, ¿cómo va eso?

—Bien.

—¿Qué te ocurre? —pregunta, al verme desanimada.

Y yo, incapaz de callar lo que siento, respondo:

—Soy cantante, no camarera, y me encantaría estar en la orquesta en vez de aquí, colocando servilletas y cubiertos.

Él sonríe. Tiene una sonrisa bonita y hasta lo veo guapo cuando pregunta:

—¿En qué camarote estás?

Bueno... bueno... bueno, el pollo no se anda con rodeos. Eso me hace gracia y, levantando una ceja, le suelto:

—En uno en el que tú no vas a entrar.

—Puedo averiguar fácilmente dónde duermes —replica él con voz ronca.

¿Jueguecitos a mí?

Divertida, asiento y respondo en plan matón:

—Y yo sé dónde trabajas.

Tomás se ríe, pero en su risa noto cierta precaución. Sin embargo, sin poder evitarlo, el muy merluzo musita mientras se aleja:

—Difíciles. Así me gustan a mí las chicas.

De pronto, a dos metros de mí, veo pasar a Dylan, el impresionante morenazo del Starbucks, llevando una caja al hombro.

Por favor... por favor... por favor... ¡qué lujo para la vista!

Es verlo y me entran los siete males. No. Los ocho, porque ya estoy toda temblona.

Quiero que me mire. Quiero que me reconozca. Quiero que me

pregunte cuál es mi camarote. Pero para mi desconsuelo, ni me mira, ni me reconoce, ni me pregunta nada de nada. ¡Mierda!

Coral, que sale de la cocina, me pilla mirándolo con descaro y la muy lagarta se acerca y me murmura al oído:

—Tela... telita... tela... cómo está el madurito.

Asiento con la cabeza mientras, con la boca seca, digo:

—Impresionante.

Ella, que me conoce más que mi madre en temas de hombres, pregunta:

—¿Cuál es tu plan?

Divertida por la pregunta y sin apartar la vista del tío bueno que desaparece por una puerta del fondo, respondo muy segura de mí misma:

—Sólo tengo el plan A. Voy a conocerlo.

Esa noche, tras dejar el comedor del Cocoloco preparado para la llegada de los pasajeros al día siguiente, varios de los trabajadores nos reunimos en una zona común que tenemos para nosotros, donde rápidamente empezamos a charlar y a conocernos.

En el buque trabaja una variedad de gente increíble. Hay rusos, alemanes, colombianos, americanos, españoles, finlandeses, ¡de todo! Hablo con una chica italiana. Se llama Gina y lleva cinco años de cocinera en el crucero. ¡Menuda curranta! Alucinada, me entero de que sólo ve a su familia un mes y medio al año. ¡Flipante!

Yo no podría estar sin ver a los míos tanto tiempo. Estoy segura de que me moriría de pena.

Mientras hablo con Gina y ésta me presenta a Nelson, un ecuatoriano muy simpático, yo busco entre la gente a mi morenazo, pero no hay ni rastro de él. Eso me corta un poco el rollo.

Tomás sonríe al verme y su sonrisa lo dice todo. Sé bien lo que quiere, pero paso. No es mi tipo. Él me agobia con la mirada y después con sus continuas insinuaciones, pero por esta vez decido comportarme y no demostrarle lo borde que puedo llegar a ser. Criarse con tres hermanos es lo que tiene, que te enseña a defenderte cuando lo necesitas.

Tras divertirme un buen rato, voy a buscar a Coral, que ha ligado con Fredy, y nos vamos las dos a dormir, pues tenemos que estar estupendas para el día siguiente.

Cuando suena el despertador y bajo de mi litera, veo que estoy sola. Como Coral está en las cocinas, tiene que madrugar más que yo. Lo primero que hago es darme un golpe en el pie y lo segundo, descubrir que estoy mareada. Creo que el barco y yo no nos vamos a llevar bien.

Una vez me pongo el uniforme y me recojo el pelo tal como me han dicho, me miro al espejo y me río de mí misma.

¡Vaya pinta de monja que tengo!

Sin querer pensar más en ello, me pongo la chapita con mi nombre en la solapa y me encamino hacia el salón del Cocoloco.

Tras una mañana sin parar, a las doce comienzan a llegar los pasajeros. Curiosa, me asomo a la barandilla para verlos y observo sus gestos emocionados mientras recorren la pasarela de embarque. Se los ve contentos y eso me hace sonreír. El crucero sale al día siguiente a las seis de la mañana y todos quieren pasarlo bien.

Durante horas, la gente sigue llegando y subiendo al barco; parece que no se vaya a acabar nunca. Yo voy de un lado a otro sin parar, y a las seis de la tarde se abren las puertas del restaurante para que los pasajeros puedan cenar.

Mi jefe me ha colocado en la zona vip. Yo pensaba que ahí trabajaría menos, pero todo lo contrario. Esta gente adinerada come *delicatessen* como salvajes, vamos, que tienen el mismo apetito que los que se acaban de bajar de un andamio.

Sin descanso, llevo platos limpios a las mesas, recojo cubiertos sucios, saco grandes bandejas de salmón, anoto pedidos y abro botellas de champán hasta que de pronto oigo:

—¡¿Yanira?!

Al oír mi nombre, miro y veo a un tipo elegante. Rápidamente lo identifico: ¡es Tony!, el tiarrón que se quedó dormido en el sofá. Eso sí, ahora está repeinado y más fresco que una lechuga. Al ver que lo miro, se me acerca y cuchichea:

—Muchas gracias por no dejarme tirado en la calle, linda. Creo que bebí de más.

—¿Crees?

Al ver mi cara, Tony suelta una carcajada y asiente.

—Lo admito. Me emborraché.

—Eso está mejor. —Sonrío divertida—. Pero te aconsejo que no lo repitas. Beber tanto no es sano. ¡Y a ciertas edades hay que cuidarse!

Su expresión cambia y pregunta:

—¿Me estás llamando viejo?

Suelto una carcajada y, bajando el tono de voz, respondo:

—No. Pero los cuarenta ya no los cumples.

—Qué cruel eres —replica.

Ambos nos reímos y añade:

—Siento haberme marchado de vuestra casa sin despedirme.

—Ah, no pasa nada. Nos hacemos cargo de la situación.

—¿Mi hermano fue amable con vosotras?

Recordar la conversación telefónica con ese hombre me hace resoplar y contesto:

—No lo conozco en persona, pero diría que se comportó en su línea: como un borde. Por cierto, la musiquita de *Tiburón* para sus llamadas le viene al pelo.

Tony sonríe, se toca su repeinado cabello y arruga la frente.

—Lo siento —dice—. Espero que Tito, que fue quien me recogió, fuera más amable.

—Tranquilo, Tito fue muy amable. Y en cuanto a tu hermano, te aseguro que yo tampoco me quedé atrás. Me despaché a gusto con él.

De pronto, veo que el encargado me mira y rápidamente me pongo a recoger unos platos vacíos.

—¿Trabajas aquí? —me pregunta Tony.

Mirándolo con cara de «¡Tú eres tonto!», le digo:

—No, qué vaaaaa... En realidad soy la dueña de la compañía, pero me gusta ponerme este ridículo uniforme con esta chapita para que todo el mundo sepa cómo me llamo, y recoger unas cuantas mesas. ¿Tú qué crees?

Ambos sonreímos y él añade:

—¿Coral también está aquí?

—Sí.

Tony sonríe. Veo que le gusta la noticia. Y tras indicarles a unos hombres, los mismos del otro día, que se sienten, dice:

—Pues entonces nos veremos todos los días mientras dure el viaje. Incluso puede que conozcas a mi hermano. Por motivos de trabajo, no podrá incorporarse al crucero hasta la escala de Marsella.

¡¿Su hermano?!

¡¿El tiburón?!

¡¿El mamarracho?!

¿Voy a tener que conocer a ese energúmeno?

Pero guardándome para mí todos los piropos que ese tipo hace que se me ocurran, miro a Tony y cuchicheo:

—Entonces ya nos veremos por aquí. Ahora tengo que trabajar.

Y me marcho con una bandeja llena de platos sucios.

Llego a la cocina, dejo la bandeja y, sin poder creer mi mala suerte, me golpeo suavemente la frente contra una de las cámaras frigoríficas.

—¿Qué te ocurre? —me pregunta Coral, acercándose.

Dándome la vuelta para mirarla yo pregunto a mi vez:

—¿A que no sabes quién está en el crucero?

Coral, secándose las manos con un trapo, va a contestar, pero yo me adelanto y digo:

—¡Tony!

—¿El hombretón de anteayer? —pregunta sorprendida.

—Sí —resoplo.

—¡¿El que se pilló la cogorza, que supongo que es gay y que me dejó a dos velas?!

—Síííí.

Sin entender lo que me ocurre, Coral añade extrañada:

—¿Y cuál es el problema?

—Que el mamarracho de su hermano, ese que me puso de los nervios por teléfono, subirá también al barco en Marsella. Y lo peor de todo es que se sientan en la zona vip, lo que significa que, además de que deben de estar podridos de dinero, me tocará a mí atenderlos. —Me retiro el pelo de la cara con brío y masvullo—: Espero no encontrarme con ese idiota, porque, como se entere de quién soy, igual me busca problemas.

Coral suelta una carcajada, pero yo no estoy para risitas. Pensativa, cojo una tartaleta de beicon con puerros recién hecha y, justo cuando me la meto en la boca, aparece mi encargado, el señor Martínez, al que ya le hemos bautizado como *el Rancio*. No para de gruñir y regañar a todo el mundo. Ni siquiera hemos salido del puerto y ya nos tiene a todos estresados.

Su cara de vinagre asusta y Gina, la italiana que conocí anoche y que trabaja con Coral, comenta que es insufrible. Vamos, lo que se suele decir un amargado.

—¿Qué hace aquí perdiendo el tiempo, señorita? —me pregunta el Rancio.

Cuando consigo tragarme la tartaleta sin ahogarme y voy a responder, él dice, con unos gritos que me asustan incluso a mí:

—¡Haga el favor de cumplir con sus obligaciones o me veré forzado a prescindir de su presencia! Mire, joven, hay mucha gente en el paro como para que holgazanas como usted vengan aquí a quitarles el puesto.

Alucinada por ese ataque tan directo, lo miro e, incapaz de mantener cerrada esta boquita que Dios me ha dado, replico:

—Señor, no soy una holgazana y estoy cumpliendo con mis obligaciones. He venido a recoger...

—Yo la veo comiendo, señorita... —mira la chapa con mi nombre— Yanira. Si es o no una holgazana, aún me lo tiene que demostrar. Y de momento permítame decirle que lo que veo no me gusta. Para usted aún no es hora de comer, sino de trabajar y cumplir con sus obligaciones, ¿entendido?

Me callo. Tampoco me gusta a mí que me escupa cuando habla.

Pero mejor me callo o como salga la Yanira contestona, aquí se lía la de Dios y este idiota me pone de patitas en la calle antes siquiera de que comience el viaje.

Cuando el Rancio se da la vuelta y se va, varios compañeros me miran con gesto cómplice. En sus miradas veo que se apiadan de mí y Coral cuchichea:

—Tranquila... respira... respira... que te conozco.

—Joder —gruño—. No me ha hablado así ni mi padre cuando le quité el coche y lo metí en la playa, ¿por qué tengo que aguantarlo de éste?

—Porque «éste» es nuestro jefe —contesta ella, encogiéndose de hombros.

—¡Qué asco de tío! Qué amargura tiene encima.

Me doy la vuelta y de pronto veo que no muy lejos de nosotras está parado Dylan, el moreno que me gusta. Nos observa con gesto serio y seguro que ha oído la conversación. Avergonzada, cojo la bandeja de tartaletas que Coral acaba de terminar y regreso al comedor. Estoy que trino.

¿Por qué ha tenido que ponerse así conmigo?

Mientras rumio mis penas, oigo unas risitas. El Rancio ríe muy obsequioso con unos pasajeros y se me pone la carne de gallina al ver que se trata de Tony, el tal Tito y otros de su grupo.

Sigo trabajando, no puedo parar. La gente pide comida y bebida constantemente y me toca a mí servirlos.

9

Te iré a buscar

Definitivamente, mi jefe la tiene tomada conmigo. Es verme y comenzar a observarme, a seguirme y a echarme la bronca por todo. Vale, soy nueva, pero no tonta. Y él me agobia hasta unos extremos que me comienzan a hartar.

Tony es un tío majísimo y su acompañante, que supongo que es su pareja, también. Las veces que coincido con ellos, son siempre encantadores conmigo. Tony parece muy pijo, pero como diría mi abuela, ¡vale un potosí!

Por su parte, el morenazo que me tiene loca sigue sin hacerme caso. A veces noto que me mira, pero cuando lo miro yo también para comprobarlo, desvía la vista rápidamente. Alguna noche, tras acabar el turno, hemos coincidido en la sala que tenemos los trabajadores para relajarnos, pero nunca se acerca a mí.

Yo lo miro para provocarlo, pero, por lo que parece, la única que se provoca y calienta a sí misma soy yo. Una de tres, o este tío es un témpano de hielo, o es más miope que yo o está claro que no le gusto absolutamente nada. ¡Qué penita!

Aun así, no desisto. Mi plan es que se fije en mí sea como sea, de modo que bailo, canto y me divierto con mis nuevos compañeros, mandándole todas las señales habidas y por haber para que se dé cuenta de que me interesa. Pero nada de nada.

Día a día me arriesgo más. Pongo mi mirada de Tigresa Yanira y le grito en silencio «Ven», pero él o bien no habla mi mismo idioma o lo que entiende que le digo es «Vete», porque siempre termina marchándose y dejándome con cara de tonta.

Pero con el paso de los días, mi sexto sentido me hace intuir que algo le atraigo. Sí... sí... sí... Lo he pillado mirándome durante breves instantes, pero esos instantes son mágicos, increíbles, sensuales. Así que me tranquilizo y no desisto de mi plan.

En horas de trabajo, siempre que lo veo aparecer por las cocinas, cargado con cajas, intento parecerle interesante y cruzar alguna palabra con él, aunque a veces me sienta ridícula con tanta sonrisita tonta. En mis ratos libres, si coincidimos, sonrío feliz, camino con seguridad e intento hacerle ver que soy algo más que una chica mona. Pero él sigue pasando totalmente de mí.

¡Ya no sé qué hacer!

A medida que transcurren los días, el trabajo se me hace más llevadero. Mi jefe sigue vigilándome, pero al menos ya se ha dado cuenta de que sé hacer las cosas y de que no soy tonta. Un par de noches me ha tocado retén en la cocina. Es un turno divertido. Somos pocos y en las horas muertas solemos cantar o contar chistes.

Lo peor de todo es que, aunque trabajo a toda mecha e intento no pensar en ello, el mareo me acompaña a todas horas.

Entro en la cocina con una bandeja de platos sucios y, una vez la dejo sobre una de las mesas, mi estómago me indica que se está revolviendo por momentos.

Miro a Coral en busca de apoyo moral, pero mi amiga está muy atareada junto a Gina y decido seguir trabajando. He de hacerlo o el Rancio me montará un pollo.

Saco bandejas y más bandejas de comida, pero Dios santo, ¡son como pirañas!

Sonrío. Soy amable. Soy encantadora. Soy entusiasta, pero joder... ¡qué mareo!

De pronto, un ruido de cristales hace que todo el mundo mire en una dirección. Por suerte no he sido yo. ¡Menos mal!

Veo a Nelson, uno de mis compañeros, despatarrado en el suelo en la entrada a cocinas.

Ay, pobre... Ay, pobre...

Corro hacia él y choco con alguien. ¡El morenazo! El estómago se me pone del revés por todo y, mirando a Nelson, le pregunto:

—¿Estás bien?

Él me mira rojo como un tomate y, avergonzado de sentirse el centro de las miradas, responde:

—Me resbalé y...

Pero no dice más, pone los ojos en blanco y cae hacia atrás, inconsciente.

Dios... Dios... Diossssssssssss, ¡¿se ha muerto?!

Me entran todos los males y no sé que hacer, hasta que Dylan, que está a mi lado, dice al ver mi desconcierto:

—Tranquila, sólo se ha mareado. Saquémoslo de aquí y pongámosle los pies en alto.

Noto unas grandes y fuertes manos en la cintura, que con delicadeza me apartan a un lado y cuando nuestras miradas se encuentran de nuevo, se nos acercan varios pasajeros junto con el Rancio.

¡Oh... oh... no me gusta nada la cara que trae éste!

Se arma un poco de lío a nuestro alrededor hasta que Tito Fernández, el hombre que fue a recoger a Tony a casa, mira la reluciente chapita que llevo en la pechera y dice:

—Yanira, traiga un poco de agua y unas servilletas limpias, por favor.

Sin dudarlo, hago lo que me pide, mientras, junto con Tito, el encargado y un par de camareros levantan a Nelson del suelo y lo lleva a un salón anexo y vacío en estos momentos.

Cuando regreso con lo que me ha pedido, veo que mi compañero está tendido sobre una mesa, rodeado por varios hombres. Cuando comienza a reaccionar y abre los ojos, Dylan, que está a su lado, le dice:

—Tranquilo, Nelson, estás bien.

Por su parte, el encargado murmura con gesto agrio:

—¡Qué fatalidad! Justo hoy. —Y tras un silencio, añade—: Lo siento, joven, pero en su estado no puede trabajar. Aprovechando que estamos haciendo una escala, lo mejor será que abandone el barco hasta el siguiente viaje. En éste no nos es útil.

Al oírlo, Nelson se pone verde y susurra:

—Señor Martínez, le prometo que trabajaré como cualquier

otro. Por favor, necesito este trabajo. Mi mujer y mis hijos dependen de este dinero para vivir y...

—Imposible —afirma sin piedad el muy mugroso—. En cuanto lo examine el médico, le exijo que abandone el crucero. Yo hablaré con la oficina para que manden a un sustituto.

Yo lo miro incrédula. ¿Es que este tío no tiene corazón?

Miro a Dylan, que permanece callado y, con el corazón encogido, observo cómo a Nelson se le llenan los ojos de lágrimas mientras insiste:

—Por favor, déjeme trabajar. Por favor.

Ay, qué pena, por Dios, ¡qué pena! Como lo siga oyendo suplicar, me voy a echar a llorar con él.

—Señor Martínez —interviene Dylan en ese momento—. Lo que ha ocurrido ha sido culpa mía. Nelson y yo hemos abierto la puerta a la vez y...

—No me importa de quién sea la culpa —lo corta el encargado—. Nelson ya no es productivo.

Incapaz de quedarme de brazos cruzados ante la desesperación del pobre hombre que está sobre la mesa, digo:

—Señor, yo doblaré turnos. Mientras Nelson se recupera, yo haré su trabajo.

—Cuente conmigo también —afirma Dylan.

Ese gesto lo honra, pero el encargado es inflexible e insiste:

—Lo siento, pero debo mirar por el interés del buque. —Luego, dirigiéndose a Tito, que no ha abierto la boca, añade—: Señor, muchas gracias por su amable ayuda y siento mucho lo que ha ocurrido. Por favor, regrese a su mesa y ordenaré que les lleven una botella del mejor champán en agradecimiento.

Qué injusta es la vida. Nelson suplicando una nueva oportunidad tras un incidente que el pobre seguro que no ha propiciado y el encargado regalándole champán a un hombre que ni se lo ha pedido y que seguramente se lo puede pagar sin problema.

Estoy horrorizada y cabreada y entonces oigo que Dylan dice, insistiendo:

—Señor Martínez, es sólo un pequeño corte en la mano. Con un par de puntos se resuelve.

El hombre se remueve nervioso y le espeta:

—¿Se cree usted médico, joven? Cállese y vuelva a su trabajo. Todos ustedes no hacen más que darme quebraderos de cabeza.

Lo miro disgustada. ¿Cómo puede ser tan desagradable? Si no fuera porque necesito el trabajo, a éste le arrancaba yo la cabeza por imbécil.

En los ojos de Dylan veo la misma indignación que en los míos. Observo que aprieta los puños y es evidente que va a contestar, cuando, de pronto, Tito, que hasta ahora se ha mantenido en un segundo plano, mira al Rancio e interviene:

—Como pasajero del buque, debo decir que no me parece correcto lo que pretende hacerle al muchacho, y más cuando dos compañeros se están ofreciendo para cubrir sus turnos. —El encargado va a contestar, pero Tito prosigue—: Si usted lo permite, yo mismo me ocuparé de la herida de Nelson.

—¿Usted, señor? —pregunta Dylan, sorprendido.

El regordete Tito contesta con una agradable sonrisa:

—Sí, soy médico.

Sorprendida por su maravilloso gesto, estoy a punto de dar palmas de alegría cuando lo veo que habla con el encargado sin darle tregua y mi morenazo le pregunta a Nelson:

—Te impresiona la sangre, ¿verdad?

El pobre asiente y él, tapándole la mano ensangrentada con una servilleta, le dice:

—No te preocupes. Intenta no mirar. Te has cortado con unos cristales, pero la herida es limpia. No tienes nada grave.

Cuando Tito termina de hablar con el encargado, se saca una tarjeta dorada del bolsillo del pantalón y, dirigiéndose a mí, me la tiende y dice:

—Yanira, vaya a mi camarote. Es el número 22. En el armario encontrará un maletín azul oscuro, tráigamelo en seguida, por favor.

El camarote de Tony sé que es el 21. ¡Lo que yo digo, aquí hay tomate!

Miro al encargado, que asiente con gesto impasible, mientras Dylan mira molesto hacia el techo. Cojo la tarjeta y corro hacia la cubierta superior hasta llegar al camarote.

Nada más entrar, me quedo impresionada por el amplio espacio que me rodea. Nada que ver con el agujero donde yo me alojo.

¡Qué pasote y qué lujazo!

Veo unos bombones sobre la enorme cama, pero, sin tiempo que perder, abro el armario y sonrío al ver lo pulcramente que el hombre tiene colocadas sus camisas, ordenadas por colores. Vamos, igualito que yo, que soy un desastre. Eso me hace sonreír y, sin pensar, acerco la nariz a las camisas e inspiro hondo. Huelen de maravilla.

Acto seguido, agarro el maletín y al hacerlo me fijo en un traje oscuro. Soy incapaz de no tocarlo. La tela es liviana y suave. La más suave que he tocado en toda mi vida.

Un ruido de fuera me hace volver en mí y, tras dejarlo todo como estaba, salgo del camarote a toda mecha.

Cuando llego al salón donde tienen a Nelson, le entrego el maletín a Tito sin decir nada. Él mira al encargado.

—Señor Martínez, si quiere puede regresar al restaurante —sugiere—. Estoy seguro de que sus trabajadores lo necesitan. Yo me ocuparé de Nelson.

Al encargado no sé si esas palabras le gustan o no, pero con cara de ajo pocho pregunta:

—¿Necesita la presencia de la camarera y del hombre de mantenimiento?

Dylan y yo nos miramos y Tito, tras pasear la vista por nuestros rostros, contesta:

—Sí. Los necesitaré a ambos.

El señor Martínez se va de muy mala gana y miro al médico abrir el maletín. Nelson está nervioso y cuando Dylan levanta la servilleta para dejar la mano al descubierto, la curiosidad lo hace mirar y al cabo de tres segundos ya se ha vuelto a desmayar.

—Tranquila —dice el morenazo al ver mi gesto preocupado—. Está bien.

Ver la mano ensangrentada a mí no me marea, pero sí me impresiona. Retrocedo unos pasos e inspiro hondo para no montar un numerito. Entre mi estómago revuelto y la sangre estoy apañada. Sólo falta que me desmaye yo también.

Tito y Dylan murmuran algo, mientras observan la herida y, finalmente, el primero me dice:

—Yanira, vaya por favor a la cocina y tráigame agua hirviendo y gasas. Tengo pocas en el maletín.

Asiento y miro a Dylan, que parece enfadado, pero, sin más, me marcho y corro hacia las cocinas. Allí, Coral y Gina me preguntan sobre lo sucedido, mientras yo pongo un cazo con agua en el fuego.

—Nelson está bien. Sólo se ha hecho un corte en la mano, pero un pasajero muy amable le va a dar unos puntos.

—Pobre... —susurra Coral.

—Pero ¿qué ha pasado? —pregunta otro joven de mantenimiento, acercándose.

—Según he oído —digo—, tu compañero Dylan y él abrieron la puerta al mismo tiempo y...

—¿Dylan? —me interrumpe él. Cuando yo asiento, dice—: Pero si Dylan estaba conmigo al fondo cuando oímos el ruido de cristales. ¿Cómo va a haber sido él?

Eso me sorprende, pero no digo más. ¿Por qué entonces se ha echado la culpa?

Pasados unos minutos, con el agua hirviendo, varias gasas que he cogido del botiquín de primeros auxilios y con cuidado de no abrasarme, regreso hasta donde están ellos y encuentro a Dylan y Tito hablando. Al verme, se callan y éste, quitándose unos guantes de látex manchados de sangre, dice:

—Gracias, Yanira. Al final no he necesitado el agua. Lo he podido solucionar con suero.

Una vez dicho esto, cierra el maletín, nos mira a Dylan y a mí y dice antes de marcharse:

—Quédense con él hasta que se despierte. Que se incorpore poco a poco y se vaya a descansar a su camarote. Hoy no podrá hacer nada con la mano así.

Cuando se da la vuelta y empieza a alejarse, me acerco a él.

—Muchas gracias, señor —le digo—. Gracias a usted, Nelson podrá seguir trabajando en el barco.

Me gusta su mirada bonachona y, con una agradable sonrisa, responde:

—Ha sido un placer y ahora, regrese junto a sus compañeros y no se preocupe de nada.

Cuando se marcha, me acerco a Dylan, que está apoyado en la pared, y, sonriendo, comento:

—Todavía hay gente buena en el mundo.

Él asiente.

—Es un placer saberlo, ¿no crees?

—Ya te digo. —Y, mirándolo, le pregunto—: ¿Por qué te has echado antes la culpa si tú no has abierto la puerta con Nelson?

Veo que mis palabras lo sorprenden y sosteniéndome la mirada, responde:

—No me gusta que nadie cargue al ciento por ciento con las culpas de un tonto accidente. Y si eso hace que el idiota de su jefe baje el tono con él, merece la pena.

—Ha sido un bonito detalle por tu parte.

Él no responde ni me mira, sigue con los ojos fijos en Nelson. Está visto que pasa totalmente de mí. Tengo que asumirlo y aceptarlo.

Pues no, ¡ni de coña! No lo acepto.

Voy a seguir con el plan A: ligármelo.

Mientras esperamos a que nuestro compañero se despierte, me siento en una silla e intento parecer interesante y atractiva a pesar de mi ridículo uniforme. Me toco el pelo con el mismo glamour con que lo hace Paris Hilton, atusándomelo para llamar la atención de Dylan, pero ¡ni aun así me hace caso!

Lo observo con disimulo. Pelo oscuro, piel morena, unos increíbles ojos castaños, labios que quitan el sentido y todo un cuerpazo. ¡Vamos, un escándalo de hombre!

No sé quién es, ni dónde vive, ni cuál es su apellido, ni si le gustan los macarrones o el arroz, pero me encantaría conocerlo. ¡Me chiflaría! Y me joroba ver que yo a él le resulto indiferente.

Pienso que para llamar su atención he de redoblar mis argucias de mujer y, sintiéndome perversa, cruzo las piernas a lo *Instinto básico*.

¡Ni caso!

Diossssssssssss..., ¿qué hago?

¡Qué calor... qué calor... qué calor!

Cojo un botellín de agua y me lo bebo. Pero como sigo sedienta, me bebo otro. Me estoy muriendo de calor sólo de imaginar lo bien que lo podría pasar en la cama con este morenazo, mientras recorro las seis fases del orgasmo.

Joder... joder soy lo peor. ¿Qué estoy imaginando?

Pero como soy una morbosa, mi mente continúa con su particular historia y lo imagino desnudo sobre una cama. Impresionante. Dylan desnudo tiene que ser para que se te pare el corazón.

Madre mía... Definitivamente, ¡estoy muy mal!

Debo dejar de pensar en eso, por lo que paso al plan B. Cierro los ojos e imagino a mi abuela tocando la guitarra. Eso me hace sonreír. Ankie siempre me hace sonreír.

Pasados unos minutos en los que pensando en mi abuela he conseguido enfriarme, miro a Dylan de nuevo. De pronto, él me mira a su vez y pregunta:

—¿Por qué sonríes?

—Porque estaba pensando en mi abuela.

Veo que se ha quedado sorprendido con mi respuesta y añado en tono cómplice:

—Le encanta tocar la guitarra y pensar en ella haciéndolo me hace sonreír.

Dylan asiente. No entiende nada.

—¿De dónde eres, Yanira? —pregunta.

—De Tenerife. ¿Y tú?

—De Puerto Rico.

—¿Boricua?

Asiente y, con un aire en cierto modo prepotente, afirma:

—Al ciento por ciento.

Divertida y tras un doble parpadeo que nunca falla, murmuro:

—Si ya decía yo que ese tono de piel era muy tostado.

Dylan sonríe.

¡Por fin sonríe!

¡Por fin me mira directamente a los ojos y sonríe!

¡Dios existe!

Durante unos segundos en los que su penetrante mirada se pasea por mi rostro y yo siento que me pongo roja como un tomate, me estremezco y, finalmente, rompiendo el silencio, él comenta:

—Tu piel y tu cabello no son muy isleños que digamos.

Ahora sonrío yo.

—Mi padre es holandés y he salido más holandesa que tinerfeña.

Ambos asentimos y un silencio sepulcral nos envuelve. Veo que se saca del bolsillo un pequeño tarro de crema y que se la extiende por las manos. Huele bien.

«Vamos, Yanira..., vamos, di algo.»

—Por cierto —consigo balbucear—, sé que trabajas en el barco, lo que no sé es en qué.

—Mantenimiento —dice, guardándose de nuevo el bote de crema en el bolsillo.

—Oh, qué interesante, ¿y cuál es tu cometido?

—Arreglo los desperfectos que se puedan ocasionar y ayudo en el almacén de la cocina. Si algún cocinero necesita algo, llama al almacén y otro compañero y yo somos los encargados de suministrárselo.

En ese momento, Nelson se mueve y nuestra conversación se acaba. Ambos lo atendemos mientras se despierta y al verse la mano dice:

—Gracias... gracias por estar conmigo.

Dylan lo ayuda a incorporarse.

—Ahora te voy a llevar con cuidado hasta el camarote —le dice—. Mañana tu mano y tú estaréis muchísimo mejor. Por el turno de hoy no te preocupes, yo te cubro.

—Te cubriremos los dos —aclaro, dispuesta también a ayudar.

Pasándose una mano por el pelo, Nelson murmura:

—Gracias. Os debo una.

La mirada de Dylan y la mía se cruzan y sonreímos. Nos sentimos felices por Nelson. Aunque yo creo que también sonrío porque me siento feliz por mí. Al fin he conseguido hablar con mi morenazo.

Quizá no le guste como mujer, pero esa sonrisa me acaba de asegurar que al menos le gusto como persona.

Segundos después, los dos chicos desaparecen de mi vista y yo sonrío mientras vuelvo a mi trabajo.

Y en este mismo instante decido que ese morenazo puertorriqueño es muy... muy ¡sexy!

10

Sabrás

Pasan los días y voy continuamente dopada con las pastillas contra el mareo.

Ponerme las lentillas estando así empieza a ser una ardua tarea. En un par de ocasiones me he metido el dedo en el ojo y he estado a punto de sacármelo.

Está claro que viajar en barco no es lo mío.

¿Quién me mandaría a mí aceptar este trabajo, con lo bien que estaba cantando en el hotel de Tenerife?

Por las noches, sigo coincidiendo con Dylan en la sala de descanso del personal, pero él sigue sin hacerme caso.

Después del incidente de Nelson no ha vuelto a acercarse a mí ni a dirigirme la palabra. Noche tras noche, despliego mis encantos cada vez que lo veo para intentar llamar su atención, pero él pasa totalmente de mí.

Hay cosas suyas que me resultan curiosas. Por ejemplo, en varias ocasiones lo he visto aplicarse crema en las manos y cuando trabaja siempre lleva guantes de látex. ¿Por qué lo hará?

Habla poco y siempre está con sus compañeros de mantenimiento. Tíos fornidos y rudos y a veces incluso algo salvajes en sus comentarios, pero nunca lo veo con mujeres, ni siquiera en los momentos de descanso. Y no será porque ellas no quieran. Con mis propios ojitos he podido ver cómo muchas féminas del barco babean como los caracoles por él. Pero este hombre pone una barrera ante todas, y cuando digo todas quiero decir todas, ¡yo incluida!

¡Vaya mierda!

Y otra cosa en la que me he fijado es que siempre va limpio. Pulcro. Nunca lo veo dejado, ni sucio por el trabajo. Lleva el mismo uniforme de mantenimiento que todos los demás, pero a él le queda como un traje del mejor diseño italiano. ¡Es increíble el estilazo que tiene!

Una mañana, cuando tras la locura del desayuno tengo un pequeño descanso, salgo a una de las cubiertas y me apoyo en la pared para que me dé el aire. Qué maravillosa es la brisa del mar. Desde donde estoy, veo a la gente divertirse en una de las piscinas con toboganes de colores. Los niños ríen y sus risas me hacen sonreír.

¡Qué felices se los ve!

Me imagino ahí con los frikis de mis hermanos. Sé que nos reiríamos un montón y mi padre sacaría trescientas mil fotos, mientras mi madre nos miraría, como siempre, orgullosa.

Estoy distraída con mis pensamientos cuando unas voces en la cubierta inferior me llaman la atención. Me asomo y veo a Tony hablando con Dylan, que está pintando la barandilla.

¡Anda, Tony, qué listo eres!

¿Intentará ligarse al morenazo?

Los oigo comentar algo del barco y sus escalas. Tony pregunta y Dylan, con sus guantes de látex puestos, responde con educación mientras sigue con su tarea. Así están un buen rato, hasta que, sorprendida, veo que cuando se despiden, Tony pone una mano en el hombro de Dylan, se lo aprieta y éste sonríe.

Está claro que Tony tiene el mismo gusto que yo. Pero ni hablar, guapo, ¡yo lo vi primero!

Cuando acabo mi turno tras la comida, en vez de ir al camarote, donde sé que Coral está con Fredy y seguramente les cortaré el rollo, decido pasar por la sala de fiestas y me siento en una de las sillas, para ver cómo ensayan los músicos, cantantes y bailarines. Entretenerme me hará olvidar mi mareo.

Saludo a mis amigos Richi y Josele y durante una hora me quedo allí, disfrutando. Es una maravilla escuchar a los músicos, a la cantante y a su coro y ver a los bailarines. Son todos unos profesionales. Lo que daría yo por estar cantando allí con ellos en vez de sirviendo comida…

—Sabía que te iba a encontrar aquí. —Veo a Coral, que, sentándose a mi lado, dice—: Que sepas que me acabo de comer una tableta entera de chocolate de la mejor calidad ¡y no engorda! Y, además, acabo de disfrutar de las seis fases del orgasmo. —Ambas nos reímos y añade—: Qué ansiedad me provoca el pelirrojo. Es una máquina en la cama.

Suelto otra carcajada y le pregunto:

—¿Estás segura de lo que estás haciendo?

—Oh, sí, mi niña. Estoy disfrutando como nunca en mi vida.

Vuelvo a reírme y ella añade:

—Lo que no comprendo es cómo he podido estar tan ciega estos años. Ahora entiendo lo que tú siempre me decías, de que tenía que ser la dueña de mi vida. Yo creía que disfrutaba siendo una estupenda novia y amita de mi casa para el idiota de mi ex, pero no era así. Ahora sí que disfruto. La realidad me ha abierto los ojos. Y me ha enseñado que hay muchos peces en el mar. Y yo cuando quiero, pesco, y cuando no, veo la televisión.

—¿Y tus planes de boda?

—Eso lo he pospuesto por unos años. Sigo queriendo casarme y formar una familia, pero ahora mismo, ¡ni loca!

—¿La manchita de Toño está borrada?

Coral asiente con la cabeza y contesta:

—Ese tío ha sido más que una mancha para mí. Yo diría que ha sido el gran chapapote de mi vida. Pero si las costas de Galicia salieron a flote, ¡yo no voy a ser menos!

Durante un rato, ambas miramos los ensayos, hasta que mi amiga dice:

—Tú lo harías de escándalo. Cantas mil veces mejor que ésa.

—Gracias por los ánimos. —Y levantándome pesarosamente, añado—: Anda, venga, vamos a hacer lo que tenemos que hacer.

—Hoy estás muy pálida, Yanira.

Me pellizco las mejillas para darme color, la miro y resoplo:

—Me encuentro fatal. Y encima tengo la regla. No te digo más.

Vuelvo al trabajo y hago lo que se espera de mí. Sonrío y cumplo con mi deber, mientras aguanto el mareo y la puñetera regla me va matando.

Si hay algo que envidio de otras mujeres no es que sean más delgada, guapas o adineradas. Lo que yo envidio es que no tengan dolor de regla. ¡Eso sí que es suerte!

A mí ahora mismo me está partiendo en dos, pero estoy trabajando y no puedo dejar de hacerlo. El Rancio, como hombre que es, no lo entendería.

De pronto, veo aparecer a Dylan por la puerta del fondo, con unas cajas sobre el hombro.

¡Qué monada... qué monada!

Lo observo durante unos segundos y me percato de que una de las pinches de cocina, una tal Lola, intenta llamar su atención poniéndole delante su talla cien de pecho. Pero Dylan ni caso. Ni siquiera la mira. ¡Increíble! Las chicas de la cocina intentan coquetear, cada una a su manera, pero él en su línea. Simplemente correcto y amable y nada más.

Eso me hace sonreír y entonces me fijo en que en un brazo, concretamente en su bíceps izquierdo, lleva un tatuaje que se lo rodea.

Pero ¡qué sexy!

Estoy por unirme al cortejo junto con el resto de las féminas. Yo no tengo una talla cien, pero por intentarlo que no quede. Sin embargo, me contengo, mientras noto cómo Dylan sin hablarme, sin mirarme, me pone cardíaca. Es verlo y sentir que la respiración se me acelera como una locomotora.

¡Lo que me faltaba para rematar lo mal que me encuentro!

Parapetada tras una enorme pila de platos, observo cómo todas babean y le miran el trasero cuando él deja las cajas en el suelo.

Yo no soy menos y durante unos segundos lo contemplo también. Oh sí... sí... sí, nene. Tienes un trasero redondito, durito y respingón.

¡Monísimo!

Pero de pronto, él mira en mi dirección y yo me marcho despavorida.

¡Qué bochorno!

Me ha pillado mirándole el culo como un auténtico camionero.

Una hora más tarde, cuando salgo a tomar el aire, vuelvo a verlo hablando con Tony en la misma cubierta solitaria de la otra vez. En esta ocasión, Dylan no está trabajando y parecen muy enfrascados en su conversación. Hablan bajo, por lo que no puedo oírlos. No me ven y aprovecho para observarlos a gusto. Sonrío al ver que Dylan, tras negar con la cabeza, se da la vuelta y se va dejando a Tony boquiabierto. ¿Se le habrá insinuado?

Tras esa escena, y sin haberme enterado de nada de lo que decían, vuelvo de nuevo a la cocina. Allí la locura continúa. Fogones a tope, pedidos a toda marcha y todos corriendo para elaborar los encargos.

Cojo rápidamente una de las bandejas vacías y la empiezo a llenar de emparedados, pero la regla me está machacando y me llevo la mano al vientre.

—¿Te encuentras bien?

Al levantar la vista, veo al guapo de Dylan junto a mí. Lo de este chico es de escándalo. En ese momento, los ovarios me dan unos pinchazos que son para matarlos y miento:

—Sí.

Sin más, me doy la vuelta. ¡Necesito un calmante ya!

Saco una cajita que llevo en el bolsillo del uniforme, cojo una botella de agua muy bonita que veo sobre la encimera y me trago una pastilla.

—¿Qué te has tomado?

Su voz...

Su sensual tono de voz suena detrás de mí. Me envuelve, me cautiva y, haciendo que me dé la vuelta, él insiste:

—¿Qué te has tomado?

No sé qué decir. No quiero contarle mis intimidades y respondo, con la botella aún en la mano:

—Una pastilla.

Pero mi respuesta, no le parece suficiente y pregunta:

—¿Una pastilla de qué?

—¿Y a ti qué te importa lo que yo me tome?

—Me importa —afirma—. Contéstame.

Sorprendida por su insistencia, estoy a punto de mandarlo a freír espárragos, cuando oigo la voz del rancio de mi jefe, que dice:

—¿Qué hace usted aquí? ¿Usted no trabaja en el almacén?

Dylan asiente, pero sin dejarle decir nada, el encargado continúa:

—Entonces no debe estar en las cocinas. —Y quitándome con enfado la botella de agua que tengo en las manos, me dice—: Esta agua es muy cara para que usted la beba, señorita. Haga el favor de beber del agua que hay para los empleados.

Sin entender nada, miro la botella y respondo:

—Lo siento, señor. No sabía que...

—Preste más atención a lo que hace —grita, avergonzándome.

Dylan no se ha movido, pero me percato de que su respiración cambia. Se acalora e, intentando atraer la atención sobre él, explica:

—Esta botella se la he dado yo. Necesitaba agua para tomarse un medicamento y...

Vaya... vuelve a echarse la culpa, como hizo con Nelson, pero esta vez por mí. ¡Qué monoooo!

—Usted se llama algo así como Ferrasa, ¿verdad? —pregunta ahora el Rancio, con desagrado.

—Dylan Ferrasa —contesta Dylan, muy serio.

Tras mirarlo de arriba abajo, el encargado retoma los reproches.

—Ya le he dicho, señor Ferrasa, que no debe estar en las cocinas. Su trabajo está en otra parte.

—Y en las cocinas también —lo reta mi moreno.

El Rancio maldice, lo mira con mala cara y advierte:

—Cuidado con lo que dice, joven. Hace tiempo que lo estoy viendo merodear por las cocinas más de lo que debería.

—Hago mi trabajo, señor.

—¿Seguro?

Dylan asiente y contesta sin titubear:

—Segurísimo.

Oh... oh... esto no va a terminar bien. Lo intuyo.

Pero Dylan, con un aplomo increíble, se quita los guantes de látex y añade:

—Se lo he dicho en otros viajes, pero se lo repito de nuevo si es necesario, «señor». Soy el encargado de subir del almacén lo que los cocineros necesitan.

—¿Y?

Tras tirar los guantes a un cubo de basura que hay frente a nosotros, responde:

—Pues que, le guste a usted o no, tengo que entrar en cocinas para dejar el género.

El encargado, rojo como un tomate porque el otro lleva razón, pregunta:

—¿Está usted tratando de enmendarme la plana?

Noto que la comisura de los labios de Dylan se curva. Dios, ¡se va a reír! Pero finalmente contesta serio:

—No, señor. Sólo le estaba recordando cuál es mi trabajo.

—¿Y se puede saber qué ha subido usted ahora para que tenga que estar aquí?

Con una tranquilidad que me asombra, él señala unas cajas y contesta:

—Cajas de verduras.

El Rancio mira las cajas que están sobre una mesa de acero y, no dispuesto a dejar de ser desagradable, insiste:

—Señor Ferrasa, esas cajas se dejan en el frigorífico de frutas y verduras. ¿Acaso no lo sabe o debo pensar que es que no sabe hacer bien su trabajo?

Veo cómo a Dylan se le dilatan las aletas de la nariz. Menudo genio tiene que tener éste. Eso me excita, pero aquí se va a armar gorda como no lo pare. Así que, con disimulo, le cojo una mano por detrás para indicarle que se calme y digo:

—Señor Martínez, cuando él iba a meterlas en el frigorífico, yo le he pedido agua. Por eso las ha dejado sobre...

—Entonces, ¿debo pensar que es usted la que no hace bien su

trabajo? Señorita Yanira ¿quiere que la despida por meterse en conversaciones ajenas?

Dios... Dios... dame paciencia o juro que tiro a este hombre por la borda.

Voy a responder, cuando Dylan me aprieta la mano, como yo he hecho antes, y dice, para cortar la conversación:

—Dejemos el tema. No volverá a pasar.

El idiota de nuestro jefe ya ha conseguido lo que buscaba: hacernos sentir mal e inferiores, y mirándonos con aires de superioridad, se acerca mucho a Dylan y sisea:

—Se lo he dicho otras veces y se lo repito: no me gusta su actitud. Vuelva ahora mismo al trabajo o me encargaré de que éste sea el último viaje que haga en este barco, o mejor, me encargaré de que los despidan inmediatamente a los dos.

Está claro que, por lo que sea, ninguno de los dos le caemos bien. Maldita sea, no hay nada peor que no caerle en gracia a un jefe. ¡Lo llevamos claro!

Coral, que lo ha oído todo, sale en nuestra ayuda llamando al encargado para quitárnoslo de encima. Él, tras echarnos una última mirada de superioridad, se marcha para atender a mi amiga.

—Menudo idiota es este tío —cuchichea molesta.

—Lo es. Te lo puedo asegurar —afirma Dylan con el cejo fruncido.

Todavía nos tenemos cogida la mano. Su tacto me gusta, pero soltándome, murmuro:

—Volvamos al trabajo. No sea que el imbécil este vuelva a la carga.

Observo cómo Dylan sigue al encargado con la vista y, cuando éste desaparece, me mira y, olvidándose rápidamente de lo ocurrido, vuelve a la carga:

—¿Qué medicamento te has tomado?

Atónita ante su insistencia y hecha polvo por la menstruación, resoplo y de mal talante por todo lo ocurrido, respondo sin importarme lo que piense:

—¡Tengo la maldita regla, joder! Que todo hay que decirlo.

—Perdón. No pretendía...

—Pues si no pretendías, ¿por qué insistes? —Él no contesta y yo prosigo como una metralleta—: Ojalá los hombres tuvierais la regla alguna vez. Os ibais a enterar de lo que es bueno. Aunque, conociéndoos, seguro que el mundo se paralizaba. —Mi moreno sonríe y yo añado—: No te rías. Me duele horrores y me he tomado un calmante para intentar que se me pase y poder seguir trabajando. ¿Algo más que objetar o preguntar?

—Sí. —Y tocándome el brazo, musita con un profundo tono de voz—. No bebas directamente de la botella. Tiene gérmenes. La próxima vez, coge un vaso, es más higiénico.

¡Flipanteeeeeeeeeee!

No puedo evitar sonreír.

Noto la presión de su mano en mi brazo y el calor que desprende, y veo la tensión que atraviesa su rostro. Entonces, sin decir nada, se da la vuelta y se va, dejándome con la boca abierta.

Pero ¿a este tío qué demonios le pasa? ¿Ahora de repente se va sin decir ni mu?

Poco después, también yo vuelvo a mi trabajo. El dolor va disminuyendo a medida que pasa el rato. ¡Vivan los calmantes! Y con la desaparición del dolor, mi crispación y mala leche se difuminan.

11

Entre tú y mil mares

Pasan los días y estoy como una rosa.

Una vez más, la regla desaparece, dándome un margen de veintiocho o veintinueve días de felicidad, hasta que de nuevo regrese para martirizarme.

Tras servir y recoger mesas durante horas, salgo a tomar el aire a cubierta para despejarme unos minutos. Mi turno de cenas casi ha terminado y apenas quedan clientes en el comedor. Estoy apoyada en una barandilla, pensando, cómo no, en Dylan, cuando noto unas manos en la cintura y alguien me susurra al oído:

—¿Qué haces aquí sola?

Al volverme, veo a Tomás y, deseosa de un poco de mimos, murmuro:

—Relajándome.

Tomás no se mueve. Se ha percatado de que no le he dicho que me quite las manos de la cintura y, apretándome contra él, me sugiere en voz baja:

—¿Quieres que te relaje yo?

Plan A: lo mando a freír espárragos.

Plan B: lo tiro por la borda.

Plan C: me dejo llevar por la lujuria del momento y tengo sexo con él.

Elijo el plan C. Hoy estoy débil y necesitada de sexo. Su voz cargada de erotismo en mi oído me excita a pesar de su juventud y pregunto:

—¿Y cómo lo harías?

—De mil formas, preciosa —dice, apretándose más contra mí.

Vale. Lo acepto. Me he animado rápidamente.

Tomás no es mi tipo de hombre. Es demasiado joven y nunca me ha excitado pensar en él, pero en este momento, como dice Coral, ¡voy a pescar! Estoy sola, soltera y, como siempre ha dicho mi abuela Ankie, ¡con su cuerpo, uno hace lo que le viene en gana!

Al ver mi sonrisa de aceptación, él no pierde el tiempo. Me coge de la mano y tira de mí. Yo no me resisto, sino que lo sigo. Caminamos a grandes zancadas hasta llegar a una puerta cerrada en un lado de cubierta. Creo que ahí es donde se guardan los balones para jugar en la piscina. Tomás abre con una llave que coge de un lateral de la puerta, nos metemos dentro y luego cierra y enciende una pequeña luz. Murmura cerca de mi boca mientras, dispuesto a todo, me sienta sobre una desvencijada caja:

—Aquí no entrará nadie.

Asiento con la cabeza y cierro los ojos disfrutando del instante.

Pensar en Dylan me perturba, pero éste ni me mira, ¡y me hace sentir como Gordicienta! Yo lo que necesito es sexo. Y como mujer soltera e independiente que soy, decido darme un lujo para el cuerpo y un descanso para la mente y permito que Tomás acerque su boca a la mía.

No besa mal, pero tampoco es como para tirar cohetes.

Enreda su lengua con la mía y soy consciente de cómo se le acelera la respiración y también de cómo mi propia sangre se revoluciona, pidiéndome que continúe.

Estamos muy excitados y cuando él percibe que le he dado el visto bueno, lo oigo murmurar:

—Vamos a pasarlo bien.

—Calla y no pares —digo, mientras la salvaje que hay en mí se desata.

Sin duda, soy demasiada carne para tan poco arroz.

Si hemos llegado hasta este momento es porque yo he querido. Si sigo el juego es porque yo lo estoy convirtiendo en mío. Un juego muy criticado por muchas mujeres a las que, en el fondo, les gustaría jugar a lo mismo, pero no se atreven, no se lanzan. La diferencia entre ellas y yo es que yo soy dueña de mi vida. Hago lo que quiero y lo que deseo en todo momento, sin pensar en el qué dirán y sin dejarme engañar por idioteces moralistas y puritanas.

Tras varios besos y toqueteos por encima de la ropa, decido que se acabaron las contemplaciones. Entro en acción y, sin palabras romanticonas, voy a lo que voy y me desabrocho la camisa del uniforme.

Con una sonrisa, Tomás me mira cuando lo animo diciendo:

—Vamos, juega conmigo.

Coge uno de mis pechos con una mano y lo estruja, lo masajea y yo, encantada, permito que lo haga, mientras que con mis jadeos y mi entrega lo empujo a continuar.

Instantes después, llevo una mano a su entrepierna y sonrío. Está duro. ¡Bien!

Mi vagina se contrae al entender lo que eso significa y rápidamente me lubrico.

—¿Tienes un preservativo? —pregunto.

Tomás asiente sin decir nada. Creo que aún no se cree lo que está pasando. Se saca un preservativo del bolsillo y yo le digo:

—Póntelo.

Sonriendo como un tonto, se quita a toda prisa el pantalón y el calzoncillo. Vaya con Tomás, está mejor equipado de lo que yo creía. Eso me gusta. Cuando termina de colocárselo, se toca el pene y murmura deseoso:

—Todo para ti.

Esa frase me hace reír. Efectivamente, va a ser todo para mí. Le toco el duro pene y digo en voz baja, sentada aún sobre la caja:

—Si es todo para mí, haz lo que mis ojos te piden.

Dicho y hecho.

Sin hablar, me quita las bragas, se mete entre mis piernas y yo le facilito la penetración abriéndome para él. Eso lo provoca, lo excita, lo pone a cien.

Entra en mí lentamente y siento cómo mi cuerpo reacciona deseoso de más profundidad.

Ay, Dios, ¡qué placer!

Me aprisiona contra la caja y la penetración se hace más profunda.

Sí, ¡qué gustazo!

Agarrada a su cuello, permito que me penetre una y otra vez. Mientras él me da todo lo que le estoy pidiendo sin palabras, pienso que es Dylan quien está ahí.

Cómo me gustaría que fuera él.

Mataría por sentir sus carnosos labios sobre los míos. Por exigirle que me penetrara una y otra vez. Pero al abrir los ojos veo que no es Dylan y la rabia me hace ser más bruta, más brusca.

Así estamos varios minutos, con nuestros jadeos llenando la pequeña estancia, hasta que, finalmente, antes de lo que a ambos nos hubiera gustado, Tomás llega al clímax y, tras un último empellón, llego yo también.

Joder, ¡yo quiero más!

Esto no me ha llenado por completo, ni física ni sexualmente hablando.

Nos miramos con la respiración entrecortada cuando me deja en el suelo. Nos hemos cargado la caja y nuestro juego se ha acabado. Tomás me mira encantado. Está orgulloso de lo que ha hecho y yo sonrío. No quiero decepcionarlo. Pobre, se cree un bombón y no llega a Lacasito.

Nos vestimos en silencio y, una vez estamos los dos presentables para continuar trabajando, me mira y pregunta:

—¿Qué te parece si esto lo repetimos en otro sitio y con más tiempo?

El sexo no ha estado mal, pero yo contesto con distanciamiento:

—Quizá.

Al llegar a la puerta, me mira y veo en sus ojos que me quiere besar. Niego con la cabeza y me voy a trabajar.

Horas después, sigo trabajando. Esta noche me toca retén en la cocina. ¿No quieres caldo?... Pues ¡toma dos tazas!

No puedo dejar de pensar en lo que he hecho.

¿Por qué he accedido?

Tomás no me gusta, pero me he acostado con él. Está claro que el calentón que me provoca Dylan lo estoy solucionando con otro.

Y eso no me gusta. Más bien me disgusta. Pero no puedo hacer otra cosa. Dylan ni me mira.

El barco tiene servicio veinticuatro horas para los clientes de la zona vip. El teléfono suena varias veces para hacer pedidos. Por lo general, piden champán o bebidas e incluso algo de comida rápida. Una de las llamadas proviene de la habitación 21. Sé que es la habitación de Tony y, por lo que parece, ¡ha ligado!

Ha pedido tres sándwiches de pollo con patatas fritas, tres Coca-Colas y tres whiskies con hielo.

¡Vaya con Tony, tiene fiestecita!

¿Con quién estará?

Cuando el cocinero prepara los sándwiches, yo lo coloco todo en una mesita con ruedas muy mona y me encamino hacia la habitación. Cuando llamo, Tony abre a los dos segundos sin camisa y yo, muy profesional, le digo:

—Su pedido, señor.

Él sonríe y contesta:

—Joder, Yanira, que soy yo... No me llames señor.

—Lo sé. Sólo hago mi trabajo.

Ambos sonreímos y digo:

—Venga va, ¿dónde te dejo todo esto?

Tony se hace a un lado y contesta:

—Déjalo delante de la cama.

Empujo la mesita y miro con curiosidad, pero no veo a nadie. Sin embargo, oigo el sonido del agua en el cuarto de baño. Vaya... vaya... así que una duchita.

—¿Todo bien, Yanira? —me pregunta Tony con una sonrisa.

Le devuelvo la sonrisa y, con complicidad, respondo, incorporándome:

—Sí, pero estoy segura de que no tan bien como tú.

Ambos sonreímos. A buen entendedor, pocas palabras bastan.

Una vez dejamos de sonreír como tontos, le entrego la hoja del pedido para que la firme.

—Dame un segundo. Voy a buscar un bolígrafo.

Tony se acerca a una chaqueta y mete la mano en un bolsillo. En ese momento, algo me llama la atención. En una de las mesillas veo una chapa identificativa.

¿Vayaaaaaaaaaaaaaaa, le está poniendo los cuernos a su novio? ¿Quién será su ligue?

La curiosidad me corroe.

Con disimulo, doy un paso hacia la mesilla, pero la chapa está boca abajo. ¡Mierda!

De reojo veo que Tony acaba de encontrar el bolígrafo y se dirige hacia una mesa para apoyarse y firmar. Sin dudarlo, cojo la chapa y le doy la vuelta: «Dylan Ferrasa».

¡¿Cómo?!

Estoy a punto de gritar.

¡No puede ser! ¡¡No puede ser!!

Pero de pronto, miro hacia el cuarto de baño y en el suelo veo asomar un trozo del mono de faena azul que Dylan suele llevar.

Ay, Dios. Ay, Dios.

Oh no... no... no... no.

¡No puede ser cierto lo que estoy pensando!

Con los ojos como platos, vuelvo a leer lo que pone en la chapa: «Dylan Ferrasa». No cabe duda, y el aire deja de entrar en mis pulmones.

¡Me ahogo! ¡Me pongo verde!

Mi morenazo, mi boricua, mi Dylan ¿es gay?

Plan A: me tiro de los pelos.

Plan B: le arranco a Tony los ojos.

Plan C: vuelvo a leer la chapa por si me he equivocado.

Elijo el plan C. Leo de nuevo la chapa lentamente para no equivocarme: «Dy-lan Fe-rra-sa».

Noooooooooooooooooooooooooooo.

Joder... joder... joderrrrrrrrrr.

Se acabaron los planes. Ya no existen ni plan A, ni B ni C, ni posibles seis fases del orgasmo.

Se me acaba de caer el mito.

¿Dylan es gay?

Cuando se lo diga a Coral, se va a quedar tan petrificada como yo.

Pero ¿por qué?

¿Por qué a un pibonazo como Dylan tienen que gustarle los hombres? ¿Por qué, Dios míoooooooooo, por qué?

Tony termina de firmar y, volviéndose hacia mí, me entrega la hoja firmada y me pregunta:

—¿Estarás toda la noche de guardia en la cocina?

Estoy a punto de arañarlo de abajo a arriba, que duele más, por esa pregunta. ¡Estoy furiosa!

Él va a pasar una noche de pasión con el hombre que yo deseo y no puedo hacer nada.

Absolutamente nada.

¡Mierda!

Asiento como puedo y él dice:

—Quizá te vuelva a llamar, creo que tengo por delante una noche larga.

«Eso... encima restriégamelo por la cara, ¡asqueroso!»

En ese instante, se abre la puerta que comunica con el otro camarote y veo aparecer a Tito en camiseta y calzoncillos. Al verme, él da un paso atrás y vuelve a cerrar la puerta despavorido. ¡Los he pillado con las manos en la masa!

Menuda orgía se van a montar los tres.

Echo a andar hacia la puerta, porque si no salgo de ahí, exploto. Me vuelvo al notar una mano en el codo y Tony me pregunta:

—¿Te ocurre algo?

¿Algo? ¡Algo te haría yo a ti por lo que vas a hacer!

Intento recomponerme, esbozo una de las sonrisas más falsas del mundo y respondo:

—No nada, es sólo que tengo mucho trabajo.

Una vez fuera de la habitación, cierro la puerta y me apoyo en la pared.

Tengo ganas de llorar.

Tengo ganas de gritar.

Tengo ganas de matar a alguien.

Ahora entiendo por qué ninguna mujer consigue nada de Dylan.

Ahora entiendo que ni mis cruces de piernas a lo *Instinto básico*, ni mis aleteos de pestañas, ni las tetorras talla XXL de Lola lo hagan reaccionar. Por Dios, ¿es gay?

Jorobada por mi descubrimiento, me encamino hacia la cocina mientras me pregunto por qué últimamente los hombres más guapos y atractivos son todos gais.

¿Qué estamos haciendo mal las mujeres?

Adoro a los gais. Por ejemplo a mis amigos Luis y Arturo, pero ¿por qué Dylan tiene que serlo?

Desesperada, entro en la cocina y, tras clavar mi pedido firmado en el pincho, abro una de las neveras, saco un enorme tarro de helado y comienzo a comérmelo a cucharadas mientras rumio mi pena.

Definitivamente, ¡me siento como Gordi-idiota-cienta!

12

No jodas, por favor

Dos días después, mi desazón sigue igual.

No estoy de muy buen humor y el Rancio parece que va a por mí con más ganas. Está visto que ése y yo nunca vamos a ser amiguitos.

En estos dos días, he indagado con otras chicas sobre Dylan sin revelar lo que sé. Todas hablan maravillas de él. Que si es tan caballeroso, tan agradable, tan educado. La gran mayoría muere por sus huesitos, pero ninguna ha conseguido nada de él.

Ahora me doy cuenta de la cantidad de detalles que se me han pasado por alto por estar tan cegada con ese tipo.

1.º Nunca va sucio a pesar de trabajar en el almacén.

2.º La cremita que se da en las manos cada dos por tres y el hecho de que se ponga guantes de látex para trabajar. Nadie lo hace excepto él.

3.º Nunca se lo ha relacionado con ninguna de la plantilla.

4.º Come siempre rodeado de sus compañeros hombres.

5.º Y no bebe nada en lata, ni directo de la botella por los gérmenes. Pero ¿qué tío no bebe a morro?

Qué pena.

Qué pena más grande y qué decepción llevo en cuerpo y alma.

Con el buen radar que tengo yo para percatarme de quién es quién, ¿cómo no me he dado cuenta antes?

Definitivamente, viajar en barco no me sienta bien. ¡Nubla mi sexto sentido!

Hoy es un día de locos. Los pasajeros tienen una hambre atroz y yo corro para satisfacer sus necesidades, bajo la continua mirada del Rancio y recibiendo sus continuas broncas. No sé cuánto voy a aguantar sin decirle cuatro frescas.

Cuando entro en la cocina, Coral, al ver mi gesto de apuro, viene hacia mí y me pregunta con una manga pastelera en la mano:

—¿Qué ha pasado con el Rancio?

¡Voy a explotar!

—Ese tío es idiota y en su pueblo no lo saben. —Y quitándole la manga pastelera de las manos, pregunto—: ¿Nata o crema?

—Nata.

Me encanta la nata. Sin dudarlo, la levanto y aprieto y la boca se me llena de ella. Está exquisita, deliciosa. Mi amiga cuchichea:

—Que ese que tú y yo sabemos sea de la otra acera no tiene por qué hacerte comer como una salvaje.

—Tengo ansiedad —replico.

—Comer así no es sano. Vas a hacer que te estalle el uniforme.

—Mira, mi niña, una vez que sé que con él no voy a disfrutar de las seis fases del orgasmo, ¡me importa un pepino ser gorda o flaca! ¡Joder! El único hombre que me interesa en todo el barco y nunca me va a mirar como yo quiero... Qué decepción. Al menos, la nata no decepciona. Ella siempre me da lo que necesito.

Veo que Coral pone los ojos en blanco y dice:

—Como siempre, tan dramática. —Y al ver que sigo engullendo nata como una descosida, pregunta—: ¿Qué tal? ¿Está buena?

—¡De muerte! —contesto y sigo engullendo.

De pronto, con el rabillo del ojo, veo al culpable de mi ansiedad entrar en la cocina con una caja de vinos y unos auriculares puestos. ¿Qué música escuchará? Rápidamente, me aparto la manga pastelera de la boca, pero la nata continúa saliendo y cae sobre mi cara y mi uniforme.

—Pero ¿qué haces? —ríe Coral al verme.

Horrorizada, cuchicheo:

—El idiota y el ridículo... fijo.

Muerta de vergüenza, miro a Dylan de reojo para ver si me ha visto y su sonrisita me confirma que sí. ¡Mierda! Intento disimular. Aunque sea gay, me sigue poniendo una barbaridad. Una de las pinches, la tetona, se dirige a él y le indica dónde tiene que dejar la caja.

Coral, que se percata de todo, susurra mientras me da una servilleta.

—Bueno... bueno... bueno... será lo que sea, pero vamos... decir que está tremendo es decir poco.

Asiento mientra me limpio la cara. Tengo nata hasta en las cejas y Dylan se acerca a nosotras.

Por Dios, ¡qué humillación!

Se me pegan las pestañas y maldigo al notar que la nata me ha entrado en un ojo. La lentilla se resiente.

Al llegar casi a nuestra altura, sin saludarnos, Dylan abre una de las cámaras frigoríficas y se mete dentro.

—Joder... joder... cómo me he puesto —mascullo, mientras la nata se me pega al pelo.

—¿Qué te pasa en el ojo? —pregunta Coral.

—La lentilla.

Parpadeo y parpadeo, pero la nata me la ha ensuciado y me nubla la vista.

Coral, divertida, murmura al ver mi apuro:

—Yo que tú, aun sin ver, me metería en la cámara y probaría la mercancía. Seguro que a él también le gusta la nata.

—¡Coral, pero si es gay! —replico, bajando la voz.

—Mi niña, por probar no se pierde nada.

Me río, mientras la lentilla y la nata me joroban el ojo.

Mi amiga me conoce muy bien y sabe que, como me guste un hombre, ¡voy a por él! Pero en este caso no puedo. No quiero hacer más el ridículo.

—La verdad es que este madurito que aún no ha salido del armario está que cruje. ¿Algún plan? —insiste divertida la pesadita de Coral.

—Sí. Uno: ¡olvidarlo!

Pero incapaz de callar el chorreo de palabras que burbujea dentro de mí, añado, mientras guiño los ojos, y me limpio la nata de las pestañas.

—Diosss, la verdad es que tiene los labios más sensuales que he visto en mi vida. Tú me conoces y sabes que es la clase de hombre que me provoca y me revoluciona la sangre de lo sexy que es y porque lo intuyo... lo intuyo... posesivo. Fuerte. Sí. Exacto. ¡Fuerte! Presiento que tiene que ser una bomba en la cama y es verlo y querer besarlo, arrancarle la ropa...

—Yanira... —susurra mi amiga, pero yo estoy embalada.

—Es verlo y toda yo me caliento a unos niveles que te juro que no lo entiendo. Incluso sabiendo ¡eso!... me pone... me calienta... me hace sentir tonta y ridícula si me pilla mirándolo y...

—Yaniraaaaa...

—Y mira lo que te digo, asumo que soy invisible para él, asumo que no soy su tipo porque no tengo bigote, ni bíceps marcados, ni algo colgando entre las piernas, pero por el amor de Dios... ¡si hasta su nombre me excita! ¡Dylan! ¡Dylan! ¡Dylan! Oh, Señor, ¡qué pedazo de nombre más morboso y masculino! Pero vale. Lo requeteasumo. No soy su tipo y nunca lo seré. —Cierro los ojos mientras me noto las manos pringosas de nata—. Pero ese tío te juro que me pone, me pone mucho y creo que me voy a volver loca si no me dice algo y...

—¿Estás mejor? —pregunta una voz justo detrás de mí.

¡Oh... oh...!

Coral sonríe y entiendo su sonrisa.

¡Creo que el objeto de mi deseo me acaba de decir algo!

¡Tierra, trágame!

¡Qué bochorno!

Recomponiéndome como puedo, me doy la vuelta. No me he visto en un espejo, pero mi aspecto tiene que ser como poco peculiar. Sin embargo, lo miro como si no pasara nada y contesto:

—Sí. Gracias. Estoy mej...

No puedo decir más, porque al tener un ojo cerrado, la encimera no está donde yo creía que estaba y, al apoyarme en ella, pierdo el equilibrio. Al notar que me caigo, estiro una mano y agarro la camisa de Dylan, pero ésta se rasga y el desastre está servido.

Pataploffff...

Pedazo barbillazo el que me acabo de dar contra el suelo de la cocina del barco.

Se me para la respiración y siento que todo rebota a mi lado. Intento disimular, pero el bochorno es terrible.

¡Qué torpe soyyyyyyyyy!

Ahora soy Gordi-torpe-cienta.

Alucinado por mi repentina caída, Dylan, el hombre de mis más perturbados sueños sexuales, se agacha con gesto preocupado y pregunta:

—¿Estás bien?

Plan A: le digo que no y le pido que me haga el boca a boca para no morirme.

Plan B: lloro como un ewok por el dolor de la barbilla.

Plan C: dejo de hacer el ridículo.

Finalmente me decanto por el plan C. Creo que es el más digno.

Veo que Dylan abre un congelador, coge hielo y, envolviéndolo con un paño limpio de cocina, se quita los puñeteros guantes de látex y me lo pone en la barbilla.

—¡Aug!

—Lo sé. Duele —dice mirándome—. Te has dado un buen golpe. Un poco más y te abres la barbilla.

De pronto me doy cuenta de que lleva la camisa abierta. ¡Guauuuuu, menudos pectorales! Recuerdo haberle desgarrado la camisa en mi caída.

—Si querías verme el torso, sólo tenías que haberme pedido que me quitara la camisa.

Me entra la risa floja.

Dylan me mira sorprendido por mi reacción e, intentando con todas mis fuerzas aplacar mi inoportuna risa, le digo a la alucinada Coral:

—Dame papel para que me limpie el ojo.

Pero el morenazo parece tener mil manos y él mismo me proporciona el papel, mientras mi amiga dice:

—Iré por algo para abanicarte. Estás como un tomate.

Coral se va y yo no sé qué decir. Dylan me ayuda a levantarme del suelo y sentarme en una silla.

—¿Te duele algo?

Digo que sí con la cabeza y, ante su cara de estupefacción, aclaro, con el hielo en la barbilla:

—Mi orgullo.

Ambos nos quedamos callados. Creo que me entiende. Acabo de hacer el mayor ridículo del mundo y lo respeta en silencio. Pero al estar en cuclillas ante mí con la camisa abierta, me vuelvo a fijar en sus abdominales. ¡Son increíbles! Y me llama la atención algo que le cuelga del cuello. Es un cordón negro con una pequeña llave plateada. Parece antigua y es muy bonita.

Él se da cuenta de lo que miro y tocando la llave dice:

—Me la regaló mi madre.

Asiento. El dolor de barbilla me está matando. Me toco los dientes con la lengua.

¡Que estén todos... que estén todos!

Por suerte, así es y ninguno se mueve. Respiro aliviada.

Sin decir nada, me saco la cajita de las lentillas del bolsillo del uniforme y me quito la que me está fastidiando el ojo, sucia de nata.

¡Qué descanso, por favor!

Dylan, al verme, me reprocha:

—Deberías lavarte las manos antes de tocarte el ojo. Las tienes llenas de bacterias y de suciedad.

Ya salió su vena gay.

No lo miro. No le contesto.

Sé que tiene razón en cuanto a que debería lavarme las manos, pero no me da la gana de dársela. No dice nada más. Sólo me observa y yo, cuando termino de limpiar la lentilla, me la vuelvo a poner con chulería, tomo aire, lo miro y suelto:

—Aclaremos una cosa. No sólo has oído lo que he dicho sobre ti, sino que también me has visto pringada de nata y, por si fuera poco, me despanzurro delante de ti sin ningún glamour. Y...

—¿Ese Dylan... del que hablabas era yo?

¡Mierda!

Yo sola acabo de descubrirme de nuevo. No asiento. No confirmo y no me muevo.

¿Se puede ser más torpe y bocazas?

Él, al ver mi apuro, sonríe y se acerca un poco más.

¡Madre mía, es impresionante!

Me vuelvo a quedar sin respiración cuando me posa el pulgar justo por debajo de los labios durante unos instantes. Al retirarlo, veo nata en su dedo. Se lo chupa y, en tono íntimo y voz ronca murmura:

—Deliciosa.

Joder, joder y joder.

¿A que le digo que se lave el dedo antes de chupárselo? Pero al final me callo. Mejor mantengo la boca cerrada o sé que la voy a liar más.

De nuevo me entra la risa. Pero ¡qué idiota soy! Y para desviar el tema, miro los auriculares que le cuelgan del cuello y pregunto:

—¿Qué estás escuchando?

—Maxwell, ¿lo conoces?

Niego con la cabeza y él dice:

—Hazlo. Te gustará.

Coral aparece con unas recetas plastificadas para darme aire. ¡Su cara es todo un poema!

Dylan se levanta, da un paso atrás, me guiña un ojo y, sin decir nada más, se marcha por donde ha venido.

Coral, divertida, se ríe y yo, horrorizada, protesto:

—No sé dónde le ves la gracia, ¡¡joder!

Esa noche, cuando llego a mi camarote y me tumbo en la cama, la barbilla me duele horrores; me va a salir un moratón enorme. Pero no me importa. El solo hecho de haber tenido a Dylan tan cerca durante esos minutos, bien vale este porrazo.

Tres días después, mi moratón en la barbilla es patrimonio de todo el barco. Todo el mundo lo mira.

¡Como para no verlo!

Todo el mundo especula.

¡Como para no especular!

Al final hasta le pongo nombre: ¡Mori!

¡Seré hortera!

Esa noche, cuando terminamos de trabajar y me dirijo hacia mi camarote, Coral me para.

—Tengo que pedirte un favor.

—Tú dirás, mi niña.

Ella se rasca la nuca y, tras pensar lo que me va a decir, suelta casi de corrido:

—He quedado con alguien y necesitaría un par de horas el camarote.

—¿Con quién has quedado? —Y al ver que no contesta y sólo ríe, insisto—: ¿Con el colombiano?

—No.

—¿Con el ruso de recepción?

—No.

Diez minutos después, tras haber repasado la plantilla de medio barco, finalmente confiesa:

—Vale, lo admito, en cuanto a los hombres se refiere, estoy desatada, estoy en fase Comecienta. —Yo suelto una carcajada y ella prosigue—: He estado con Toño cuatro años y he sido la tía más fiel y entregada del mundo. ¿Y para qué? Para que me llame gorda delante de sus amigos y me humille.

—Coral, deberías pensar las cosas, tú no eres como yo. Tú crees en el amor, en el romanticismo, en...

—Se acabó el romanticismo —me corta—. Viviré la realidad. Hombre que me guste, hombre que como pueda me lo meriendo. Me he dado cuenta de que el tiempo pasa, mi cuerpo se deforma y quiero disfrutar. Y hay un pasajero argentino...

—Coral... —gruño, tocándome la frente—. Sabes que en el barco están prohibidas las relaciones entre la tripulación y aún más con los pasajeros. No puedes llevarlo a nuestro camarote, ¿en qué estás pensando?

—Pues pienso en lo que pienso, ¡en tirármelo y disfrutar de las seis fases del orgasmo!

Río divertida.

Ella también se parte de risa. Desde luego, ha decidido dar un nuevo rumbo a su vida y nadie la va a hacer cambiar de idea.

—¿Quién se va a enterar? —dice.

Esta tía es un caso perdido. Basta con que alguien le prohíba algo para que ella lo haga. Mirándola, pregunto:

—¿Por qué no vas tú a su camarote?

—Porque está prohibido.

Al oírla decir eso, la miro y me río. Finalmente, resoplo y la acepto como es.

—De acuerdo —digo—. Camarote todo tuyo. Pero cuando acabes, mándame un mensajito para que pueda volver, ¿vale?

—*Sos una grosa.*

—¿Qué has dicho?

Coral se ríe y, divertida, aclara:

—Eso me dice Luciano para decirme que soy estupenda.

Me besa, da un saltito y sale corriendo. Sonrío sin poderlo remediar.

Está claro que ella lo está pasando mejor que yo en el barco.

De pronto, al darme la vuelta, me encuentro a Tomás mirándome fijamente.

Oh... oh... la música de *Tiburón* suena en mi mente.

Tutu... tutu... tutu... tutu...

Viene hacia mí y, bajando el tono de voz, pregunta:

—¿Qué te parece si tú y yo quedamos dentro de cinco minutos donde el otro día?

—No. —Y rápidamente añado—: He quedado.

Sorprendido por mi contestación, pregunta:

—¿Con quién has quedado?

Yo lo miro divertida y, dándome media vuelta, susurro:

—A ti te lo voy a decir.

Desaparezco de escena rápidamente. No me apetece quedar con él. Si lo hago sé que será para sexo y hoy no quiero sexo con nadie. Bueno, eso no cierto. Con Dylan sí, pero eso es como pedirle peras al olmo.

Estoy cansada y no tengo adónde ir, por lo que me dirijo hacia la sala de fiestas. La música me animará. Disfruto tarareando las canciones que tocan y me quedo allí más de media hora, hasta que, verde de envidia por no poder ser yo la que canta, me encamino hacia un lugar de la cubierta donde a esas horas en general no suele haber nadie.

Una vez allí, cojo una hamaca, la muevo hasta colocarla en un lugar estratégico donde poca gente me ve y en cambio yo puedo mirar el mar, y me tumbo en ella.

¡Qué relajante es estar así a la luz de la luna!

Estarlo durante el día, al sol, debe de ser la bomba. Pero por desgracia, en este barco estoy para trabajar, no para disfrutar.

Pienso en mi familia. Por la hora que es, estarán aún en la tienda, vendiendo souvenirs a los turistas de Tenerife... Sonrío. Son maravillosos. Tengo la mejor familia del mundo y decido que los voy a llamar por teléfono.

Hay cobertura. ¡Bien!

Tras dos timbrazos, oigo la voz de mamá.

—Cariño, ¿eres tú?

—Mamiiiiiiiiii. ¿Cómo estáis?

—Bien, mi niña, ¿y tú? ¿Se te pasaron los mareos?

—Sí, mami —miento—. Ya estoy mejor.

—¿Tomas leche?

Me río. Mi madre y la leche... Respondo:

—Sí, tranquila. La tomo.

Mentira y gorda. Eso sí, la sustituyo con la nata que mi amiga pone en las tartas. Al fin y al cabo, está hecha con leche, ¿no?

Hablamos durante un rato. Le cuento a mis padres y a mis abuelas que estoy fenomenal, que lo paso bien y los engaño diciendo que el trabajo no es tan duro como ellos creen. Después hablo con mi padre, que me dice que Argen está también allí. Le digo que se ponga.

—¿Cómo está mi hermanita preferida?

—Echándote de menos todos los días.

Estoy segura de que sonríe, Argen tiene una sonrisa estupenda, y me suelta.

—Desembucha, que te conozco.

—Psssss... no le digas a mamá lo que te voy a contar, pero voy dopada todo el día con pastillas antimareo, tengo un gran moratón en la barbilla de un porrazo que me di contra el suelo y mi jefe es un grandísimo idiota con cara de mugroso que me hace la vida imposible todos y cada uno de los días.

Argen vuelve a reír y, bajando la voz, murmura:

—Vamos, Resoplidos, que tú puedes con él.

Ahora la que se ríe soy yo.

—Desde luego que puedo con él. Pero no quiero tirarlo por la borda y acabar en la cárcel. Pero dejemos de hablar de ese amargado. ¿Tú estás bien?

Pensar en la enfermedad de mi hermano siempre me agobia. Pero Argen la lleva como un campeón y responde:

—Perfecto. Todo controlado.

Su positividad me encanta. Eso me alegra y vuelvo a preguntar:

—¿Cómo están Han Solo y el guaperas?

—¿El Maestro Yoda y el maestro del ligoteo? Como siempre.

—Ambos nos reímos y Argen continúa—: Garret vio hace unos días que el año que viene, en junio, hay un congreso en Los Ángeles de *La guerra de las galaxias* y ya están ahorrando para ir. Y Rayco hace dos noches llegó con la ceja rota. Según me ha contado, el novio de una la tomó con él.

Durante un rato hablamos de nuestros dos hermanos, que a ambos nos traen locos, hasta que Argen pregunta:

—¿Qué tal Coral? ¿Está bien tras lo de Toño?

Al pensar en mi amiga, resoplo y digo:

—Más que bien. Ha decidido ser una mujer liberal y no volverse a enamorar.

—Eso que se lleva por delante.

—Ya te digo, hermanito..., ya te digo —contesto divertida.

Argen siempre ha pensado que Coral está como una cabra. Pero que, a su modo, es una buena amiga. Luego me pregunta:

—Y tú, ¿qué tal vas de hombres? ¿Le has echado el ojo a alguno?

—No —respondo sin dudar.

—Mmmm... ¡mientes!

—¿Por quéeeeee? —río, repanchingándome en la hamaca.

—Porque cuando mientes respondes muy rápido. Lo normal sería que hubieras resoplado y dicho «Uff... nada interesante», pero ese «no» tan claro y directo, tan rotundo, me hace saber que es un «¡sí!».

Desde luego, si alguien me conoce, ése es Argen. Mi hermano mayor es la bomba y, divertida, respondo:

—Vale. Sí hay alguien.

—Lo sabía.

—Me has pillado.

—¡Cuenta!

Después de resoplar varias veces, finalmente digo:

—Hay un hombre que me trae por la calle de la amargura.

—¿Hombre?

—Sí... no es un niño. Es un madurito que ¡uff!...

—Bueno, hermanita, te conozco y veo que realmente te interesa.

—¡Es gay!

La carcajada de mi hermano me toca la moral. Vamos, con el disgusto que yo tengo y él partiéndose de risa.

—O paras de reírte o te cuelgo —amenazo.

Una vez se tranquiliza, le contesto a todo lo que me pregunta. Y después de hablar con él durante diez minutos y casi olvidarme de mis penas, cuelgo el móvil y sonrío.

Sin dudarlo, busco en mi iPod la canción que tanto le gusta a mi padre. Sonrío al encontrarla. Que es lo mismo que haría mi padre al escucharla. La cantante se llama Rosa y fue concursante de un programa musical llamado «Operación Triunfo». Según él, si ella consiguió triunfar en la música, ¿por qué yo no? Convencida de que estoy sola, me pongo los auriculares y, dejándome llevar por la dulce melodía, tarareo:

Oye, no ves que por tus ojos es que miro.
Sabes que si respiras tú respiro yo.
Sigue, besándome las veces que me besas,
y dame mil caricias locas de esas
que borran lo que ayer viviste tú.
Nunca, yo ave...

Un movimiento a mi derecha me llama la atención y me quedo bloqueada al ver a Dylan sentado en una hamaca a mi lado, escuchándome con las piernas estiradas y las manos en los bolsillos. Rápidamente, me quito los auriculares y preguntó:

—¿Qué haces?

—Escucharte.

Su expresión de guasa me molesta y siseo:

—¿Te he invitado yo a hacerlo?

—No.

—¿Entonces?

Sin moverse de donde está, contesta tranquilamente:

—Cantas muy bien.

La brisa me alborota el pelo y, frustrada por todo lo que me hace sentir, gruño sin un ápice humor:

—El espectáculo es en la sala Capri. Allí podrás oír cantar.

De pronto, me agarra la cabeza y, mirándome de frente, pregunta:

—¿Cómo va ese moratón?

Al encontrarme con sus ojazos frente a los míos, sólo puedo responder:

—Va bien.

Durante unos instantes, veo que me mira la barbilla con curiosidad y luego me suelta. Arrugo el entrecejo y él pregunta:

—¿Qué te ocurre?

—Mira, guapo —respondo, sin ganas de confraternizar—, seamos claritos. A ti no te tiene que importar en absoluto lo que a mí me pase, ¿entendido?

Veo que se asombra por mi contestación y murmura:

—Lo siento. No pretendía...

—Me importa un pepino lo que tú pretendieras o no.

Me mira con los ojos como platos.

Intuyo que no sabe lo que me pasa. Hasta ahora, nunca me ha visto enfadada.

Debe de pensar que estoy como un cencerro, pero me da igual. Lo fulmino con la mirada. ¡Para chula yo!

Vale que todas le bailan el agua porque tiene un buen culo y está de muy buen ver. Pero todas no saben lo que yo sé, ¡porque si lo supieran, otro gallo cantaría!

Al cabo de un momento, tras un incómodo silencio, arruga el entrecejo y pregunta:

—¿Estás enfadada conmigo?

—¿Tú qué crees?

Mirándome de una manera que me hace cuestionarme eso de no bailarle el agua, murmura:

—Que no.

«Bueeeno... anda que no sabe nada éste...» Replico, intentando no perder el control.

—¿Y por qué crees que no estoy enfadada contigo?

Acercándose un poco más, el muy sinvergüenza dice:

—Porque me lo dicen tus ojos.

Cuando oigo eso, me acuerdo de una cosa que dice siempre mi hermano el friki de las Galaxias y respondo:

—Mis ojos engañarte pueden, no confíes en ellos.

Mi respuesta lo hace sonreír y añade:

—Tus ojos son preciosos.

Bueno... bueno... bueno... esto se pone interesante. ¡Me acaba de echar un piropo!

Tengo que intentar mantener a raya mi ansiedad o, si no, me voy a descontrolar, así que respondo con cautela:

—Yo que tú haría caso a lo que dice mi boca. Mis ojos quizá te engañen.

Lo oigo aspirar con fuerza y con una sonrisa de canalla que no se puede aguantar, susurra, mientras me mira los labios:

—Tu boca dice y sugiere muchas cosas.

Ay, que me da... que me da... ¡Que me lanzo, sea gay, mormón o budista!

Plan A: lo beso.

Plan B: me lo como.

Plan C: me tiro por la borda y me ahogo.

Mi respiración se acelera. ¿Me está tentando?

Respiro hondo o me asfixio e, incapaz de no seguirle el juego, pregunto:

—¿Qué te sugiere mi boca?

Dylan sonríe y se toca la punta de la nariz con un dedo. ¡Oh, Diossssssssss!

Vaya tela... vaya tela... Para ser gay, el morbo que tiene el chicarrón.

Sus ojos brillan, no quiero ni imaginarme cómo tienen que brillar los míos, y, finalmente, con una voz ronca y cara de perdonavidas, contesta:

—Adivina.

Su voz...

Su olor...

Su cercanía...

Todo ello, unido al morbo que me ocasiona ese «Adivina», me hace resoplar.

¿Lo ataco? ¿No lo ataco?

¿Me lanzo? ¿No me lanzo?

Finalmente me contengo. Recuerdo lo que sé y me freno antes de hacer el ridículo. En ese momento, lo oigo decir, mirándome con su cara de sobrado:

—Eres encantadora, pero no me interesas.

¿Cómo?

Joder... joder... joder... ¡Qué bochorno!

¿Cómo le he dejado ver lo que quiero de él?

Soy tonta... soy tonta de remate y, molesta por su observación, replico:

—Mira, mi niño, dejemos las cosas como están.

—¿Mi niño? —pregunta curioso.

—«Mi niño» es una expresión cariñosa que se dice en mi tierra.

No me quita ojo. Estoy nerviosa por lo que ha dicho y él asiente con la cabeza e insiste:

—¿Enfadada?

Intento que no me tiemble la voz. Intento ser la mujer segura que siempre he sido y, con guasa, lo miro y respondo:

—Adivina.

La comisura de sus labios se curva. Aunque lo niegue, sé que entre él y yo hay más química que en la tabla periódica. Tras unos segundos en los que nos miramos en silencio, pregunta:

—¿Por qué me hablas así, bebé?

—¡¿Bebé?!

Con una voz que me hace temblar desde la punta de los pies hasta la punta de las orejas, dice:

—«Bebé» es una palabra cariñosa de mi tierra.

Estoy totalmente desconcertada y no sé qué decir. He de alejarme de él antes de cometer alguna tontería. Me levanto, pero me agarra el brazo y pregunta:

—¿Por qué te vas?

—Porque o me voy o te tiro por la borda.

Sonríe.

Madre mía, ¡esto es pecado puro!

—Siento haberte molestado, no era mi intención. Simplemente, he oído cantar a alguien y... tienes una voz preciosa.

«Y tú tienes un morbo y un control de la situación que me vuelve loca», estoy a punto de gritar.

Pero su tono suave, profundo y tranquilo me indica que no está por la labor de discutir conmigo y finalmente resoplo. Está claro que no puedo discutir con él.

—¿Fumamos la pipa de la paz para que no me tires por la borda? —propone pasados unos segundos, tendiéndome la mano.

Comprendo que debo aceptarla. Debo dejar de ser tan borde y aceptar lo inevitable. No le pongo y ésa es la realidad.

Él siempre ha sido correcto conmigo y no ha hecho nada para que yo lo trate así.

Resoplo de nuevo, agarro su mano, se la estrecho y, en ese instante, él da un paso al frente.

Se acerca a mí y me entran los seiscientos males cuando me pregunta:

—¿Escuchaste al cantante Maxwell?

Niego con la cabeza.

—No.

—Hazlo...

—¿Por qué?

—Porque su música es sensual como tú.

Vuelvo a resoplar. Estoy a punto de decirle cuatro cosas, pero finalmente, al ver su gesto, sé que estoy sacando los pies del tiesto y, mirándolo a los ojos, digo:

—Discúlpame, estoy cansada.

Dylan sonríe. Luego entorna los ojos mientras me mira y, sin soltarme la mano, susurra:

—Sonríe, bebé. Tu sonrisa es preciosa.

Ay, madre. ¡Yo lo beso... lo beso... me lo comooooooooo!

Y cuando me acerco más a él y voy a hacerlo, suelta mi mano y, dejándome con la boca semiabierta, se sienta en la hamaca.

Joder, ¡qué corte!

Ni plan A... ni plan B... ni plan C.

Menuda cobra que me acaba de hacer en toda regla. ¡Qué bochorno!

¡A disimular toca!

Las piernas me tiemblan y me siento yo también en la hamaca.

Durante unos segundos permanecemos callados. Necesito asumir lo que acaba de pasar.

«Vamos a ver, Yanira —me digo—, recuerda que es gay. Que le gustan los hombres. Que le van los peluditos. Recuérdalo y no hagas más el ridículo.»

—Era muy bonita esa canción que cantabas —dice, sacándome de mis pensamientos—. ¿Cómo se llama?

—*No jodas, por favor.*

Nada más decir eso, veo que le cambia la expresión y dice, sin entender nada:

—¿Por qué me vuelves a hablar así?

Al ver su cejo fruncido, soy incapaz de reprimir una carcajada que lo desconcierta del todo. Por fin el descolocado es él. Divertida, le aclaro:

—La canción se llama: *No jodas, por favor.*

—¿Se llama así?

—Te lo prometo.

Ahora los dos nos reímos y nos recostamos en las hamacas. Durante unos instantes, miramos la Luna reflejada en el mar, hasta que pregunta:

—¿Llevas mucho tiempo trabajando en este barco? No recuerdo haberte visto antes.

—Es mi primer viaje y creo que también va a ser el último.

—¿Por qué?

—Porque me mareo y estoy todo el día dopada con las pastillas. Cuando decidí trabajar aquí, no pensé en ello y, la verdad, estar todo el día con el estómago revuelto no es agradable. Y tú, ¿llevas mucho en el buque?

Al mirarlo, veo cómo el aire le da en la cara. ¡Qué guapo es!

—Llevo aquí casi un año.

Sorprendida, lo miro y, cuando voy a decir algo, le suena el móvil. Me hace un gesto con la mano para disculparse y lo oigo hablar.

Mientras, con disimulo le hago un escaneo en profundidad. Está impresionante con esos vaqueros y la camiseta gris. Una vez acaba de hablar, se levanta y dice:

—Me tengo que ir.

Asiento. Estoy a punto de preguntarle si es Tony quien lo ha llamado, pero afortunadamente me callo. Él se agacha junto a mi hamaca y yo me quedo inmóvil. Acerca su cabeza a la mía y, a escasos milímetros de mi boca, murmura:

—Ha sido un placer charlar contigo.

Su voz...

Su aroma...

Dios... estoy a punto de perder de nuevo la cabeza, pero antes de que lo haga, se endereza y se va, dejándome con cara de tonta.

Aún estoy reponiéndome de esa despedida cuando oigo un ruido en la cubierta superior. Al levantar la vista, me encuentro con Tito, el hombre que acompaña a Tony, y él, tras guiñarme un ojo, se va muy sonriente.

¿Por qué me ha guiñado un ojo?

¿Acaso nos ha estado escuchando?

Cuando finalmente me quedo sola, ya no tengo ganas de cantar. Sólo tengo ganas de que se me baje esta fiebre y de que el suelo del barco me trague. Qué manera de hacer el ridículo delante de un hombre.

Pienso... pienso y pienso y cuanto más pienso, más me lío.

Me suena el teléfono y sonrío al ver que se trata de mi buen amigo Luis.

—¿Cómo está mi tulipana de los mares?

Su alegría me hace sonreír y respondo:

—Bien, ¿y vosotros?

—Marco precioso, gordito y esponjoso. Come, duerme, caga y engorda. Vamos, que nuestro bebé es una delicia. —Río al escucharlo y prosigue—: Sus padres hechos una mierda. En especial yo.

—¿Qué te ocurre?

—Ay, mi niña, ando jodido. Me caí hace unos días en una obra cuando un tablón se rebeló contra mí, y me hice un esguince.

—¡Ay, Dios! ¿Y qué te ha dicho el médico?

—De momento, dos semanas de reposo y el pie en alto. Ni te cuento la mala leche que gasto. Arturo me ha dicho que como siga así, pide el divorcio y se lleva al niño. Ay, mi chicarrón, se tiene ganado el cielo por aguantarme.

Eso me hace sonreír. Arturo y él son una pareja fantástica y se quieren tanto que sé que su amor, como poco, será eterno, y más desde que llegó su hijo Marco.

—Pero bueno, dejemos de hablar de mí. He llamado para saber de ti y de Gordicienta, ¿está mejor?

—Sí... —Y al pensar en lo que Coral me dijo añado—: Ahora está en fase Comecienta, y muy feliz.

Luis lo entiende y, soltando un chillido, pregunta asombrado:

—Pero ¿qué me cuentas? ¿Hablas de mi decente Coral?

—De la misma. Ha decidido dejar de ser romántica para ser práctica. A partir de ahora, considera que el sexo y ella son íntimos amigos.

Luis suelta una carcajada.

—Me alegra. Lo que se van a comer los gusanos, que lo disfruten los humanos. Además, se lo merece. Merece disfrutar un poco de locura y pensar sólo en ella. ¿Y tú, cómo estás tú? Cuéntame, ¿algún marinero de buen ver a bordo?

Sus preguntas me hacen reír, mientras pienso que más que marinero he encontrado un impresionante sirenote y decido ir al grano.

—Pues sí, hombre guapo, madurito, alto, moreno, sexy...

—¡Anda, calla, calla que me levanto, lo busco a la pata coja y me lo quedo! —bromea mi amigo—. ¿Y qué haces hablando conmigo pudiendo estar disfrutando de ese bombón?

Desanimada por lo que le tengo que contar, respondo:

—No tengo nada que hacer. Si tú estuvieras aquí, le gustarías más que yo.

—¿Y eso, tulipana?

Convencida de que lo tengo que asumir, le digo:

—Es gay.

—Pero ¿qué me estás contandoooooooooo?

—Lo que oyes.

—¿En serio?

—Sí.

—¡No me lo creo!

—Que sí, Luis. No seas pesadito.

Este cotilleo era lo que necesitaba mi amigo para que se le reactivara la sangre. Insiste:

—Anda, cuéntamelo todo... todo... todo.

—No hay mucho que contar. La cosa es que le eché el ojo nada más llegar al barco. El tío es impresionantemente sexy y tiene unos labios salvajes para mordérselos que ni te cuento. ¡Si lo vieras te daba un yuyu de los graves! Me pone a cien, Luis. Es verlo y me desconcentro. Verlo y me caliento. Es pensar en desnudarlo y...

—Tulipana, por el amor de Dios —me corta—. Que estoy tullido y me estás calentado hasta a mí.

Su tono me hace soltar una carcajada y concluyo:

—Pero el otro día lo pillé desnudo, duchándose en el camarote de un pasajero que es gay y, bueno..., el resto te lo puedes imaginar.

—Vaaaaaaya...

—¡Menuda decepción me llevé!

—Cómo lo siento, mi niña.

—Más lo siento yo. Había elaborado ya un plan y nada... todo a la mierda.

—Tranquila, reina mía. Seguro que en ese barco hay otros marineros de lindos cuerpos y caderas demoledoras que pueden volverte loca.

Dispuesta a ver lo positivo donde no existe, sonrío.

—Hay otro. Pero es un jovenzuelo de mi edad. Se llama Tomás y, bueno, ya he tenido algo con él, pero no es lo mismo. No me pone ni la mitad, de la mitad. Tomás me busca, pero yo sólo pienso en Dylan. Vamos, un culebrón en toda regla.

—Pues cariño, un clavo quita otro clavo, ¿no lo has pensado?

—Sí.

—Entonces olvídate del madurito con el jovencito a base de sexo.

—¡Qué guarrón eres, jodío! —replico.

Luis suelta una carcajada y dice:

—Mira, tulipana, estás en un barco en medio del mar, donde tienes dos opciones: seguir colgada de un madurito que es gay y que nunca... nunca... nunca... va a darte lo que quieres, o pasarlo bien con otro marinero, aunque sea jovencito. Piénsalo.

—Lo pensaré.

—No pienses, ¡actúa! ¡Sé egoísta, como Comecienta, y diviértete!

—He dicho que lo pensaré —insisto.

—Oye, ¿y si es bisexual?

—No. No lo es. Le he tirado kilos y kilos de tejos, pero ¡no reacciona! Es inmune a mis supuestos encantos. Es más, media plantilla femenina del barco lo ha intentado también, pero el tío ni se inmuta. Y fíjate si soy tonta, que hace diez minutos casi lo beso, y me ha hecho una cobra que me ha dejado temblando.

—¡Qué bochornooooooooo!

—Sí... ha sido horrible. Una vergüenza.

—Mira, tulipana, lo dicho, ¡creo que necesitas otro marinero inmediatamente!

Su consejo me hace sonreír y voy a decir algo, cuando Luis me interrumpe:

—Yanira Van Der Vall, ni se te ocurra insistir. Si él es de los míos, tienes que respetarlo. No hay nada más desagradable que te acosen, ¿entendido?

Asiento con la voz y con la cabeza. Luis tiene razón. He de pasar página.

Durante un rato, hablamos de todo lo que se nos ocurre y me hace reír. No reírse con él es imposible y cuando cuelgo disfruto de la tranquilidad que hay a mi alrededor. Las luces de aquel puerto son preciosas.

En ese momento me suena el móvil y, al mirarlo, veo un mensaje que dice:

Comecienta acabó su festín. Puedes regresar al camarote.

Me levanto y me voy a dormir.

13

Till the Cops come Knockin'

Al día siguiente, estoy colocando las servilletas para la comida, cuando veo que Richi entra en el comedor como una bala, seguido por otro hombre. Sin demora, ambos hablan con el rancio de mi jefe. Éste pone mala cara y, tras mirarme, asiente. Richi se dirige a mí.

—¿Qué ocurre? —pregunto, al ver su gesto.

—Te necesitamos en la orquesta.

El corazón me da un vuelco y él prosigue:

—Davinia, una de las cantantes, ha recibido una llamada de su familia y ha tenido que abandonar el barco urgentemente en helicóptero. Su padre ha muerto y dice que no va a regresar.

—Pobre...

—No hay tiempo que perder —me apremia—. Les he hablado de ti a los de la orquesta y los he convencido de que eres lo que necesitamos. Vamos, quieren escucharte y, si les gustas, ¡te quedas con nosotros!

Me quedo bloqueada y, finalmente, al ver la expresión de Richi, sólo puedo murmurar:

—Vale.

—Vamos, mi niña, ¡espabila! Quieren escucharte. Ya ves que mi jefe está hablando con el tuyo. Si superas la prueba, formarás parte de la orquesta.

Alucinada, voy a contestar cuando el mugroso del Rancio se acerca con el jefe de Richi y me dice:

—Márchese, señorita. Pero piense que sigo siendo su jefe y espero que allí haga mejor trabajo que aquí.

Sonrío y no digo nada: no merece la pena. Ésta es la oportunidad que yo necesito y no la voy a desperdiciar.

Mi felicidad es extrema y estoy a punto de saltar y gritar como una loca. Entro en la cocina para comentárselo rápidamente a Coral, que aplaude y me besuquea. Luego regreso junto a Richi y su jefe. Voy a demostrarles de lo que soy capaz.

Cuando llego, los de la orquesta me reciben todos encantados. Me esperan.

Sin demora, me hacen cantar un par de canciones de su repertorio para ver mi tono de voz. Les gusta. Lo veo en sus miradas y en sus sonrisas. Eso hace aumentar mi seguridad y más cuando es evidente que me aceptan.

Sí... sí... sí... ¡lo he conseguido!

Se acabó doblar servilletas y recoger tenedores.

Me entregan un cancionero con la esperanza de que me sepa alguna de las canciones para esta noche. Para sorpresa de ellos y felicidad mía, me las sé todas.

—Bienvenida, Yanira. Tienes una voz colosal. —Al volverme, veo que es Berta, la otra cantante, es algo mayor que yo. Su marido, Maxi, también trabaja en la orquesta.

—Vaya potencia de voz, muchacha —me dice éste.

Encantada por sus palabras, sonrío y contesto:

—Gracias a los dos y espero que todo salga bien.

Con un gesto de complicidad que me encanta, Berta me guiña un ojo y apunta:

—Saldrá más que bien.

Instantes después, me dicen las canciones que cantaremos juntos, en las que yo haré coros, y me quedo sin habla cuando me piden que elija otras tres canciones del repertorio para cantar yo sola.

¡Menudo estreno!

Nerviosa, leo la lista con detenimiento y estoy a punto de saltar de alegría cuando veo que está *Cry me out*, de Pixie Lott, una canción que me encanta y que está libre. También elijo *Freedom*, de George Michael, y una salsa, *Vivir mi vida*, de Marc Anthony. Tres temas diferentes para mi voz y en las que sé que me puedo lucir y hacer que la gente lo pase bien.

Rápidamente, la orquesta y yo las ensayamos y una vez finalizamos, todos estamos satisfechos. Encajo perfectamente con lo que ellos buscan y les encanta mi desparpajo en el escenario. Se nota que tengo experiencia.

Pero esta noche estoy nerviosa.

Es mi debut en el barco como cantante y me siento algo inquieta. A la hora de la cena, mientras mis compañeros trabajan en el Cocoloco, yo me ducho y me preparo para el espectáculo.

Con el secador, me aplico a dejarme el pelo liso. Hoy no quiero rizos, pero cuando termino, me siento la mano muerta. Eso sí, ¡menudo pelazo!

Luego me maquillo con esmero.

En el tiempo que llevo en el barco, nunca me he maquillado, pero ahora sí. Ahora tengo que darlo todo para que se fijen en mi voz y en mí.

Una vez acabo, me miro contenta en el pequeño espejo. ¡Cuántos días sin verme así!

Encantada, me pongo el sujetador con relleno y el vestido que Berta me ha prestado. Es largo, negro, con lentejuelas y con una abertura lateral de lo más sexy, que comienza al principio del muslo y por la que me encanta sacar la pierna. ¡Qué sexy! Y si a eso le sumo los zapatos negros de tacón de diez centímetros, ¡el resultado es colosal!

Vestida así, me siento poderosa, elegante y sexy. Nada que ver con mi uniforme de camarera con la chapita.

A las ocho y media, ya más segura, abro la puerta de mi camarote y me sorprendo al ver a Dylan apoyado en la pared. Como siempre, está que cruje y su presencia me pone nerviosa. Él, al verme, se aparta de la pared y yo le pregunto:

—¿Qué haces aquí?

Me mira sin ningún tipo de vacilación. Recorre mi cuerpo con la mirada, la pasea por la raja lateral del vestido y finalmente contesta:

—Esperándote.

Su respuesta, como poco, me sorprende, y más cuando dice, mientras alarga una mano y me la pasa por el pelo:

—Tienes un pelo precioso.

—Gracias.

Tras un silencio en el que no sé qué decir, Dylan, con su expresión de perdonavidas, explica:

—Al no verte en todo el día por las cocinas ni en el comedor, he preguntado por ti y me he enterado de que ahora formas parte de la orquesta. Quería felicitarte.

Su mirada recorre de nuevo mi cuerpo. Madre mía, cómo se me acelera el corazón. Siento que no deja un solo centímetro sin mirar y finalmente se para de nuevo en la enorme raja lateral del vestido. Sonrío al darme cuenta de lo sorprendido que está con mi nuevo aspecto.

«Es gay, Yanira... Recuerda que es gay.»

Estoy nerviosa. *Él* me pone nerviosa, pero dispuesta a que el momento sea más llevadero, giro sobre mí misma con coquetería para lucir mi pinta glamurosa y digo:

—A partir de hoy, por fin voy a hacer lo que me gusta, que es cantar.

—Mantén los pies en el suelo.

Su comentario me hace dejar de sonreír y pregunto:

—¿A qué viene eso?

Dylan calla un momento y luego dice:

—Sólo te aconsejo que, aunque hagas lo que te gusta, sigas siendo tú, y tomes tus propias decisiones.

Lo miro a la espera de algo más, pero no dice nada. Sólo me mira. Eso me ataca más los nervios y, cuando no puedo más, pregunto:

—¿Algo más?

Sus ojos me despistan. Su actitud me confunde. Tan pronto siento que me mira fijamente, como si quisiera algo más de mí, como que desvía la vista con indiferencia.

¡Hombres! Para que luego digan que las complicaditas somos nosotras.

—Pero y este bellezón ¿quién es? —oigo de pronto.

Al volverme, veo que se trata de Tomás y, sonriendo, parpadeo coqueta. A él sí sé que lo vuelvo loco. Sin mirar a Dylan, que no se ha movido, el chico se me acerca y, cogiéndome una mano, me hace dar otra vueltecita.

—Madre de Dios, ¡estás preciosa! —exclama, sin importarle nadie más—. Esta noche, cuando acabes el espectáculo, tú y yo vamos a brindar con una buena botella de vino, ¿qué te parece?

—Prefiero agua —contesto con sorna.

Divertido, Tomás sonríe y yo le devuelvo la sonrisa. Ante mí tengo a Dylan, el hombre que deseo, y a mi lado a Tomás, el hombre que me desea. ¡Qué injusto!

Durante unos minutos, éste se dedica a ponerme por las nubes y en sus comentarios da a entender que entre él y yo existe algo. Dylan sigue sin moverse. Lo escucha impasible. No sé si siente frío o calor. Si está contento o triste. ¡Es totalmente inexpresivo!

Al final, mira hacia el techo, se toca su corto y oscuro pelo e, ignorando a Tomás, dice antes de marcharse:

—Suerte en el escenario. Iré a oírte cantar.

Mientras lo miro marcharse, Tomás exclama:

—¡Qué tío más raro!

Sus palabras me llaman la atención y pregunto:

—¿Por qué?

Agarrándome por la cintura, me acerca a él y responde:

—Llevamos meses juntos en el barco y apenas sé nada de él. Según Fran, que es compañero suyo en mantenimiento, no se relaciona mucho con la gente. Es un tipo extraño y poco hablador.

Asiento. Eso ya lo sabía.

Si algo tengo claro, es que Dylan no es precisamente el rey de la fiesta y, procurando evitar lo que Tomás intenta, murmuro:

—Tengo que irme. No quiero llegar tarde mi primer día.

—¿Quedarás luego conmigo? —Voy a contestar cuando añade—: Este vestido te queda muy bien y no veo el momento de meter las manos debajo de él.

La proposición me excita. Hoy estoy contenta y el sexo sería un buen fin de fiesta. Así que sonrío y respondo:

—Cuando termine la actuación, ¡ven a buscarme!

Tomás asiente con mirada lujuriosa y yo echo a andar, mientras sonrío y pienso: «¿Por qué no?».

Llevamos una hora de actuación y estoy disfrutando como hacía tiempo que no disfrutaba. He bailado, cantado y reído con mis nuevos compañeros y cuando suenan los primeros acordes de *Cry me out*, sé que ha llegado mi momento. Berta y su marido se echan hacia atrás en el escenario, las luces bajan y una luz directa me enfoca sólo a mí.

Con los ojos cerrados, cegada por el foco, comienzo a cantar:

> *I got your emails*
> *you just don't get females now, do you?*
> *What's in my heart,*
> *is not in your head, anyway.*

> *Mate, you're too late*
> *and you weren't worth the wait,*
> *now were you?*
> *It's out of my hands*
> *since you blew your last chance when you played me.*

Mi voz consigue transmitir el íntimo momento y, tomando impulso, continúo:

> *You'll have to cry me out,*
> *you'll have to cry me out.*
> *The tears that I fall, mean nothing at all,*
> *it's time to get over yourself.*

> *Baby, you ain't all that,*
> *baby, there's no way back.*
> *You can keep talking*
> *but baby, I'm walking away.*

Sonrío.

¡Soy feliz!

Disfruto de lo que hago e intento transmitir todo lo que siento con esta canción.

Los pasajeros bailan abrazados y me encanta ver que algunos se besan mientras yo canto.

Saboreo la magia que cantar me hace sentir e intento que todos los que me escuchan la sientan. Agarro el micrófono sacándolo del pie y comienzo a moverme por el escenario, mientras me entrego al placer de la música.

Disfruto canción tras canción y cuando toca *Vivir mi vida* bailo salsa en el escenario mientras canto y la gente lo hace conmigo. Disfrutan también.

En uno de los movimientos y tras un fogonazo de luz, veo a Dylan en un lateral de la sala, apoyado en el quicio de una puerta mientras me escucha. Es un segundo. Un instante. Pero lo he visto.

Pensar que ha venido por mí me gusta y disfruto doblemente la canción mientras la orquesta y yo nos acoplamos perfectamente al ritmo de la salsa. Cuando acabo, el público aplaude y yo me siento especial.

Una hora después, tras acabar la actuación, todos los compañeros de la orquesta me felicitan. Les ha encantado mi voz y mi manera de moverme por el escenario e implicar al público. No soy novata. Eso se nota y lo agradecen.

Estoy pletórica y, tras recibir los halagos de todos, cuando bajo del escenario me encuentro con Tomás. Está esperándome y, mientras se me acerca sin dejar de aplaudir, me dice:

—Increíble, Yanira. Increíble.

Sonrío. No puedo dejar de sonreír, pero inconscientemente busco con la mirada a quien no debo.

Tomás no demuestra en público más confianzas de las necesarias. Sabe que eso estaría mal visto y murmura:

—En mi camarote tengo una cubitera con un estupendo champán que he pillado de la cocina. Y, si me lo permites, regaré con él tu cuerpo y después me lo beberé.

Sus palabras me excitan, me ponen, me calientan. Aunque no pienso en que quien me beba sea él, sino Dylan. Pero no debo seguir pensando en eso. Así que sonrío y contesto en voz baja:

—Me parece genial.

Él asiente, pero cuando echamos a andar, se me acerca el director de la orquesta y yo me paro. El hombre está encantado de tenerme con ellos, me dice. En ese momento me suena el móvil. Un mensaje.

Soy Tomás. Te espero en el camarote B62.

Asiento y veo que él se marcha mientras yo sigo hablando con mi nuevo jefe.

Diez minutos después, retomo mi camino, pero decido salir un momento a cubierta para tomar un poco de aire.

Menudo subidón tengo tras el espectáculo.

Me quito los zapatos, que me están matando. Camino descalza por la cubierta y me paro donde unas noches antes Dylan me hizo la cobra.

¡Qué momento tan bochornoso!

De pronto, oigo:

—¿Tienes sed?

Al volverme, veo al objeto de mis más oscuros deseos aparecer con dos copas en una mano y una cubitera con una botella dentro.

«Ojalá éste también quisiera regar mi cuerpo con champán», pienso.

Con una sonrisa que me deja atontada, se acerca a mí. Sin tacones, le llego por la barbilla. Deja la cubitera en una mesita y, sin preguntar, acerca dos hamacas. Luego me quita los zapatos de la mano, los deja en el suelo, me hace sentar, enciende su iPod y suena una música maravillosa. Lo miro encantada, mientras él, sentándose en la otra hamaca, dice:

—Maxwell es un cantante de R&B y soul norteamericano, de padre puertorriqueño. —Al ver que lo miro, añade sonriendo—: Como ves, me sigue tirando la sangre boricua. —Sonrío a mi vez y él prosigue—: Mi hermano mayor me regaló su primer disco: «Maxwell's

Urban Hang Suite» y a partir de ahí no he dejado de escucharlo. Ese disco salió en el 96 y al año siguiente Maxwell grabó una sesión en directo de sus temas para MTV Unplugged. Mi madre nos llevó y pudimos oírlo en directo. Escuchar a Maxwell es relajante. Su música es sensual y su voz, una maravilla.

De pronto siento celos de ese Maxwell.

¿Yo celosa?

Lo escucho anonadada. Está claro que el tal Maxwell le pone más que yo. Dylan habla durante un buen rato de ese músico para mí desconocido, hasta que me mira y murmura:

—Oírte cantar a ti me ha producido el mismo efecto que él. Me relaja.

Vale, ¡errorrrrrrrrr!

Yo no quiero relajarlo... ¡quiero excitarlo!

Me entrega una de las copas de cristal y, al cogerla, pregunto:

—¿Pretendes emborracharme?

Me mira divertido y niega con la cabeza:

—No.

Y, sin más, saca una botella de la cubitera igual que la que el Rancio me prohibió beber días atrás y añade en tono guasón:

—Agua sin gas Elsenham. Baja en sodio y rica en calcio, hierro y estroncio.

Eso me hace reír.

Está claro que es un hombre detallista y que ha prestado atención a mi negativa a tomar el champán que me ha propuesto Tomás. Lo miro con la copa en la mano.

—¿De dónde has sacado esta botella? —pregunto.

—Del almacén.

Suelto una carcajada y cuchicheo:

—¡Como nos pille el Rancio, nos va a montar una buena!

Dylan sonríe. Tiene una sonrisa increíble.

—¿Habías probado esta agua alguna vez? —inquiere.

—Pues no —digo, mientras me llena la copa—. Por lo general bebo agua del grifo o, como mucho, de la que compro en el súper.

—Saboréala. Es exquisita.

Pero vamos a ver, ¿qué hombre utiliza la palabra «exquisita»? Cada vez lo veo más gay. Ay, Dios, qué penita.

Hago lo que me pide y, efectivamente, ¡está muy buena!

—Mi padre siempre dice que el agua aclara las ideas, ¿no crees que es verdad? —dice.

Eso necesito yo, ¡aclararme! Asiento divertida.

—Tu padre tiene toda la razón.

La sensual música sigue sonando a nuestro alrededor. Dylan vuelve a llenar los vasos y al ver que yo no digo nada, pregunta:

—¿Brindamos?

—¿Con agua?

—Sí.

—Somos pobres hasta para brindar con agua —afirmo, y antes de que responda, agrego—: ¿Tú no sabes que eso trae mala suerte?

—¿Brindar con agua trae mala suerte?

Asiento divertida y añado:

—Te agradezco el agua, pero no brindaré. Soy muy supersticiosa y hay cosas que, en mi opinión, nunca hay que hacer y que yo no hago.

Dylan sonríe, bebe de su agua y pregunta:

—¿Como qué?

Yo también bebo un buen trago de mi copa y dejándola luego sobre una mesita de plástico blanco, explico, mientras me retiro el pelo de la cara:

—No brindo con agua. Tengo cuidado de no derramar sal sobre la mesa, lo que trae desventuras. No duermo a la luz de la luna, porque dicen que si lo haces muchas veces puedes perder la razón. Nunca he visto a una novia antes de la ceremonia para no darle mala suerte y, por supuesto, nunca me he puesto un vestido de novia o la mala suerte sería para mí. Con los espejos tengo especial cuidado, porque si los rompo eso me traería siete años de mala suerte. En martes y trece procuro no hacer nada importante. Nunca abro un paraguas dentro de casa para no atraer a los males. No mezclo adornos dorados y plateados por eso de oro y plata, mala pata. Nunca dejo el bolso en el suelo para que el dinero no vuele. Nunca duermo con los calcetines puestos y si alguna vez me quedo viuda, espero no vestir de negro en el entierro.

Dylan alucina.

Su cara es todo un poema tras lo que le acabo de soltar y, curioso, me pregunta:

—¿Por qué si te quedas viuda no vestirás de negro en el entierro?

Doy otro traguito de esta agua, que está de muerte.

—Según me explicó mi abuela Nira, la viuda que no viste de negro impide que el espíritu de su marido regrese a ella y como mi abuelo no le dio muy buena vida, no se vistió de negro y dice que nunca la molestó. Así que si yo me caso alguna vez, cosa que dudo, porque ese rollito no va conmigo..., ¡le haré caso!

Ahora le tengo flipado del todo y vuelve a preguntar:

—¿Y por qué no se puede dormir con calcetines?

—Porque sólo los muertos duermen con ellos y, si lo haces, estás pidiendo a gritos morirte.

Por su cara y su gesto veo que no da crédito a lo que escucha y, finalmente, suelta una sonora carcajada. No sé si enfadarme o no y entonces dice:

—Tengo que decirte que, en ese caso, soy un auténtico maldito para ti.

—¿Por qué?

—Porque muchas de esas cosas que tú no haces, yo las he hecho.

—¿No me digas?

—Sí. He brindado con agua con mi padre en más de una ocasión. Me encanta dormir al aire libre bajo la luna y, si la memoria no me falla, creo que he dormido más de una vez con calcetines en alguno de mis viajes a la Antártida.

—¿Has estado en la Antártida?

—Sí.

Encantada, comento soñadora:

—Tiene que ser una verdadera pasada.

Dylan asiente, sonríe y se levanta. Me tiende una mano y pregunta:

—¿Bailas?

Yo lo miro atónita y él insiste:

—Vamos, baila conmigo esta canción.

Le doy la mano como una autómata y él tira de mí, me acerca hasta su cuerpo y murmura pausadamente ante mi boca:

—*Till the cops come knockin'* es mi canción preferida.

Madre mía, ¡que me lanzo!

Dios..., este hombre me va a volver loca.

Sin decir nada, me acerco a él y comienzo a moverme al compás de la lenta y sensual canción, mientras su olor me impregna por completo y mi excitación sube y sube a unos límites que me dejan sin fuerzas. Me gusta, me excita ser más baja que él. Sí, sé que es gay, pero me pone, me calienta y no puedo remediar sentir lo que siento.

—¿Te gusta la canción? —pregunta.

—Sí —respondo, con un hilo de voz.

Dylan me aprieta más contra él y añade:

—Mi madre siempre decía que cuando uno está feliz, escucha música, pero que cuando está triste o desesperado, entiende la letra de la canción.

Estoy de acuerdo. Su madre tenía más razón que un santo.

No me atrevo a apartar la barbilla de su hombro. Sé que si lo hago voy a querer besarlo y no quiero que me vuelva a hacer la cobra. Pero Dylan me tienta. Me provoca. Pasea su nariz por mi pelo, su boca y eso me hace temblar. No sé cuál es su juego, pero sí sé que al mío no va a querer jugar.

Su mano baja lentamente por mi espalda, pero se para al final de la misma. No se propasa, no hace nada indecoroso, sólo baila conmigo y yo siento el poder que tiene sobre mí.

Cuando la canción acaba, con galantería me invita de nuevo a sentarme en la hamaca, y de los nervios que tengo me río. Cojo la copa y bebo agua, pero me tiembla la mano y parte de esa agua acaba en mi escote. De nuevo vuelvo a reír. ¡Qué torpe soy!

—Hay muchas cosas que no sabes de mí, Yanira —dice Dylan de pronto.

Lo miro mientras me seco el escote y no respondo. No puedo.

Él me observa a la espera de que yo diga algo y decido ser sincera y explicarle que sé su secreto. Debe dejar de actuar como un hombre varonil ante mí o me volverá loca. Así que dejo la copa sobre la mesa y empiezo:

—Tengo algo que decirte.

—Tú dirás —responde, con una voz que me hace suspirar.

—Sé una cosa sobre ti.

—¿El qué?

—La otra noche te vi.

—¿Ah, sí? ¿Dónde? —pregunta, clavando sus ojos en mí.

¡Allá voy!

Nerviosa por el terreno pantanoso en el que me voy a meter, aclaro, no sin antes resoplar:

—Quiero que sepas que yo no juzgo a nadie por su condición sexual. Es más, tengo unos muy buenos amigos, Luis y Arturo, que son lo mejor que he conocido en mi vida.

Veo que el morenazo arruga el entrecejo y murmura:

—No te entiendo.

¡Mal rollito!

Bebo otro poco de agua. ¿Se puede saber qué estoy haciendo? Me aclaro la garganta, levanto el mentón y digo bien claro para que todo mi cuerpo se entere de una puñetera vez y deje de calentarse cuando lo ve:

—Sé tu secreto.

Su voz es gélida y gruñe:

—¡¿De qué hablas?!

—Vamos, Dylan, no disimules conmigo. Me has entendido perfectamente. —Y acercando mi cara a la suya, cuchicheo—: Tranquilo. Por mí nadie se enterará.

Palidece por instantes y, levantándose, repite:

—¡¿De qué hablas?!

Lo niega. Ay, pobre. Qué mal rato le voy a hacer pasar.

Me da hasta penita e, intentando mantener la calma, susurro:

—No levantes la voz. Te he dicho que tu secreto está bien guardado conmigo.

—Pero ¿me quieres decir a qué secreto te refieres?

Frunce el cejo... Yo parpadeo.

Sonrío... Él no.

Me suena el móvil. Un nuevo mensaje de Tomás.

No tardes. Tengo el champán preparado.

Dylan, que está a mi lado, veo que lee el mensaje y exclama:

—¡Joder!

Lo miro y su expresión es, como poco, despectiva. Luego se levanta de la hamaca y camina arriba y abajo por la cubierta. Da vueltas, me mira y vuelve a soltar otro taco.

Que yo sepa su secreto lo ha molestado mucho, por lo que, acercándome, repito:

—Escucha, tu secreto está a...

—¡¿Cómo te has enterado?!

—Eso da igual, Dylan.

Me coge del codo, me atrae hacia él y sisea cerca de mi cara:

—Nadie lo sabe. Si alguien se entera, sabré que has sido tú.

Asiento. Desde luego, quiere guardar su secreto de una manera increíble y contesto:

—Tranquilo, por mí nadie sabrá que eres gay.

Sus ojos me fulminan y veo que esa palabra no le gusta. He intentado omitirla, he intentado hacerle saber lo que sé sin decirla, pero al final la he soltado.

Dylan parpadea desconcertado, pero su expresión cambia al cabo de unos segundos y veo que esboza una leve sonrisa cuando dice:

—Te agradezco tu complicidad, Yanira.

Sonreímos los dos y él pregunta:

—¿Cómo te has enterado?

Doy un paso atrás y mi trasero choca contra la barandilla.

—Yo estaba de guardia en la cocina y Tony pidió unos sándwiches y, bueno..., vi tu ropa en el suelo, tu chapa identificativa sobre la mesilla y oí el sonido de la ducha. Y como él es gay. —Pongo los ojos en blanco, muevo la cabeza y añado—: Vamos, blanco y en botella... Pero repito, tranquilo, en mí puedes confiar.

Durante unos segundos nos miramos a los ojos.

¡Qué ojazos tiene, Dios santo! Pero su boca es lo que me vuelve loca. Lo que daría yo por poder morder con deleite esos maravillosos y tentadores labios.

No sé lo que pasa por su cabeza, pero sí sé lo que pasa por la mía: ¡sexo! Finalmente, tras unos segundos de una tensión que me deja estupefacta, asiente con la cabeza y, acercándose a mí con una actitud que me pone a mil, murmura:

—Gracias.

Azorada por su cercanía, por su olor, por su galantería, consigo responder:

—De nada.

El móvil me pita. Otro mensaje de Tomás.

Te espero ansioso.

Dylan lo vuelve a ver y pregunta, acercándose aún más:

—¿En serio te vas a acostar con ese guaperas de manual?

Sin dudarlo, asiento. Total, yo sé su secreto. No creo que él cuente el mío.

—Una tiene sus necesidades y al igual que tú las satisfaces a tu modo, con quien te parece bien y a tu manera, yo lo hago a la mía —contesto, aprisionada entre la barandilla y él.

El cuerpo de Dylan roza el mío y puedo sentir su erección.

Oh, Dios... Oh, Dios, ¿será por mí?

¿Lo excitará pensar en Tomás, en Tony, en Maxwell o en mí?

Sin duda soy la última opción.

Hechizada por su mirada, por su cercanía y por su aroma, acerca con peligro su boca a la mía y, sin dudarlo, me da un pico rápido.

Yo abro la boca, estupefacta.

—¿Qué haces? —pregunto.

Dylan pone con delicadeza las manos en mi cintura y responde contra mi boca:

—Pruebo tu sabor y te pruebo a ti. Reconozco que me atraes como mujer...

Bueno... bueno... bueno...

El plan A se acaba de reactivar.

¿Es gay o será bisexual?

Todavía sujetándome por la cintura, siento que me aprieta contra él y estoy a punto de gritar al notar su latente miembro. Sin dejarme hablar, ni preguntar nada, se acerca de nuevo a mis labios y me los mordisquea con auténtica desesperación.

¡Dios existeeeeeeeeeeee!

Yo no desaprovecho la ocasión y abro la boca para recibirlo. En este instante no me importa nada su condición sexual. Sólo me importa el momento. Disfrutarlo. Vivirlo. Sentirlo.

Su beso es apasionado...

Ardiente...

Sus labios son todos míos y se los muerdo como llevaba tiempo ansiando.

Sus manos comienzan a volar por mi cuerpo y una de ellas encuentra la sexy raja lateral de mi vestido de lentejuelas. Me toca los muslos, sube hasta mi trasero y me lo aprieta.

«¡Oh, sí, mi niño! No pares.»

Dispuesta a dejarme llevar por la lujuria, separo las piernas y noto cómo su mano se mueve hasta llegar justo donde yo lo quiero recibir. Sin dejar de besarme, lleva un dedo hasta mis bragas y me toca por encima de ellas.

¡Joder qué morbooooooooo!

Un jadeo de placer sale de mi boca y Dylan me mira. Apoya su frente en la mía y murmura:

—Te gusta.

Asiento. ¡Como para decir que no! Luego añado con todo el descaro del mundo:

—Me gustaría más que...

—Disfruta del momento —me corta, mientras retira mis braguitas a un lado e introduce el dedo en mi interior.

Yo me agarro a sus hombros mientras su dedo entra y sale de mí, haciéndome ver estrellitas de lujuria.

La sensual música, Dylan y su dedo en mi interior me vuelven loca. Busco su boca y le muerdo el labio inferior como una loba, aprieto. Con seguridad le hago daño, pero no puedo parar. Cuando segundos después me suelta y yo le suelto el labio, él se lo toca y murmura:

—No debemos continuar...

Quiero entender lo que dice.

Quiero entender sus limitaciones en el sexo con una mujer.

Pero quiero que continúe y me haga suya.

—No me dejes así.

—No debo...

—Continúa —exijo molesta.

Dylan sonríe de medio lado y susurra a la vez que acerca su nariz a la mía:

—Estás muy sexy cuando te enfadas.

Un gruñido sale de mi interior. ¿A qué está jugando?

Veo que lo piensa. Me mira, mete la mano en la cubitera y, con una sonrisa peligrosa, dice, atrayéndome de nuevo hacia él:

—Caprichosa.

Con rapidez, devuelve su mano mojada y fría a donde antes estaba y me masturba. Le facilito el acceso separando los muslos.

¡Oh, sí!

El aire me alborota el pelo y lo beso. Le muerdo los labios y lo obligo a abrir la boca. Mi corazón bombea con fuerza y de pronto me siento viva... muy viva.

Quiero tocarlo. Necesito hacerlo. Llevo una mano hasta su entrepierna y toco su miembro por encima del pantalón. Sí... sí... sí... ¡así me gusta! Está tremendamente duro y me muero por meter la mano y tocar la suavidad de su piel.

Dylan suelta un gruñido varonil y, quitándome la mano de donde la tengo, me ordena:

—Agárrate a mis hombros y déjame a mí.

—Pero yo quiero...

—Déjame disfrutar de una mujer —insiste para que me calle.

Una mujer. Para él sólo soy eso: una mujer.

Él es gay y ¡tengo que aceptarlo!

Pero ahí estamos los dos, dándonos placer sin llegar a culminar lo que yo anhelo. De pronto se oyen unas voces y Dylan me lleva en volandas hasta un lateral, donde su cuerpo y la oscuridad ocultan quiénes somos, mientras su dedo en mi vagina y mi lengua en su boca no paran de investigar.

Un calor enorme sube por mi cuerpo y cuando siento que su dedo se para en mi clítoris y lo aprieta, ese calor explota y, con él, mi placer hasta quedar completamente desmadejada entre sus brazos, mientras lo oigo decir en mi oído:

—Caprichosa.

Asiento y sonrío.

Pasados unos minutos, cuando ambos hemos recuperado la compostura, saca la mano de entre mis piernas y veo que se la limpia con un kleenex que se saca del bolsillo.

No sé qué decir.

No sé qué pensar.

¿Qué hemos hecho?

Nuestras miradas se encuentran. Estoy a punto gritar de satisfacción cuando, de pronto, todo acaba tan repentinamente como empezó y, mirándome, Dylan afirma mientras me suelta:

—Esto no puede volver a pasar.

Lo miro alucinada y, agitada, señalo:

—Tú has sido quien lo ha iniciado. Pero...

Él me mira y, con un movimiento seco con la mano, me pide que me calle. Estamos a escasos centímetros el uno del otro y comenta:

—Espero que, tras lo ocurrido, esta noche no necesites a Tomás.

Da un paso atrás y, con una expresión que soy incapaz de descifrar, dice antes de marcharse:

—Buenas noches, Yanira.

Con los ojos como platos y el deseo en mi interior, observo cómo ese impresionante hombre que hace unos segundos me besaba y masturbaba con lujuria se aleja de mí.

Atónita por lo ocurrido, levanto el mentón, cojo el iPod desde el que suena la música y camino por la cubierta. Me cruzo con Tony y con Tito, que me sonríen, y yo les devuelvo la sonrisa. Me voy directa a mi camarote. Tras lo ocurrido, la que no quiere ir al de Tomás soy yo, pero la cabeza me da vueltas ¿Qué he hecho?

Camino como en una nube y cuando llego a mi habitación, deseosa de hablar con Coral, me quedo con cara de boba al ver que no está. Ha dejado una nota sobre mi camastro que dice:

Regresaré en una hora. Descansa y sé buena.

¡¿Buena?!

Por el amor de Dios, ¡me encantaría ser mala! Pero mala malísima con Dylan.

Mi móvil vuelve a sonar. Es Tomás. Me espera. Pero no quiero ir y, tras enviarle un mensaje rechazando su oferta, apago el móvil para que no me moleste y me deje en paz.

Me quito el vestido de fiesta, los zapatos y me tumbo en mi cama sólo en bragas. Hace calor o, mejor dicho, ¡yo tengo calor! Miro los muelles de la cama de arriba mientras mi mente revive una y otra vez lo ocurrido. Su sabor. Su tacto. Su ímpetu al besarme. Se me escapa un gemido al sentir el roce de las sábanas en mis pechos.

Estoy excitada.

Dylan me ha vuelto loca. Imaginar lo que podría haber pasado entre los dos si me hubiera deseado como un hombre heterosexual hace que me suba la presión sanguínea y acelera los latidos de mi ya descontrolado corazón.

Fantasear con él me hace morderme los labios, donde aún siento su sabor, mientras experimento unas enormes ganas de tocarme y jugar.

Cierro los ojos y me acaricio el pelo imaginando que es él quien lo hace. Lo noto. Lo siento. Segundos después, mis manos, que son las suyas, bajan por mi cuello y mis pechos, hasta llegar a mis pezones, que están duros y turgentes. Me los aprietan. Me los masajean. Sin abrir los ojos, las manos bajan ahora hasta mi vientre, que tocan con mimo y después se dirigen a la cara interna de mis muslos y los abren.

¡Oh sí... sí!

Noto un intenso calor en mi entrepierna. Jadeando, me toco por encima de las bragas. Las siento húmedas. Abro los ojos. No puedo más. Me levanto, saco mi maleta del pequeño armario y busco en el neceser que tengo dentro hasta encontrar mi vibrador rosa, al que llamo *Lobezno*, en honor a Hugh Jackman.

Mientras me quito las bragas, murmuro:

—Hoy trabajas, Lobezno.

Acto seguido, enciendo el iPod y busco la sensual canción que he bailado con Dylan en la cubierta del barco. Una vez la encuentro, cierro los ojos y la lujuria regresa a mí. Me tumbo en la cama, me acaricio el clítoris con la yema de los dedos y suspiro al recordar cómo él ha recorrido esa parte de mí, que sigue húmeda. Movimientos circulares me hacen jadear y, tras encender a *Lobezno*, abro las piernas y grito al ponerlo donde Dylan me ha tocado. Descubro anhelante que cada movimiento, cada pensamiento, cada jadeo que sale de mi boca es por él. Por Dylan.

La vibración aumenta y con ello mi placer, mi goce, mi locura.

Jadeo su nombre...

Oigo cómo me dice «Disfruta del momento».

Recuerdo su boca, sus ojos, sus manos, la dureza que había entre sus piernas y, mientras fantaseo con ello, me retuerzo en mi cama y me convulsiono de placer. El clímax toma mi cuerpo y me muerdo los labios mientras la sensual canción de Maxwell sigue sonando. Recuerdo cómo le he mordido los suyos y jadeo aún más. El placer estalla en mí y siento que mis jugos empapan mis muslos. Cuando dejo caer a *Lobezno* en la cama, sé que he conseguido lo que buscaba, pero sigo deseando a Dylan.

14

Valió la pena

Cuando a la mañana siguiente me suena el despertador, me siento morir.

Coral se levanta como siempre llena de energía y, una vez aseada y vestida, se va. Al trabajar en las cocinas, su turno empieza muy temprano. Después de que cierre la puerta, me acurruco de nuevo en mi camita y me vuelvo a dormir. Mi turno de trabajo ha cambiado y yo también he de cambiar mi horario.

Cuando el despertador vuelve a sonar, sé que es hora de activarse. Pongo música y oigo la voz de Michael Bublé. ¡Me encanta este hombre! Aún recuerdo cuando asistí a uno de sus conciertos en Madrid, con mi hermano Argen. Ahorramos durante meses para el viaje, pero mereció la pena. Cuando cantó *You'll never find*, yo la tarareé con él desde mi asiento, junto a Argen. Fue uno de los momentos más mágicos de mi vida. Una vez me he aseado y arreglado, salgo del camarote.

He de reunirme con la orquesta en el salón para ensayar, pero como me sobra algo de tiempo, decido salir a la cubierta a tomar un poco el aire.

Joder... con el movimiento del barco ya me empieza el mareo.

Recorro a paso firme la cubierta en dirección al salón, cuando me quedo sorprendida al ver a Dylan corriendo con ropa de deporte. Él no me ve y decido observarlo. En un momento determinado, Tony y Tito se acercan hasta él. Hablan y se ríen y segundos después Dylan prosigue con su carrera, mientras los otros dos siguen riendo.

¿Serán amantes los tres?

Continúo mi camino hasta que, de pronto, me encuentro a Dylan mirándome con una espectacular sonrisa.

—Buenos días, Yanira —me saluda.

Con ropa de deporte está increíble. No quiero ni imaginar cómo estará totalmente desnudo.

Le miro las manos y me sonrojo. Pensar que esos dedos anoche entraron y salieron de mí proporcionándome un placer increíble me vuelve loca, pero intento mantener el control.

Tiene unas piernas fuertes, el estómago más plano de lo que yo creía y unos brazos maravillosos. Miro el tatuaje que le rodea uno de ellos y reprimo el inoportuno gemido de excitación que está a punto de escapárseme.

Me recompongo en décimas de segundo y, mirando sus ojazos, respondo a su saludo, mientras me meto las manos en los bolsillos de los vaqueros.

—Buenos días.

Apoyándose en los muslos para coger aire, Dylan me mira y pregunta:

—¿Cómo te encuentras?

Estoy a punto de decirle que jorobada después de cómo me dejó anoche, pero decido responder más comedida:

—Mareada.

Del bolsillo trasero se saca un paquete de pastillas y me dice:

—Tómate esto. Te aseguro que el mareo desaparecerá.

Miro la caja. El nombre no me suena, pero antes de que yo diga nada, él añade:

—Hazme caso, caprichosa. Sé de lo que hablo. Te irán bien.

En ese momento, dos mujeres pasan por nuestro lado corriendo y observo cómo se miran entre ellas y sonríen.

Sé perfectamente lo que eso significa.

Sin lugar a dudas, ahora hablarán de lo bueno que está Dylan. De cómo tiene que ser de fogoso en la cama. De su trasero, de su boca, de sus ojos. ¡Joder!

Se me encoge el estómago y la respiración se me acelera. Me indigno y de pronto soy consciente de que estoy celosa. ¿Yo celosa?

Ay... ay... ay... ¿Qué me está ocurriendo?

Molesta por mi reacción, miro al hombre que tengo delante que no me quita ojo. Acepto las pastillas y le doy las gracias antes de proseguir mi camino.

Pero él me agarra del brazo y, deteniéndome, pregunta:

—¿Vuelves a estar enfadada conmigo?

Su cejo fruncido me hace sonreír y, mirando la llave que lleva colgada del cuello, digo, sacándome su iPod del bolsillo:

—Toma, anoche te dejaste esto.

Lo coge y me vuelve a mirar con su cara de perdonavidas, pero cuando va a decir algo, me despido:

—Tengo que trabajar.

Sin soltarme, él replica:

—Nos vemos esta noche.

Yo frunzo el cejo y, molesta por lo que me hace sentir, pregunto:

—¿Para qué?

Dylan se pone serio y yo, molesta por todo, le suelto:

—Pero vamos a ver, ¿tú de qué vas? Me tientas, me besas, me masturbas. Luego me das calabazas y dices que eso no puede volver a pasar, y ahora... ¿de qué narices va esto?

Mi moreno, porque para mí ya es mi moreno, toma aire y contesta:

—Sé lo que dije ayer, pero...

—Buenos días —oigo que alguien dice a nuestro lado.

Al mirar, veo horrorizada que se trata del señor Martínez. Joder con el Rancio, parece que nos esté vigilando. Respondo:

—Buenos días, señor.

Dylan lo saluda también y me suelta. Y el memo del jefe, porque no se lo puede considerar de otra manera, afirma, mirándonos:

—Ya son muchas las veces que los he visto juntos y mi obligación es advertirlos.

—¿Advertirnos? —pregunta Dylan con voz grave.

El Rancio, que más tonto no puede ser, responde:

—Están prohibidas las relaciones personales entre la tripulación. Conllevan despido inmediato. Si quieren verificar lo que les digo, miren sus contratos. Página dos, punto siete. Buenos días.

Y se marcha, dejándonos a los dos sin palabras, pero entonces Dylan dice:

—Cada día me gusta menos ese tipo.

Mirando alejarse a ese amargado, yo apunto:

—A mí tampoco me cae bien, pero mira, lo que ha dicho deja bien claro lo que se puede hacer y lo que no. Y aunque no estoy de acuerdo con ello, eso nos aclara las cosas aún más. Así que no. No nos vemos esta noche.

Agarrándome de nuevo el brazo, él pregunta:

—¿Verás a Tomás?

—No es tu problema. ¿Te pregunto yo acaso si vas a ver a Tony o a Tito?

Sonríe y eso me desconcierta, luego, mirándome, añade:

—Tengo que hablar contigo.

—¿De qué?

—De ciertas cosas que...

—Mira, Dylan —lo corto—, creo que lo mejor será que aclaremos esto de una vez. Tú tienes un secreto que yo sé y, por lo que vi anoche, ese secreto es tan grande que fuiste incapaz de terminar algo que comenzaste conmigo. Por lo tanto, fin de la conversación.

—Quiero verte esta noche, ¿entendido? —repite.

No respondo. Me niego a responder.

Él al ver mi gesto obstinado, añade:

—Esta noche tengo guardia en el almacén.

—Por mí como si te tiras por la borda.

—Yanira... —dice muy bajito, para que sólo nosotros nos enteremos.

Todavía con su mano sujetándome el brazo, yo lo amenazo:

—Tengo tres hermanos y con dos de ellos me he peleado mucho. Así que, si no quieres que organice un buen lío delante de toda esta gente que pasa por aquí, suéltame o te vas a arrepentir, porque yo no me ando con chiquitas, ¿entendido?

Sin hacerme caso, Dylan frunce el cejo y cuchichea:

—Caprichosa...

Eso me enerva y siseo:

—Pero ¿tú eres tonto o te lo haces?

—Escúchame...

—No.

—Yanira...

—No.

—Si sigues comportándote así...

—¿Me amenazas?

Sus ojos echan chispas, pero yo, soltándome al fin de su mano, digo:

—Tengo que irme.

—Nos vemos esta noche —insiste.

—No.

—Yanira...

—Dylan... pírate con Tony o con quien quieras, ¿vale, guapito?

Me ha salido la vena chulesca.

Echo a andar...

Aprieto el paso...

Y, cuando soy consciente de que no me sigue, maldigo para mí, acalorada por los nervios.

Pero ¿qué me ocurre con este hombre?

Por el amor de Dios, ¡estoy celosa!

Entro en las cocinas y busco a Coral. Ella está batiendo huevos y al verme pregunta:

—¿Qué te ocurre?

Cojo un vaso de agua, me tomo una de las pastillas que Dylan me ha dado y, sonriendo, contesto:

—Nada, que estoy contenta. Ahora voy a ensayar con la orquesta.

—Ésta es mi chica. Por cierto, dos guaperas de la tripulación me han preguntado esta mañana por ti. Creo que tus gorgoritos a lo Mariah Carey los han dejado alucinados. Y los tíos estaban de muy buen ver. Así pues, si te entran, aprovecha el momento.

—Lo haré —asiento y disimulo mi malestar.

Ese día, ensayo durante horas con la orquesta. El repertorio que tienen para cada fiesta es amplio y hay que trabajárselo. En un par de ocasiones, Dylan entra en la sala con cajas de refrescos.

Sé que está allí por mí.

Sé que me busca, pero cuando intenta acercarse, yo me alejo.

Durante el día, intento centrarme en el trabajo y, mal que bien, consigo quitarme de la cabeza lo ocurrido la noche anterior. Esos ojos... esa boca... esas manos... esa música... Todo en él me calienta y me pone a cien.

Por la noche, en una de las ocasiones en que entro en la cocina para ver a Coral, encuentro a Dylan hablando con dos de las pinches de cocina. Ambas parecen muy interesadas en él y, por su lenguaje corporal, sé que están más que encantadas de su atención.

«¡Lo lleváis claro, lagartas!»

Intento no mirar y centrarme en mi amiga.

Intento no oír las carcajadas de las dos chicas, pero los celos me consumen y, cuando me doy la vuelta para marcharme, resoplo. Dylan no me mira ni por asomo. Pasa de mí.

Van transcurriendo las horas y mi mal humor crece y crece ante su total indiferencia. No viene a la sala de fiestas a verme y yo estoy que trino. En un momento dado, mi mirada se cruza con la de Tomás, que me sonríe mientras yo canto *El tiburón*.

Everybody muévelo.
Todo el mundo grite ¡ohh!
Sigue, sigue sin problemas
pa' que bailen esas nenas.
No pares... sigue... sigue.
No pares... sigue... sigue.

Eso hago yo. No parar y seguir cantando para que la gente se divierta y baile, mientras mi cabecita está en «los mundos de Dylan».

Cuando termino mi actuación, Coral me manda un mensaje diciéndome que tiene una cita y que no sabe si regresará al camarote. Joder... con Coral.

—Hola, preciosa, ¿qué ocurrió anoche? —me pregunta Tomás, a mi lado.

Sin ganas de dar explicaciones respondo:

—Al final me surgió algo.

Él asiente y, acercándose más, propone:

—¿Vienes hoy?

—No. Estoy cansada y quiero dormir.

Sin decir nada más, me marcho. Cuando estoy enfadada, lo mejor es que nadie me hable, pero el pobre de Tomás no se merece mi reacción.

Al llegar a mi camarote, cojo una toalla y me voy a las duchas de las chicas. Cuando entro, hay allí varias compañeras. Tras saludarlas, me quito la ropa y me meto bajo el chorro de la ducha.

Uf... ¡qué placer!

Durante varios minutos dejo que el agua me resbale por el cuerpo y me olvido de todo. Sólo quiero disfrutar de ese relajante momento de paz, cuando de pronto Dylan y sus ojos vuelven a aparecer en mi mente.

Por el amor de Dios, ¿qué me ocurre con él?

Me froto el cuerpo enérgicamente y me lavo el pelo, pero cuando salgo de la ducha mi mal humor no ha desaparecido. Yo diría que se ha acrecentado al pensar que Dylan estará tonteando con alguna de las pinches de cocina.

Envuelta en la toalla, me dirijo hacia mi camarote, donde pongo música. Suena Shakira y rápidamente canto:

Yo soy loca con mi tigre.
Loca, loca, loca.
Soy loca con mi tigre.
Loca, loca, loca.

Animada, empiezo a bailar en el estrecho camarote, moviendo las caderas al sensual ritmo de la canción. ¡Me encanta Shakira!

Cuando se acaba, sonrío, mientras me echo crema en la piel y me desenredo el pelo. Después abro un cajón para coger unas bragas y me quedo mirando un tanga muy... muy sexy que tengo, pero niego con la cabeza.

No. No pienso claudicar. No me lo voy a poner para él.

Pero el tanga, que es precioso, me mira y parece decirme: «Yaniraaaaaaaaaaa..., hazlo... No seas tonta...».

Cierro el cajón. No pienso hacer lo que el tanga me diga. ¡Es gay!

Pero al cabo de diez segundos, abro el cajón de nuevo, saco el puñetero tanga y un sujetador de seda negro y, mientras me lo pongo, murmuro:

—Me da igual lo que seas, Dylan. Hoy quiero guerra.

Cegada por el deseo y la ansiedad que me provoca, me pongo un vestido vaquero y unas manoletinas. Ni glamour, ni leches. Sólo me falta un moño bien tirante en la cabeza para parecer la gitanona de mi barrio. Salgo de mi minúsculo camarote y camino con paso decidido.

Al llegar a un pasillo, veo a Tomás hablando con una chica. Me escondo. No quiero que me vea y decido tomar otro pasillo. Daré más vuelta, pero al menos lo esquivaré.

Miro el reloj, son las 02.23 de la madrugada. Bajo una escalera interior y me cruzo con un par de personas que me saludan, pero no disminuyo la marcha. Mi objetivo es el almacén donde Dylan supuestamente está de guardia.

Veo la puerta al fondo del pasillo.

Camino hacia ella y, cuando llego, agarro el pomo con seguridad y abro. Ante mí aparece una estancia grandecita, con cientos de cajas apiladas y etiquetadas con números. Cierro y me dirijo hacia una especie de cubículo de cristal que hay en un lateral. Hay luz, así que ahí es donde debe de estar Dylan.

Al llegar no hay nadie, pero oigo la voz de Marc Anthony cantando *Vivir lo nuestro*. Miro la mesa y reconozco el móvil del hombre al que he ido a buscar. Eso me hace sonreír. Él no puede estar muy lejos.

Sin decir nada, lo empiezo a buscar por el almacén hasta que lo veo al fondo, junto a unas cajas, apuntando algo en una carpeta.

¡Sexy!

Ésa es la palabra que lo define vestido con el mono azul, que solamente lleva puesto hasta las caderas y en la parte de arriba una simple camiseta sin mangas.

Me acerco a él sin aliento y entonces se vuelve y me ve.

No digo nada.

No dice nada. Sólo me mira con esa cara de perdonavidas que me vuelve loca, y cuando llego junto a él, lo empujo contra las cajas con fuerza y, poniéndome de puntillas para estar más a su altura, murmuro:

—Me has buscado y me has encontrado.

Y, sin más, acerco mi boca a la suya y lo beso con descaro.

Se queda parado mientras soy yo la que ataca, la que lo arrincona contra la pared a la espera de que se mueva y entre en el juego. Durante varios segundos, no hace nada.

Sólo me muevo yo.

Lo beso yo.

Lo toco yo.

¡Está paralizado!

—Vamos, Dylan —lo pincho, sin apartarme de él—. Bésame.

Él me mira. Por su mirada veo que está desconcertado y, segundos después, una mezcla de furia y vergüenza me sobrecoge. ¿Qué estoy haciendo?

—¿Has estado alguna vez con una mujer? —pregunto.

Sus ojos, esos maravillosos ojos castaños, me miran y, finalmente, responde con voz contenida:

—La duda ofende.

Quiero creer que eso es un sí. Deseo que lo sea.

—Vale, pero quizá nunca has llegado hasta el final, ¿me equivoco?

No responde. Veo la llave que lleva al cuello y, dispuesta a continuar, insisto:

—Seamos claritos. Sé que algo te atraigo, aunque tú me atraes mucho más a mí. Te deseo y hasta que no te consiga no voy a parar. No sé qué me pasa contigo, pero...

—Pero ¿qué? —pregunta cortándome.

Su expresión es impenetrable; su mirada, dura y decido responder:

—No te pido amor eterno, ni que te cases conmigo el Día de los Enamorados ni...

—Odio esa fecha —dice.

Divertida por sus palabras, murmuro, consciente de lo que necesito:

—Sólo te pido sexo.

—No.

Me niego a aceptar su negativa.

—¿Por qué? —pregunto. Y, al no obtener respuesta, insisto—: Tú déjame a mí y relájate.

Esto es alucinante. Estoy acosando a un pobre gay como nunca he acosado a nadie en mi vida. Pero dispuesta a todo, voy a seguir hablando cuando él me pone la mano en la boca para callarme y pregunta:

—¿No te importa que sea gay?

Lo pienso, resoplo y, cuando aparta la mano, contesto:

—Claro que me importa. Pero te deseo tanto que eso pasa a un segundo plano.

Noto que mis palabras lo impresionan. Suelta lo que lleva en las manos y murmura con voz tensa:

—¿Tanto me deseas?

—Ni te lo imaginas.

Su mirada se vuelve felina. Dios..., esto es lo que quiero: ¡despertar al tigre que lleva dentro! Finalmente, se apoya cómodamente contra la pared y susurra:

—Muy bien, tú ganas. Juguemos, pero tendrás que...

—Yo lo haré todo. No te preocupes —lo corto. Estoy impaciente.

Esboza una sonrisa.

Dios... cómo me pone cuando sonríe con cara de malote.

¡Qué pena que no sea heterosexual!

Me mira sin moverse, a la espera de que yo comience el juego.

Con decisión, me pongo de puntillas y él me acoge entre sus brazos.

Lo beso... me besa.

Lo toco... me toca.

Suspiro... suspira.

Enloquecida por lo que todo eso me hace sentir, mi lado salvaje se incrementa, ¡explota!

Nuestras bocas se devoran. Nuestras lenguas se enredan hasta que mis manos van deseosas a su cintura y él, parándome, pregunta:

—¿Segura, Yanira?

Sin darle otra opción que continuar lo que he comenzado, susurro sobre su boca como la mayor tigresa del mundo, mientras le bajo la cremallera del mono para deshacerme de él:

—¿Tú qué crees?

Mis manos prosiguen su camino y él se tensa pero se deja.

Necesito quitarme de una vez por todas esta tensión sexual que tengo acumulada por su culpa. Él sabe que me provoca. Lo sabe y lo tiene que pagar.

Cuando el mono de trabajo cae al suelo, mis manos van derechas a su entrepierna. Pero Dylan me para y, con una voz que me hace estremecer, pregunta:

—¡¿Aquí?!

Mordiéndole el labio inferior para tenerlo a mi disposición, asiento y lo suelto.

—Aquí y no me vas a decir que no —respondo.

—Hay suciedad, caprichosa.

¡Me cago en toooodo lo que se menea! Ya le ha salido su vena gay, y yo siseo:

—Aquí lo único sucio es mi mente. ¡Cállate y bésame!

Dylan sonríe y, con un morbo que me vuelve loca, inquiere:

—¿Tú tienes una mente sucia?

Digo que sí con la cabeza y aclaro de palabra:

—Tremendamene sucia y no te voy a permitir que te eches atrás. No sé qué te dan los hombres, ni me interesa, sólo quiero que me permitas mostrarte qué te puedo dar yo como mujer.

—Yanira...

—Escucha —cuchicheo acelerada—, como diría Yoda, el máximo héroe de mi hermano Garret: «Vive el momento, no pienses, utiliza tu instinto y siente la fuerza».

Lo dejo alucinado. Yoda es lo que tiene, que suele dejar sin palabras. Divertida por cómo me mira, insisto, a sabiendas de que me estoy pasando más de tres pueblos.

—Podemos jugar a roles, ¿quieres? —No se mueve y yo continúo—: Tú eres un inocente hombre que trabaja en este almacén y yo una exigente conejita que te persigue para tener sexo caliente y morboso contigo. ¿Qué te parece?

Mi propuesta, cargada de locura, sexo y desenfreno, noto que lo sorprende y le gusta. Sonríe el muy ladrón y, finalmente, responde:

—De acuerdo, «conejita».

¡Lo he conseguido!

Sin decir nada, me agarro a su cuello y lo incito para que me vuelva a besar. Cuando lo hace, con todo el descaro del mundo aprovecho para meter las manos en el interior de su calzoncillo.

Bueno... bueno... bueno... ¡lo que tiene aquí este hombre!

Su erección es tremenda, ¡enorme! Y lo mejor, ¡es toda mía!

Lo toco con la respiración entrecortada por el deseo y el morbo que me da, mientras escucho su agitada respiración. Está excitado. Lo sé.

Sin darle tregua, no vaya a ser que cambie de opinión, con mis temblorosos dedos le aprieto los testículos con una mezcla de cuidado y exigencia. Jadea al notar mi tacto.

Su piel es suave...

Su piel está caliente...

Su pene está duro... es enorme y lo quiero dentro de mí.

—Quiero disfrutar de ti y tú me lo vas a permitir, ¿verdad? —pregunto con voz insinuante.

Dylan asiente. Su ímpetu se redobla y ahora es él el que me besa con exigencia. Disfruto y disfruto cuando susurra contra mi boca:

—Yanira..., escucha...

—No —lo corto—. No voy a dejar que estropees el juego.

Con mimo, paseo mi mano por su erección y, cuando se la aprieto y le muerdo la barbilla, murmura, cerrando los ojos:

—Ya no podría parar.

Sonrío y, feliz por conseguir lo que he ido a buscar, le digo:

—No pares, Dylan... no pares.

Sin responder, se quita las botas y el mono por los pies. Luego me coge en brazos como a una pluma y me lleva hasta un pasillo lateral.

¡Me encanta esta parte de él tan varonil!

Me sienta sobre unas cajas donde leo que pone «Tomate frito». Eso me hace sonreír y más al sentir cómo se ha metido en su papel. Jadea con fuerza. Sus manos son exigentes. Su boca arrolladora. Es un tren cargado de combustible y de pronto presiento que va a chocar contra mí.

Parapetado entre varias cajas, sin dejar de mirarme, Dylan se quita la camiseta con premura.

¡Madre mía qué abdominales!

Cuando la camiseta cae al suelo, murmura sin apartar sus ojos de los míos:

—De acuerdo. Ahora dime, ¿qué le gusta a mi caprichosa?

Encantada por el morbo y la lujuria descontrolada que veo en su mirada, me desabrocho los botones del vestido vaquero y, una vez lo tengo abierto, musito:

—A las mujeres nos gusta que nos chupen los pezones, que nos toquen y que nos calienten antes de la penetración.

Cuando mi vestido caer sobre la caja de latas de tomate, me vuelvo loca al ver cómo él se me come con la mirada. Le gusta lo que ve. Le incita lo que he dicho y eso no me lo puede negar.

Acerca su morena mano a mi sujetador de seda. Lo acaricia un momento y luego, desabrochando el cierre entre mis pechos, dice, mientras me lo desliza por los hombros:

—Chupar. Tocar. Calentar. De acuerdo —concluye, antes de llevar su boca a mis pechos.

Su voz ronca y sus palabras me hacen jadear y reprimo un débil chillido cuando sus dientes llegan a mi pezón y me lo mordisquean. Sus manos me aprietan contra él para meter más profundamente mi pecho en su boca, mientras me lo chupa y lame con deleite.

Cierro los ojos y disfruto como llevaba tiempo sin hacer, hasta que la gata salvaje que tengo oculta en mi interior lo agarra del pelo atrayendo su mirada.

—A las mujeres nos gusta que poséis vuestra boca en nuestro centro de deseo y que nos poseáis con desenfreno y con locura —digo—. Nos vuelve locas sentirnos deseadas por un hombre varonil y tú lo eres. Tú...

No me da tiempo a decir nada más.

Mi precioso tanga se rompe en mil pedazos tras un fuerte tirón y, abriéndome las piernas con brusquedad, Dylan posa su caliente boca en mi sexo y yo, apoyando la cabeza en las cajas, grito y me entrego a él.

Su boca es exigente y su dura lengua entra y sale de mi interior, arrancándome jadeos de placer.

¡Oh, Dios...! ¡Estoy cumpliendo las seis fases del orgasmo!

No sé cuánto tiempo pasa. Sólo sé que me hace el amor con la boca como un perfecto amante. Introduce su lengua en mí y la saca arrancándome oleadas de placenteros gemidos. Después rodea mi clítoris y le da ligeros toquecitos, volviéndome loca una y otra vez hasta que lo oigo preguntar:

—¿Te gusta lo que hago, conejita?

Asiento con la cabeza.

Pero ¿cómo no me va a gustar, si me está volviendo loca de placer?

—Oh, sí... así... Lo haces muy bien.

Continúa y yo hundo los dedos en su corto pelo, adelanto caderas y lo obligo a repetir lo que me estaba haciendo segundos antes.

Oh, sí, ¡qué placer!

Estoy loca y entregada, cuando lo siento abandonar mi sexo, reptar por mi cuerpo y acercarse a mi boca. Mientras se quita el calzoncillo, dice:

—A los hombres nos gusta el vicio, la masturbación, la posesión, la lujuria. En el sexo somos lobos hambrientos. Depredadores.

Sus palabras, su olor a hombre y cómo se ha metido en el papel me hacen sonreír y respondo:

—Entonces ahora quiero ser tu vicio, quiero que me masturbes, que me poseas. Quiero ser tu lujuria y que tú seas mi lobo depredador.

Dylan me contempla. Tiene la respiración tan agitada como la mía y ambos sonreímos.

Sus ojos me taladran, me recorren entera y me estremezco.

De momento me está dando todo lo que le pido y quiero que continúe.

Me agarra la cara con una mano y, con un mimo y una delicadeza que me dejan sin habla, me besa. Me muerde suavemente los labios y yo sólo puedo entregarme a él. Una vez su boca y la mía se separan, sus labios continúan recorriendo mi cuerpo. Pasan por mi oreja y me la chupa, bajan a mi cuello y me lo mordisquea, y, finalmente, llegan a mi hombro derecho, que muerde con gusto y placer, mientras su erección golpea en mis piernas y me vuelve loca.

La cabeza me da vueltas y empiezo a pensar:

Plan A: le ataco.

Plan B: dejo que me ataque.

Plan C: que ocurra lo que Dios quiera, pero no le voy a permitir abandonar el almacén sin haber disfrutado de lo que he venido a buscar.

Definitivamente, opto por el plan C.

De pronto, me suelta, da un paso atrás y, mirándome, exige:

—Tócate para mí.

Bueno... bueno... bueno... pero ¡qué morboso!

Sin demora, me cojo los pechos con las manos, me los aplasto y me los masajeo, mientras él busca su mono, saca una cartera de un bolsillo y la deja sobre una de las cajas. Sin quitarme la vista de encima y sin hablar, me mira y yo murmuro:

—Estás buenísimo y me vuelves loca.

Su cuerpo es increíble.

Su piel es excitante.

Su boca es peligrosa.

Dylan sonríe, pero su mirada me extraña. No sé qué pensar y me desconcierta.

De la cartera saca un preservativo y, tras rasgar el envoltorio, se lo coloca con maestría y, haciéndome bajar de las cajas, dice:

—Date la vuelta y apoya las manos en las cajas.

Oh... Oh... creo que quiere hacer algo que yo no quiero y respondo:

—No.

Me mira boquiabierto, pero sin inmutarse, insiste con voz ronca.

—Estamos jugando. Date la vuelta.

En ese instante pierdo mi seguridad.

Creo que he tentado demasiado a la suerte y ahora se va a volver contra mí.

A pesar de mi experiencia sexual con otras personas, nunca he practicado sexo anal y, dispuesta a negarme, digo con claridad:

—Sexo anal no.

Dylan levanta una ceja y yo añado con un hilo de voz:

—Nunca lo he hecho.

—Es placentero —afirma, mientras me taladra con la mirada.

Asiento. Entiendo que, por su condición sexual, él lo haya probado, pero insisto:

—Lo intenté una vez y casi me muero de dolor. No quiero que...

Me corta:

—Eso es porque el hombre que lo intentó no supo prepararte bien para ello. Vamos, date la vuelta y relájate. Has dicho que quieres ser mi lujuria, ¿no?

Hago lo que me pide a regañadientes.

Tengo miedo, pero al mismo tiempo, el deseo del momento me hace obedecerle.

Jadeo al recibir un azotito en el trasero. No sé qué me espera, pero si sé que me va a doler y se lo estoy permitiendo. ¿Acaso soy idiota?

Asustada y excitada, noto que se agacha detrás de mí y un gritito ridículo sale de mi boca cuando me muerde las nalgas.

—Tranquila, conejita... Sólo jugamos como tú querías, aunque ahora el inocente hombre del almacén se ha vuelto un lobo. Recuerda lo que decía el Maestro Yoda: «Vive el momento, no pienses, utiliza tu instinto, siente la fuerza».

¡Me cago en Yoda!

No puedo hablar...

No puedo contestar...

La respiración se me acelera cuando me pasa un dedo por el ano arriba y abajo. Arriba y abajo y me lo mete dentro.

¡No quiero... no quiero... no quierooooooooooo!

Me muerde las costillas. Me chupa la espalda, la oreja. Me besa con deleite. Así está durante un buen rato y cuando nota que mis músculos se relajan alrededor del dedo que tiene en el interior de mi ano, me dice al oído:

—Te he chupado como pedías. Te he tocado como deseabas y te he calentado como ansiabas, ¿ahora qué toca? —Pero cuando voy a responder, añade—: Tanto los hombres como las mujeres disfrutamos de una buena penetración, ¿no crees? A nosotros nos gusta la perversión, el sexo desinhibido y, en cierto modo, la locura, ¿lo sabías?

Asiento.

Claro que lo sé.

Tonta no soy.

Pero no sé si se refiere a un hombre heterosexual o no.

El estómago se me encoge por momentos, mientras su dedo en el interior de mi ano me vuelve loca. Me tienta. Me excita. Me prepara. Se agacha y me mordisquea las cachas del culo y cuando se levanta vuelve a murmurar en mi oído:

—Abre las piernas y arquéate.

Tiemblo.

Sin lubricante, temo que la penetración me duela, y digo:

—Dylan... no tenemos lubricante y...

—He imaginado este momento cientos de veces —me corta, exigente—, pero nunca como está ocurriendo.

Asiento. Supongo que si soy su primera mujer, lo habrá imaginado de otra forma. Estoy atacada cuando, sin sacar su dedo de mi ano, noto que, con otro, me aplasta el clítoris. Jadeo.

Siento su respiración en mi oreja cuando murmura:

—Mi intención al quedar contigo esta noche era disfrutar de ti.

—¿De mí?

—Sí. De ti.

Se me escapa un gemido al notar cómo traza círculos sobre mi clítoris.

—No quiero ni puedo desperdiciar este regalo que me ofreces, aunque las medidas higiénicas que hay aquí no sean las más adecuadas.

Me río acalorada. Él me da otro azotito en el trasero y murmura en mi oído, volviéndome loca:

—Sólo continuaré nuestro juego si me prometes que en la primera escala que hagamos vas a tener una cita conmigo fuera del barco.

Mi risa se congela.

¿Una cita? Pero ¿de qué está hablando? Y aclaro:

—Dylan, esto es lo que es.

Pero él no cede. Sigue tocándome el clítoris y yo vuelvo a jadear.

Acto seguido, saca el dedo de mi ano y pasa su pene por la entrada de mi húmeda vagina. Me tienta.

—Quiero una cita contigo y poder explicarte ciertas cosas.

Excitada y deseosa como nunca antes, contesto:

—Si te refieres a tu condición sexual, me da igual. Yo sólo he venido aquí por sexo. Vamos, hagámoslo. —Y con mi lado salvaje más enloquecido que nunca, insisto—: Me tienes desnuda, excitada y entregada a ti para lo que quieras. ¡Hazlo!

—Mmmmm... caprichosa —cuchichea en mi oído—. Ese «para lo que quieras» me ha encantado.

Escuchar eso me ha puesto como una moto. ¡Ay, cómo lo deseo!

—Si voy a ser la primera mujer con la que tengas sexo, disfrutemos de ello.

Noto que su respiración se entrecorta al oírme.

Está muy excitado.

Se aprieta contra mí, pero su pene sigue fuera de mi cuerpo.

¡Oh, Dios...! ¡Necesito que lo haga ya! Resoplo.

Me tienta.

Me enseña una y otra vez lo que tiene para mí, pero no me lo da. Es cruel. Muy cruel.

Mi vagina se lubrica. Me arqueo para que me penetre, pero no lo hace. Mi deseo por él crece y crece hasta que, agarrándome por las caderas, murmura de nuevo en mi oído:

—Una cama... un jacuzzi... tú y yo...

Estoy perdiendo la razón.

Dios... Dios... Dios... ¡qué malita me estoy poniendo!

—Desnuda en una cama, te devoraría lentamente. Introduciría mis dedos en ti, te mordería los labios y te haría gemir de placer para que chillases mi nombre y me suplicaras que no parase de follarte durante horas.

Bueno... bueno... ¡que me da!

Se me eriza la piel.

La respiración se me acelera.

Pero ¿qué me acaba de proponer este morenazo?

Conmocionada, giro la cabeza para mirarlo tras su morbosa proposición, pero cuando voy a hablar, susurra:

—Y el juego no terminaría ahí.

—¿Ah, no? —Mi voz es casi inaudible.

—No, conejita —musita en mi oído—. Una vez tuviera tu clítoris inflamado y a ti loca de lujuria, te agarraría las caderas con fuerza —lo hace— y me hundiría una y otra vez en tu interior. —Se aprieta contra mi trasero—. Y así estaría hasta que mi cuerpo y el tuyo desfallecieran de placer y el juego acabara en un estupendo orgasmo que a los dos nos dejara sin sentido.

Un gemido sale de mi boca.

¡Éste se me merienda!

Imaginar lo que dice me enloquece y estoy casi a punto del orgasmo cuando insiste:

—¿Qué me dices, Yanira, hay cita?

—Oh, Dios...

—Tú disfrutarás de mi cuerpo y yo podré disfrutar plenamente de lo que quiere una mujer. Haré que adores el sexo anal como adoras el sexo tradicional. Seré tu juguete. Seré tu dueño. Seré lo que ambos queremos.

No respondo.

No puedo.

¿Qué le ha pasado a mi voz?

Noto, siento, percibo cómo pasa la punta de su duro pene con maldad y alevosía por mi húmeda vagina y por mi ano. Me tienta. Me arqueo para recibirlo y, finalmente, se introduce un poquito en mí...

¡Oh, sí!

Pero cuando me muevo en busca de más profundidad, él se retira y yo maldigo. Se ríe.

Lo deseo.

Deseo que me penetre.

Lo deseo con toda mi alma y cuando mi cuerpo ya no puede más, jadeo.

—Trato hecho. Hay cita.

La arremetida de su pene en mi vagina me hace soltar un ahogado grito de sorpresa, dolor y placer, mientras él me empuja contra la caja. Se introduce en mí de un solo empellón y cuando siento su escroto rozándome el trasero, me arqueo y ya no reprimo mis gemidos.

Me alegra que no haya sido sexo anal.

Y me alegra saber que Dylan no sólo ha pensado en sí mismo, como yo creía.

—¿Estás bien, caprichosa? —pregunta.

Yo asiento, mientras su duro y enorme pene se acopla a mi interior y siento cómo las paredes de mi vagina se abren para acogerlo y succionarlo.

Ay, ¡qué placer!

Una vez metido completamente en mí, inicia unos movimientos circulares que amenazan con hacerme perder la razón.

Oh, Dios... Me encanta lo que me hace sentir.

Me pone una mano en el estómago para sujetarme, mientras con la otra me agarra el pelo y me echa la cabeza hacia atrás.

Lenta y pausadamente, entra y sale de mí, mientras yo me arqueo para recibirlo una y otra vez. Me chupa el lóbulo de la oreja y, en un momento dado, murmura:

—No soy gay.

Esas palabras me hacen reaccionar, pero el placer que siento es tan intenso que, sin dejar de moverme al compás que él marca, pregunto:

—¿Cómo?

—Lo que has oído, preciosa. —Me da un azote en el trasero junto a un nuevo empellón que me hace jadear de placer, y repite—: No soy gay.

—Oh, Diossssssssssss... —grito al oírlo.

Oigo su risa unida al esfuerzo del acto y entonces acelera sus acometidas. Toma mi cuerpo con deleite, haciéndome rozar el cielo con sus fuertes penetraciones. De pronto, sin llegar al orgasmo, baja su intensidad y añade:

—Adoro a las mujeres. No sé de dónde has sacado que soy homosexual, pero luego me lo vas a aclarar.

Ahora la que está desconcertada soy yo. Pero no puedo ni quiero parar la maravilla que estoy viviendo, mientras Dylan vuelve a acelerar sus acometidas con fuerza.

—Dime al menos que te alegra saber lo que te he dicho.

Me alegra. ¡Claro que me alegra! Pero no puedo hablar.

Estoy pensando que he hecho el ridículo más espantoso de toda mi ridícula vida, cuando él insiste, agarrándome de la cintura y hundiéndose más hondo:

—Dime que te alegra.

Mi jadeo se convierte en un grito y suelto:

—Me... me alegra.

Lo oigo reír. Cambia de nuevo el ritmo y, con las manos, me levanta del suelo. Mis pies no lo rozan y, separándome más las piernas, me hace ponerlas sobre dos cajas y murmura en mi oído:

—Déjame follarte como siempre he deseado.

¡Oh, Diossssssssss, qué rudo ha sonado eso!

El placer que me proporciona es tan grande, tan enloquecedor, tan devastador que no puedo ni protestar, ni razonar. Sólo puedo dejarme llevar por el momento y permitir que siga penetrándome con lujuria una y otra vez, mientras jadeo y disfruto de lo que me hace sentir.

—Me tienes loco desde el primer día que te vi en Barcelona, en el Starbucks con tu amiga. Tu cara, tus ojitos, tu descaro.

Su voz.

Sus palabras.

Su revelación.

Sus fuertes manos en mis caderas y sus penetraciones ansiosas me enloquecen. Tiemblo. Toda yo tiembla de gusto y me arqueo para recibir lo que exijo sin palabras.

Suspiro profundamente y me muerdo el labio inferior mientras Dylan me hace rozar el cielo. Aparta una mano de mi cintura, busca con ella mi pezón y me lo pellizca. Un gozoso dolor me hace moverme y, cuando llego al clímax, Dylan acelera sus acometidas y, tras un varonil y sensual gruñido en mi nuca, cae sobre mi espalda y me rodea con los brazos.

Durante un par de minutos continúo mirando las cajas que tengo delante, mientras la cabeza me da vueltas y oigo la acelerada respiración del hombre que está detrás de mí.

Acabo de conseguir lo que llevo semanas ansiando y lo mejor de todo, ¿no es gay?

De pronto, no sé si saltar de alegría o abofetearlo por el engaño. Aunque claro, él nunca me ha engañado. He sido yo la que me he montado toda la película.

La voz de Marc Anthony suena en el almacen, cantando *Valió la pena* y sonrío.

No merece la pena comerse el coco. Definitivamente, ha valido la pena lo que acabo de hacer. Lo haría una y mil veces más.

Todavía estoy en una nube, arañando el cielo.

Eso de ir en plan tigresa a por un hombre, como he ido esta vez, ha sido la bomba. Cuando Dylan sale de mí, me da la vuelta para mirarme de frente y pregunta:

—¿Te ha quedado claro que no soy gay?

Asiento. Está claro que lo he picado en su orgullo de machote y con picardía sugiero:

—¿Bisexual?

Dylan niega con la cabeza y, con su cara de perdonavidas, aclara:

—No. Sólo me gustan las mujeres.

Me río sin poderlo remediar y él pone los ojos en blanco. Todavía en una nube por el descubrimiento, pregunto:

—¿Por qué entonces nunca has estado con ninguna mujer del barco?

El muy puñetero sonríe de una forma que me deja sin palabras y, quitándose el preservativo, responde:

—¿Quién te dice que no lo he estado? —Y antes de que yo diga nada, añade—: Hay mujeres tan discretas como yo.

Se me encoge el estómago y me inunda la furia.

¿Quién ha estado con él en el barco?

Debe de ser tal mi expresión que él pregunta con una sonrisa:

—¿Celosa?

Parpadeo al oírlo. ¡Me cago en todo lo que se menea! Pero no dispuesta a admitir lo que nunca he querido sentir, respondo:

—Ni de coña. —Y, para desviar el tema, añado—: En cuanto a lo de que eras gay, ya te dije que te vi en el camarote 21, hace días. El pasajero pidió comida y...

Dylan vuelve a sonreír. Esa sonrisita ya me toca la moral, pero él, posando un dedo en mi boca para que me calle, explica:

—Conozco al pasajero, ¿Tony, verdad? —Asiento y aclara—. Se

había roto la ducha de camarote. Al arreglarla me mojé y Tony, el pasajero, me dejó unos pantalones. No suelo trabajar en paños menores. Y sí, cuando terminé vi que había pedido comida para tres personas y le agradecí el detalle. No todo el mundo se preocupa por los trabajadores del barco. —Soltando una carcajada, insiste—: ¿Creías que era gay sólo por eso?

Un poco confusa digo:

—Te he visto a veces con Tony y su pareja, ¿es que sois amigos?

Dylan se ríe a mandíbula batiente. No sé dónde le ve la gracia, pero finalmente resplica:

—¿Qué te hace suponer que ellos sean pareja?

Molesta por su risa, lo miro y contesto:

—Por favor... no hay más que verlos para saber que lo son, y gays, claro.

Mi moreno continúa riendo y yo añado:

—Al igual que había indicios que señalaban que tú también lo eras.

Dylan se pone serio. Oh... oh... acabo de herir de nuevo su orgullo masculino. Se le corta la risa.

—¿Qué indicios?

Recordando todo lo que he imaginado, suspiro y respondo:

—Siempre vas hecho un pincel, nunca se te ve sucio o dejado, como muchos de tus compañeros. Por cierto, Tony y Tito también van siempre de lo más pulcros y perfumados.

—Me gusta ser aseado y me imagino que a ellos también.

—Te pones crema en las manos y llevas guantes para trabajar. ¿Quién lleva guantes de látex en tu trabajo?

Él sonríe y dice, tocándome los pechos:

—Simplemente me cuido las manos. Quiero tenerlas suaves, no callosas y ásperas.

Su caricia y cómo me mira mientras me toca me vuelven loca, pero prosigo:

—Ninguna mujer que yo conozca te ha llevado a su cama. —Él sonríe con malicia y yo sigo—: Me hiciste la cobra cuando intenté besarte y...

—Si no te hubiera hecho la cobra esa noche, te habría hecho el amor allí mismo y no era plan de que nos vieran de ese modo en la cubierta.

Oír eso me calienta hasta el alma y continúo:

—Bebes en vaso, no a morro, como la mayoría de los tíos. Dices que beber de la botella o la lata no es higiénico y, para más inri, bebes agua de diseño y te sabes todas y cada una de sus propiedades.

—¿Ser un hombre cultivado es ser gay?

Molesta porque todo me lo rebate, insisto:

—Y si a todo eso le sumas que estabas en la ducha del camarote de Tony sin ropa, ¿qué querías que pensara?

Dylan frunce aún más el cejo. ¡Está tan sexy...!

Al ver su gesto, sonrío y él me suelta:

—No sé dónde le ves la gracia. No soy gay.

Sin ganas de darle más vueltas a lo ocurrido, me acerco, deseosa de todo menos de discutir y, besándolo en la boca, murmuro:

—¿Sabes?, ha valido la pena venir al almacén a por ti... bombón.

Me mira. Olvida su fingido enfado porque yo creyera que era gay y acepta mi beso.

Lo saborea tanto como yo y cuando me separo, susurra:

—No tienes tú peligro ni nada.

Divertida por su comentario, contesto:

—Mucho. Sobre todo porque suelo conseguir lo que me propongo.

—¿Cuántos años tienes?

—Veintiséis.

Dylan ladea la cabeza y asiente lentamente. No sé qué quiere decir ese gesto y pregunto:

—¿Demasiado joven para ti?

—No. Si a ti no te incomoda.

Su respuesta me llama la atención.

—¿Cuántos tienes tú?

—Treinta y siete.

Sonrío y me pregunta:

—¿Demasiado mayor para ti?

Rápidamente, niego con la cabeza y respondo:

—No. Si a ti no te incomoda. Además, siempre he considerado que la edad sólo es importante si eres un queso o un vino.

Le hace gracia mi contestación. Me da un rápido beso en los labios y dice:

—Anda, caprichosa, vístete.

Él se limpia con un kleenex que ha sacado del bolsillo del mono y, una vez acaba, comienza a vestirse.

—Vamos, señorita. Puede entrar alguien en cualquier momento.

En décimas de segundo, ambos estamos listos. Dylan me agarra por la cintura, me acerca a él y, besándome en los labios, murmura:

—Lo ocurrido debe quedar sólo entre tú y yo. Prométemelo.

La frasecita me molesta. ¿Es lo que les dice a todas? Sin embargo, asiento con la cabeza. No quiero que vea que me mosquea lo que ha dicho y, soltándome, añade:

—No olvides que tienes una cita conmigo, conejita.

Ese ridículo apelativo me hace sonreír ¿Cómo se me ha podido ocurrir algo tan hortera? Le digo que sí con la cabeza. ¿Cómo voy a olvidar esa cita?

Es más, ya estoy deseando que llegue y volver a disfrutar de él.

Sin tocarnos, caminamos hacia el cubículo de cristal del almacén, donde hay luz, y, al acercarme, oigo que suena una nueva canción de Marc Anthony,. *Qué precio tiene el cielo* y tarareo:

> *Qué precio tiene el cielo,*
> *que alguien me lo diga,*
> *yo pago con mi alma sin temor a nada*
> *yo te doy mi vida...*

Encantada, miro cómo Dylan tira a la papelera el kleenex que llevaba en la mano y, cuando paro de cantar, pregunto:

—Te gusta la música de Marc Anthony, ¿verdad?

Él asiente y contesta:

—Es una buena persona y además su música es de lo mejor, ¿no crees?

Eso me hace reír.

—Ahora lo entiendooooooooo. Maxwell, Marc y tú sois los tres de Puerto Rico. La tierra tira, ¿eh?

Dylan vuelve a reír.

—¿Bailas salsa? —me pregunta.

Asiento con convicción. ¡Anda que no he bailado yo salsa con mi hermano Argen!

De repente, él me coge de la mano y tira de mí. Me dejo llevar.

Sorprendida por el Dylan que estoy conociendo esta noche en la intimidad del almacén, bailo salsa con él dentro del despacho de cristal y compruebo que es un estupendo bailarín.

—¿Quién te enseño a bailar?

—Mi madre. —Sonríe él y añade—: Pero sólo bailo en la intimidad.

De pronto, veo que el hombre callado, extraño y escurridizo que yo creía que era, no tiene nada que ver con el Dylan que tengo delante.

Éste es alegre, divertido, loco, atrevido. ¡Me encanta! Nos reímos mientras, compenetrados, bailamos salsa y nuestros cuerpos se rozan una y otra vez con provocación y nos miramos con deseo hasta que la canción acaba y Dylan me besa en los labios y murmura:

—Ha sido un placer estar contigo... caprichosa.

Asiento y, dejándome llevar por lo que siento, asiento:

—Lo mismo digo, bombón.

15

Contigo y sin ti

𝒟iez días después, mi mareo, no sé si por las pastillas que Dylan me dio o por lo que me hace sentir en nuestros increíbles encuentros, va desapareciendo poco a poco y me siento pletórica.

Por las noches nos buscamos y encontramos en distintos y solitarios puntos del barco, donde hacemos el amor como dos fieras hambrientas. Como dos auténticos depredadores.

Nos complementamos bien en el sexo. Ambos somos morbosos, atrevidos y juguetones. Nos encanta dejarnos llevar por nuestras fantasías. En ocasiones, nuestros encuentros son dulces y en otras, salvajes y lujuriosos. Todo depende de la conejita y del lobo. Ellos son los que mandan en nuestra manera de ver el sexo.

Varias de esas noches, tras unir nuestros cuerpos, hemos bailado a la luz de la luna, con un auricular puesto cada uno, esa canción de Maxwell que tanto le gusta a Dylan y que ahora se ha convertido en especial para mí. Muy especial. Tanto que noto cómo el blindaje de mi corazón se comienza a resquebrajar.

Eso me asusta. Yo intento que siga blindado, pero es mirarme él o que bailemos juntos esa música y me deshago.

Su sensual melodía, su excitante ritmo y la voz del cantante hace que nos besemos y movamos a su compás una y otra vez. Lo nuestro es puro morbo. Puro desenfreno. Sabemos que hemos comenzado un juego peligroso en todos los sentidos e intuyo que ninguno de los dos está dispuesto a desaprovecharlo.

De pronto, todo mi universo está contenido en el barco. Ahí tengo el trabajo que me gusta y al hombre que deseo, ¿qué más puedo pedir?

Pensar en Dylan me hace estar de buen humor. Incluso Coral lo comenta, mirándome con cara de listilla, pero yo niego con la cabeza. No quiero que mencione la palabra «amor». No quiero eso. Quiero creer que lo mío con Dylan es sexo. Puro sexo.

Sentir cómo me observa por las noches, mientras canto, es morboso.

E, inconscientemente, sé que mis canciones van dirigidas a él. Igual que mis gestos y sé que, cuando nos encontramos a solas, todo él es para mí.

Los dos somos apasionados y a veces discutimos.

He descubierto que Dylan es celoso, posesivo, y que no le hace gracia que otros hombres me sonrían y dediquen piropos cuando estoy en el escenario o fuera de él. Eso lo saca de sus casillas y a mí, aunque su actitud me molesta, por primera vez en mi vida me da cierto gustillo.

¿Seré masoca?

En nuestras charlas nocturnas, le dejo claro que nada es para siempre y le digo que no se encariñe demasiado conmigo. Eso le duele. Lo veo en sus ojos. Y aunque sé que quiere decir algo, se calla. Calla y aprieta los dientes. Pero con el paso de los días, mis palabras se vuelven contra mí cuando lo veo hablar y reír con las pinches de cocina que se que se mueren por meterlo en su cama.

De pronto, soy yo la que se enfada, se enfurece y se pone enferma al imaginar que accede a los deseos de ellas y les da eso que yo quiero sólo para mí.

Segundo a segundo, soy consciente de que algo me ocurre. Intento rechazar ese sentimiento de posesión que Dylan me provoca pero no lo puedo remediar.

Finalmente, él se da cuenta. No dice nada, pero sonríe y disfruta del gusto que le da la situación. Yo lo fulmino con la mirada, pero interiormente sonrío también. ¡Telita lo complicada que soy!

Esta noche, en la orquesta hemos decidido rendir homenaje al grupo musical sueco Abba. Un grupo que, a pesar de los años que han pasado, tiene una música que sigue gustando y haciendo bailar a la gente.

Ataviada con un mono plateado de lo más sensual y un gorrito a juego, canto junto a mi compañera:

> *You are the Dancing Queen,*
> *young and sweet, only seventeen.*
> *Dancing Queen,*
> *feel the beat from the tambourine.*
> *You can dance, you can dance,*
> *having the time of your life...*

Berta y yo lo pasamos bien mientras la gente baila y nosotras cantamos felices y contentas. Cuando veo a Dylan apoyado en una puerta de cubierta, el corazón se me dispara. Me mira con tal deseo que ya no puedo ver nada que no sea él.

Canto para él, que me sonríe, mientras unos hombres que están a mi derecha empiezan a piropearme. Veo que él los mira, oye lo que dicen y su sonrisa se difumina.

¡Qué mal lleva esto!

Pero mi trabajo es divertir, cantar, reír, bromear y bailar con los pasajeros y ante eso no puedo hacer nada, y, como siempre, él lo acepta.

Durante varios minutos, observo a mi bombón hasta que me guiña un ojo, se despide de mí y desaparece de mi campo de visión.

Una vez se va, tiemblo. Siento su vacío y lo echo de menos.

El corazón me va a mil por hora, mientras canto y deseo que la actuación acabe ya para estar junto a él.

Nunca me ha pasado nada igual. Nunca me he sentido tan sola cuando un hombre no está a mi lado y de pronto soy consciente de una cosa. Me asfixio. Me atraganto. Me acabo de dar cuenta de que estoy total y completamente enamorada de Dylan.

¡Dios mío, la he cagado!

Esta noche, Coral está de guardia y, cuando termina la primera parte del espectáculo, acudo a buscarla desesperada. Necesito verla.

Como siempre, sonríe cuando me ve. Me pregunta si tengo hambre y, al responderle que sí, me pone delante una tortilla de espinacas. Mientras hablamos, pienso en la mejor manera de abordar lo que me pasa. No sé cómo decirlo. ¡Me da hasta vergüenza! Yo, la antirromántica, la antienamoramiento, de pronto estoy totalmente colada por un tío. ¡Es increíble!

Hablamos de Tomás, de lo pesadito que está últimamente conmigo y cuando acabo de comerme la tortilla, pregunto:

—¿Estoy bien?

Mi amiga me mira y responde:

—No. Tienes verde entre los dientes.

Sin demora, cojo un neceser de urgencias que Coral y yo tenemos desde el principio en la cocina, abro el espejito y me miro. ¡Qué horror!

Saco del neceser mi cepillo de dientes y corro al baño. Cuando acabo, regreso a la cocina y dejo el neceser en su sitio.

Me siento de nuevo ante Coral y, mirándola mientras me sirve un trozo de tarta de queso y arándanos, suelto:

—Creo que me he enamorado.

Ella me mira alucinada.

—Será una broma, ¿no?

—Te lo juro.

—Aquí la del romanticismo siempre he sido yo y, desde ya, te digo que eso no lleva a ningún lado. Piensa en la caducidad de los yogures. Así que, ¡olvídate del asunto!

Asiento. Resoplo. Efectivamente, tiene razón. Enamorarse es una tontería. El problema es que esta vez la tontería me la estoy creyendo y el corazón se me acelera.

—No puedo, Coral. Me despierto y pienso en él. Me acuesto y pienso en él. Canto y pienso en él. Me ducho y pienso en él. —Resoplo—. Joder, ¿qué me está pasando?

Ella me mira. Se mete un trozo de tarta en la boca, la paladea, se la traga y, cuando ya creo que voy a gritar como una posesa, responde:

—Que la estás cagando sin remedio, amiga. —Y al ver que me

tapo la cara con las manos, añade—: Pero vamos a ver, tú, la tía más liberal que conozco, la que tiene el corazón más blindado que la propia Casa Blanca, ¿cómo te has podido enamorar?

—No lo sé. Sólo sé que, cuando lo veo, tengo palpitaciones, las manos me sudan y...

—Dios... Dios... Dios... ¡hasta las trancas es poco!

—Efectivamente, hasta las trancas —afirmo desde mi propia nube de algodón y luego musito soñadora—: Me dice cosas preciosas. Me hace creer que entre dos personas puede haber algo más que sexo del bueno. Con él las horas son minutos y no me canso de besarlo, mirarlo y achucharlo...

—¡Madre mía... esto es grave!

—¡¿Mucho?!

La experta en amor me mira y dice que sí con la cabeza.

—Muchísimo. O cortas o te manchas de chapapote, ¡tú decides!

Resoplo. Lo último que quiero es cortar con Dylan, y menos aún sufrir.

Tengo ganas de llorar. ¿Cómo me ha podido pasar esto?

De pronto, entra en la cocina el hombre de mis sueños y suelto un gemidito mientras sonrío como una tonta y el corazón se me acelera.

Coral me mira y, dándome un tirón de pelo, murmura:

—Quítate esa cara de lela, tulipana.

—No puedo. ¿Tanto se me nota?

Coral se mete otra cucharada de tarta en la boca y contesta:

—Disimula mejor tu estado de agilipollamiento romántico o le irán con el cuento al Rancio y, como se entere, vais los dos derechitos a la puñetera calle.

Dejo de mirarlo, pero sin poderlo evitar, la vista se me va hacia él. Dylan está apoyado en una mesa, bebiendo agua.

Nuestros ojos se encuentran. Sonríe un poco y me guiña un ojo.

¡Qué atrevido!

Aparto la vista. Me acaloro, hiperventilo y Coral me da aire mientras murmura:

—Patético... esto es patético.

No sé qué decir. Sólo sé que necesito mirarlo de nuevo. Con disimulo, echo una ojeada a mi alrededor y cuando veo que nadie se fija en nosotros, lo miro y soy yo quien le guiña un ojo.

Mi gesto lo sorprende. Resopla y, tras dejar el vaso en uno de los fregaderos, con una sonrisa peligrosa en la boca, camina hacia una de las cámaras frigoríficas y me hace un gesto con la cabeza.

Bueno... bueno... bueno... me está pidiendo que vaya.

¿Qué hago? ¿Qué debo hacer?

Coral, que se ha percatado de todo, me quita el plato de tarta de las manos, me da una lechuga que coge de una encimera y me dice con gesto reprobatorio:

—Dos minutos, ni uno más. ¿Entendido?

Asiento como una autómata.

Por estar treinta segundos con él mataría.

Con la lechuga en las manos, me encamino hacia donde sé que Dylan me espera. En cuanto entro en la cámara y cierro la puerta, sus manos me atraen hacia él y, dejando a un lado la lechuga, me besa. Hace frío, pero su beso es sabroso, maravilloso, escandaloso, pecaminoso.

—Estás muy guapa vestida así, conejita —murmura, estrechándome contra su cuerpo.

Sonrío y, deseosa de más, pregunto:

—¿Nos vemos esta noche?

Dylan cierra los ojos, lo piensa y responde:

—No lo sé.

—¿No lo sabes? —exclamo.

—Mañana llegamos a Marsella.

—¿Y?

Su reticencia no me gusta. Me siento mal. ¿Cómo puedo ser tan petarda? ¿Qué hago pidiéndole vernos? ¿Acaso soy idiota?

Debería haberme callado. Decididamente, soy patética, como dice Coral. Debería esperar a que él me pida estar conmigo, pero no puedo. La boca y el deseo me pierden y gruño:

—Vale. Pasas de verme.

De pronto, se abre la cámara y nos separamos. ¡Es Tomás! Nuestra conversación se corta al instante.

Malhumorada, cojo la lechuga y la dejo con otras más de su especie, mientras Dylan se agacha y coloca unas zanahorias.

Con el corazón a doscientos por hora, salgo de la cámara. Coral me mira con cara de «¡Lo siento!» y yo le guiño un ojo. Tomás ni siquiera nos ha visto y, una vez ha dejado lo que fuera en la cámara, me persigue por la cocina:

—¿Cómo va eso, preciosa?

Sintiendo aún en los labios el sabroso beso de Dylan, lo miro y respondo:

—Bien. A tope, como siempre, pero bien.

—¿Dónde te metes últimamente? No te veo ni en la sala de descanso.

En ese instante veo que Dylan sale de la cámara y se queda parado al ver con quién estoy hablando.

No le gusta Tomás y más desde que le expliqué que tuve algo con él. Noto su mirada recelosa y eso me enciende. Hace apenas un minuto me acaba de rechazar, por lo que, dispuesta a darle celos, le digo a Tomás:

—La verdad es que no paro, por eso no me ves.

Colocándose a mi lado, el jovenzuelo espera a que uno de los cocineros le entregue su pedido y, guiñándome un ojo, añade:

—Estamos organizando una fiesta para mañana, ¿te apuntas?

—¿Una fiesta? ¿Dónde?

—En el barco, cuando hagamos escala.

Al oírlo, sonrío. Tengo una cita con alguien que no me pienso perder. Tomás pregunta:

—¿Libras al llegar a Marsella?

Encantada, contesto:

—Sí... hasta el día siguiente a las tres de la tarde.

—¡Genial! —exclama él y, acercándose más a mí, murmura—: El barco se quedará casi vacío y tendremos algunas dependencias sólo para los trabajadores. Te aseguro que si te apuntas a la fiesta y vienes conmigo, lo pasarás bien. Tengo localizada una suite en la que no va a haber nadie y donde me gustaría disfrutar de tu cuerpo, si me dejas.

Tomás no desperdicia una oportunidad y, poniéndome una mano en la cintura, insiste con disimulo:

—Creo que tú y yo lo podemos pasar muy... muy bien.

Oigo toser a Dylan. No está muy lejos de nosotros e, incapaz de no mirarlo, veo que Lola, una de las pinches, se le acerca y le planta sus tetorras XXL casi en la cara. Él le sonríe.

¡Lo mato!

Como siempre que me pongo nerviosa, me entra la risa floja y Tomás cree que es por él y, animado, hace dibujitos con su dedo en mi espalda.

Veo que Coral nos mira y, con las cejas levantadas, me pregunta en silencio qué estoy haciendo.

Enfadada por la atención que Dylan le dedica a Lola, parpadeo a lo Penélope Glamour y le pregunto a Tomás en un susurro:

—¿Cómo se supone que tú y yo lo podemos pasar bien?

Él se queda parado. Acaba de alucinar con mi tono. Sonríe. Me repasa lascivo con la mirada y, acercándose más a mí, me susurra al oído:

—Haciendo lo que nos apetezca.

Suelto una carcajada y oigo que una voz dice a mi lado:

—¿Dónde puedo conseguir un vaso de zumo de naranja?

Sé de quién es esa voz ronca y molesta y se me pone la carne de gallina por su cercanía. Sin mirarlo, respondo:

—En la mesa que hay ahí al final tienes vasos limpios, naranjas y la máquina de exprimir. ¡Sírvete tú mismo!

Pero Dylan no se mueve.

Sigo notando su presencia a mi espalda. Sus ojos deben de taladrarme, porque me quema la nuca. No quiero mirarlo. Me niego a hacerlo, pero entonces dice:

—Acompáñame. Soy muy torpe.

Lo miro sorprendida y me río. ¿Qué está haciendo?

Su expresión es de enfado y mi risa me incomoda incluso a mí. ¿Por qué tengo que reírme en un momento así?

—Mira, colega —dice Tomás interviniendo—, tú solito puedes servírtelo.

Dylan lo mira con una mala leche que a mí me hubiera dejado clavada en el sitio y, torciendo el cuello, le responde con el mismo tono:

—Mira, colega, ¿qué tal si cierras la boca y desapareces?

Su reacción me impresiona. Nunca lo había oído hablarle así a nadie.

Ante su tono, Tomás desaparece en décimas de segundo. ¡Vaya un cagón!

Me da la risa, pero entonces siento la mano de Dylan en mi muñeca. Me la aprieta. Boquiabierta, estoy a punto de quejarme, pero por no organizar un numerito, echo a andar hacia donde están las puñeteras naranjas. Una vez llegamos, me suelta y sisea:

—Si estás conmigo, no estás con él.

—¡¿Perdona?!

—Me has entendido perfectamente, Yanira.

Resoplo. Claro que lo he entendido y, molesta, replico:

—Te recuerdo que no hace ni cinco minutos me has dicho que no querías verme esta noche y...

—¿Sigues viéndote con él?

Lo miro alucinada.

—No pienso responder a eso, ¿entendido?

Dylan mete unas naranjas en la exprimidora y, encendiéndola con gesto de enfado, exclama:

—¡Joder!

—Joder, ¿qué?

En ese preciso instante pasa Lola, la pinche, y el muy sinvergüenza, tras dedicarle una encantadora sonrisa, me dice:

—Si jugamos, jugamos todos. Y si vamos de fiesta, vamos todos.

Anda, mi madre, y yo que me creía que era la chula. Pregunto:

—¿Qué es esta gilipollez que me acabas de soltar?

Dylan esboza una sonrisa que no me gusta nada y dice:

—Sólo te informo de que a mí también me provocan e invitan a fiestas.

¡¿Cómo?!

Bueno... bueno... bueno... qué mala leche se me acaba de poner.

¿Quién es la lagarta que lo ha provocado e invitado a ir de fiesta? ¿Será Lola?

Él sonríe y yo hago lo mismo.

Su sonrisa, tan llena de reproches e indiferencia, me enciende. Pienso en el chapapote y me horrorizo. Así que replico, sin poder contener mi lengua y mi mal genio:

—Si quieres, podemos irnos de fiesta los dos. Tú con la que te lo ha propuesto y yo con quien tú ya sabes. ¿Aceptas, mi niño?

La sonrisa se le borra de un plumazo. Su expresión se endurece y cuchichea:

—Haz lo que te dé la gana.

—Por supuesto, no hace falta que tú me des permiso.

—Yanira... —gruñe, mientras aprieta los puños.

—Sólo te informo —lo corto—. Si varias noches seguidas conmigo son una tortura, cuando quieras podemos dejar de vernos. Estoy segura de que sola no me quedo.

Toma ya. ¡Para chula yo!

Mi comentario, lleno de maldad, no le ha hecho ninguna gracia y, dispuesta a escapar de lo que tenga que contestar, doy media vuelta. Pero al ver a Lola de nuevo cerca de nosotros, con fingida inocencia añado:

—Si quieres más zumo, sólo tienes que meter más naranjas en la exprimidora y, si no te ves capaz, Lola te ayudará, ¿verdad, Lola, que lo harás encantada?

La joven asiente con una sonrisita, mientras yo observo cómo Dylan se contiene. No me sigue y consigo escapar de él y salir de la cocina, ante la cara de alucinación profunda de mi amiga Coral.

Pero ¿qué acabo de hacer? ¿Cómo soy tan idiota?

Incrédula ante mi propia inmadurez, regreso de nuevo a la sala para continuar con el espectáculo. Durante otra hora y media, cantamos, bailamos y lo pasamos bien y, cuando termino, mis humos ya no son los de antes y necesito encontrar a Dylan. Asumo mi enamoramiento y quisiera borrar todas mis palabras.

—Yanira, ¿dónde te metes? Apenas te veo fuera del escenario.

Al volverme me encuentro con Tony. Va tan repeinado como siempre y respondo:

—Trabajando. Yo no estoy de vacaciones, como otros.

Sonríe. Es un encanto. Luego cuchichea:

—Con este mono plateado estás impresionante.

—Gracias —le contesto riendo.

—¿Qué haréis Coral y tú mañana, cuando lleguemos a Marsella?

Tengo que encontrar a Dylan para hablar de nuestra cita en Marsella y le digo a Tony:

—Pues si te soy sincera, todavía no lo sé. Estamos a la espera de que los jefes cuelguen las listas de los que libramos.

Él asiente y vuelve a preguntar:

—Si bajáis, ¿iréis solas u os acompañará alguien más?

Me retiro el flequillo y estoy a punto de contestar, cuando veo aparecer a Tito por la puerta y hacerle a Tony una seña con la cabeza. Él lo mira, cruzan una mirada y, tras guiñarme un ojo, dice:

—Te dejo. Ya hablaremos luego si nos vemos.

Extrañada, lo observo marcharse. ¿Por qué querrá saber qué voy a hacer mañana?

Durante una hora, busco a mi bombón por todo el barco, pero no aparece.

Lo llamo al móvil pero no me lo coge. Insisto y sigue sin cogérmelo.

No puedo ir a su camarote o todo el mundo se enteraría de lo nuestro. ¿Seguirá molesto por mi falta de tacto? Finalmente desisto. Ya verá que lo he llamado y espero que me llame. Vuelvo a mi camarote, me desnudo, me desmaquillo y, derrengada, me tumbo en el catre mientras pienso en él.

16

Dígale

La llegada a Marsella es un gran acontecimiento para todo el mundo.

Los pasajeros están encantados de poder salir del barco y caminar por tierra firme durante unas horas. Yo estoy contenta. Libro y pienso divertirme.

Miro mi móvil pero no tengo ninguna llamada del hombre que deseo. Me maldigo por mi chulería y me convenzo de que debo cambiar esa manera mía desafiante de hablar. Dylan no es ninguno de mis hermanos.

Tumbada en el catre del camarote, pienso en él. Recordar sus besos, sus abrazos o cuando me llama bebé o caprichosa me hace sonreír como una tonta y desesperarme al no tener noticias suyas.

Mientras yo estoy tirada en la cama, con mi camiseta con el lema de «Te cambio una sonrisa por un beso», Coral se está vistiendo. Me conoce y sabe que estoy mal. Al ver que no me pongo en marcha, y que aún no sé cuáles van a ser mis planes, me anima:

—Anda, vente con nosotras. Podemos visitar la ciudad y esta noche, después de cenar, nos vamos a conocer algunas de las discotecas de moda. Y oye... ¿quién sabe?

—Quién sabe ¿qué?

Ella suelta una carcajada y, sentándose a mi lado, contesta:

—Quién sabe si puedes conocer a un guapo marsellés con el que pasar la noche y te quita toda esa tontería del enamoramiento.

—No me jorobes, Coral.

Mi amiga se ríe de nuevo y, mientras teclea en el móvil, dice:

—Vamos, mujer, alegra esa cara y espabila.

—No puedo.

—Si Dylan no da señales de vida, ¿piensas guardar luto por él?

—No respondo e insiste—: Vamos, arréglate. Acabo de decirles a Rosa y a Gina que ya estamos listas. Nos pasarán a buscar en cinco minutos.

Yo me tapo la cara con la almohada. ¿Qué hago?

¿Me voy con mi amiga, espero a ver si Dylan da señales de vida o me quedo encerrada en el camarote, leyendo y rumiando mis penas?

Mientras Coral se peina mirándose al espejo, alguien llama a la puerta del camarote.

—Abre tú —dice ella—. Serán las chicas.

Desganada, me levanto, me abrocho el botón de la minifalda negra que llevo y, al abrir, me quedo sin palabras al ver a Dylan más guapo que nunca, con unos vaqueros, una camisa granate y una mochila al hombro. Me mira, lee el mensaje escrito en mi camiseta y dice:

—Acepto el cambio.

Sonrío encantada.

—¿Preparada para nuestra cita? —pregunta.

De pronto soy consciente de que estoy a medio vestir y respondo:

—Te llevo llamando desde anoche, ¿no has visto mis llamadas?

—Sí. Pero estaba ocupado.

¡Toma ya! ¿Quién es ahora el chulo? Me la tenía guardada. Eso me enerva.

Intento mantener mi mal genio a raya, y aunque su mirada de perdonavidas sigue encendiendo la mecha, consigo mantener la boca cerrada. Mi cara debe de ser un poema, pero Dylan, que menudo es, me dice, provocándome:

—Si prefieres ir de fiesta con tu amigo Tomás, por mí no hay problema.

¡Ya está, ya me ha encontrado!

—Oye, ¿tú de qué vas?

Con una sonrisa que es para matarlo, responde:

—Dijo... la caprichosa.

—Mira guapo —levanto la voz—, yo no sé qué clase de mujeres estás acostumbrado a tratar, pero yo no funciono así, ¿entendido?

Su sonrisa se congela. Frunce el cejo y apoya las manos a ambos lados del marco de la puerta. Está claro que mi tono le ha molestado y replica:

—Mira, guapa, el que no funciona como el resto de los niñatos que te bailan el agua soy yo. Adiós y que disfrutes del día.

Lo miro marcharse alucinada.

¡Será borde el tío!

Cuando cierro la puerta del camarote, Coral, que lo ha oído todo, me suelta:

—Pero ¿tú estás tonta?

—No.

—¡¿No?! —grita ella.

Intento explicarme:

—Llevo intentando localizarle desde anoche y...

—¿Y eso qué importa?

—A mí me importa. —Y sin levantar la voz, para que nadie nos oiga, continúo—: No quiero que crea que babeo por él. A ver si va a pensar que con que chasque los dedos, ahí me tiene.

Coral sonríe y, acercándose a mí, murmura:

—Y te tiene, Yanira. Tú misma me has dicho que te ha enamorado y, contra eso, créeme, no se puede luchar.

—Joder... joder... joder... —Me tapo los ojos.

¿Cómo he podido llegar a este punto?

—Sinceramente —afirma Coral, la entendida—, estás perdida. ¿No te das cuenta?

Me doy cuenta, claro que me doy cuenta. Pero enfadada, me levanto y digo:

—Que le den morcilla y, como diría mi hermano Garret, ¡que la fuerza lo acompañe! Me voy contigo a visitar la ciudad y a ligarme a algún guapo marsellés.

Coral, que además de loca es la mujer más sabia del mundo, sonríe y, sentándome en la cama para que me calme, expone:

—Él es tu plan A. Yo soy tu plan B, piénsalo.

—No digas tonterías. Tú siempre eres mi plan A —resoplo molesta.

Haberlo visto tan guapo y dispuesto a mantener su cita conmigo me ha desconcertado.

—Ya lo sé, igual que tú lo eres para mí. Pero vamos, recapacita, él es tu plan A Superplus con final feliz y ha venido a buscarte, cielo. Tú y yo somos amigas y lo seremos siempre, aunque ahora, ¡vete con él!

—No.

Ella me coge de la mano y, tirando de mí para levantarme, suelta:

—Mierda, Yanira. Dylan tiene loca a media plantilla del barco y tú estás enamorada de él. Ese morenazo te viene a buscar a ti, no a ellas, y vas tú y le das calabazas. ¿Acaso me vas a decir que no te va a jorobar que se vaya con cualquiera de las otras?

Sólo pensarlo me enerva.

Sólo imaginarlo me vuelve loca y, finalmente, respondo cabizbaja:

—Ya le he dicho que no y se ha ido y...

—Sal ahora mismo de aquí y ve a buscarlo o te juro que lo busco yo y me voy a pasar el día con él a Marsella —me espeta Coral.

—¿Serías capaz?

—Por un tío con ese culo, esos ojos y ese cuerpazo yo soy capaz de muchas cosas, mi niña —afirma ella.

Sonrío divertida por su comentario y en ese momento llaman de nuevo a la puerta.

—Escóndete ahí detrás —cuchichea Coral—. Les diré a Rosa y a Gina que tú ya te has ido. Y haz el favor de pasarlo bien o te juro que como vuelva y me digas que no lo has encontrado, ¡te mato!

Pero cuando abre, Coral se queda callada y se marcha de la habitación sin cerrar la puerta. La oigo cuchichear:

—Trátala bien.

Me quedo atónita al ver a Dylan entrar en el camarote. Cierra la puerta y ambos nos miramos sin decir nada, hasta que él deja la mochila en el suelo y, dando un paso hacia mí, dice:

—Nunca, en mis treinta y siete años de vida, ninguna mujer me ha tratado como lo has hecho tú, ni me ha hecho sentir lo que me haces sentir tú, caprichosa. Pero acabo de dar dos pasos. Uno para regresar a tu camarote y otro para acercarme a ti. No sé por qué lo he hecho, pero el caso es que aquí estoy y no me quiero ir solo.

Como siempre, el tío lo borda. Su vena romántica cada vez me gusta más.

Mi corazón bombea enloquecido. Ambos estamos en la misma espiral de sentimientos y, dando un paso hacia él, me acerco, le rodeo el cuello con los brazos y murmuro:

—Nunca, en mis veintiséis años de vida, ningún hombre me ha hablado como tú, ni me ha hecho sentir lo que me haces sentir tú. Pero acabo de dar dos pasos. Uno para acercarme a ti y otro para abrazarte. Y quiero que sepas que, si no hubieras vuelto, iba a salir yo a buscarte, porque no quiero estar sin ti.

Diossssssss, ¿desde cuándo tengo esta vena romanticona yo también?

Asiente...

Asiento...

Y, finalmente, mi morenazo dice:

—Creo que la estoy liando, Yanira. No puedo dejar de pensar en ti.

Asiento...

Asiente...

Y, alelada, contesto:

—A mí me ocurre lo mismo. Creo que la estamos liando los dos.

Dylan sonríe y, acercando su boca a la mía, murmura:

—Te deseo.

Me besa. Con pasión, me mete la lengua en la boca y me hace el amor con ella. Me agarro a él con desesperación y me aprieto contra su cuerpo. Saber que, como poco, siente mi misma loca necesidad me reconforta y me gusta.

Y cuando estoy a punto de comenzar a desabrocharle la camisa, susurra contra mis labios:

—Siento no haber respondido a tus llamadas.

—No importa.

No me importa nada. Sólo me importa estar con él, besarlo, que me bese, me toque y me vuelva loca. Al movernos en mi minúsculo camarote, se oye un golpe. Dylan se encoge y dice:

—Creo que acabo de abrirme la cabeza.

—No jorobes —digo, mirándole rápidamente el sitio de la cabeza que se está tocando.

Por suerte, veo que no es nada grave, un chichón como mucho. Besándole con mimo la cabeza, le indico:

—Túmbate en mi cama.

Él se niega y contesta:

—Vámonos de aquí.

—¿Adónde?

—Tienes libre hasta mañana a las tres, ¿verdad?

—¿Y tú cómo sabes eso?

Dylan sonríe y murmura abrazándome:

—Tengo mis maneras de enterarme de todo lo que quiero. —Luego se ríe—. Te oí cuando se lo decías a Tomás.

—¿Hasta cuándo tienes tú libre? —pregunto.

—Hasta tu misma hora.

Sonrío y, tras besarme, mi morenazo musita en mi boca:

—Me encanta el mensaje de tu camiseta.

—Es la camiseta de las reconciliaciones —le informo.

—Mmmm... Ahora aún me gusta más.

Suelto una carcajada y él me vuelve a besar. Cuando se separa de mí, dice:

—Conozco Marsella. He estado varias veces. Coge poca ropa. No la vas a necesitar y, por favor, no te cambies de camiseta.

Mimosa, pregunto:

—¿Adónde tienes pensado llevarme?

Tras retirarme un mechón de pelo de los ojos, sonríe y murmura:

—A un sitio mejor que éste, con un impresionante jacuzzi para dos y una estupenda cama, donde hablaremos y disfrutaremos de veinticuatro horas de sexo. Tú y yo.

—Madre mía, me muero por estar ya ahí —contesto, y él añade:

—Además, degustaremos una espléndida bullabesa, ¿sabes qué es? —Yo niego con la cabeza y explica—: Es la sopa tradicional de Marsella, hecha con diversos pescados. Te gustará.

—Vale.

—Después comeremos una exquisita carne estofada, regada con un buen vino, y de postre un maravilloso soufflé de Grand Marnier. Cuando acabemos, te desnudaré y, durante horas, me dedicaré a darte todo el placer que soy capaz de dar. ¿Qué te parece el plan?

—Estupendo. —Río divertida y excitada.

Mi reacción le debe de gustar, porque, dándome un rápido beso, me apremia:

—Venga. ¡Vámonos!

Meto rápidamente un par de cosas en una mochila mientras él me observa, pero de pronto me paro y le planteo:

—Todo eso que has planeado parece caro. Pagaremos a medias, ¿vale?

—No —contesta risueño—. La cita la propuse yo y yo cargo con todos los gastos.

—Dylan —protesto—, no seas tonto. Podemos pagar a medias y...

Su boca cubre la mía y, tras un devastador beso que me hace querer estar ya en ese hotel del que ha hablado, dice:

—Dejemos de perder el tiempo.

Con disimulo y a escasos pasos el uno del otro, bajamos del barco. Una vez en tierra, Dylan me guiña un ojo y lo sigo hasta que nos perdemos por las callejuelas de Marsella. Cuando llegamos a una muy transitada, me coge la mano con fuerza y, mirándome, pregunta:

—¿Puedo?

Asiento divertida y entonces él, llevándose mi mano a la boca, me la besa.

Uf... qué romántico y caballeroso es.

Le suena el móvil. Lo mira y corta la llamada. No pregunto. Intuyo que no he de hacerlo.

Paseamos por la ciudad y me sorprendo al ver lo bien que la conoce. Cuando le pregunto, me dice que ha estado más veces allí con otros buques. El móvil le vuelve a sonar. Me hace un gesto con la mano de que no me mueva y, apartándose un par de pasos, contesta. Yo observo el lugar. Es una calle encantadora, con varios restaurantes. Cuando regresa, me vuelve a coger de la mano y, al ver su expresión, pregunto:

—¿Todo bien?

Asiente, me besa y dice:

—Cuando estemos en el hotel, tú y yo solos, todo será mejor.

—¿Dónde estamos?

—En el barrio de Saint Victor.

Caminamos unos metros más y me quedo sin palabras al ver que entramos en un edificio con apariencia de caro. Uno de esos hoteles en los que sabes que hasta respirar cuesta dinero.

Eso me asusta. Ninguno de los dos tiene un sueldazo impresionante y cuchicheo:

—Dylan, te vas a dejar medio sueldo en este sitio, ¿te has vuelto loco?

Pero mi morenazo sonríe y contesta:

—Tranquila. Tengo un amigo, Garson, que trabaja aquí, y siempre que vengo a Marsella me consigue una habitación a un precio maravilloso. No te preocupes. Puedo pagarlo. Ahora solamente quiero que tú lo disfrutes.

Asombrada, ahora soy yo quien le coge la mano para entrar en el impresionante hotel. Caminamos hacia la recepción y, al pasar por un sofá redondo y rodeado de flores, Dylan, besándome la mano de nuevo, me indica:

—Espérame aquí.

Algo cohibida por el lujo que nos rodea, hago lo que me pide. Me siento en el mullido y aterciopelado sofá, mientras lo miro ir hasta el mostrador. Una vez allí, veo que un joven se le acerca y lo saluda con familiaridad. Supongo que debe de ser su amigo Garson. Tras charlar unos minutos, se despiden con un choque de manos y, enseñándome una tarjeta dorada que éste le ha proporcionado, mi morenazo se acerca y me dice:

—¿Estás preparada para pasarlo bien?

Salimos del ascensor en el último piso y recorremos un lujoso pasillo hasta llegar frente a una habitación.

—Oye..., ¿no nos meteremos en un lío por estar aquí? —pregunto.

Dylan sonríe y cuchichea:

—Tranquila. Está todo controlado.

Luego abre las puertas y entramos en un lugar increíble. Modernismo y minimalismo en estado puro. Veo una cama redonda con sábanas negras y un jacuzzi también redondo. Vamos, lo que en mi tierra se llama un picadero.

Con los ojos como platos, me acerco al enorme jacuzzi y me sorprendo al ver unos pétalos de rosa rojos y blancos flotando en el agua y, al lado, una cubitera con hielo y vino blanco.

—Mi amigo nos lo ha preparado.

Sonrío encantada y acepto la copa de vino que me ofrece. Tras beber un sorbo, me acerco a Dylan y lo beso.

Adoro besarlo. Su boca es suave, dulce, maravillosa.

Degusto sus labios y permito que él muerda los míos, mientras nuestra respiración se acelera. Ambos sabemos por qué estamos ahí y lo que deseamos.

—¿No quieres comer algo antes?

Niego con la cabeza y, sin apartar mi boca de la suya, respondo:

—Contigo tengo para empezar, el postre ya lo tomaremos luego.

Mis palabras le hacen gracia y, sonriendo, tras quitarme la copa de las manos y dejarla sobre una mesa, me coge entre sus brazos y nuestro apasionado beso nos calienta cada vez más. Me aúpa y yo le rodeo la cintura con las piernas. Cuando el deseo parece que va a devorarme por dentro, murmuro, mirando el jacuzzi:

—¿Qué tal si lo probamos?

Dylan me deja en el suelo y se encamina hacia su mochila, de la que saca un CD. Me lo enseña, me guiña un ojo y yo sonrío. Sé que va a poner la canción que hemos escuchado mil veces. *Till the cops come knockin*, del cantante Maxwell.

Aún recuerdo la última noche que bailamos en la cubierta del barco, con un auricular cada uno, mientras sonaba esa canción. Y recuerdo la voz de Dylan diciéndome: «Algún día te haré el amor tranquilamente con esta canción».

Suenan los primeros compases de la melodía mientras Dylan me mira con lujuria. Coge la copa de vino, se sienta en la cama y murmura, sorprendiéndome:

—Sedúceme, conejita.

—¿Que te seduzca? —repito, de pie ante él.

Dylan asiente y, con voz ronca, señalando un diván blanco que hay a la derecha del jacuzzi, dice:

—Desnúdate. Siéntate ahí y sedúceme, caliéntame.

Sus palabras me ponen a cien. La conejita entra en acción. Con la mirada más de lagartona que tengo, cojo de nuevo la copa de vino y me encamino hacia el diván. Una vez llego allí, me doy la vuelta, lo miro a los ojos y sonrío. Dylan bebe y sonríe también. Dejo la copa en el suelo y me quito los zapatos. Incitadora, vuelvo a mirarlo y me quito la camiseta que tanto le ha gustado, quedándome sólo con la minifalda negra y la ropa interior. Sin saber bien qué hacer, decido dejarme llevar por la música y me acerco a él. Le pido:

—Desabróchame el botón de la falda.

Dylan lo hace y cuando la falda cae al suelo y él me va a tocar, se lo impido con un manotazo. Al ver su gesto ceñudo, le reprendo:

—No... tú me has pedido que te seduzca y te caliente.

Veo que sonríe y, dándome la vuelta, regreso al diván moviendo las caderas. Sé que me mira el trasero, de modo que me agacho y cojo la copa de vino del suelo lentamente, para darle una mejor visión de esa parte de mí. ¡Soy una descarada!

Bebo un nuevo sorbo de mi copa y, sin mirarlo, vuelvo a agacharme para dejarla en el suelo, exponiendo otra vez mis nalgas a su vista.

Me doy la vuelta, vestida sólo con el sujetador y las bragas y, sin demora, me quito ambas prendas mientras muevo las caderas como cuando bailo la danza del vientre. Lo dejo flipado. Eso no lo esperaba. Una vez estoy desnuda ante él, cojo la copa de vino del suelo y me siento en el diván.

—Ya he hecho dos de las cuatro cosas que me has pedido

—digo—. De momento, me he desnudado y me he sentado. Ahora voy a seducirte y calentarte.

Dylan bebe y me doy cuenta de que le suda la frente. Lo estoy poniendo nervioso y, dispuesta a ponerlo cardíaco, abro las piernas con descaro y me acaricio entre ellas, mientras sonrío ante su mirada lasciva.

Durante un rato, mis manos se deslizan por mi cuerpo. Me estrujo los pechos, jugueteo con mis pezones, me abro la vagina, me chupo el dedo índice y me doy placer. Dylan no quita ojo a lo que hago hasta que pregunto:

—¿Te excita que me acaricie delante de ti?

—Sí. Me excita tu descaro.

Prosigo encantada y musito:

—¿Qué te parece si te acercas y lo haces tú por mí?

Por un instante, creo que se va a levantar y venir a mi lado, pero tras beber de nuevo de su copa, niega con la cabeza y murmura con intensidad:

—Caliéntame más.

Eso me pone nerviosa. Nunca había hecho algo así para alguien sin tocarle.

Lo normal es entrar con alguien en un sitio y rápidamente meterse mano y ponerse a tono, pero lo que me pide Dylan es muy excitante e intento seguirle el juego.

Dejándome llevar de nuevo por la música, cierro los ojos e intento seducirlo mientras me toco y lo disfruto. De pronto, me acuerdo de mi copa de vino y la cojo. Bebo un sorbo. Sonrío. Me levanto, me siento al borde del jacuzzi y meto el dedo anular en la copa. Miro a Dylan y, sin apartar la vista de esos ojazos castaños que me vuelven loca, me llevo el dedo húmedo de vino hasta el clítoris y me acaricio. Me muevo. Hummmm... qué placer. Sonrío. Sentir la ardiente mirada de Dylan es morboso, erótico, sugerente, sensual e, incapaz de estar callada, pregunto:

—¿A qué te gustaría jugar?

Él, hechizado con lo que hago, esboza una sonrisa traviesa y responde:

—A lo que tú quieras, caprichosa.

Cuando me llama así me vuelve loca. ¡Seré tonta! Sigo tocándome, pero Dylan no se mueve de su sitio, así que, dispuesta a saber más sobre él, pregunto mientras prosigo:

—¿Alguna vez has hecho un trío?

Me mira un momento con turbación y luego responde:

—Sí.

Eso no me sorprende en un hombre como él y entonces pregunta a su vez:

—¿Y tú?

—Sí.

Mi respuesta le hace fruncir el cejo. Vaya... es de los antiguos. Él sí pero yo no. Eso me hace reír. Miro su entrepierna y la veo tensa bajo el vaquero. Sé que esta conversación lo pone, así que insisto:

—¿Dos mujeres y tú o un hombre, una mujer y tú?

—Ambas cosas.

—¿Y dos hombres y tú? —le espeto.

—No —afirma con rotundidad—. Ya te he dicho que soy heterosexual.

Asiento y sonrío.

—¿Y en tu caso? —inquiere Dylan.

Sin dejar de tocarme con descaro, respondo:

—Dos hombres y yo y otro día una mujer, un hombre y yo.

Su gesto es serio. Ahora no sé si está excitado o molesto. El silencio nos envuelve y, finalmente, pregunto:

—¿Tienes algún juguetito sexual aquí?

Él niega con la cabeza y, levantándome, cojo mi mochila, saco el neceser y le enseño mi juguete preferido.

—Te presento a *Lobezno*. Él y yo hemos pasado muy buenos momentos juntos y estoy segura de que me ayudará a seducirte y calentarte y, en especial, a borrarte ese cejo fruncido.

No sonríe. Sigue con cara de mosqueo.

¿Por qué los hombres reaccionan tan mal ante una mujer que habla con claridad de sexo?

¿Cuándo se van a dar cuenta de que el mundo ha cambiado y evolucionado?

Sé que mi conversación y mi juguetito lo han sorprendido, como él me ha sorprendido a mí con el rollito de «sedúceme». Sentándome de nuevo en el borde del jacuzzi, esta vez con las piernas cerradas, vierto el vino de mi copa sobre mi monte de Venus y después abro las piernas para que pueda ver cómo el líquido chorrea sobre mi sexo. Se me come con la mirada. Eso es lo que yo quiero, que me coma y se deje de tonterías.

Cuando consigo tener su atención totalmente centrada en mí, decido dirigirme al diván y sentarme, convencida de ser una gran estrella del sexo.

Subo los pies al asiento y enciendo el vibrador y, mirando a Dylan, murmuro:

—¿Quieres que te hable de mis experiencias?

—No.

Esa rápida respuesta me hace sonreír. Está visto que hay cosas insuperables para algunos hombres. Consciente de su mirada y de que no quiero estropear el momento, decido hacerle caso. No hablaré de lo que él no quiere oír, pero dispuesta a continuar con nuestro extraño juego, le explico:

—Este aparatito al uno me calienta... me prepara.

Y, mientras lo digo, me coloco la punta del vibrador rosa en el ombligo y, sin dejar de mirar a Dylan, lo voy bajando hasta llegar al centro de mi deseo, húmedo de vino blanco. Una vez allí, masajeo el interior de mi vagina durante varios minutos, hasta que subo la potencia y musito:

—Al dos el calor comienza a apoderarse de mi cuerpo.

Sigo masajeándome mientras Dylan no puede apartar los ojos de mí y, encantada, musitó:

—En el tres está el punto exacto donde comienza a formarse mi orgasmo y me vuelve loca. Es terriblemente placentero.

Cierro los ojos y me concentro en lo que busco y deseo. Ese calor, ese viejo amigo, comienza como siempre por mis pies y lentamente sube por las rodillas, los muslos, haciendo que me muerda los labios.

—Al cuatro —jadeo—, el placer es inmenso, colosal, abrasador. Sólo lo puede igualar una posesiva y profunda penetración.

Mi vibrador zumba y yo ya tengo el clítoris hinchado y palpitando, como me gusta. El placer me vuelve loca. El calor asciende por mi estómago y, justo cuando me llega a la garganta, jadeo de nuevo y musito:

—Sí... Oh, sí...

Disfruto de mi sexualidad mientras, con el rabillo del ojo, veo que Dylan se levanta y se acerca a mí. Se desnuda. Su erección es enorme, pero cuando me va a tocar, le pido:

—Ahora no, por favor... Dame un segundo.

No quiero que me toque.

El clímax está a punto de llegar y cuando mi cuerpo se tensa y yo grito extasiada, Dylan se agacha y me besa, mientras yo junto las piernas y me sacudo de placer.

En sus ojos veo la locura del momento. Me quita el vibrador de las manos, se tumba sobre mí y, mientras mi vagina se contrae con los espasmos del orgasmo, él se mete entre mis piernas y me penetra sin contemplaciones.

¡Oh, sí!

El placer es inmenso, colosal, increíble y más cuando miro a Dylan y veo que cierra los ojos al notar cómo el interior de mi vagina lo succiona y lo introduce más y más en mí.

¡Sí!

Pero él quiere más y, arrodillándose sobre el diván, me coge de las caderas y me atrae hacia su cuerpo una y otra vez. Cuando me arqueo para darle más entrada a su pene y grito, Dylan me muerde el labio inferior y, cuando me lo suelta, murmura:

—Así... así quiero verte disfrutar hoy durante todo el día.

Y así es. Como un dios del Olimpo, a lo largo del día me hace suya una y otra vez. Hacemos el amor dos veces en el jacuzzi, en la cama, en el suelo, contra la pared, en la espaciosa ducha. Ambos somos insaciables, dos fieras del sexo y, cuando a las dos de la madrugada paramos, estamos hambrientos y sedientos. Dylan llama a recepción y, minutos después, nos traen comida y bebida. Necesitamos recuperar fuerzas.

Nunca hemos estado tanto tiempo juntos y la curiosidad nos puede. Mientras comemos en la cama, nos interesamos el uno por el otro. Yo le pregunto por su viaje a la Antártida y Dylan me habla de él hasta que dice:

—Cuéntame algo de tu vida.

—Trabajé en una guardería. Me encantan los niños. Creo que son mágicos y trabajar con ellos es una pasada. Pero la crisis obligó a los dueños a reducir personal y yo fui una de las despedidas. Entonces decidí dedicarme a la música y hacer lo que me gustaba. Conseguí trabajo como cantante en un hotel de Tenerife, hasta que Coral me habló del barco y lo dejé todo para vivir esta aventura con ella.

—¿Y tu familia? ¿Cómo son?

El pensar en ellos hace que se que me ilumine el semblante y explico:

—Son bulliciosos, divertidos y a veces un poco locos. —Dylan sonríe y yo prosigo—: Mi casa, vamos, la casa de mis padres, es un caos continuo. En apenas setenta y cinco metros cuadrados vivimos ocho personas, dos perros y un jilguero. La abuela Nira, la madre de mi madre, es la típica abuela que te besuquea todo el día y prepara guisos maravillosos. La abuela Ankie es la madre de mi padre, perooooo ¡no la podemos llamar abuela! Ella quiere que se la llame por su nombre. A diferencia de la abuela Nira, Ankie no guisa, ni da besos. Ella toca la guitarra en un grupillo de rock con unas amigas. Se llaman Aangevallen, que en español significa Atacadas.

—¿Tu abuela toca la guitarra?

—Guitarra eléctrica y ni te imaginas lo bien que lo hace. AC/DC a su lado son unos colegiales —bromeo, y mi chico suelta una carcajada—. Luego está mi padre. Un holandés alto, rubio, blanquito y detallista. Es un currante nato y nos adora a todos de una manera increíble. Mi madre y él tienen una de las tiendas de souvenirs más grandes y famosas de Tenerife. Mi madre es una isleña encantadora y divertida. Habla por los codos y, si no la paras, te vuelve loca. Es una mujer muy familiar y, junto con mi padre, nos cuidan a todos.

»Mis hermanos son otro cantar. Están Garret y Rayco, que son mellizos. Garret es un friki de *La guerra de las galaxias* a unos niveles preocupantes. Suele hablar con frases de las películas, como por ejemplo: "Si uno quiere saber el gran misterio de la fuerza, la debe estudiar en todos sus aspectos". —Dylan suelta una carcajada y yo prosigo—. Rayco es el guaperas de la familia. No hay isleña o turista que se le resista, ni lío en el que no se meta por una mujer. Y después está Argen —suspiro al pensar en él—. Es el mayor y el mejor hermano del mundo, yo me siento muy unida a él. Es un gran luchador y no sólo porque haya sacado adelante su propia empresa de cerámica, sino porque desde pequeño libra su propia batalla contra la tía Betty, que es como en la comunidad diabética se llama a la diabetes. Ha conseguido llevar una vida totalmente normal a pesar de su problema.

»Y, por último, están la perra de papá, *Pisiosa*, que es una comedora incansable de calcetines, medias y todo lo que pilla; el perro de Garret, *Chewbacca*, que creemos que es gay, porque sólo quiere montarse sobre los machos; y el jilguero hembra de mi abuela Nira, que se llama *Jesusina*.

—¿Todo eso en setenta y cinco metros?

Asiento divertida y contesto:

—Y eso sin contar a los amigos de mis hermanos o los míos, que siempre pululan por allí. ¿Qué te parece?

—Increíble —murmura asombrado.

Divertida, observo su expresión de alucine y le digo:

—¿Y tú? ¿Qué me cuentas de tu familia?

La pregunta veo que lo incomoda. Tras beber un trago de la copa que tiene al lado, se toca la llave que lleva colgada al cuello y responde:

—Mi madre murió hace dos años. Se llamaba Luisa y era estupenda.

Noto su pena. Me ha hablado de su madre en distintas ocasiones y susurro:

—Lo siento, Dylan

—Anselmo, mi padre, es algo rígido y a veces intratable, pero cuando se le conoce se lo quiere. Aunque no te voy a mentir, no es fácil llegar a conocerlo. —Y esbozando una sonrisa que me llega al alma, continúa—: Adoraba a mamá a pesar de que se divorciaron dos veces y se casaron tres. Ella era la única que conseguía hacerle entender las cosas y, aunque discutían, ella no se dejaba amilanar por él y al final conseguía que hiciera lo inimaginable.

Le acaricio la mejilla con cariño y él, con un gesto dolido, murmura:

—Si no te importa, preferiría no seguir hablando de mi familia.

Me importa, quiero saber cosas de él, pero no insisto. En su cara aún perdura el dolor que ha sentido al hablar de su madre y, acercándome, lo beso. Quiero que me sienta cerca. Deduzco que lo consigo al ver cómo responde y, tras varios calientes y dulces besos, susurra:

—Adoro tu delicada piel.

Asiento encantada. Y miro nuestros dos cuerpos abrazados. Él con su moreno de mulato de Puerto Rico y yo con mi blancura holandesa.

—A mí me gusta la tuya, es muy suave.

—¿Habías estado antes con un hombre como yo?

—No. Tú eres el primero. —Y, riéndome, añado—: Pero a partir de ahora, puedo afirmar que el mito que corre entre las mujeres sobre los mulatos ¡es cierto!

Ambos nos reímos y entonces él pregunta:

—¿Cuántos tríos has hecho?

Su pregunta me pilla desprevenida, sobre todo porque antes no ha querido seguir hablando de ello. Respondo:

—Alguno que otro. Tampoco soy una experta en tríos. He visitado varios bares de intercambio con algún amigo, pero...

—¿Qué amigo?

—Un italiano que conozco y...

—¿Qué italiano? ¿Es del barco?

Sorprendida por ese tercer grado, sonrío y explico:

—No. Francesco vive en Portofino y...

—¿Disfrutabas con él?

No me deja terminar las frases y esta última pregunta me descoloca. Cuando voy a responder, dice antes de que pueda abrir la boca:

—Dijiste que no has practicado sexo anal. ¿Cómo has podido entonces hacer tríos?

—Hacer un trío con dos hombres no significa que tengas que tener sexo anal —contesto—. Hay besos, caricias, morbo, penetraciones y juegos, muchos juegos. Normalmente lo hemos pasado bien los tres sin llegar a ese tipo de sexo.

Dylan asiente. Por su gesto veo que no le hace gracia lo que oye y pregunto:

—A ver, ¿cuál es el problema?

—Joder. Tienes veintiséis años —exclama—. No debo olvidarlo.

—¡¿Y?!

—Que tienes que experimentar y, me guste o no, eres demasiado joven para mí.

Su respuesta me sorprende. No entiendo por qué lo dice y le espeto:

—¿Tú lo pasaste bien en los tríos?

—Sí.

—¿La edad te influyó para pasarlo bien o para que te atrajera ese tipo de experiencia?

Tras pensarlo unos instantes, responde:

—No.

—Entonces, ¿dónde ves el problema?

Mi moreno clava sus impactantes ojos en mí y, con una seriedad que me excita y me deja fuera de órbita, me revela:

—El problema es que nunca podría compartirte con alguien. A ti no.

Alucinada por lo que ha dicho, pregunto con un hilo de voz:

—¿Por qué?

En su mirada veo algo que no había visto hasta el momento y, cogiendo la copa de vino, asevera tras beber un sorbo:

—Porque lo mío es sólo mío.

Me río. ¿Desde cuándo soy suya?

Veo que mi risa lo incomoda e, incapaz de disimularla, le aclaro:

—No me río de ti. Es que cuando me pongo nerviosa me río sin querer.

—Mal momento para hacerlo, ¿no crees?

Asiento.

Esta risa involuntaria siempre me ha traído problemas. En el colegio. En los trabajos. Con mis padres. Intentando que se relaje, murmuro, acercándome a él:

—Soy humana, tengo mil millones de fallos. Y éste es uno...

—También eres caprichosa —afirma él.

—Sí tú lo dices.

—Y demasiado atrevida para tener sólo veintiséis años, ¿no crees?

Resoplo y contesto:

—Soy adulta, Dylan, y...

—¿Y ese italiano quién es?

Al pensar en Francesco, sonrío y, encogiéndome de hombros, le respondo:

—Un amigo que me ayudó a tener cabeza y a entender lo que es disfrutar del sexo, sola o en compañía.

—¿Es alguien especial para ti?

—Es mi amigo —insisto— y espero verlo cuando atraquemos en Génova.

Dylan me mira fijamente y, apretando la copa, replica, dejándome patitiesa:

—Yo espero que no sea así.

Eso me toca la moral. ¿Quién es él para decir algo así?

—En cuanto a Francesco, creo que...

—No me interesa nada de él, Yanira. Sólo prométeme que no lo verás.

Indignada, replico:

—Tú me has preguntado por él y...

—He dicho que no me interesa saber nada del de Portofino.

Molesta por su actitud, doy un puñetazo en la cama y siseo furiosa:

—¿Quieres hacer el favor de dejarme terminar alguna frase? ¡Joder! Qué manía con interrumpirme, ni que aquí sólo tú pudieras hablar.

Mi reacción lo sorprende y nos quedamos callados. Como diría mi abuela: «¡Acaba de pasar un ángel!»

Dylan se levanta de la cama y camina hacia la ventana. Está molesto. Yo también. Los sentimientos que bullen en mi interior me asfixian, pero no quiero estar enfadada. Me niego. El tiempo que pasemos aquí quiero disfrutarlo. Así que cojo mi camiseta, me la pongo, me levanto y me acerco a él. Le doy un golpecito en la espalda para que me mire y, cuando lo hace, digo:

—Me acabo de poner la camiseta de las reconciliaciones.

Su mirada cambia y sonríe. Yo también y, finalmente, nos besamos. Cuando separa sus maravillosos labios de los míos, murmura con mimo:

—Discúlpame.

Lo hago encantada y contesto:

—Estás disculpado, pero que sepas que esa actitud de machito no me ha gustado nada, me has dado a entender que eres muy posesivo.

Dylan asiente. No lo niega, al contrario, susurra:

—Mi mujer es sólo mía. De eso que no te quepa la menor duda.

¡¿Soy su mujer?!

Me vuelvo a reír y él, molesto, se encamina hacia el baño.

Joder... joder... con mi risita.

Lo sigo. Se está lavando los dientes. Me agarro a su cintura por detrás y me apoyo en él mientras lo miro en el espejo. Este chico es glamuroso hasta cepillándose los dientes y, una vez acaba, pregunto:

—¿Has dicho eso porque me consideras tuya?

—Sí —responde sin dudarlo un segundo.

Sale del cuarto de baño y yo me quedo sola como una seta.

Pero... Pero... ¿qué es eso de que soy suya?

Dispuesta a continuar hablando de ello, lo sigo a la habitación y, mientras pone música, de espaldas a mí, pregunto:

—¿Y desde cuándo soy tuya?

Volviéndose para mirarme, contesta, dejándome sin habla:

—En mis ojos, fuiste mía desde el momento en que te vi en el Starbucks con tu amiga. En mi mente, eres mía desde que trabajabas en las cocinas y te vi sonreír. En mi cabeza, eres mía desde que probé la nata que tenías en la boca aquel día que te caíste. En mi corazón, eres mía desde que, como una leona, me hiciste el amor en el almacén. Y en mi vida, eres mía desde que hoy te he tenido para mí y me he dado cuenta de que eres mi mujer.

Parpadeo. Resoplo y tomo aire.

Dios, ¡qué dulce es!

Sin poderlo remediar, cruzan por mi mente todas esas comedias románticas que he visto en mi vida junto a Coral y de las que yo me reía. ¡Viva el amor! Esos hombres que aparecen en ellas existen y yo tengo ante mí al más guapo y sexy.

Él espera mi respuesta y, como siempre, yo voy y me río. ¡Seré imbécil!

Dylan pone los ojos en blanco, se desespera. Yo no tengo su vena romántica, por lo que me lanzo a su cuello, me cuelgo de él y digo:

—Tú eres mío y mi surtido de besos de chocolate, fresa o cualquier sabor que te guste son y serán siempre para ti.

Por Dios, ¡menuda cursilada he dicho! Para matarme.

Pero veo que le gusta, porque sonríe, y yo añado:

—Nunca he sido romántica, Dylan. Pero quiero que sepas que me encapriché de ti en el primer momento en que te vi. Me asusta la idea de lo que me haces sentir, porque nunca he creído en el amor, pero no puedo negar que me gusta escuchar las cosas tan bonitas que me dices y que no quiero dejar de sentir lo que me provocas.

Sí... sin duda esto ha estado mejor que la cursilada de lo del surtido de besos.

Nos miramos...

Tiemblo...

Tengo miedo de lo que acabo de decir. Nunca he dicho ni aceptado una relación así, pero el miedo se me disipa cuando mi moreno sonríe y acerca su boca a la mía.

Me besa con delirio, con pasión, con locura, como sólo él sabe hacerlo. Me muerde los labios con deleite, volviéndome loca, y, sin apartarse de mi boca, murmura:

—Caprichosa.

Asiento. Por primera vez en mi vida acepto que soy caprichosa y que me he enamorado. Y deseosa de mi mayor capricho, rozo mi nariz con la suya y susurro mimosa:

—Y ahora quiero que me hagas el amor, que me beses con tu boca maravillosa, que me digas cosas bonitas, románticas y tiernas y que me hagas disfrutar de las seis fases del orgasmo.

—¿Las seis fases del orgasmo?

Digo que sí con la cabeza, lo beso y contesto:

—Ahora mismo te explico cuáles son.

No hace falta decir más.

Ambos estamos desnudos y, apoyándome en la pared, me sujeta con una de sus manos por el trasero mientras con la otra guía la punta de su ya erecto pene hasta el centro de mi húmedo deseo y musita:

—Te haré el amor como pides. Te besaré hasta dejarte sin aliento y te diré todas esas cosas tan bonitas y románticas que me provocas, pero no apartes tu mirada de la mía. Quiero ver cómo tus pupilas se dilatan por y para mí durante esas seis fases del orgasmo.

¡Guauuuuuuuuu! Si es que es para comérselo.

Si algo me ha enamorado de él es esa sensualidad que pone en todo lo que hace o dice.

Dylan comienza a decir cosas increíbles que nunca me han dicho y yo lo miro. Disfruto. Nos miramos a los ojos y, efectivamente, veo que sus pupilas se dilatan e imagino que las mías también lo deben de estar haciendo.

Cuando su dura y gustosa erección está del todo en mi interior, él retrocede y, abriéndome más, me plantea con voz grave:

—Quiero más profundidad, ¿puedo?

Asiento. Claro que puede... Pero cuando lo hace, doy un respingo. Él para y pregunta:

—¿Te duele?

Vuelvo a asentir, pero cuando va a dar marcha atrás, yo lo detengo y exijo:

—Continúa.

—No quiero hacerte daño, cariño.

—No me lo haces —jadeo con un hilo de voz—. Es un dolor placentero. Un dolor extraño. Sigue. No pares, soy tuya. Tu conejita. Tu caprichosa. No me dejes así.

Mis palabras reconociendo su posesión lo enloquecen. Lo veo en su mirada. Con cuidado, Dylan adelanta las caderas para introducirse de nuevo poco a poco y mi cuerpo se abre para recibirlo, mientras él sigue diciéndome cosas maravillosas. ¡Qué placer!

—No te muevas ni un milímetro —susurro con voz estrangulada.

Oh, Dios. Estoy en la fase seis, ¡la homicida! Si se mueve, lo mato.

Dylan asiente y, durante unos instantes, el interior de mi vagina tiembla. Lo succiona. Se acopla a esa extrema penetración que nunca ha experimentado antes y, una vez lo hace, soy yo la que se mueve y exige que él lo haga también.

Al ver que mi actitud ha cambiado, mi morenazo se mueve. Al principio lo hace con cautela, pero transcurridos unos segundos, con mayor empuje. Estoy aprisionada contra la pared y jadeo extasiada al recibir sus arremetidas secas y perturbadoras. Me hace el amor como yo le pido que me lo haga con la mirada. Me entrego a él como sus ojos me piden que me entregue. Y cuando veo que se muerde el labio inferior, cierra los ojos y echa la cabeza hacia atrás, creo que me voy morir de gusto y placer.

Sin descanso, me posee y lo poseo.

Nos pertenecemos.

Disfrutamos de nuestra locura hasta llegar al clímax al unísono y nos quedamos agotados pero felices el uno en brazos del otro.

—Suéltame si quieres. Peso y...

—No te quiero soltar. Eres mía.

Con una cautivadora sonrisa, camina conmigo en brazos hacia la ducha. Nos metemos en ella y, mientras el agua cae por nuestros cuerpos y nos reímos, pienso que nadie me había hecho tan feliz.

17

Dormir contigo

El regreso al barco se hace duro y más cuando antes de entrar en el puerto, tenemos que separarnos para que nadie nos vea llegar juntos.

Sé que Dylan camina unos metros detrás de mí y eso me pone nerviosa. Sin verlo sé que me mira y tengo que respirar y concentrarme para no caerme. Mi móvil pita. Un mensaje:

Me ha encantado dormir contigo.

Divertida, contesto:

Y a mí contigo, pero roncas.

Sonrío e imagino que él sonríe, cuando me pita el móvil de nuevo.

No hemos llegado al barco y ya te echo de menos.

¡Qué monoooooooo! Tecleo:

Allí me tendrás para ti siempre que quieras.

El móvil pita.

¡¿Siempre?!

Me río y respondo:

No lo dudes.

Mi móvil vuelve a sonar.

Estoy deseoso de volver a disfrutar de esas seis fases. En especial de la homicida. Hummm... tu mirada era tan excitante...

Suelto una carcajada.

Tu fase homicida también es muy sexy. Me encanta cuando te muerdes el labio inferior.

Mi móvil vuelve a pitar.

Si me vuelves a decir eso, ¡regresamos al hotel ya!

Nuestro juego me divierte, me calienta, pero finalmente respondo:

Ahora hay que trabajar.

Estoy encantada de sentirlo tan cerca, a pesar de los metros que nos separan. He pasado las mejores veinticuatro horas de mi vida. Dylan lo es todo, ¡incluso romántico! El móvil me vuelve a pitar.

Mi padre siempre cuenta que enamoró a mi madre diciéndole «Luisa, odio ver cómo te marchas, pero me encanta ver cómo te vas». Según él, le encantaba verla caminar.

Suelto una carcajada y me sorprende que me cuente eso tan íntimo de sus padres. Quiero mirar atrás pero no debo. Me contengo y escribo:

Mi padre cuenta que se enamoró de mi madre cuando ella le dijo «Holandés blancucho, vete a tu país». Según él, ese día supo que era la mujer de su vida.

Me imagino a Dylan sonriendo y entonces llego al muelle del barco, donde coincido con Coral, que, al verme, me agarra del brazo y cuchichea:

—¿Qué tal, Enamoracienta?

Incapaz de no mirar atrás, veo a Dylan a escasos metros de nosotras. Pasa por mi lado, me roza disimuladamente la cintura y aspiro su fragancia. Me encanta. Me excita. Cuando se aleja, respondo, mirando a mi amiga.

—Ha sido increíble.

Una vez subimos a bordo, cada cual retoma sus obligaciones y, durante horas, no hago más que pensar en él. Única y exclusivamente en él. Esa tarde ensayo con la orquesta y les pido que para esa noche incluyamos un tema que aceptan al instante. Cuando acabamos con los ensayos y salgo a cubierta para ir a mi camarote, oigo que me llaman.

Al volverme, veo a Tony y, un poco más allá, a varios hombres trajeados. ¡Vaya, carne nueva! Rápidamente, me acerco con una sonrisa y él pregunta:

—¿Qué tal tu día libre? Y no me mientas, porque ayer pregunté por ti y uno de tus compañeros me dijo que te habías marchado con tu amiga Coral.

Sonrío y sin sacarlo de su error, respondo:

—Genial. Marsella es preciosa.

—¿Qué viste?

Bueno... bueno... bueno, ¡aquí me ha pillado!

En realidad he visto una habitación preciosa y a un hombre maravilloso, pero no dispuesta a contarle por qué no he visitado la ciudad, contesto:

—De todo un poco. —Y añado—: Lo típico de la ciudad, pero para los nombres de las calles, monumentos y demás soy muy mala.

Charlamos durante un rato hasta que, de pronto, Tony dice:

—Por cierto, mi hermano se ha unido a nosotros en Marsella. Ven, quiero presentártelo.

El gesto se me descompone.

Aún recuerdo las lindezas que le dije a ese hombre por teléfono y que él me dijo a mí, pero no tengo escapatoria y nos acercamos al grupo de hombres trajeados. Veo a uno de ellos apoyado en la barandilla, mirando el mar. Es alto y moreno y lleva un traje oscuro.

—Omar —llama Tony.

Al volverse, no se parece en nada a lo que esperaba. Creí que sería un hombre de edad avanzada y me encuentro con uno de poco más de cuarenta años, muy pero que muy atractivo. A diferencia de Tony, que tiene los ojos claros, él los tiene castaños. Durante unos instantes, nos miramos con curiosidad, hasta que pregunta con voz ronca:

—¿Quién es esta preciosa dama?

¿Dama?

Vaya... qué galante.

—Ella es Yanira —contesta Tony—. Y, por lo que tengo entendido, no fuiste muy amable con ella en Barcelona.

Me sofoco.

Recuerdo que lo llamé mamarracho y que le dije otras cosas aún peores. No espero que él lo haya olvidado, pero contra todo pronóstico, coge mi mano y, besándomela, murmura:

—Siento mucho lo desagradable que fui contigo ese día. Creo que pagaste mi mal humor y...

—No pasa nada —lo interrumpo, quitándole importancia.

—Espero que me permitas hacer algo para cambiar la mala impresión que te di.

Con mi mano todavía entre las suyas, no sé qué decir, cuando Tony explica:

—Yanira canta en la orquesta del barco y lo hace muy bien.

Omar asiente. Me escanea con sus ojos castaños, e, inclinándose un poco para estar a mi altura, pregunta:

—¿Qué tipo de música cantas?

—De todo un poco —respondo un poco cohibida—. Estar en una orquesta requiere amoldarte a todo tipo de música.

Él sonríe y en ese momento, Tito llama a Tony, dejándonos a solas. Durante unos segundos nos quedamos callados, hasta que finalmente insiste:

—En serio, Yanira, quisiera que cambiaras tu opinión sobre mí.

—De verdad que no pasa nada —insisto—. Entiendo tu preocupación. Ya te dije que yo también tengo hermanos y, por ellos, en ocasiones he tenido que actuar de una manera que no es la que más me gusta.

Omar sonríe y yo le devuelvo la sonrisa. Charlamos durante unos minutos. Nuestro tema de conversación se centra en el barco y el mar. Siento que me escucha, que me presta atención y eso me gusta. Pero cuando miro el reloj y veo la hora que es, digo rápidamente:

—Lo siento, tengo que dejarte. Entro a trabajar dentro de una hora y todavía no he cenado ni me he maquillado.

—¿Maquillarte? ¿Tú necesitas maquillarte?

Halagada por su cumplido, contesto mientras me alejo:

—Lo creas o no, gano mucho tras pasar por chapa y pintura.

Veo que sonríe y yo corro hacia mi camarote. Tengo prisa. Pero al llegar me encuentro a Dylan en la puerta. Su expresión no es divertida. Al contrario, parece enfadado y, mirando a ambos lados, dice:

—Abre y entremos antes de que alguien nos vea.

Una vez en el camarote, me lanzo a sus brazos dispuesta a besarlo, pero me aparta de malos modos y pregunta:

—¿Qué hacías hablando con ese tipo?

Sé a quién se refiere y respondo:

—Es el hermano de Tony. Ha subido al barco en Marsella y...

—Mantente alejada de él, ¿entendido?

Su voz... su gesto enfadado y su furia me hacen decirle:

—Vamos a ver, ¿qué ocurre, cariño?

Dylan apenas puede moverse. El camarote es tan pequeño, que hacerlo supondría darse un golpe contra algo.

—Tú mantente alejada de él —repite.

—¡Por el amor de Dios! —protesto—. Tú y yo hemos comenzado una relación, pero no te tomes al pie de la letra eso de que soy tuya, porque yo soy una persona muy sociable y me gusta hablar con todo el mundo, ¿entendido?

—¡¿Qué?!

—Lo que has oído, Dylan. Por favor, no vayamos a jorobar lo que tenemos.

Mi moreno me mira. Su mirada me grita algo, pero yo soy incapaz de descifrar qué es lo que quiere decir. Respira y toma aire. No dice nada y, finalmente, yo lo abrazo y murmuro:

—Me gustas, te gusto y lo nuestro está bien. No necesito a nadie más. Sólo a ti, ¿entendido?

Él asiente y noto que sus hombros se relajan. Parece que le queda claro lo que le digo y, besándome, me indica:

—Abre la puerta y mira a ver si hay alguien. Tengo que volver al trabajo.

Hago lo que me pide y cuando no veo moros en la costa, lo aviso y se marcha tras darme un rápido beso. Yo sonrío, aunque me deja preocupada con su inquietud.

18

~~~

Entre mis recuerdos

*P*asan tres días y el humor de Dylan va de mal en peor. Todo le molesta.

No hay un solo instante en que nos veamos y que no acabemos discutiendo, aunque reconozco que a él se le pasa antes que a mí. Explota como una bomba, pero luego, al cabo de un rato se le olvida y me hace el amor con pasión y dulzura. Eso me desconcierta, pues yo cuando me enfado, me enfado.

En ocasiones me da la sensación de que hay algo que no lo deja vivir. No me lo cuenta y, mientras no lo haga, yo no voy a poder ayudarlo. Y quiero hacerlo. Intento indagar en su vida, pero se cierra. No hay manera de traspasar su duro caparazón.

Esta noche en el barco hay una Fiesta Blanca. Eso quiere decir que todos vamos de blanco, trabajadores, tripulación y pasajeros. Para intentar hacer sonreír a mi bombón, le mando un mensaje al móvil.

Ven a verme a las 23.30. La canción que voy a cantar es para ti.

Durante una hora, canto con la orquesta y mis compañeros. Lo pasamos bien. Reímos, bailamos y la gente se lo pasa genial. A las 23.25, cuando veo llegar a Dylan, sonrío. No me ha fallado. Viene a escuchar la canción que voy a dedicarle.

El tema que está cantando Berta acaba un par de minutos después y, tras los aplausos de la gente, comienzan a sonar los primeros acordes de la canción que voy a cantar yo. Las luces se apagan y un foco me ilumina, mientras yo comienzo a mover las caderas a un ritmo sensual.

Cierro los ojos al imaginar a Dylan deslizando las manos por mi cintura y comienzo a entonar *Sabor sabor*, de Rosario Flores. Una canción que es una mezcla de bossa nova, flamenquito y pop. Me encanta y siempre que la canto pongo arte y sensualidad para interpretarla.

> *Oh, sabor sabor, a fresa y a limón,*
> *a mermelada de miel de abeja sabes hoy.*
> *Sabor sabor, de rojo melocotón*
> *sabe tu piel cuando te beso, sin saber*
> *que hablo de mis dulces sueños*
> *que reparto en cada parte de tu cuerpo.*

Muevo la caderas y las manos para cantarla, mientras la gente baila abrazada. Yo me dejo inundar por la melodía, sintiendo la mirada de mi cielo e imaginándome besando su piel de bombón, mientras él reparte dulces besos por todo mi cuerpo.

> *Eh, eh, sin saber que es una trampa con cepo*
> *cada rincón, cada línea es un verso.*

La luz va llenando la sala de fiestas al aumentar la intensidad de la canción y sonrío al ver a mi chico contemplándome extasiado, con la mirada fija en los movimientos de mi cuerpo, mientras mi voz suena por los altavoces. Quiero que sienta que le hago el amor aun desde la distancia y su expresión me hace saber que así lo siente. Eso me encanta y me excita.

Nuestros ojos se encuentran una décima de segundo y veo que curva las comisuras de los labios. Sonríe. Le gusta la canción. Entiende su mensaje. Sabe que la canto para él y eso para ambos es mucho.

¡Soy feliz! ¡Ha sonreído!

Subo las manos, me toco el pelo y sonrío yo también. Muevo las caderas y los hombros al compás de la música y disfruto de la sensación que Dylan y esta canción me provocan.

Cuando termino, la gente aplaude. Es la recompensa a mi trabajo, pero cuando miro hacia donde está el hombre que me tiene totalmente enamorada, él ya no está.

Pero ¿qué le ocurre a mi amor?

Cuando hacemos el primer parón para descansar, Omar, el hermano de Tony, está a mi lado para ofrecerme agua. Es muy detallista.

—Tienes una voz increíble, Yanira.

—Gracias —digo sonriendo.

—¿Siempre has actuado en cruceros?

—No. Ésta es la primera vez. Por norma general, trabajo en hoteles.

—¿Tienes alguna maqueta grabada?

Eso me da risa. Nunca he tenido dinero para ello y respondo:

—No.

Omar asiente y, para mi sorpresa, explica:

—Tengo algunos amigos en Los Ángeles que son productores musicales y creo que les gustaría escucharte. Cuando regrese de mi viaje, hablaré con ellos. ¿Te interesa la idea?

Dios míoooooooooooooo...

¿Productores musicales?

¿Cómo no me va a interesar?

Sonriendo, le digo que sí encantada. Que me escuchase alguien de la industria sería una gran oportunidad para mí.

—Te lo agradecería mucho, Omar. Tanto si dicen que sí como que no.

Omar sonríe y ambos salimos a cubierta para seguir hablando. Soy consciente de que si Dylan me ve se va a molestar. Tal como está últimamente, cualquiera que respire a mi lado lo molesta. Pero la conversación con Omar me interesa y deberá entenderlo, le guste o no.

Durante un rato, charlamos de música. Y casi me caigo redonda cuando me dice que conoce a los productores de Ricky Martin, Marc Anthony y Seal.

Ya no doy pie con bola.

El mero hecho de que mencione a esos divos me pone nerviosa y un escalofrío me recorre entera poniéndome el vello de punta. Al verlo, Omar se quita la chaqueta blanca que lleva y, caballerosamente, me la echa sobre los hombros.

—¿Mejor así?

Asiento y respondo:

—Sí. Gracias.

Durante unos segundos, nos miramos en silencio. Su mirada me inquieta y me recuerda a alguien.

Y en ese instante, como salido de la nada, aparece Dylan y se abalanza sobre él. Le da varios puñetazos y yo empiezo a gritar despavorida. Omar no se queda quieto y ambos comienzan a golpearse sin piedad.

Por suerte, rápidamente aparecen unos pasajeros y, tras ellos, Tito y Tony, que al verlos se meten en medio y los separan.

No sé qué hacer, estoy desconcertada, y entonces oigo a Dylan gritar descompuesto:

—Vuelve a acercarte a ella en ese plan y juro que te mato.

Varios pasajeros los sujetan. Instantes después, veo aparecer al Rancio y al jefe de Dylan. Joder... joder... joder... ¡El desastre está servido!

Horrorizada, veo que el Rancio me mira con mala cara y comienza a pedirme explicaciones. No sé qué decir. Dylan no habla, sólo mira a Omar con odio, mientras todo el mundo opina. De pronto, veo que el jefe de Dylan, tras cruzar unas palabras con él, agarra al Rancio del codo y se lo lleva. ¡Menos mal!

Instantes después, Tito le pide a la gente que se vaya dispersando. El show ha acabado. Pero yo estoy alucinada ¿Qué ha ocurrido?

Allí quedamos solamente Omar, Tony, Dylan, Tito y yo.

Los miro desconcertada.

¡No sé qué hacer!

Me siento culpable de haber provocado todo eso.

Dylan, con el labio ensangrentado, no para quieto. Maldice una y otra vez y le grita a Omar que él se lo ha buscado.

Su instinto de posesión me asusta. Les habla de tal manera de mí a los otros que siento que soy algo totalmente suyo e intocable. No. Decididamente, no me gusta nada lo que estoy oyendo.

De pronto, me doy cuenta de que soy invisible para todos ellos.

Discuten tan pronto en inglés, como en español y, aunque entiendo ambos idiomas, me cuesta reaccionar ante sus acalorados gritos, hasta que oigo a Omar decir:

—¿Acaso creías que no te encontraría?

—Vete a la mierda, Omar... Te dije que me dejaras en paz.

Frunzo el cejo. ¿Se conocen?

Pero bueno, ¡¿qué es esto de que se conocen?!

—Yo no se lo dije —afirma Tony—. Y Tito tampoco. Te lo prometo, Dylan.

Mi bombón, con aspecto salvaje y enjugándose la sangre que tiene en el labio, contesta con cara de pocos amigos:

—Te creo, Tony, no te preocupes. Pero hazme un favor, necesito que todos desaparezcáis de mi vista cuanto antes. Especialmente él.

Omar suelta una carcajada y masculla:

—Serás gilipollas, Dylan.

Dios santo, ¿lo ha llamado gilipollas?

No sé qué hacer.

¡Que alguien me explique qué está ocurriendo aquí!

Tony, que hasta el momento había permanecido calmado, da un paso al frente y dice:

—Si alguien puede hacerle volver a casa, ése es Tito. Tú, Omar, desde luego no.

Dylan suelta una palabrota de lo más desagradable, que se lleva el aire.

Yo lo miro. No parece verme y, mirando a Tito, grita, levantando un dedo:

—Te he dicho mil veces que no voy a volver a casa.

—Tu padre y todos los demás te necesitamos, Dylan.

¡¿Cómo?! ¿Conocen a su padre?

Voy a decir algo, pero no me salen las palabras.

Cada vez estoy más confusa. Necesito que alguien me aclare qué sucede.

Mi índice de hartazgo está llegando a un tope y me parece estar viviendo un culebrón en directo, de esos con los que mi abuela Nira sería la mujer más feliz del mundo viendo.

Aún sé menos qué pensar cuando Tito dice:

—Esto se tiene que solucionar de una vez por todas, chicos. Llevamos con esta situación casi dos años. Si seguís así, a vuestro padre lo matáis.

¿«Vuestro» padre?

¿Ha dicho vuestro padre?

—Con papá hablo por teléfono un par de veces al mes, Tito —gruñe Dylan y, al oírlo, Omar se retira el pañuelo ensangrentado que tiene en la nariz y sisea:

—Papá es quien nos ha pedido que te llevemos de regreso a casa ¡idiota!

Me da... me da... ¡me va a dar algo!

—Tú no me hables, Omar... —vocea Dylan, furioso.

El otro da una patada a una mesita de plástico, que sale disparada hacia un lado de la cubierta y finalmente sisea:

—Todos te echamos de menos, por eso estamos aquí.

—¡Te he dicho que no me hables! —grita Dylan.

Al ver que mi bombón se abalanza de nuevo sobre él, intento sujetarlo y en ese momento Tony vocifera alterado:

—¡¿Cuándo vais a parar con esto?! —Y, mirándolos, añade—: Me avergüenzo de los dos. Somos hermanos. Los tres somos hermanos, ¡¡joder!

Ay, Dios, que me mareo. Creo que me voy a caer redonda de un momento a otro.

Suelto a Dylan y me siento en una hamaca o juro por mi padre que me desmayo. Él, al ser consciente por primera vez de que estoy ahí enterándome de todo, matiza:

—Hermanastros.

Se hace el silencio.

No se oye nada excepto la brisa del mar. Dylan y yo nos miramos sin hablar y luego oigo que Tito comenta:

—Si mi hermana Luisa os oyera, se moriría de pena.

Luisa. Ése era el nombre de la madre de Dylan. Entonces, ¿Tito es el tío de todos? ¿No es el amante de Tony?

Cada vez más boquiabierta y alucinada, casi no puedo respirar. Esto es surrealista, pero Tito continúa:

—¿Qué os ha pasado, muchachos? Los Ferrasa erais un ejemplo de familia, de hermanos, de unión. ¿Acaso vuestras diferencias son tan irreconciliables que...?

—Sí —grita Dylan, furioso.

Entonces Omar se levanta y señalándolo con el dedo, sisea:

—Eres un rencoroso, como papá, y...

No puede acabar la frase, porque Dylan se lanza de nuevo contra él y, cogiéndolo de la pechera, masculla totalmente fuera de sí:

—Cierra la boca, imbécil.

Me estremezco.

Ay, Dios... ay, Dios... Cada vez entiendo menos.

Sin embargo, olvidándome de mí, me levanto de la hamaca y ayudo a Tony y a Tito a separarlos.

No es momento de desmayos.

Dylan me asusta. Se lo ve totalmente desencajado y sólo quiero que se calme. Necesito que se calme.

Al final, Tito se lleva a Omar a trompicones y nos quedamos solamente Tony, Dylan y yo, e, incapaz de callar, pregunto con un hilo de voz:

—¿Son tus hermanos?

—Hermanastros —insiste Dylan.

—Hermanos de toda la vida. Déjate de tonterías, Dylan, joder —gruñe Tony.

Estoy alucinada. Flipada. Atontada...

Dylan se levanta y, sin permitir que yo lo siga, se marcha, dejándome sin saber qué hacer. Cuando me quedo a solas con Tony, lo miro y siseo:

—Ahora mismo me vas a contar qué ocurre aquí.

Él se sienta en una de las sillas y resopla. Se lleva las manos a la cabeza y se encoge. Me da mucha pena y corro a abrazarlo mientras se echa a llorar. Así estamos unos minutos, hasta que consigo que se tranquilice y luego dice:

—Mi madre, Rosa, murió al nacer yo; Omar tenía dos años. Algunos meses después Luisa apareció en nuestras vidas. Mi padre y ella se enamoraron y se casaron. Cuando Omar tenía cuatro años y yo dos, nació Dylan. Siempre fuimos una familia unida, porque mamá era el nexo de unión entre todos a pesar de sus continuos divorcios con papá y de sus muchos viajes. Y el día que murió... todo se derrumbó. Mamá era... —Se emociona y murmura—: Se empeñó en operarse, pero algo salió mal con la anestesia y...

—Lo siento, Tony —digo, tocándole el brazo para que no siga hablando.

Él, enjugándose las lágrimas, me mira y añade:

—Dylan... es médico.

—¡¿Qué?!

—Cirujano.

—¿¡Cirujano?!

—Concretamente, cirujano cardiólogo.

Al ver mi confusión, Tony asiente con la cabeza Y continúa:

—El hombre que has conocido trabajando en el mantenimiento de este barco, pintando barandillas o arreglando duchas o bombillas es el doctor Dylan Ferrasa. Uno de los cirujanos de corazón más reputado de Los Ángeles. Dylan estaba de viaje cuando mamá decidió adelantar su operación y Omar lo culpabilizó de su muerte por no haber estado ese día. Y yo sé que Dylan se culpabiliza también por ello.

Tras un tenso silencio en el que yo proceso como puedo toda esa información, Tony agrega:

—Desesperado por la muerte de mamá, mi hermano lo dejó todo y desapareció. Yo lo encontré hace un año en un barco en la Antártida y se negó a regresar. Pero mi padre se hace mayor y todos necesitamos que vuelva a casa para poder recuperar la normalidad en nuestras vidas. Dylan no debe sentirse culpable por algo en lo que él no tuvo nada que ver. Omar lo sabe también, pero son tan iguales que son incapaces de hablarlo y solucionar el malentendido.

Asiento mientras intuyo que estoy tan blanca como una sábana.

El chico del que estoy enamorada, que cambia bombillas en el barco y que me llama caprichosa, que dice que soy suya, que baila conmigo a oscuras y al que hace unos pocos minutos le he dedicado una canción, resulta que es un famoso cirujano. Entonces, cuando me acuerdo de cómo se cuida y protege las manos, acabo por entenderlo todo.

En ese instante aparece mi compañera Berta y, mirándome, me apremia:

—Yanira, por el amor de Dios. Llevamos diez minutos esperándote. ¿Qué haces?

¡¿La actuación?!

Con todo ese follón se me había olvidado.

Miro a Tony y, dándole un leve beso en la mejilla, digo, antes de correr tras Berta:

—Cuando termine mi actuación, buscaré a Dylan y hablaré con él.

—Una última cosa, Yanira —apunta Tony—. Es lo menos importante en este momento, pero quiero que sepas que ni Tito ni Dylan ni yo somos gais.

Eso me hace sonreír, le tiro un beso y me marcho corriendo.

Cuando subo al escenario y la música comienza a sonar, intento concentrarme, pero no lo consigo. Lo que acabo de descubrir sobre mi chico es tan increíble que canto por inercia y, por primera vez en mi vida, no disfruto de lo que estoy haciendo.

Esa noche, cuando acabo la actuación, llamo a Dylan, pero tiene el móvil apagado. Le envío trescientos mensajes para que me llame, pero no lo hace.

Dispuesta a encontrarlo sea como sea, pregunto a sus compañeros, pero nadie lo ha visto.

Salgo de nuevo a cubierta, donde me quedo sin saber qué pensar, desconcertada. Irse no se ha podido ir. Estamos en medio del mar y no es tan tonto como para tirarse por la borda. Preocupada, me dirijo a mi camarote y, al llegar y cerrar la puerta, veo que Coral no está. Me ha dejado una nota que dice:

Todo el camarote para ti. Disfrútalo con tu bombón.

Si supiera dónde está. Suspiro y, descolocada, me siento en mi camastro. ¿Cirujano? ¿Cirujano cardiólogo?

Vuelvo a llamarlo, pero nada, su móvil sigue apagado. Me agobio.

Ahora entiendo su reticencia a hablar de su familia.

Ahora entiendo su malestar en los últimos días al ver en el barco a Omar.

Ahora que sé que no es quien yo creía, el miedo a perderlo me comienza a atenazar.

¿Y si todo lo que hemos vivido es una mentira? ¿Y si sólo interpretaba un papel?

Miro el reloj. Las 03.12 de la madrugada.

Debo dormir o mañana estaré destrozada. Abro el neceser, saco de él las toallitas desmaquillantes y procedo a limpiarme la cara y el cuello. Cuando acabo, me quito la ropa y me pongo un pantaloncito y una camiseta de tirantes finos. En el momento en que estoy a punto de meterme en la cama, alguien llama a la puerta.

Sin importarme mi apariencia, abro y mi cuerpo se relaja al ver que es él. Mi chico. Mi morenazo. Mi Dylan.

Sin hablar, lo agarro de la mano y lo hago entrar para que nadie nos vea. Una vez cierro la puerta, Dylan me abraza y yo lo abrazo. Necesito que sienta mi calor y sentir el suyo. Estoy confusa y él también. Lo sé. Se lo noto y de pronto tengo miedo.

Estamos un buen rato abrazados y sin hablar, hasta que, al apartarme de él, me fijo en su labio lastimado y frunzo el cejo. Mi niño.

No sé qué decir.

Estoy tan desconcertada por todo que no sé ni por dónde empezar mis preguntas. Entonces, él murmura:

—Lo siento. Siento no haberte dicho la verdad sobre quién soy.

Está tan confuso como yo y respondo:

—Desde luego, no eres el chico de mantenimiento que yo creía, sino el doctor Dylan Ferrasa.

Al oír eso, mi moreno maldice. Su expresión es extraña. Desesperada. Sé que aún está afectado y, cogiendo mi cara entre sus manos, musita:

—Sigo siendo Dylan. La misma persona que conociste. ¿De acuerdo, cielo? —Asiento y él continúa—: Sigo queriendo conocerte y necesito darte explicaciones por haberte ocultado lo que has descubierto hoy. Ahora sólo falta que tú quieras escucharme y...

—Claro que quiero escucharte —lo corto—. ¿Por qué no iba a querer?

Su sonrisa se ensancha. Intuyo que mi reacción le ha quitado un gran peso de encima y susurra:

—Mis sentimientos hacia ti siguen siendo los mismos que ayer o que anteayer. Eso no lo dudes nunca, ¿entendido?

Asiento con la cabeza. No quiero dudarlo. ¡Me niego!

Dejo que me abrace, que me estreche contra él, y, sin saber bien por qué, le aconsejo:

—Deberías solucionar lo de tu hermano y tu padre. Ellos...

Sus músculos se tensan y noto que se aleja de mí. Se apoya en la puerta y, cortándome, me espeta:

—No empieces tú ahora. Por hoy ya he tenido bastante.

Su voz de ordeno y mando consigue que me calle. Le contestaría, pero a veces, como dice mi padre, una retirada a tiempo es una batalla ganada, y creo que esta noche es mejor callarse. Pero al ver que no digo nada y no dejo de mirarlo, Dylan pregunta:

—¿Qué ocurre?

—Nada. No ocurre nada.

—¿Y por qué me miras así?

Su tono y su mirada me hacen saber que vamos a discutir. Lo desea. Intuyo que sabe que no me está respondiendo bien y digo:

—Estás nervioso. Dejémoslo por hoy y mañana hablamos. Además, Coral va a pasar la noche fuera y tengo el camarote para mí...

—Te pediría que no hablásemos del tema. Y te rogaría que, por una vez en tu vida, fueras cariñosa conmigo y me dijeras algo bonito. Lo necesito.

Sus palabras me tocan la moral, pero dispuesta a no saltar, me callo; sin embargo, mi sonrisita aparece por sí sola y él se lamenta:

—Odio que sonrías cuando no debes hacerlo. ¡Joder!

Vale, tiene razón, no es momento. Voy a disculparme, cuando sentencia:

—Lo que haces es una falta de respeto enorme.

Mi paciencia disminuye con cada protesta suya. Está visto que hay que discutir sí o sí y, finalmente, resoplo y masculло sin poder remediarlo:

—Me estás cabreando.

Es decir yo eso y Dylan explota como una cafetera.

Enfadado, empieza a reprocharme cosas de Omar, entre ellas, que no tenía que haber salido con él a cubierta. Lo escucho alucinada hasta que le oigo decir:

—Omar no te escuchará cantar. Me da igual que sea productor musical. Tú no trabajarás para él.

¿Omar es productor musical?

Nuevamente me quedo impresionada, pero como puedo, respondo:

—Dylan, en cuanto a eso...

—No lo voy a permitir, ¿has oído?

La sangre se me revoluciona. Ah, no... Esto sí que no y grito:

—¿¡Qué!?

—Lo que has oído. Tú no vas a ir a Los Ángeles y menos para trabajar con él o con cualquiera de sus amigotes.

Intentando entenderlo y que me entienda a mí, digo:

—Él o sus amigotes quizá me puedan ayudar en mi carrera musical y...

—No. Me niego.

Atónita, doy un respingo y vocifero:

—¿Que te niegas? ¿Cómo que te niegas? —Y, como un tifón a punto de arrasar una isla, siseo—: Mira, guapo, me has mentido respecto a quién eres y te lo he perdonado porque me gustas, y mucho, a pesar de que no te diga palabras almibaradas, como tú quieres. Has venido a mi camarote, te he abierto la puerta y te he abrazado, pero lo que no voy a permitir es que me digas a qué personas he de conocer y a cuáles no y más tratándose de mi carrera musical, ¿de acuerdo? —Dylan no contesta. Su mirada es febril y prosigo—: Si alguien aquí puede estar molesta o enfadada soy yo. Tú no me has dicho quién eras. Me has ocultado tu profesión. Teniendo a tu hermano y a tu tío en el barco me hiciste creer que eran unos simples pasajeros. Por lo tanto, ten cuidado con lo que dices o prohíbes, porque aquí si alguien tiene que decir o reprochar algo soy yo, no al revés, ¿entendido?

Mis palabras no le han gustado. A mí las suyas tampoco y, antes de que pueda contar hasta tres, abre la puerta del camarote y se marcha.

Y no. No voy a ir tras él.

19

Escondidos

A las cinco de la mañana, sigo dando vueltas en la cama. No me puedo dormir. No puedo dejar de pensar en Dylan y en todo lo que he descubierto de él.

Me entra hambre y las tripas me empiezan a rugir. Siempre me pasa cuando estoy despierta a esas horas. Intento no hacer caso, pero ellas siguen y siguen y al final decido ir a la cocina a por algo. Si no como, no me dormiré.

Me pongo un vestidito de algodón y me dirijo a las cocinas. Cuando llego, saludo al cocinero y al camarero que están de guardia. Según me cuentan, la noche está tranquila y ambos están medio dormidos, sentados en unos butacones.

Les digo adiós y me encamino hacia donde sé que están los postres. Abro la nevera y veo varios tipos de tartas.

Me decido por la de nata. Me corto un trozo, lo pongo en un plato y salgo a cubierta. Está amaneciendo, pero la oscuridad aún reina a mi alrededor. Estoy sola y decido apoyarme en la barandilla para comerme la tarta. La primera cucharada me sabe a gloria. Sin duda la ha hecho Coral. Cuando me voy a meter la segunda cucharada en la boca, noto que unas manos me agarran por la cintura y alguien dice en mi oído:

—En el juego de hoy somos dos extraños. No hay amor. No hay palabras cariñosas. Tú eres una mujer y yo un hombre deseoso de sexo que te lleva a un lugar oscuro y disfruta de ti. ¿Qué te parece?

Se me pone la carne de gallina. Es Dylan.

Ha bebido. No está borracho, pero su aliento me hace saber que ha bebido de más. Sin esperar mi respuesta, me coge de la mano y me lleva hasta una puerta. Yo no me suelto y dejo que me guíe. Entramos en una habitación donde hay varias máquinas que producen un ruido atronador y cuyas luces verdes, amarillas y rojas iluminan la estancia.

Veo que Dylan cierra por dentro y luego se da la vuelta y, apoyándose en la puerta, me plantea:

—¿Te excita el juego que te propongo?

Dudo. Su apariencia es intimidatoria y, acercándome a él para que me oiga a pesar del ruido, busco una aclaración:

—¿Realmente a qué quieres jugar?

Él sonríe y, sin acercarse, con su mirada recorre mi cuerpo con lujuria.

—Tú me propusiste un día jugar al juego de los personajes, ¿te acuerdas? —Asiento y él añade, mientras se acerca a mí—: Esta noche tú serás una conejita asustada y yo un lobo ávido de acción. Querré sexo, posesión, disfrute y acción. Nada de cosas dulces ni almibaradas. Te abriré las piernas y te follaré hasta partirte en dos y ambos disfrutaremos, porque ése es el juego.

Boquiabierta y excitada por lo que me propone, voy a hablar cuando me quita el plato de tarta de las manos y, levantándome, me sienta sobre una plataforma metálica y, mientras pasea su mirada por mis piernas, pregunta:

—¿Estás preparada?

Dispuesta a ello, digo que sí con la cabeza y entonces él grita con un duro tono de voz:

—Vamos, conejita, bésame.

Sin saber bien lo que hago, le acaricio las mejillas, los párpados y lo oigo suspirar. Le paso la mano por el cuello y con delicadeza lo acerco a mí. Lo necesito. Necesito a mi amor.

Dylan me mira, se me come con la mirada y lo beso. Le doy cientos de cariñosos besos en la cara, mientras el ruido de las máquinas continúa y se acelera. Lo beso con mimo, con dulzura. Tiene un corte en el labio y no quiero hacerle daño.

Durante varios minutos, él no se mueve. Soy yo la que se ocupa de mimarlo, de besarlo, de acariciarlo, hasta que de pronto me agarra del pelo y me inmoviliza y, posando su boca sobre la mía, murmura:

—Los lobos besamos así.

Me mete la lengua en la boca de una manera brutal. Con su labio herido, pienso que esto le ha tenido que doler. Voy a retirarme, pero no me deja. Me obliga a besarlo con la boca bien abierta, mientras su lengua me invade y apenas puedo respirar. Cuando por fin me suelta, lo miro y veo que sonríe. Me quita el vestido de algodón sin contemplaciones y lo tira a un lateral. Me quedo sólo con la camiseta y el pantaloncito corto.

Dylan no dice nada, sólo me observa embriagado por el momento, hasta que me coge la camiseta y la desgarra de un fuerte tirón antes de lanzarse a mis pechos. Me los muerde, me los chupa y, cuando me quejo de su ansiedad, me mira y, agarrándome el corto pantalón, lo desgarra también con decisión y, con un gesto de chulería que me provoca y me calienta la sangre, musita:

—Así te voy a desgarrar por dentro cuanto te folle, conejita. Aquí puedes gritar lo que quieras. Nadie te oirá excepto yo, que me muero por oírte.

Yo me quedo sentada con la camiseta y el pantalón destrozados. Nuestras miradas se encuentran y, con la suya desafiante, pregunta, acercándose de nuevo a mí:

—¿Seguimos jugando?

Asiento sin dudarlo y Dylan exige:

—Desnúdame.

Me bajo de la plataforma donde me ha sentado y hago lo que me pide. Para mí es un deleite. Prenda a prenda va cayendo al lado de mi vestido. Intento besarlo, pero no me deja. Me lo prohíbe y cuando está desnudo y ve mi cara de placer, dice, dándome un seco azotito en el trasero:

—La conejita debe estar asustada por lo que ve. Intimidada por las intenciones del lobo. Eso forma parte del juego de hoy.

Digo que sí con la cabeza y borro la sonrisa de mi cara, entonces él ordena:

—Túmbate.

Hago lo que me pide. La plataforma metálica está fría y Dylan lo sabe, pero no desobedezco. Me quita los restos de la camiseta y pantalón sin contemplaciones y, una vez estoy desnuda, acerca su pene a mi cara y murmura en voz baja:

—No te resistas.

Nuestros ojos se encuentran y sé que lo que quiere es eso. Resistencia. Aprieto los labios. Dylan acerca su pene a mi boca pero yo no lo acepto. Me da un tirón del pelo. Eso me excita y más cuando, tras un pequeño forcejeo tras el que su pene termina en mi boca, exige:

—Chúpalo.

Lo hago. Cierro los ojos y disfruto de nuestro salvaje juego.

Dylan me ladea, me hace colocar una pierna en su hombro y, sin delicadeza, introduce dos dedos en mí. Yo jadeo mientras noto cómo me humedezco. No sonríe. Sólo me mira y comienza a masturbarme al tiempo que mueve las caderas para introducirme su pene más en la boca. Yo lo chupo ansiosa. Sus ojos me hacen ver lo caliente que está. Lo mucho que le gusta ese rudo juego.

Enloquecida, poso una de mis manos en su trasero. Lo tiene duro, firme. Disfrutando de lo que me hace entre las piernas, empujo su culo para que su pene entre y salga de mi boca una y otra vez. Su piel es suave y su sabor exquisito y me estoy volviendo loca con nuestra fiesta. Él es rudo. Yo, suave. Pero me gusta el juego que ha propuesto y no quiero parar.

Con mimo, le mordisqueo la punta del pene para luego introducírmelo entero en la boca y apretarlo con los labios mientras él me masturba y exige que no pare. Que continúe.

Con la mano libre me coge la cabeza, apretándomela contra su pene, y siento que me llega hasta la campanilla. Pero aguanto, tolero esas acometidas, mientras él me pide con voz áspera que no me mueva.

Cuando por fin saca su pene de mi boca, quiero más. Dylan está duro, muy duro, y, gritando para que lo oiga, dice:

—Ahora, conejita, enséñame con dulzura tu intimidad. Sedúceme.

Sé a lo que se refiere con «Sedúceme». Quiero sonreír, pero no debo. Mi papel de conejita asustada debe continuar, pero la conejita ha despertado. Veo la tarta que llevaba en las manos y, con el dedo, cojo un poco de nata. Me unto con ella el pezón derecho y después el izquierdo. Luego cojo más nata, llevo mi mano entre mis piernas y me masturbo con ella. Me masturbo para él, para mí, para los dos, mientras jadeo y veo su excitación.

Dylan me mira, se toca el pene, me abre más los muslos e indica:

—Continúa... No pares.

Su actitud es intimidatoria, severa, inflexible, pero me excita. Sigo tocándome, masturbándome, mientras me muerdo los labios hasta que no puedo más y susurro:

—Soy tuya.

Dylan retira mi mano de entre mis piernas y posa su boca en mi humedad con rudeza. Es lo que quiero. Lo que sin hablar le exijo y le entrego. Me chupa sin mimos ni delicadeza. Me muerde el clítoris. Me devora con violencia y me hace llegar al séptimo cielo, mientras me estruja los pechos provocándome una mezcla de dolor y placer. No quiero que pare. Quiero que continúe, mientras me arqueo en esa improvisada mesa apoyándome en la coronilla y los talones.

¡Mmmm... qué placer!

Hundo los dedos en su oscuro pelo, lo aprieto con ansia contra mí y me abandono a su boca. Su caliente y húmeda lengua traza círculos lentos y rápidos alrededor de mi ya inflamado clítoris y, cuando me estremezco y jadeo sin descanso, la hunde dentro de mi sexo.

Me derrito. Creo que voy a estallar en mil pedazos si sigue haciéndome eso. No para. Mis jadeos se vuelven gritos y me revuelvo sobre la plataforma mientras él continúa su maravilloso y devastador ataque y me inmoviliza para que no cierre las piernas.

Me tiene a su merced para lo que quiera y, sofocada por la sensación, grito y respiro entrecortadamente.

Cuando abandona mi sexo, busca de nuevo mi boca, donde su lengua y la mía, al encontrarse, se enlazan apasionadas. Lo oigo gemir, mientras noto el sabor a sexo en mi boca y su temblor sobre mí me vuelve loca. Creo que va a alcanzar el clímax, pero no, se resiste, y cuando sus temblores cesan y noto que ha recuperado el control de su cuerpo, mirándome a los ojos murmura:

—Esto va a ser muy intenso.

Estoy a punto de gritar de alegría, pero no lo hago.

Intento no sonreír. La conejita debe estar asustada e, inconscientemente, cierro las piernas para seguir en el juego y negarle el acceso.

Dylan sonríe al verlo. ¡Qué ladrón!

Saca la lengua y, sin introducirla en mi boca, la pasea lentamente por mis labios. Estoy ardiendo. Sus dedos me aprietan la cintura y, acercándose a mi oído, musita:

—No temas, conejita, te follaré como a ti te gusta. Ábrete para mí o tendré que forzarte para oírte gritar.

Me excita lo que dice. Que me fuerce sabiendo que es un juego me pone a cien, pero decido ser condescendiente y abrirme para él. Y cuando creo que va a decir algo más, me penetra con un demoledor movimiento de cadera. Él ruge y yo grito de sorpresa. La penetración es tan fuerte y profunda que el aire abandona mis pulmones.

El ruido de las máquinas ahoga nuestros sonidos. Ahí nadie nos oye. Mi grito lo ha enardecido. Lo veo en su mirada y sé que quiere que grite más.

Me mira y, cuando ve que recupero el aliento, me arrastra más hacia su pene y me aprieta con violencia. Yo le clavo las uñas en la espalda con desesperación.

Mi locura lo excita.

Su locura me excita.

Ambos queremos más profundidad. Grito de nuevo de placer, mientras él jadea e inclina la cabeza en busca de mi boca. Su cuerpo se destensa y el mío se prepara para una nueva acometida. Ésta llega y yo grito... Dylan sale de mí y vuelve a entrar con fuerza. Jadeo... Abandona mi cuerpo y, antes de que vuelva a entrar, grito exigiendo más.

Una ansia feroz se apodera de nosotros y, como dos animales, nos entregamos al deleite de nuestros cuerpos sin pensar en absolutamente nada que no sea darnos placer como auténticos salvajes.

Grito. Él ruge. No lo podemos ni queremos evitar y nos desahogamos haciéndolo.

Por norma, nunca me permito gritar así. No me gusta que nadie me oiga, pero aquí puedo hacerlo. Aquí puedo liberar esta adrenalina que el sexo duro con mi amor me provoca y no dudo en disfrutar de esta libertad como lo hace él.

Miro sus preciosos ojos y veo que tiene las pupilas dilatadas. Supongo que las mías estarán igual y vuelvo a gritar al recibirlo en mi interior.

La mezcla de dolor y placer es indescriptible. Nunca había sentido algo así. Nunca había hecho el amor con este abandono. Nunca quiero dejar de hacerlo así.

Un nuevo empellón llega al fondo de mi ser. Su bronco gemido por el esfuerzo me pone la carne de gallina y más cuando murmura, apretándose contra mí:

—El juego es disfrutar, conejita, ¿lo estás haciendo?

No respondo. No puedo.

Un gruñido gutural sale de su garganta y Dylan acelera sus acometidas. Enloquezco. No sé si puedo más. De pronto, un delicioso calambrazo de placer nos recorre a los dos y temblamos. El desafío de su mirada debe de ser como el mío. Nos excita vernos. Y estoy segura de que él, al igual que yo, no quiere que se acabe.

Le doy un azote y luego otro y otro, mientras gimo y abro la boca en busca de aire. Él resopla enloquecido. Se abrasa. Enloquecidos, nos apretamos el uno contra el otro.

Estamos encajados en un cuartucho de máquinas sobre algo parecido a una mesa de acero, pero eso no nos importa. Sólo nos importa nuestro caliente, morboso y excitante juego.

Nos falta el aire. Jadeamos. Dylan posa las manos en mis hombros y, tras una última acometida, me estremezco mientras un orgasmo devastador recorre nuestros cuerpos y siento cómo eyacula dentro de mí; en ese momento soy consciente de que no hemos utilizado preservativo. Mi vagina tiembla, lo succiona y ambos jadeamos en busca de aire.

Por primera vez he sentido el roce de su íntima piel contra la mía y ha sido espectacular.

Estoy exhausta. Él sin aliento.

Nuestros fluidos nos empapan, corren por nuestros cuerpos, pero no nos movemos. No podemos tras lo ocurrido.

Poco a poco, nuestra respiración se acompasa, mientras seguimos acoplados el uno con el otro, hasta que Dylan me mira y, acercando su boca a la mía, me besa con dulzura y devoción y comenta:

—Dijiste que tomabas la píldora, ¿verdad?

Asiento. No quiero pensar ahora en ello. Sólo quiero saborear ese beso lento y entregado.

Todo lo ocurrido ha sido puro morbo.

Todo lo ocurrido ha sido puro juego.

Todo lo ocurrido ha sido pura fantasía.

Dylan separa sus labios de los míos. Con cuidado de no hacerme daño, se levanta y, cuando su cuerpo libera el mío, exhalo una gran bocanada de aire. Me da la mano y me levanto con cuidado, pero él no me suelta. Cuando ve que me sostengo en pie, me abraza y murmura en mi oído:

—Me importas mucho, Yanira. Demasiado.

—Tú también me importas y me preocupo por ti.

Dylan asiente y se aparta de mí. Se quita la llave de forja que lleva colgada al cuello, me la cuelga a mí y, con una peligrosa y seductora mirada, musita:

—Te quiero.

Ay, Dios... ¡me acaba de decir que me quiere!

Pese a mi cara de alucine, añade:

—Una Navidad, cuando éramos pequeños, mi madre nos regaló una llave a cada hermano. Según ella, era la llave de nuestro corazón. Nos hizo prometer que se la entregaríamos a la mujer que entrara con fuerza en ellos. Y esa mujer para mí eres tú, Yanira —concluye.

Ay, que me da... ¡que me da!

Pero ¿cómo puede ser tan romántico?

Como una autómata, toco la llave que ahora cuelga de mi cuello y que para él representa tanto.

Dios santo, ¡me acaba de entregar el acceso a su corazón!

Emocionada, lo miro y no sé qué decir. Bajo su aspecto de duro, Dylan es el hombre más romántico, tierno y protector que he conocido en toda mi vida y con él estoy disfrutando de algo que nunca pensé que a mí me pudiera ocurrir.

Espera que yo diga algo. Sus ojos castaños me lo piden.

Apoyo la frente en su pecho con el corazón acelerado y toco la llave que me acaba de regalar. Cierro los ojos y, cuando los abro, me aparto, lo miro y afirmo convencida:

—Te quiero. Te quiero tanto que no sé qué más decir.

Dios, ¡lo que he dicho!

¡Acabo de reconocer que lo quiero!

Madre... madre... madre. Estoy totalmente perdida.

Dylan sonríe. Me acaricia la mejilla y me da un dulce beso. Cuando se separa de mí, el corazón me va a mil por lo que nos hemos confesado y él susurra:

—Adoro cuando me dices algo cariñoso. —Yo sonrío—. Te debo muchas explicaciones por lo de mi familia. Mañana, cuando atraquemos en el puerto de Génova, prometo responder a todo lo que quieras preguntarme. ¿De acuerdo, cielo?

Lo miro enamorada y respondo:

—De acuerdo, cariño.

Que yo también lo llame cariño sé que le ha gustado. Nos besamos. Nos devoramos mutuamente la boca con amor y, cuando me separo de él, murmuro mimosa:

—Quiero que sepas que lo que acaba de ocurrir antes de ese maravilloso «Te quiero» me ha encantado.

Su expresión me hace saber que a él también le ha gustado y cuchichea:

—Creo que tú y yo nos complementamos muy bien, conejita.

Nos miramos divertidos y luego empezamos a vestirnos. Recojo los restos de mi ropa desgarrada, me pongo el vestido y salimos de la sala de máquinas. Dylan me coge de la mano con gesto protector. Dejo que lo haga. Me gusta la sensación.

Nos dirigimos hacia mi camarote, donde, después de cerrar la puerta, volvemos a hacer el amor, de nuevo con pasión.

20

Mi soledad y yo

Cuando me despierto en el camarote, veo que estoy sola.

Tras una tórrida noche de sexo con el hombre que me vuelve loca y que me ha dicho las palabras mágicas, al despertarme desnuda en la cama sonrío feliz.

Al moverme me siento algo dolorida y sonrío aún más. Tras lo que hemos hecho horas antes, es normal que me sienta así, pero me gusta. Adoro la fuerza de Dylan, su virilidad, su posesión. Me encanta. Toco la llave que llevo colgada al cuello. La miro de cerca y me sorprendo al ver que lleva escrito: «Para siempre».

Esas dos palabras me hacen estremecer. Cuánto debía de querer a sus hijos la madre de Dylan para regalarles algo así. Me parece un detalle precioso.

Cierro los ojos y recuerdo nuestro jueguecito de la conejita y el lobo.

¡Madre mía, qué morbazo!

Si me hubieran dicho alguna vez que iba a jugar a eso con el rarito de mantenimiento, que ha resultado ser un reputado cirujano, romántico y encantador, nunca lo habría creído. Recreo el momento en que me dijo «Te quiero» y sonrío embobada. Vuelvo a ver cómo sus pupilas se dilataron extasiadas al entrar en mí con fuerza y exigencia. Recordarlo me excita y deseo que volvamos con ese morboso juego.

Me suena el móvil. Es Coral y leo:

¿Algo que contar?

Sonrío. Mi amiga ha debido de oír algo sobre Dylan y respondo:

Muchas cosas. ¿Y tú?

Dos segundos después me suena el móvil.

Sexo... sexo y sexo... el argentino es increíble. Hemos atracado en Génova. Ven. Estoy en cocinas y hablamos.

Sin dudarlo, me levanto y, tras asearme, me visto y voy a reunirme con mi amiga. Al salir a cubierta, veo que la gente desembarca
en esa bonita ciudad y sonrío al pensar en Dylan. Dentro de unas
horas caminaré por allí de su mano. Me cruzo con varios pasajeros. Me identifican como la cantante del crucero y todos me sonríen.

Cuando entro en la cocina, Coral me guiña un ojo. Me acerco y
ella, cogiendo una magdalena, dice:

—Recién hecha para ti.

Le doy un mordisco. Miro a mi amiga, que murmura:

—Desembucha.

Asiento y doy otro mordisco. Tengo que contarle mil cosas, pero
antes, enseñándole la llave que llevo al cuello, susurro:

—¡Le he dicho «Te quiero»!

Ella se lleva la mano a la boca y luego, de un manotazo, me quita la magdalena y gruñe:

—Niña mala. ¡Tú eres tonta! ¿Cómo se te ocurre decirle eso?

Desde mi propia nube de algodón, la miro y, divertida, le respondo:

—Él me lo dijo a mí primero. Me dijo cosas maravillosas y luego
me entregó la llave de su corazón.

Su expresión cambia. Mira la llave y me pregunta:

—¿En serio? —Asiento y ella dice en tono soñador—: Dios,
¡qué romántico!

Me entra la risa. Cuánto echaba de menos esa vocecita suya de
enamorada.

Estoy impaciente por contárselo todo. Le quito la magdalena y le
doy otro bocado. Luego me siento a su lado y empiezo a referirle de-
talladamente lo acontecido. La sorpresa de Coral va en aumento.
Los ojos parece que se le van a salir de las órbitas a medida que se
entera de la historia y, cuando termino, digo:

—Y eso es todo lo que sé de momento.

—¿Cirujano?

—Sí... cirujano cardiólogo, para ser más exactos —puntualizo.

Ella parpadea. Está tan alucinada como yo cuando me enteré y murmura:

—Ay, Yanira... No sé qué pensar.

—Yo tampoco. Sólo sé que lo quiero y me quiere.

—Dios santo, lo que cuentas es todo tan romántico...

—Lo sé. —Sonrío como una tonta.

—¿Has buscado información sobre él en internet?

No se me había ocurrido y respondo:

—No.

Coral se levanta de la silla, coge un portátil que hay en un lateral de la cocina y lo enciende. Me pongo nerviosa. Sé que voy a encontrar cosas de Dylan que desconozco, pero no quiero parar. Quiero saber. Una vez en Google, mi amiga teclea: «Cirujano cardiólogo Dylan Ferrasa». Acto seguido, cientos de enlaces aparecen ante nuestros ojos.

—¡Dios mío! —exclamo confusa.

Todavía no he visto nada, pero todos esos enlaces me perturban.

Coral pincha rápidamente en uno y aparecen cientos de fotos de Dylan en el hospital, en la calle, en un cine, en una cena, en una fiesta benéfica.

Me atraganto.

Por favor, ¡con esmoquin está impresionante!

Ya en el punto de retorno, me zambullo en Google y parpadeo alucinada cuando veo que se lo ha relacionado con las top-models más impresionantes de la faz de la Tierra y con las actrices más increíbles. Es amigo de Marc Anthony, de Maxwell, de Luis Fonsi y de un largo etcétera que a cada segundo me deja más sin habla.

—Joder...

Coral cambia de enlace y suelta:

—¡Joder! Sus ex son Sienna Miller, Megan Fox, Jennifer Aniston... ¡Madre mía, Yanira!

Me entra la risa. ¡Qué nerviosa estoy!

Mi corazón late a toda mecha. Dylan, mi Dylan, es todo un bomboncito tentador para las mujeres y él sin duda se aprovecha de su posición y su magnetismo.

Me entran los siete males y después unos cuantos más. Y los celos me nublan la razón. De pronto soy consciente de la cruda realidad y me pregunto: «¿Cómo se ha podido fijar en mí tras estar con esas mujeres?»

Por el amor de Dios, ¡lo nuestro es imposible!

Yo debo de ser su plan Z. El plan desesperado de su viaje en el barco.

Me levanto y bebo agua. Respiro hondo, pero el corazón se me acelera aún más cuando oigo a Coral decir:

—Joderrrrrrrrrrrrrrrr...

Como una tromba, miro de nuevo la pantalla del ordenador y me vuelvo a atragantar al leer: «Los hermanos Ferrasa hundidos tras la muerte de La Leona, la reina de la salsa boricua y cantante del grupo Kodigo Salsa».

—Ay, Dios... —murmuro incrédula.

Alucinada, miro la foto en la que se ve a Dylan y a sus hermanos junto a un hombre que, por el parecido, debe de ser su padre, afligidos en un entierro, junto a una gran foto de Luisa Fernández, la gran reina de la salsa de Puerto Rico, apodada *la Leona*.

Me atraganto. No puedo respirar.

Coral corre por más agua. Me la da y yo bebo temblorosa.

—Tranquila, Yanira..., tranquila —susurra, al ver mi estado.

No puedo hablar. Yo he cantado canciones de esa mujer en alguna de mis actuaciones. Y mirando a mi amiga, digo descolocada:

—Por el amor de Dios, Coral, ¿la madre de Dylan es la archiconocida Luisa Fernández, *la Leona*?

—Eso pone aquí, mi niña.

Todo me da vueltas. No sé qué pensar.

Dylan ha sido para mí un gran descubrimiento, pero ahora su familia me sobrepasa. Me entra miedo y no sé por qué. Tiemblo al darme cuenta de la increíble realidad.

Se me revuelve el estómago. Coral, que me conoce, me abraza, me acuna. Me dice que no me preocupe, que todo saldrá bien. Pero lo que acabo de descubrir no es fácil de asimilar. Yo no soy nadie en su mundo. No me puedo comparar ni con su madre, ni con las perfectas y preciosas mujeres con las que ha estado. Dylan es el archiconocido médico Dylan Ferrasa. Hijo de la gran Luisa Fernández y yo sólo soy una simple cantante de orquesta que conoció de camarera. Tarde o temprano regresará a su vida, a su realidad, y tengo claro que se olvidará de mí. Lo sé. Sé que pasará.

—Yanira.

Oigo la voz de Dylan detrás de mí y cierro el portátil de un manotazo.

Al volverme para mirarlo, la sonrisa se me congela y oigo que Coral murmura:

—Oh... oh... Esto no me gusta nada.

La entiendo. A mí tampoco me gusta lo que veo.

Mi sexto sentido me alerta de que aquí pasa algo, y de que no va a ser bueno para mí.

Mis ojos se encuentran con los bonitos ojos de mi moreno.

¡Mi madre, cómo está mi bombón con traje!

Lo acompañan Tony y Omar. Los tres llevan traje oscuro y por primera vez soy consciente de que el óvalo de sus rostros son idénticos y los ojos de Omar y Dylan también. Viéndolos juntos, no pueden negar que son hermanos. ¿Cómo no me he dado cuenta antes?

Este Dylan tan elegante nada tiene que ver con el hombre del mono de faena del que me enamoré.

Ahora es el hombre poderoso e importante que he estado viendo en internet, y eso me intimida más de lo que quiero reconocer.

En la cocina, todos nos miran, cotillean, murmuran. Están tan alucinados como yo al verlo vestido así.

Ni Dylan ni yo decimos nada, sólo nos miramos. En ese momento, veo entrar al Rancio en la cocina. Se queda parado y, como nosotros, callado. Nos observa. Debe de saber ya quién es Dylan.

Me digo que debo reaccionar y no quedarme parada como una tachuela ante ellos, así que tomo aire y, sin importarme las miradas de los demás, me levanto de la silla y me acerco al hombre que adoro y que me dijo que me quería.

Por Dios, pero ¡si lo veo hasta más alto!

Estoy nerviosa y acobardada, pero su magnetismo y lo que siento me ayudan a no desfallecer. Dylan no se mueve. Su expresión es seria. Nos miramos durante unos segundos y finalmente dice:

—Ha ocurrido algo y tengo que marcharme urgentemente.

Se me hiela la sangre.

¿Por qué no me sorprende que se tenga que marchar?

Noto que los pulmones se me quedan sin aire, pero como puedo, pregunto:

—¿Qué ocurre?

Cuando Dylan va a responder, Tony se le adelanta:

—Omar habló con nuestro padre y a causa de la emoción de que hayamos encontrado a Dylan, le ha dado un infarto. —El estómago se me contrae al mirar a Omar, que agacha la cabeza—. Tranquila, está bien. No ha sido grave, pero tenemos que regresar todos.

Lo entiendo.

Si a mi padre le diera un infarto, yo volvería desde la Conchinchina para estar con él.

Aun así, no sé qué decir. Estoy atenazada. Sólo puedo mirar a Dylan que, a menos de un metro de mí, me observa de una manera extraña.

Todos están pendientes de nosotros mientras los segundos van pasando. Y de pronto lo entiendo. Se está despidiendo de mí y no sabe cómo hacerlo. El corazón se me parte en mil pedazos.

Consciente de que no debo montar un numerito, tomo aire, absorbo su bonita mirada e intento fotografiarla con mi mente para recordarla eternamente.

Sé que le voy a echar mucho de menos. Demasiado.

Por mi cabeza pasan mil preguntas que no puedo hacer. Hay demasiada gente a nuestro alrededor observándonos y no sería justo ni para él ni para mí. Finalmente, hago acopio de fuerzas y consigo decir:

—Lo importante es que vuestro padre esté bien. —Omar y Tony asienten y, mirando a mi amor, añado—: En este momento, eso es lo único importante, Dylan. No te preocupes por nada más. Por nada.

Sonrío. Sabe que estoy nerviosa. Él ni siquiera parpadea, sólo me mira.

De pronto, da un paso hacia mí y, cogiéndome por la cintura, me acerca a él, me retira el pelo de la cara y me besa.

Siento su boca sobre la mía con una dulzura extrema y sin importarme los ojos que nos observan con curiosidad, respondo a su beso, mientras un torrente de pensamientos —a cuál peor—, me bloquean el cerebro.

—Si me añoras, llámame —le oigo decir.

Asiento. Busco su boca y nos volvemos a besar y cuando dejamos de hacerlo, me sujeta la cara con sus cuidadas manos para que lo mire sólo a él y murmura:

—Lo siento. Lo siento mucho, Yanira.

Me trago las lágrimas e intento sonreír. Era todo tan bonito que era imposible que durase. Me llevo la mano a la llave que me entregó y hago ademán de quitármela, pero él me lo impide. Vuelve a besarme, esta vez con desesperación. Cuando pone fin a su apasionado beso, me suelta, se da la vuelta y, seguido por sus hermanos, sale de la cocina sin mirar atrás.

Cuando la puerta se cierra tras él no me puedo mover, hasta que la mano fría de Coral me hace regresar a la realidad. La miro y murmuro:

—Se ha acabado todo.

—No, no digas eso. No lo sabes.

—Sí lo sé —afirmo—. Se acaba de despedir de mí.

La barbilla me tiembla y, al verlo, mi amiga me dice que no con la cabeza. No puedo llorar. No debo hacerlo. Tiene razón. Montar un numerito delante de todos dejará patente mi debilidad y mi desengaño, por lo que, en cuanto trago el nudo de emociones que tengo en la garganta y consigo tomar una bocanada de aire, miro a mi alrededor y, con chulería y una sonrisa, les espeto a mis compañeros:

—¿Se puede saber qué miráis?

Sin responder, pero tan desconcertados como yo, todos retoman sus tareas. Los chismorreos sobre Dylan y yo comenzarán en décimas de segundo, no tengo la más mínima duda.

Menudos días me esperan. ¡No lo quiero ni pensar!

Una vez la cocina vuelve a su ritmo, miro a Coral totalmente desconcertada y murmuro:

—He de pasar al plan B, C y D con urgencia.

—Pero ¿por qué?

Con todo el dolor reflejado en mis ojos, musito, tocando la puñetera llave que sigue colgada de mi cuello:

—Porque él se ha ido para siempre.

En ese instante, el Rancio, que lo ha contemplado todo en silencio, se acerca hasta nosotras y, levantando la voz, dice:

—Yanira, te dije que estaban prohibidas las relaciones entre los trabajadores del barco. ¿Lo recuerdas? —No contesto, me niego a hacerlo, y él prosigue—: Ni que decir tiene que estás despedida.

Joder... joder... joder... Si éramos pocos, ¡parió el Rancio!

—¡¿Qué?!

Con una sonrisita triunfal, mi jefe contesta:

—Lo llevo sospechando desde hace tiempo, pero nunca os había pillado, hasta que hoy os he visto, igual que os han visto todos tus compañeros. —Y señalando hacia la puerta por donde Dylan ha salido, añade—: El hombre que se acaba de marchar, el señor Dylan Ferrasa, se puede permitir tontear con una camarera como tú. Seguramente no eres la primera con la que lo hace.

Si contesto le arranco los ojos y el Rancio continúa:

—Ahora, él se ha marchado y a continuación te vas a marchar tú. Con la diferencia de que él lo ha hecho por la puerta principal y tú te vas a ir por la de atrás.

—Será mala persona —gruñe Coral.

El Rancio la mira... Yo cojo la mano de mi amiga para calmarla y él sonríe.

—Es usted un demonio. Y espero que algún día alguien lo ponga en su sitio —siseo furiosa.

Mis palabras no le importan nada y añade:

—Haz el favor de pasar por mi oficina para firmar el finiquito. Desembarcarás en Génova y se te pagará un billete de vuelta a España.

—Pero ¿qué está diciendo, hombre? —grita Coral, descompuesta.

Durante varios minutos, se enzarzan en una agria discusión en la que mi amiga saca todo su genio y lo pone a caer de un burro. Yo, dispuesta a no quedarme atrás, intervengo también.

No cabe duda de que las dos acabamos de comenzar el plan B.

El Rancio está ciego de ira. Tiene delante a dos fieras que le estamos diciendo de todo delante del personal. Finalmente, Coral se quita el mandil y el gorro de cocinera y, tirándoselo a la cara, concluye:

—Por supuesto, yo también me voy, ¡so idiota!

Ya no hay marcha atrás.

Cuando el Rancio se va, varios trabajadores se acercan a nosotras, aunque no saben qué decirnos. Néstor, Gina y los compañeros que nos aprecian se desesperan. Encontrar trabajo está muy difícil y odian no poder solidarizarse con nosotras. Durante las horas siguientes nos despedimos de todos los demás compañeros. Los de la orquesta se disgustan mucho. Tomás me abraza y me ofrece dinero por si lo necesito. Yo se lo agradezco de todo corazón, pero no lo acepto. Gracias a Dios, con lo que tengo creo que podré vivir hasta llegar a Tenerife.

Con el rabillo del ojo, veo que Coral se despide de su argentino y me tranquilizo al ver que ella sonríe. No se ha enamorado como yo. Mi amiga es lista, yo no. Mientras Coral acaba de despedirse, miro el mar. Me quito el colgante que Dylan me regaló y me lo guardo en el bolsillo del vaquero.

Una vez bajamos del barco, nos calamos nuestras gorras y Coral propone:

—¿Qué te parece si nos vamos a comer una buena pizza mientras concretamos cuál es nuestro plan B?

—Me parece una excelente idea.

Pero la excelente idea se va al traste cuando, tras la comida y varios limoncellos, dos enormes italianos con cara de mala leche nos roban en un callejón y nos quedamos en Génova sólo con lo puesto. Adiós bolsos. Adiós maletas. Adiós móviles.

Nos miramos desesperadas hasta que me entra la risa y Coral me sigue. Cuando conseguimos dejar de reír, buscamos una comisaría para denunciar lo ocurrido y, mientras esperamos nuestro turno, pienso en Dylan. Si me llama no se podrá poner en contacto conmigo.

Me agobio y recuerdo el colgante que llevo en el bolsillo del pantalón. Lo saco y sonrío al verlo. Pero mi sonrisa se apaga al ser consciente de que él se ha ido y leo en la llave: «Para siempre».

¿Realmente se ha ido para siempre?

Cuando llega nuestro turno, rellenamos como podemos los formularios de la denuncia e intentamos entender a los carabinieri. Me preguntan si quiero llamar por teléfono a mi familia.

Pienso en mis padres. Se disgustarán al saber lo ocurrido y entonces me acuerdo de Francesco. Sé dónde trabaja, y el policía, muy amablemente, me ayuda a localizarlo en Portofino. Diez minutos más tarde ya hemos dado con él y, rápidamente, al saber lo ocurrido, mi amigo me dice que vendrá a buscarnos a comisaría.

Una hora después lo veo aparecer. Sigue tan guapo como siempre y, al verme, sonríe y nos abrazamos. Le presento a Coral y los tres nos dirigimos hacia su coche.

Esta noche va a alojarnos en su casa. Cuando me meto en la cama junto a Coral, veo que ésta se queda dormida en dos minutos.

¡Qué suerte tiene!

Yo no puedo. Pienso en Dylan y me desespero al darme cuenta de lo mucho que me va a costar olvidarme de él.

Al día siguiente, Francesco nos presta dinero.

Hablamos con nuestra compañía de teléfonos móviles y, afortunadamente, recuperamos nuestros números. Luego nos compramos móviles nuevos y lo primero que hago es ver si tengo llamadas perdidas o mensajes de Dylan. Nada. No hay nada. Eso me apena. Pero tener de nuevo teléfono me tranquiliza por si me llama.

A continuación nos vamos a comprar algo de ropa y Francesco

se empeña en regalarnos dos bonitos vestidos con sus correspondientes zapatos.

Esa tarde, nos convence para que nos quedemos unos días en su casa. Coral asiente. Yo me resisto, pero al final cedo. La verdad es que no tenemos nada mejor que hacer, excepto regresar a España y buscar trabajo.

Por la noche, Francesco nos lleva a la pizzería de un amigo y las dos nos ponemos los vestidos que nos ha regalado. Allí nos presenta a sus amigos y, durante horas, disfrutamos de la buena compañía. Francesco me presenta también a su novia, una italiana muy guapa llamada Giulia y no me sorprende cuando, durante la cena, ella me cuchichea que sabe que Francesco me conoció en Tenerife y me guiña un ojo. Eso me hace saber que los dos están muy compenetrados y sonrío.

Tras la cena, todos nos vamos a tomar unas copas. Coral está como loca y murmura, mirando a un amigo de Francesco.

—¡Madre mía, cómo está el Paquetoni!

Yo me parto de risa, porque el hombre, muy chulo y estiloso, realmente va marcando paquete.

—Se llama Giacomo —la corrijo.

—Giacomo *el Paquetoni* —afirma Coral. Me vuelvo a reír.

Durante horas, todos nos divertimos, bueno todos menos yo. Sin embargo, intento sonreír y bailo con Francesco, con Sandro, con Philipo e incluso con Giacomo *el Paquetoni*, pero interiomente estoy destrozada. Dylan no llama. No da señales de vida y no puedo parar de pensar en él.

Yo no lo voy a llamar. Ni loca.

Pasan cuatro días y no recibo ninguna noticia de él. Ni siquiera un mensaje. No me añora. Está claro que la despedida fue lo que fue y la rabia me consume por dentro. Estoy pasando de la pena a la rabia. Mientras me ducho, suena la radio y lloriqueo mientras canto:

Te besaré, como nadie en este mundo te besó.
Te amaré con el cuerpo y con la mente, con la piel y el corazón.

Vuelve pronto, te esperamos
mi soledad y yo...

Lágrimas como puños resbalan por mis mejillas y dolorosos hipidos me desgarran el alma, mientras canto esta canción de mi amado Alejandro Sanz. Por fin me permito llorar como deseo. Me permito llorar en soledad.

Recuerdo lo que Dylan comentó que decía su madre. Aquello de que uno cuando está feliz escucha música y cuando está dolido o desesperado entiende la letra.

¡Cuánta razón tenía!

Yo, hasta el momento, siempre he escuchado música, la he cantado, bailado. La he disfrutado y la he sentido. Pero ahora que tengo el corazón destrozado, la entiendo, y cada canción que escucho parece escrita para mí.

El desamor es una mierda. Te hace débil, te nubla la razón y te deja sin fuerzas. Nunca debí enamorarme. Nunca debí dejarme llevar por la pasión. Decididamente, tenía que haberle hecho caso a mi amiga y haber reblindado mi corazón.

Es verdad que nada es para siempre. Como los yogures.

Al día siguiente, Francesco, que me conoce mejor de lo que yo creo, tras comer en su casa, me coge de la cintura y, separándome de su novia y de Coral, me lleva hasta el balcón y pregunta:

—¿Qué te ocurre?

—Nada.

Mi italiano sonríe y, acercándose a mí, cuchichea:

—Yanira... Yanira..., ¿sabes que la nariz te acaba de crecer unos centímetros?

Sonrío, divertida por su comentario y, tras resoplar, contesto, tocando con mimo la llave que llevo de nuevo al cuello.

—Estoy colgada de un hombre que me ha mentido en todo y del que me he dado cuenta de que no siente nada por mí. ¿Contento?

—Imaginaba mal de amores —responde él—, pero quería que me lo confirmaras tú. ¿Y él está en el barco que abandonaste?

Niego con la cabeza, poco dispuesta a contarle quién es Dylan.

Mi amigo me mira a la espera de que diga algo más, pero no lo voy a hacer. No quiero hablar de Dylan y, finalmente, abrazándome, Francesco dice:

—Escúchame, Yanira. No sé quién es el hombre que te ha roto el corazón, pero si no vuelve a ti, es porque es tonto. Y ahora, dicho esto, quiero que sonrías. Quiero que lo pases bien. Quiero volver a ver a la sensual loca que me embrujó en Tenerife y...

Le tapo la boca y, mirándolo a los ojos, susurro:

—No. Ahora no puedo.

Tras unos instantes durante los que sé que Francesco saca sus propias conclusiones, lo veo asentir y, tras darme un dulce beso en la punta de la nariz, responde:

—Se me olvidó enseñarte que el amor es una mierda, Yanira. Siento no haberte preparado para esto.

Eso me hace reír. Otro como Coral.

Recuerdo que me contó que él había sufrido por amor y me doy cuenta de que, a los humanos, ese sentimiento igual que nos hace flotar nos hunde. Y por sus palabras, deduzco que Francesco sigue hundido. Cuando voy a decir algo, Giulia se acerca a nosotros. Por su mirada traviesa sé lo que busca, lo que quiere, pero él, cogiéndola por la cintura, la besa en el cuello y murmura:

—En otra ocasión, cariño.

Giulia asiente. Con esas simples palabras, los tres nos hemos entendido y regresamos junto a Coral, que está en la cocina preparando una maravillosa tarta para todos.

21

Nada es para siempre

Tras pasar una semana en Génova, decidimos regresar a España. En ese tiempo, Coral ha llamado a varios amigos y éstos ya le han concertado una entrevista para un trabajo en un hotel de Barcelona.

Tiene claro que no quiere regresar a Tenerife. Según ella, ¡se le queda pequeño!

Cuando llegamos al aeropuerto de Barcelona, se niega a dejarme y me acompaña hasta donde tengo que coger el vuelo a Tenerife. Una vez allí, ya nos tenemos que separar. Nos abrazamos y Coral, consciente de cómo me siento, me dice:

—Quiero verte bien, Yanira. Por favor, dime que vas a estar bien.

Soltando un suspiro, respondo:

—¿Acaso lo dudas? —E intentando frivolizar, miro a un moreno que pasa por nuestro lado y cuchicheo—: ¿Tú has visto qué culito tiene este bombón?

—Ésta es mi chica.

Ambas reímos y, tras darle un gran beso, me despido de la loca de mi amiga y ella se va. Una vez quedo sola en la sala de embarque, me pongo los auriculares y escucho música de mi teléfono. Eso es lo único que últimamente consigue sosegarme. Me pongo también las gafas de sol, para que nadie vea mis ojos emocionados mientras toco la llave que soy incapaz de quitarme.

Mi llegada a Tenerife es un acontecimiento para toda mi familia. No sabían que volvía y, cuando me ven aparecer, gritan de contento. No les explico que me han echado del crucero. Simplemente, les digo que el contrato se acabó en Génova y que, como no me gustó la experiencia de trabajar en un barco, decidí no renovar.

Mis abuelas están pletóricas y mis padres encantados. Su niña, su Yanira, está de nuevo en casa. Garret me abraza al verme y me sorprende diciéndome al oído:

—Como diría Han Solo, no hay recompensa que iguale esto.

Asombrada por lo que el friki de mi hermano me acaba de decir, voy a responder cuando Rayco me abraza también y susurra:

—Me alegra tenerte de nuevo aquí, mi niña.

¡Ay, que lloro!

Noto que me tiembla la barbilla y sé que me voy a echar a llorar como una Magdalena ante mi familia.

Argen, al ver mi expresión, cuando me suelta Rayco, me abraza y murmura:

—Sea lo que sea, lo superaremos juntos.

Cuando consigo controlar los movimientos de mi barbilla y me trago las lágrimas, nos miramos a los ojos. Le pido tiempo con la mirada y él, con su cálida sonrisa, sé que me lo va a dar.

Al día siguiente, tras una noche en la que he dormido como llevaba días sin hacerlo, Argen me despierta a cojinazos y yo me río a carcajadas. Cómo lo echaba de menos... Luego, me visto y, poco después, salimos los dos de casa de mis padres y subimos a su coche en dirección a la playa, dispuestos a hacer surf.

Durante el trayecto, hablamos de mil cosas mientras escuchamos música.

Cuando llegamos, aparcamos, nos ponemos nuestros trajes de neopreno y nos lanzamos al mar con las tablas.

Por primera vez en muchos días, por fin sonrío de verdad y me siento feliz. He vuelto a mi isla, a mi mar, a mi mundo, con mi gente, y eso me hace tener de nuevo los pies en la Tierra. Durante horas, cabalgo olas con mi hermano y sus amigos y cuando estoy cansada salgo y me siento en la playa, a disfrutar del paisaje bajo el sol de mi Tenerife.

Minutos después, mi hermano sale también del agua. Clava la tabla junto a la mía y se va al chiringuito a por un par de cervezas. Al volver, me da una y, tras brindar mirándonos a los ojos, dice:

—Muy bien. ¿Qué ha ocurrido?

Me desahogo con él. Le cuento cómo conocí a Dylan y todo lo que ocurrió entre nosotros, exceptuando el tema del sexo, aunque sé que se lo imagina. Mientras se lo cuento busco información sobre Dylan en mi móvil para enseñarle quién es. Mi hermano la mira con curiosidad y, una vez termino mi relato, murmura:

—¿Cómo has podido ser tan tonta?

—¿Tonta?

—¡Sí, Yanira, tonta!

Molesta por su comentario lo miro a los ojos y protesto:

—¡Yo no quise enamorarme, ni siquiera sabía quién era él, Argen! Cuando lo conocí simplemente era Dylan, uno de los de mantenimiento. Nunca imaginé que fuera un famoso cirujano de Los Ángeles y el hijo de la famosa Luisa Fernández. Y menos aún que me engañaría y me utilizaría para pasarlo bien.

Mi voz debe de sonar desesperada.

¡Estoy desesperada!

Al ver mi estado, Argen me pasa un brazo por los hombros con complicidad. Yo apoyo la cabeza y murmuro con un hilo de voz:

—Aunque me duela decirlo, he pasado unos días increíbles a su lado. Por primera vez he sentido que un hombre me llenaba por completo. Argen, si lo hubieras conocido, Dylan te hubiera caído muy bien, porque es... muy especial.

—¿Tú crees?

Sonrío. Pienso en mi morenazo y, mientras la canción *Nada es para siempre*, de Luis Fonsi, suena por los altavoces del chiringuito, contesto:

—Estoy totalmente convencida de que sí.

Pasan los días y mi vida poco a poco vuelve a la rutina. La llave sigue colgada de mi cuello, mi corazón no me deja apartarme de ella. Me doy cuenta de que cada vez que pienso en Dylan, la toco y sonrío.

No sé si eso es malo o bueno. Sólo sé que necesito hacerlo.

Tras varios días de holgazanear, escuchar románticas canciones de amor que me parten aún más el corazón, llorar a escondidas y rumiar mis penas, mi abuela Ankie me obliga a acompañarla a algunos de sus conciertos. Según ella, se acabó estar así. Asiento. Hago lo que dice y me doy cuenta de que mientras estoy en el escenario con ella y sus amigas, las penas se suavizan y consigo sonreír.

Animada por mi padre, dejo currículums en los hoteles de la isla, mientras vuelvo a trabajar en la tienda de souvenirs. Intento olvidarme de Dylan, pero su recuerdo es tan fuerte que me vuelve loca. Aun así, me he propuesto que lo tengo que conseguir. No hay noche que no piense en él, ni canción que no me lo recuerde, pero como dicen mis abuelas, la vida continua y yo he de continuar con o sin él.

Dos días después, me llaman de un hotel para hacer una prueba. Estoy contenta. Vestida con unos vaqueros y una camiseta fucsia, entro con paso seguro al establecimiento y me recibe el director de la orquesta. Tras presentarme a los músicos, que son de mi edad y se muestran muy amables conmigo, me pide que cante algo. Yo hablo con el pianista y el bajo y les indico una canción. Ellos asienten encantados y el bajo toca los primeros acordes. Yo comienzo a cantar *Todo cambió*, de Camila. Un tema que siempre me ha gustado.

Miro las caras del director y de los músicos. Cuando empiezo a cantar, veo que les gusta mi voz y el bajo incluso me guiña un ojo. Yo prosigo feliz:

Me sorprendió todo de ti.
De blanco y negro a color me convertí.
Sé que no es fácil decir te amo,
yo tampoco lo esperaba.
Pero así es el amor,
simplemente pasó y toda tuya ya soy.

Cierro los ojos mientras la letra sale de mi interior cargada de un sentimiento que me pone el vello de punta y prosigo subiendo el tono de voz en el estribillo:

Antes de que pase más tiempo contigo, amor,
tengo que decir que eres el amor de mi vida.
Antes de que te ame más, escucha por favor.
Déjame decir que todo te di y no hay, cómo explicar,
para menos si tú estás.
Simplemente así lo sentí,
Cuando te vi...

Cuando termino la canción se hace el silencio a mi alrededor. Sonrío y veo que me observan alucinados. Creo que es la prueba con más pasión que he hecho en mi vida y lo sé por cómo se miran entre ellos. El director aplaude y, levantándose, me pregunta:

—¿Puedes empezar esta noche?

Digo que sí encantada y él, dirigiéndose al guitarrista, dice:

—¿Tenemos esta canción en nuestro repertorio?

El guitarrista niega con la cabeza y el director ordena:

—Incluidla. Es una maravilla. Y ahora que tenemos cantante nueva, quiero que reviséis el cancionero. Creo que Yanira lo puede actualizar.

Eso me encanta. Actualizar el repertorio de una banda como poco es un subidón. Poder cantar las canciones que me gustan y que ellos se amolden a mí me llena de alegría. Cuando el director se marcha, el guitarrista murmura:

—¡Por fin canciones nuevas!

Yo sonrío y durante toda la mañana trabajo con los músicos en la sala del hotel. Al ser de mi edad, proponen canciones que a mí también me gustan. A las seis de la tarde, tras más de ocho horas de trabajo, tenemos nuevo repertorio. Me despido de ellos y regreso a mi casa para cambiarme de ropa antes de la actuación.

Esa noche, cuando las luces se encienden en el escenario, vuelvo a ser yo. Canto, bailo, me implico con el público y, cuando veo que están donde yo quiero, les hago bailar, aplaudir, divertirse.

Yo hago lo que me gusta y disfruto, ¿se puede pedir algo más?

Sí... a Dylan.

22

Cuando me enamoró

Pasan los días. Dylan comienza a ser un recuerdo. Un maravilloso recuerdo del pasado en el que me recreo en soledad y con el que me excito.

Paseo por la playa con los perros de la familia y, durante horas, me tiro en la arena a mirar el horizonte, perdiéndome en él.

En mi móvil tengo una foto de Dylan que me he bajado de internet. Está guapísimo, sonriendo. En el tiempo que estuvimos juntos, nunca nos hicimos una foto los dos, no sé por qué.

Llevo tres semanas sin verlo y sin saber nada de él y, a pesar de lo mucho que lo echo de menos, noto que comienzo a resurgir de mis cenizas y a entender que todo aquello fue un sueño. Un bonito y a la vez maligno sueño.

Una mañana, tras surfear con mi hermano, me quedo atónita al ver que Argen está en el chiringuito junto a Patricia, la chica que le gusta tanto, y, dejándome totalmente alucinada, se acerca a ella y le da un pico en los labios. ¡Vaya con mi hermano!

Él parece notar mi mirada y se vuelve hacia mí y sonríe. Decido no interrumpirlo y me quedo sentada en la arena junto a nuestras tablas, a la espera de que regrese con las cervezas fresquitas. Sin poder parar de sonreír tras verlo tan acaramelado, me pongo los auriculares y decido escuchar música mientras lo espero.

Al menos él triunfa en el amor, y eso me llena de alegría.

El mar está más picado de lo normal y me encanta mirarlo. Me tumbo en la playa. El sol calienta y necesito que su energía me recargue. Durante más de una hora, disfruto de la brisa del mar y de la música.

—Vamos, Yanira... —dice Argen de pronto.

Al oírlo, me quito los auriculares y, mirándolo, pregunto:

—¿Y la cervecita?

—La tomaremos en casa.

Me levanto y asiento, pero incapaz de no decir nada, suelto:

—El amor es una mierda, Argen. Tenlo presente y no lo olvides.

Mi hermano entiende lo que le estoy diciendo y, cogiéndome la cara entre las manos, contesta:

—No, Yanira. El amor es lo más maravilloso que hay en el mundo. No seas negativa y piensa que más vale haber amado y haber sido amado, a no haber conocido nunca ese sentimiento.

Sonrío. Ésa es otra manera de verlo.

Quizá tenga razón, no debo ser tan negativa. Y, tras darle un beso en la mejilla, sonrío y digo:

—De acuerdo, Argen, y ahora, ¿qué me tienes que contar?

Él sonríe a su vez sin decir nada, pero yo, al ver que Patricia se marcha en su coche, insisto:

—¿Al fin te has decidido a decirle algo?

Mientras caminamos juntos hacia el nuestro, contesta:

—Te lo habría dicho antes, pero como estás así por ese tipo...

Yo me paro y, abriendo mucho los ojos, murmuro:

—¿Tú y ella...? ¿En serio?

Mi hermano asiente y yo me lanzo a sus brazos. Me siento feliz por él. La chica de sus sueños y Argen por fin están juntos. Él ríe divertido y yo pregunto:

—¿Cómo has podido ocultármelo?

—No estás tú para oír hablar de asuntos amorosos, hermanita.

Tiene razón. Pero volviendo a reír, lo apremio:

—Cuéntamelo todo ahora mismo.

En el camino de vuelta, Argen me cuenta su bonita historia. Por fin Patricia, esa diosa que para él es esa chica, se lanzó y le pidió una cita. ¡Olé por ella! Se encontraron en el hospital, cuando Patricia fue a visitar a un amigo, que resultó ser el endocrino de mi hermano.

Me alegro muchísimo. Argen se merece ser feliz y Patricia, con su arrojo al tomar ella la iniciativa, se ha ganado mi respeto y mi corazón.

Esa noche, como cada noche, la orquesta y yo disfrutamos cantando y tocando para los huéspedes del hotel, que bailan encantados con nuestra música. Incluyo canciones nuevas y la noche en que elijo *You'll never find*, de Michael Bublé, mientras con los ojos cerrados imagino a Dylan a mi lado, la gente se vuelve loca. Sin duda, estoy hecha para cantar canciones románticas.

Tres noches después, en plena actuación, me sorprendo al ver a mi padre entre el público. Sonrío. Me encanta verlo allí y le guiño un ojo. Él, contento, me tira un beso que yo recojo y me lo llevo al corazón.

Cuando acabamos de cantar *Mamma mía*, de Abba, me acerco a mis compañeros y les pido que cambiemos la siguiente canción. Quiero dedicarle a mi padre esa de Rosa que tanto le gusta; cuando suenan los primeros acordes lo veo sonreír y yo comienzo a cantar. En ese momento, mi madre se acerca a él y eso me sorprende aún más. ¿Han cerrado la tienda para venir los dos a verme?

Mamá me saluda con la mano y sonríe. Yo le guiño un ojo y los miro, encantada de tenerlos allí. Desde que he regresado, toda mi familia, incluidos los mellizos, están atentos a mis necesidades. Todos parecen darse cuenta de que tengo el corazón herido y me cuidan como si fuera de porcelana china.

¡Son estupendos!

Mis padres bailan abrazados en la pista, mientras yo canto:

> *Sigue besándome las veces que me besas*
> *y dame mil caricias locas de esas*
> *que borran lo que ayer viviste tú...*

Sin poder evitarlo, al cerrar los ojos pienso en mi desesperado amor. Aún recuerdo la noche en que me pilló cantando esta canción en la cubierta del barco y se sentó a escucharme.

> *Nunca yo averigüé las veces que te diste*
> *ni cuántos tiempos bellos repartiste.*
> *Hoy me amas y te amo, se acabó...*

Efectivamente, se acabó. Pero sus recuerdos también me hacen sonreír y disfruto de ellos mientras canto.

En ese instante, me doy cuenta de que Argen tiene razón: el amor es algo bonito y sólo tengo que mirar a mis padres para darme cuenta de ello.

Cuando finaliza la actuación, la gente aplaude.

Mis padres se acercan al escenario y sonríen. Yo, incapaz de no hacerlo, me agacho y les doy un beso. En ese instante, mamá me dice al oído:

—Te queremos, cariño.

Ya sé que me quieren. No hace falta que me lo digan. Pero oírlo me emociona y tengo que reprimir las ganas de llorar.

Disimulo lo que sus palabras y la mirada de mi padre me hacen sentir y sonrío pese a mi tristeza, hasta que, de pronto, al mirar a un lateral de la sala, la sonrisa se me congela al encontrarse mis ojos contra los de alguien a quien no esperaba: Tito.

¿Qué hace aquí el tío de Dylan?

Al darse cuenta de que lo he visto, él me guiña un ojo e, inconscientemente, yo toco la llave que llevo colgada al cuello.

Suenan los primeros acordes de la siguiente canción e intento centrarme en lo que tengo que hacer. Mi compañero comienza a cantar y, como puedo, le doy la réplica, pero me cuesta centrarme en lo que tengo que hacer.

¡Por el amor de Dios, Tito está aquí!

Mis padres vuelven al mismo sitio donde estaban cuando los he visto al principio. No se acercan a Tito. Por suerte no deben de saber quién es. Eso me tranquiliza, pero al mismo tiempo me siento inquieta.

Al ver que fallo en los pasos de baile, mi compañero me mira extrañado. ¿Qué me ocurre?

Intento disimular mirando para otro lado para no volver a ver a Tito, y entonces distingo a Tony junto a mi hermano Argen y Patricia.

¡¿Qué?! ¡Me va a dar algo!

A partir de ese momento, actúo metida en un caos emocional. ¡Ni siquiera sé lo que canto!

Sobrevivo canción tras canción, que no es poco. Canto como puedo y cuando veo que mis padres se reúnen con Tony, Patricia y Argen y luego todos se sientan junto a Tito, el corazón casi se me sale del pecho.

Pero ¿qué ha ocurrido que yo me he perdido?

Miro a mi hermano en busca de explicaciones, pero él se limita a sonreír y guiñarme un ojo. Eso me pone más nerviosa. Lo voy a matar.

Cuando por fin termina el espectáculo, las piernas apenas me sostienen y toda yo tiemblo. No entiendo nada. ¿Cuándo han llegado Tito y Tony? Y, sobre todo, ¿cómo es que conocen a mi familia?

Estoy histérica. Sudo, tengo palpitaciones. Ellos se levantan y echan a andar tranquilamente hacia mí.

¿Qué hago?

Plan A: espero a ver lo que me dicen.

Plan B: huyo y me escondo hasta que vuelva a ser dueña de mi voluntad.

Me entran los siete males y escojo el plan B. ¡Huyo!

Bajo por detrás del escenario y corro al camerino. Mis compañeros me miran extrañados. No entienden qué estoy haciendo. Pero yo necesito tranquilizarme antes de enfrentarme a lo que sea que esté pasando.

Con la respiración entrecortada, estoy llegando ya al camerino cuando alguien me tapa los ojos por detrás y me dice con voz ronca y emocionada:

—Adivina quién soy.

La sangre se me hiela en las venas y creo que hasta el corazón se me va a parar al reconocer su voz.

Las rodillas me flaquean y el corazón comienza de repente a bombear a toda mecha como si se me fuese a salir del pecho.

¡De ésta me da un infarto!

Tras unos instantes que se me hacen eternos, Dylan retira las manos de mis ojos. No puedo moverme, no puedo mirarlo, y entonces él se planta delante de mí y murmura:

—Hola, cariño.

Me he quedado sin aliento.

Lleva un traje oscuro y una camisa gris sin corbata. Está impresionante. Alto, guapo, increíble, fascinante, erótico, poderoso, sensual, posesivo y yo intento no desmayarme.

Plan A: no sé.

Plan B: no sé.

Plan C: sigo sin saber.

Sin duda su cercanía, su presencia, su visión me anula la capacidad de pensar. Sus ojos me recorren la cara hasta llegar a mi cuello y al ver la llave sonríe y musita:

—No sabes cuánto he deseado que aún la llevaras puesta.

Da un paso hacia mí. Yo, increíblememente, consigo dar un paso atrás.

Su mirada me bloquea. Él da otro paso hacia mí y esta vez no me puedo mover. Me rodea con sus fuertes brazos la cintura y, acercando esos labios que adoro a los míos, finalmente me besa.

¡Oh, Dios... Oh, Diossssssssssssss!

Estoy paralizada. Con mimo, su lengua se abre paso en mi boca hasta que su exigencia, su pasión, su sabor me hacen reaccionar y le devuelvo el beso con el mismo fervor.

¡Dylan ha regresado!

¡Mi amor ha venido a mí!

Sin importarme que mis compañeros y la familia pasen por nuestro lado, se paren y nos miren, sigo besando al hombre que adoro, que quiero, que amo con toda mi alma y, cuando separamos nuestros labios, lo oigo susurrar con una sonrisa:

—No sabes cuánto te he añorado, caprichosa.

Eso me sorprende y prosigue antes de que yo diga nada:

—Te busqué en el barco y me dijeron que tu maravilloso jefe os había despedido a Coral y a ti el mismo día en que yo me fui. ¿Por qué no me llamaste para decírmelo?

Estoy atontada, lela. No puedo hablar. Sólo lo puedo mirar mientras aún noto su sabor en mis labios.

No soy capaz de reprocharle que no me haya llamado por teléfono, que no haya sabido nada de él, decirle que sólo he sido un juguete y que me abandonó.

No soy capaz de nada excepto de mirarlo, enamorarme más de él y poner cara de tonta.

Dios mío, Dylan, mi bombón, mi amor, mi moreno está delante de mí. Cuando recupero la voz y el sentido común, respondo como puedo a lo que me ha preguntado:

—No te llamé porque no lo creí importante.

Sus ojos se abren sorprendidos y replica molesto:

—Yanira, tú eres lo más importante que hay en mi vida. ¿Acaso no te había quedado claro?

No. Definitivamente, no me había quedado claro.

—¿Tu padre está bien? —pregunto.

—Sí.

Tras un silencio en el que no nos quitamos la vista de encima, por fin consigo preguntar:

—¿Por qué no me has llamado? ¿Por qué desapareciste?

Dylan se mete las manos en los bolsillos del pantalón y responde:

—Yo también necesitaba saber que tú me echabas de menos. No me marché por decisión mía. Sabes que fue por el problema médico de mi padre. Me he vuelto loco al no recibir tus llamadas y me he forzado a no llamarte. Pero finalmente aquí estoy. He vuelto a dar de nuevo mis pasos hacia ti.

Entiendo su última frase y sonrío. Sin duda tiene razón. Yo también podría haberle llamado, pero respondo:

—Dijiste «Lo siento» antes de marcharte. Creí que te estabas despidiendo de mí para siempre.

—¡¿Qué?!

Su expresión se endurece, se vuelve implacable, pero yo prosigo:

—Busqué información sobre ti en internet y yo vi... que... bueno... ya sabes, y... creí... que lo nuestro para ti... Yo no soy ellas. No

271

soy famosa. Por eso no te llamé, aunque además en Génova nos robaron y bueno...

—¡¿Que os robaron en Génova?!

Veo cómo su semblante se descompone por segundos y rápidamente le aclaro:

—Tranquilo. No nos pasó nada. —Y clavando mis ojos en los suyos, añado—: No te llamé cuando nos despidieron porque pensé que aquel «Lo siento» era un adiós definitivo y no quería molestarte.

Frunce el cejo. Maldice. Se saca las manos de los bolsillos y se las lleva a las sienes y luego, con gesto desesperado, me coge la cara entre las manos y murmura:

—Bebé, creí haberte dejado claro que eres importante para mí.

El corazón me late desbocado y respondo:

—Dylan. Creía que...

—Te di la llave de mi corazón —insiste.

Dios mío, qué tonta he sido, ¿por qué no lo llamé?

Me entra la risa.

Dylan me suelta. Yo miro a mi padre, que está unos metros más allá, con el resto, y me regaña por reírme. Dylan frunce aún más el cejo y masculla:

—Esa risita tuya me va a matar.

Yo me río todavía más cuando veo a mi hermano Argen sonreír. Es de los míos. Cuando está nervioso, sonríe.

De pronto, Dylan vuelve a agarrarme, acerca su boca a la mía y musita:

—Por mucho que yo me enfade, nunca dejes de sonreír. ¡Prométemelo!

—Vale. Te lo prometo —asiento encantada y añade:

—Yo no he podido dejar de pensar en ti ni un momento. ¿Tú has pensado en mí?

Resoplo. Soy consciente de que todos oyen lo que hablamos. En ese momento, mi hermano Argen dice:

—Vamos, Yanira, no mientas. Y recuerda, ¡el amor no es una mierda!

Sus palabras me calman y, mirando al hombre que adoro, respondo:

—Todos y cada uno de los instantes que tiene el día.

Dylan sonríe. Mi respuesta le gusta y dice:

—Me he vuelto loco. Pero he removido cielo y tierra hasta dar contigo.

En ese instante se separa un poco de mí y su tío le da una cajita de terciopelo color burdeos. Veo que mis padres se emocionan.

Se me pone la carne de gallina.

Creo que voy a vivir uno de los momentazos de mi vida y, como siempre, me entra la risa. Pero está vez junto con pánico.

Mi morenazo abre la cajita ante mí. Veo que contiene un increíble anillo con un diamante blanco y se me reseca la boca. Es el pedrusco más impresionante que he visto en toda mi vida. Me quedo sin aliento y cuando vuelvo a mirar a Dylan, éste se justifica:

—Sé que sólo nos conocemos desde hace poco más de dos meses, pero...

—Dylan... ¿qué vas a hacer? —lo corto con un hilo de voz.

Cogiéndome la mano, me hace callar y prosigue:

—Nunca en mi vida lo he pasado tan mal al estar lejos de alguien. Nunca en mi vida he pensado las veinticuatro horas del día en una mujer y sólo tu sonrisa y tu recuerdo me hacían seguir adelante. Este anillo es importante para mí y mi familia, porque era de mi madre. Ella siempre decía que el día en que apareciera la mujer de mi vida, tendría escalofríos al separarme de ella y que mi vida no sería completa hasta volver a su lado. Y todo eso me ha pasado contigo. —Sonríe. Yo, en cambio, alucino—. Sé que soy unos años mayor que tú, y que las prioridades que yo tengo en la vida no son las tuyas. Apenas no conocemos porque yo no fui sincero contigo en el barco y tampoco intenté conocerte más allá de lo que nuestro deseo demandaba en aquellos momentos. Pero quiero que sepas que lo poco que conozco de ti me hace saber que estoy total y completamente enamorado y por eso aquel día te di la llave de mi corazón.

A mi alrededor suena un «¡Ohhhh!» generalizado.

Dios, ¡qué romántico es mi chico!

Mi familia, su familia, los músicos. Todos nos observan embelesados.

¡Me acaloro!

—Sé que quizá sea una locura lo que te voy a pedir, tus padres y tu hermano así lo creen y así me lo han dicho, pero yo he venido hasta tu tierra para buscarte. Me he dado cuenta de que quiero pasar el resto de mi vida contigo y deseo que el resto de mi vida comience lo antes posible. Y por eso te pregunto si me harías el honor de ser mi mujer.

Me mareo. Como siempre, sus palabras no pueden ser más románticas.

¿Acaba de pedirme que me case con él?

Me agarro a su brazo o me caigo redonda.

—Eres la mujer de mi vida, ¡cásate conmigo! —murmura él, sujetándome.

Quiero contestar, pero es como si la lengua se me hubiese dormido y no puedo hacerlo.

Sin duda alguna, Dylan también es el hombre de mi vida y me mira aguardando una contestación, pero yo estoy bloqueada. Apenas puedo respirar o tragar. Él, al ver mi estado, bromea y dice:

—Tu hermano me ha aconsejado que no me arrodille para pedírtelo, porque no te van esas cosas, pero si es necesario que lo haga a la antigua usanza, ten por seguro, cariño, que lo haré.

No sé desde cuándo mi familia tiene trato con Dylan, pero en este instante eso es lo que menos importa y murmuro, mirando al hombre de mis sueños:

—No hace falta que lo hagas... No hace falta.

Al responder, vuelvo a la vida.

Miro el impresionante pedrusco que tengo delante y luego miro a mi amor. Él sonríe a la espera de una respuesta y esa sonrisa, unida a la locomotora que tengo por corazón, me hacen saber que debo decir que sí.

Así que sonrío y, sin importarme los ojos que nos observan, asiento y, mientras con una mano toco la llave y con la otra cojo su mano, respondo:

—Sí, Dylan. Quiero casarme contigo.

Ambos sonreímos.

Mi felicidad es su felicidad y viceversa.

Nos besamos y disfrutamos de este dulce y romántico instante juntos, mientras la gente aplaude y vitorea a nuestro alrededor.

Nos miramos radiantes mientras Dylan saca el anillo de la caja y me lo pone. Yo, feliz a más no poder, me lanzo a sus brazos y lo beso.

Es el momento más maravilloso y especial de mi vida.

Me lo como a besos mientras él ríe y murmura contra mi boca:

—Caprichosa, te quiero.

Esta noche no voy a mi casa a dormir. Me quedo con Dylan.

Desde que nos hemos reencontrado no paramos de besarnos, de mirarnos, de tocarnos, de abrazarnos y estoy tan feliz, tan contenta, tan dichosa que creo que voy a explotar.

Tras la cena, cuando todos se van, él me propone dar un paseo por la playa. Acepto.

Es más de medianoche y la playa está vacía. Muy vacía. Caminamos abrazados por la arena mientras él me habla de lo mucho que me ha echado de menos y yo sonrío al oírlo.

Cuando el agua nos moja los pies, nos paramos. Nos miramos y le pido:

—Bésame.

Lo hace. Me devora.

Su lengua busca la mía e, izándome entre sus brazos me hace el amor sólo con la boca, mientras le rodeo la cintura con las piernas y sus manos acaban debajo de mi falda, sujetándome por el trasero.

Nuestra respiración se acelera. El deseo puede con nosotros y Dylan murmura contra mi boca:

—Te haría el amor ahora mismo.

Sonrío. Sin duda ambos deseamos lo mismo y contesto:

—Hazlo.

Sorprendido por mi respuesta, me mira y yo añado sonriente:

—Tú me deseas, yo te deseo. Lo que piense el resto del mundo me da igual.

Con gesto divertido, Dylan me besa y cuchichea:

—Caprichosa... no me tientes.

Dispuesta a hacer precisamente eso, me desabrocho la camisa. Luego me bajo las copas del sujetador para mostrarle los pechos y murmuro:

—Son tuyos. Tómalos.

Sin soltarme, Dylan inclina la cabeza y acerca la boca a mis pezones. Chupa uno con deleite y el aire de la playa me lo endurece. Estoy extasiada.

—No sabes cuánto te he echado de menos.

Mi voz y lo que digo lo cautiva. El ansia que siente por mí y su gruñido de placer así me lo dicen y, mientras prosigue su particular ataque, sugiero:

—Vayamos tras aquellas hamacas. Allí nadie nos verá.

Dylan se aparta de mi pecho y me mira. Su deseo es inmenso y finalmente sonríe y acepta mi locura. Camina hacia donde le indico y, cuando llegamos, me suelta y dice, desabrochándose el pantalón:

—Será algo rápido, caprichosa.

Asiento y sonrío.

Sea lo que sea, lo quiero y ¡lo quiero ya! Y más cuando veo su crecida erección.

¡Madre mía... madre mía!

Lo hago sentarse en la hamaca y, con cuidado, me coloco a horcajadas sobre él, mientras su maravilloso pene se abre paso en mi interior.

Oh, sí... cuánto lo necesito.

Le beso la comisura de los labios con mimo, pero su ansiedad es tal que me coge la cabeza y, con lujuria y desenfreno, me besa hasta dejarme sin aliento.

—Yanira... —murmura con voz ronca, apretándome contra él.

—No pares... —le exijo.

Se mueve en mi interior y un gemido ahogado nos hace entender que por fin nuestros cuerpos vuelven a estar juntos. Cabalgo sobre él despacio, mientras nos miramos a los ojos y una voraz ráfaga de fuego loco nos consume.

Un nuevo gemido de placer se nos escapa a ambos y Dylan, apretándome las nalgas con sus fuertes y cuidadas manos, me aprieta de nuevo contra él mientras dice:

—Nunca sabrás lo mucho que te he añorado.

Asiento. Lo sé y, transportada por la lujuria, respondo:

—Me añorabas tanto como yo a ti. Lo sé.

Mirándonos a los ojos, muevo las caderas para acoplarme más a él. El goce que sentimos es tan intenso que nos paramos y disfrutamos del momento sin apartar la vista del otro y comunicándonos sin mover ni un solo músculo del cuerpo, hasta que mi amor posa sus manos en mi cintura y me aprieta de nuevo contra él. Yo me arqueo.

¡Qué placerrrrrrrrrrrrrrr!

Un apasionado jadeo sale de mi interior haciéndole saber cuánto disfruto.

A partir de ese instante, nuestros movimientos reflejan el nivel de locura y necesidad que tenemos el uno del otro y antes de lo que los dos hubiéramos querido, un devastador orgasmo se apodera de mi cuerpo y tiemblo con voluptuosidad.

—Sí, cariño... sí... —lo oigo musitar enloquecido.

Su boca busca la mía, que besa con pasión.

Sin importarle nada ni nadie, mi amor disfruta de mí como siempre le ha gustado y eso me hace feliz. Agarrado a mi cintura, se hunde una y otra vez en mí en busca de su clímax y cuando un bronco gemido sale de su boca y el temblor recorre su cuerpo, sé que el placer lo ha alcanzado y nos abrazamos.

Permanecemos así varios minutos, sintiendo el aire del mar que nos acaricia y nos da energía para continuar.

Su olor...

Su sabor...

Su esencia...

Todo él vuelve a ser mío y no pienso separarme de Dylan nunca más.

Al cabo de unos minutos, noto que me pasa la nariz por el cuello y murmura:

—Todavía no me puedo creer que te tenga entre mis brazos, cariño.

—Me tienes... me tienes —afirmo encantada.

Con cuidado, me levanto de sus piernas y ambos sonreímos al ver la que hemos liado. El pantalón de Dylan está empapado de nuestros fluidos, pero no nos importa. Lo único que nos importa somos nosotros. Nada más.

—Tengo tierra hasta en el blanco de los ojos —digo, tocándome la cara.

Él sonríe y contesta:

—En cuanto lleguemos al hotel, nos ducharemos.

Tras arreglarnos un poco y hacer que Dylan se saque la camisa por fuera para ocultar el manchurrón, caminamos hacia el hotel cogidos de la mano. En el camino, nos besamos y pronunciamos cientos de promesas de amor.

Una vez llegamos, sin soltarme y con seguridad, él me guía hasta los ascensores. Cuando las puertas de éstos se cierran, me acerco, loca de amor, y mi morenazo me coge en brazos con verdadera devoción.

—Caprichosa... cuanto más te miro, más bonita me pareces.

Sonrío. Cuánto echaba de menos su galantería...

Sin soltarme, llegamos a su habitación y, una vez dentro, me mira y confiesa:

—Te he echado tanto de menos... conejita.

Me entra la risa. No ha olvidado ese ridículo nombre y respondo:

—Tanto como yo a ti... lobo.

Ahora es él quien sonríe. Sin duda alguna, esos ridículos nombrecitos nos van a acompañar el resto de nuestras vidas y los dos estamos encantados.

La apasionada, morbosa y caliente mirada de mi amor me pone la carne de gallinas. Me suelta, me arrincona contra la pared y me desabrocha la camisa, que después me quita y deja caer al suelo.

—Te quiero desnuda y en la ducha dispuesta para mí. Sólo para mí.

—Desnúdame sólo para ti —lo animo yo, ansiosa de sexo.

Sin demora, me desabrocha la falda, que cae también al suelo, y cuando me quedo sólo con la braga y el sujetador, me besa y murmura, mientras se desnuda también.

—Te diría que me sedujeras como aquel día en Marsella, pero estoy tan caliente, tan loco y deseoso de ti que no podrías hacer ni un solo movimiento.

Sonreímos.

Me coge de la mano y entramos en el lujoso cuarto de baño. Una vez allí, abre el grifo de la ducha y, sin soltarme, murmura, besando la mano en la que llevo el anillo que me ha regalado.

—Ya no tienes escapatoria. Eres la próxima señora Ferrasa. Mi mujer.

El agua de la ducha corre por nuestros cuerpos y, arrinconándome contra la pared, Dylan vuelve a besarme.

Sus besos son locos...

Sabrosos...

Sus besos son los mejores del mundo...

Rendida a él, disfruto de su pasión, mientras la mía propia se desata y me dejo llevar. Paseo mis manos por su mojado y musculoso cuerpo y, deteniéndome en su duro trasero, susurro:

—Tienes el culo más duro y precioso que he tocado en toda mi vida.

Dylan sonríe e izándome, responde, mientras introduce su pene en mi vagina:

—Y tú tienes la cara —me la besa—, el pelo —me lo besa—, el cuello —me lo besa—, la boca —me besa— y la sonrisa más bonitos del mundo. Y, lo mejor, toda tú, eres absolutamente mía.

—Para siempre —asiento, extasiada por lo especial que me hace sentir.

—Para siempre —repite él, hundiéndose en mí.

23

Qué bonita la vida

Mis padres siguen impresionados por lo que ha ocurrido. Aún no se pueden creer que me vaya a casar. ¡Yo tampoco!

Cuando mi abuela Ankie se entera de quién es la madre de Dylan, alucina en colores. Y aunque al principio me dice que no abandone mis sueños por un hombre, como hizo ella con mi abuelo, a medida que pasan los días su mensaje cambia y me anima a luchar por mi amor y a ser feliz con él. Lo que tenga que venir, vendrá.

Mi abuela Nira es otro cantar. Ella, que siempre ha querido que me casara, ahora lloriquea al pensar que si lo hago con Dylan estaré muy lejos de ella. Cuando se entera de que Los Ángeles está en América, se disgusta y llora, pero Dylan se encarga de tranquilizarla diciéndole que siempre que quiera ver a su nieta, lo hará. Y que ahora tiene un nieto más. Mi abuela, definitivamente, cae rendida a sus pies.

Los mellizos contemplan a Dylan con entusiasmo. Desde el minuto uno simpatizaron con él, sobre todo Garret, cuando él le dijo una frase de su amado Yoda.

Argen, mi Argen, sonríe contento. Dice que, indiscutiblemente, estamos hechos el uno para el otro. Que es todo un hombre y que por fin ha conocido a alguien que se me merendará a mí.

Yo me limito simplemente a ser feliz.

¡Qué bonita es la vida!

Días después Tony y Tito se marchan a Los Ángeles, pero prometen no decirle nada al padre de Dylan y dejar que sea éste quien le dé la noticia de la boda. Lo entiendo. Si fuera al revés, yo también se lo querría decir a mis padres.

Antes de irse, Tony y Tito me repiten mil veces que no son gais.

Yo me parto. Ellos no.

También me confiesan que decidieron acompañar a Dylan para ver si era verdad que se atrevía a pedirme matrimonio. Según ellos, Dylan era el antiboda de la familia, pero conocerme lo ha cambiado.

¡Qué fuerte!

Llamo a Coral para darle la noticia y casi le da un infarto también a ella. Primero me pone verde. Me llama descerebrada, loca, etcétera, etcétera, pero cuando le cuento punto por punto todo lo ocurrido, mi amiga se descoloca y llora emocionada. Sale su vena sentimental de siempre y me pide que sea muy feliz, que quiera a Dylan y que me deje querer por mi gran amor.

Al cabo de una semana de que me ocurriera la cosa más romántica que nunca pensé que me ocurriría en la vida, Dylan ya es uno más de mi familia. Todos lo han aceptado con agrado y lo tratan con inmenso cariño.

Se hospeda en mi casa, donde duerme conmigo en mi habitación. Verlo tan integrado en mi familia es una de las cosas más bonitas que me han pasado nunca y no puedo dejar de reír cuando nos acompaña a uno de los conciertos de la abuela Ankie y su banda. Al principio, su cara, como la de todos los que ven por primera vez a las abuelas, es de escepticismo. Pero luego, cuando entran en acción, su sorpresa es total.

En estos días, mi amor y yo hablamos mucho. Nos dedicamos a conocernos. Me habla de su madre y en general de los Ferrasa. Todos, a excepción de él, que se dedicó a la medicina, y su padre, que es abogado, tienen que ver con la música. Como ya sé, su madre era cantante, sus tíos, incluido Tito, músicos. Tony compositor y Omar productor musical. Yo ya lo sabía. Internet está para lo bueno y para lo malo, y lo descubrí buscando información sobre él.

Pero estoy intranquila. Entrar en su familia me pone nerviosa. Muy nerviosa. Sé que con ellos se me presenta la oportunidad musical de mi vida y me da miedo pensarlo. De hecho, no lo comento. Con Dylan tampoco. Es un tema que, por su parte, omite, y yo, de momento, decido respetarlo. Estoy con él porque lo quiero, no para conseguir ninguna meta profesional.

Dylan me mima día y noche. Me da todos los caprichos e intenta sumergirse totalmente en mi mundo. Incluso ha conocido a Luis, a Arturo y al pequeño Marco. El día que le cuento a Luis que él es el hombre del barco que yo creía que era gay, mi amigo se muere de risa. Según dice, Dylan desprende heterosexualidad a raudales.

Lo dicho. En el barco se me atrofiaron el radar y la vista.

Por lo que parece, nada de lo que descubre Dylan sobre mí le disgusta. Al contrario. Mis amigos le parecen curiosos y jóvenes, y eso me hace reír. Por las noches me acompaña a mi trabajo en el hotel. Se traga el espectáculo sin perderse detalle de mis movimientos y después nos vamos a tomar algo y a hacer el amor en la playa o donde nos pille, con auténtica pasión. Nos deseamos.

Cuando conoce mi faceta de surfista, algo que él practica también, se queda boquiabierto. No lo esperaba. Encantada, lo llevo a la playa de las Palmeras, al Callao, al Conquistador, Almaciga... y hacemos surf juntos, mientras le presento a más amigos. Incluso lo llevo al Siam Park, donde disfrutamos mirando a los que surfean en las olas artificiales.

En estos días queda patente también que lo mío no es la cocina. Dylan ríe divertido al descubrirlo. Cocina mucho mejor que yo. Pero gracias a mi abuela Nira y a mi madre, prueba el choco, las papas arrugadas, las papas con mojo picón, el rancho canario, el conejo en salmorejo y un sinfín de platos que le gustan y que come con agrado.

Le enseño Tenerife. Paseamos por sus playas, por sus barrios, como los de la Salud, Los Gladiolos o Miramar y nos besamos en casi todas las esquinas. La atracción que sentimos el uno por el otro es desenfrenada y nos encanta.

Hablamos de la boda. Dylan está ansioso porque yo fije una fecha, pero prefiero esperar. Lo quiero... lo adoro..., pero en un tema así creo que las prisas no son buenas.

Le pregunto por Omar y me alegra saber que todo ha cambiado y que de nuevo vuelven a ser los unidos hermanos Ferrasa de siempre.

Una mañana en que estamos en la playa, después de hacer surf y tras clavar nuestras tablas en la arena, nos sentamos y me dice:

—Creo que ha llegado el momento de ir a Puerto Rico a conocer a mi padre. ¿Qué te parece?

—Bien —respondo algo intimidada—, pero qué le parecerán a tu padre nuestros planes.

Dylan sonríe con amargura y contesta:

—No te voy a mentir. Como buen abogado y ogro oficial —eso me hace reír—, no lo va a poner fácil, pero creo que cuando te conozca le vas a encantar. Aunque bueno, el hecho de que seas cantante como mi madre me parece que nos va a dar más de un quebradero de cabeza.

—¿Por qué?

—Porque el oficio de mamá fue lo que los llevó a sus dos divorcios y sus tres bodas.

—¡No me digas!

—Ambos eran muy apasionados —explica mi amor.

Sorprendida por esa revelación, lo veo sonreír con tristeza y, dándome un beso, propone:

—Podemos pasar unas semanas con papá como yo estoy pasándolas con tu familia y luego ir a Los Ángeles. Quiero que nuestra vida se normalice y así yo poder retomar mi trabajo antes de Navidad y...

—Espera... espera... espera...

Dylan me mira. Su gesto se endurece y dice:

—Yanira, he venido a buscarte. Si por mí fuera, mañana mismo nos casábamos. No quiero separarme de ti y mi intención es que no lo hagamos.

Eso me descoloca. Creía que de momento él regresaría a Los Ángeles y un tiempo después... Pero no. Veo que ésos no son sus planes. Lo miro desconcertada. Irme significa dejarlo todo y no ver a mi familia por un tiempo. Dylan, que me observa, intuye lo que pienso y dice:

—Regresaremos siempre que podamos, te lo prometo.

Al mirarlo, mi corazón se desboca. ¿Qué debo hacer?

Si él se va y ya no lo tengo a mi lado, sé que sufriré, que lo pasaré mal. Si me voy yo y no veo a mi familia, también lo pasaré mal. Cierro los ojos. Dejo que el sol me dé en la cara y mi corazón me da la respuesta. Cuando abro los ojos, tengo claro lo que debo hacer.

Si Dylan se va de mi lado, me moriré de pena. Realmente quiero estar con él y separarnos no va a ser fácil. Decidida a hacer la locura de mi vida, lo beso y, cuando me separo de su boca, digo:

—De acuerdo. Me iré contigo.

Él suspira aliviado y, besándome, murmura:

—No te arrepentirás, cariño. Disfrutaremos de la vida, viajaremos y te enseñaré los sitios más bonitos del mundo y...

—Un momento —lo corto—. Quiero hacer todo eso que tú propones, pero también quiero que quede claro que no voy a renunciar a mi sueño...

—No quiero que lo hagas —replica con seriedad, al entender de lo que le hablo—. Sólo te pido tiempo para mí. Para nosotros. Sé que ahora no lo entiendes, pero cuando estés metida en la vorágine que una vida artística conlleva, sí lo entenderás.

No sé qué decir. Él ha vivido toda su vida entre músicos y seguramente sabe bien de qué habla. Haciéndome cosquillas para que cambie mi expresión seria, pregunta:

—¿Has pensado ya en una fecha para la boda?

Su insistencia me hace reír. Cada día me lo pregunta y, al recordar una conversación que mantuvimos en el barco, contesto con guasa:

—¿Qué te parece el 14 de febrero?

Su cara es todo un poema.

—¿El Día de los Enamorados? —pregunta.

Esa fecha es un topicazo de tomo y lomo y sé que él lo odia, pero divertida al ver su cara, asiento y, para hacerle rabiar, digo:

—¿No te parece romántico casarnos ese día?

Dylan me mira. ¿El antibodas casándose el 14 de febrero?

Pero acto seguido dice que sí con la cabeza.

—De acuerdo —dice—. Nos casamos ese día en Los Ángeles.

Por el amor de Dios, ¿se lo ha tomado en serio?

—Lo he dicho en broma, Dylan.

—Pues yo no. —Ríe.

Incómoda por su seguridad, insisto:

—Pero, mi niño, ¿cómo nos vamos a casar ese día?

Tumbándose sobre mí, me besa y, llevándome donde él quiere, contesta:

—Nos vamos a casar ese día, bebé, porque te quiero, me quieres y es un maravilloso día para que nos casemos. Y en cuanto a Los Ángeles, tú has dicho la fecha y yo propongo el lugar. Me encargaré de todos los gastos del viaje de tu familia. No te preocupes por nada. Y ahora, no pienses más en ello y bésame, caprichosa...

Lo hago. Como siempre, su boca me hace perder la razón y luego se separa de mí y explica:

—Mañana llamaré a Tony y le pediré que nos organice el viaje a Puerto Rico para dentro de una semana. Estaremos allí quince días y luego iremos a Los Ángeles. He de volver al trabajo. Me voy a casar y tengo que mantener a mi mujercita.

Ambos sonreímos. Todavía me asusta lo que dice, pero soy tan feliz que no puedo resistirme.

¡Voy a conocer Puerto Rico y Los Ángeles!

Es más, ¡voy a vivir en Los Ángeles!

¡Qué pasadaaaaaaaaaaaaaaaaaaa!

Estoy pensando en ello emocionada, cuando Dylan, mirándome con seriedad y cogiéndome la mano, dice:

—Tendrás que hablar con tu jefe en el hotel y decirle que vas a tener que dejar tu trabajo.

Asiento.

Eso me apena y me corta el rollo. Me encanta cantar con esa orquesta.

—Cuando lleguemos a Los Ángeles —vuelvo a insistir—, quiero trabajar en algo o...

Dylan me besa y, sin dejarme terminar la frase, murmura:

—No tienes por qué trabajar, cielo. Yo te puedo mantener. Me lo puedo permitir y lo sabes.

—No hablo de trabajar cantando en hoteles. Hablo de...

—No —replica tajante.

—Dylan...

—Escucha, Yanira —dice cogiéndome la cara entre las manos—. Vamos a comenzar una nueva vida. Dejame ser egoísta un tiempo. Te necesito. Te quiero sólo, sólo, sólo para mí, ¿de acuerdo?

No sé a qué se refiere. Ya me tiene y me tendrá siempre sólo para él. Pero estoy tan enamorada que contesto:

—¿Te quedarás más tranquilo si compro una llave de mi corazón y te la regalo?

Dylan sonríe y, tocando la llave que cuelga entre mis pechos, asiente entre murmullos:

—Sin duda alguna, sí.

Esa noche, cuando llegamos a casa de mis padres, durante la cena los informamos de la fecha y el lugar de la boda. Mi familia se emociona y Garret, mirándonos con su camiseta de Han Solo, dice, haciéndonos sonreír a todos:

—Algo que decir yo tengo. Sois unos frikis eligiendo el 14 de febrero.

24

Detalles

Una semana después, cuando llegamos al aeropuerto Luis Muñoz Marín de San Juan de Puerto Rico, estoy adormilada pero rápidamente me espabilo.

Allí nos espera Tony en su coche. Los dos hermanos se abrazan, contentos de verse, y luego éste me abraza y, al separarse de mí, murmura:

—Te recuerdo que no soy gay, cuñada, por si lo has olvidado.

Le doy un ficticio puñetazo en el estómago, mientras Dylan suelta una carcajada y, riéndome yo también, me quejo:

—Que sí, pesado. Que ya lo sé.

—Bienvenida a Puerto Rico, la Perla de los Mares —dice Tony—. Vamos, te enseñaremos algo de la isla antes de ir a casa con el Ogro.

—Pero bueno —protesto—, ¿por qué llamáis así a vuestro padre?

Los dos hermanos se miran y, torciendo el gesto, Dylan responde:

—Tú misma lo comprobarás.

Eso me inquieta. ¿Será tan intratable como dicen?

Pero feliz por estar en este maravilloso lugar, me siento en el asiento trasero del coche de Tony y sonrío. Cuando arranca, el aire fresco me da en la cara. Dylan se vuelve, me coge la mano y me cuenta curiosidades de los lugares por donde vamos pasando, como yo hice cuando le enseñaba Tenerife.

Todo es bonito. Isleño. Maravilloso. Encantador.

Puerto Rico huele a música, a vida, a alegría, a salsa.

Paramos en un lugar llamado Pueblo Viejo para tomar algo. Allí, Dylan y Tony me presentan a unos amigos y pasamos un rato agradable con ellos.

Después, cuando estamos de nuevo en el coche, me entero de que el nombre oficial del pueblo donde ellos se criaron y donde vive su padre es San Antonio del Dorado, aunque se lo conoce como El Dorado. Un municipio de la costa norte de la isla.

Al cabo de una hora y tras atravesar unas urbanizaciones, Tony para el coche frente a una bonita playa. Leo «calle Kennedy».

Dylan abre la puerta, baja y me tiende la mano.

—¡Madre mía, qué lugar tan increíble! —exclamo, mientras bajo yo también y veo la preciosa playa con sus arbolitos tropicales.

Feliz al ver cómo lo miro todo a mi alrededor, mi amor murmura:

—Cariño, bienvenida a la casa de la familia.

Miro hacia donde él me señala y veo una cancela negra con un letrero cuadrado al lado que anuncia pomposamente: «Villa Melodía».

Qué nombre tan bonito para una casa.

Sin soltarme de su mano, me acerco a la cancela, que se abre sola. Ante mí aparece un jardín impresionante y, al fondo, veo un casoplón de infarto, de esos que mi abuela mira en las revistas.

—¿Aquí te has criado tú?

Dylan asiente y yo añado:

—Vamos, igualito que la casa de mis padres, de setenta y cinco metros cuadrados.

Mi amor sonríe y, acercándome a él, contesta:

—No te dejes impresionar por lo material, cariño. Eso es lo que menos valor tiene para mí.

Asiento. No dudo de que no tenga valor para él, pero desde luego, lo que no puede negar es que vivir como ha vivido no es algo que todos los mortales nos podamos permitir.

—Vamos, tortolitos... subid al coche —nos apremia Tony.

Lo hacemos y Dylan me sienta en el asiento delantero, sobre sus piernas, mientras me agarra con fuerza por la cintura. El trayecto es corto y me asegura que dentro de la parcela no hay peligro. Encantada, saludo con la mano a varias mujeres y hombres con los que nos cruzamos y Dylan explica:

—Son los trabajadores de mi padre. Viven en las casas que ves al fondo de la finca. Ya te los iré presentando.

Cuando Tony para el vehículo, los tres nos bajamos y unos hombres se acercan a nosotros y abren el maletero para sacar nuestro equipaje. Uno de ellos pregunta:

—¿Han tenido buen viaje los señores?

—Un viaje estupendo, Pascual —responde Dylan sonriendo.

En ese instante, aparece una mujer mayor que, con una cálida sonrisa, baja los escalones y, abriendo los brazos, anuncia:

—¡Regresaron mis hombretones!

Tony la coge en brazos y la besuquea. La mujer ríe y protesta a partes iguales y, cuando la suelta, Dylan la abraza mientras ella cierra los ojos y exclama:

—Bienvenido de nuevo, corazón mío.

Entonces, Dylan me coge de la mano y me presenta:

—Tata, ella es Yanira. Yanira, ella es mi Tata.

La mujer de pelo canoso y yo nos miramos. Nos escaneamos como sólo las mujeres sabemos hacerlo en busca de información y veo que su mirada se para en mi mano, donde llevo el anillo que Dylan me regaló. Sonríe y me abraza mientras dice:

—Me alegra mucho ver que mi muchacho ya eligió. Soy la Tata y espero que me quieras tanto como yo ya te quiero a ti.

Su efusividad, su abrazo y su acento caribeño me encantan, por lo que respondo sonriente:

—Gracias, Tata.

—Cualquier cosa que necesites, no dudes en pedírmelo —me indica ella—. En cuanto al Ogro, tranquila. Es duro y al principio no te lo pondrá fácil, pero no se come a nadie. Le gusta dar miedo.

Se me encoge el estómago.

Todos hablan de él como del Ogro y ya no sé qué pensar. ¿Tan malo es?

Voy a decir algo, cuando Dylan le dice a la mujer:

—Tata...

Tony, divertido por mi cara de espanto, interviene:

—Tata, no la asustes.

La mujer pone los ojos en blanco y, mirándome, cuchichea:

—Recuerda, paciencia y no te amilanes. Es la manera en que te ganarás al gruñón.

Justo acaba de decir eso, cuando oigo una voz ronca que grita:

—Ya era hora de que llegarais. Me informaron de que vuestro avión aterrizó hace horas. ¿Dónde os habíais metido, muchachos?

Al levantar la vista, en lo alto de la escalera veo a un hombre sentado en una silla de ruedas. Eso me sorprende. Dylan no me lo había dicho. Su piel es más oscura que la de éste y tiene el pelo espeso y negro. Sus ojos, en cambio, son claros. Me mira serio e intimidatorio.

¡Vaya tela lo que me espera con el gruñón...!

—Papá, ¿qué haces en la silla? —le reprocha Dylan.

—Vaya, ya llegó el doctor —replica su padre.

—Tata —continúa Dylan—, quiero esa silla fuera ¡ya!

—De acuerdo, hijo, de acuerdo —conviene sonriendo la mujer ante la cara de incomodidad de su jefe.

Entonces, tirando de mí, Dylan me hace subir los escalones y, poniéndome frente a su padre, dice:

—Papá, te presento a Yanira Van Der Vall. Yanira, mi padre, Anselmo Ferrasa.

La mirada acerada del hombre se clava en mis ojos y, con los nervios, me entra la risa. Intento contenerme, pero soy incapaz. Él pregunta muy serio:

—¿Te hago gracia?

Niego con la cabeza. Madre mía, qué mal rollo. E intentando ser correcta, murmuro:

—No, señor. Pero cuando me pongo nerviosa me río.

Me mira unos segundos y finalmente espeta, aún serio:

—Curiosos nervios los tuyos.

Voy a agacharme para darle dos besos, pero él me corta tendiéndome la mano. Intento que no note mi chasco y le tiendo la mía. Al cogerla, repara en el anillo que llevo puesto y su cara se contrae. Lo mira durante unos segundos en los que creo que va a decir algo al respecto, no precisamente agradable, pero tras darme un apretón, me suelta y pregunta:

—¿Por qué habéis tardado tanto?

—Le hemos enseñado un poco la isla a Yanira, papá —responde Tony.

Mientras hablan, veo al lado del hombre un perro carlino pequeño, compacto y de color arena, de cara chata y arrugada.

¡Qué monoooooooo!

Encantada, acerco la mano para tocarlo y, si no la retiro, me la arranca. Me quedo mirándolo alucinada, cuando oigo decir al padre de Dylan:

—Cuidado con *Pulgas*, joven, no le gustan los extraños.

Si las miradas matasen, yo me acabaría de cargar al puñetero *Pulgas* y a su dueño. ¡Vaya dos!

—¿Te ha hecho algo, cariño? —pregunta Dylan preocupado, cogiéndome la mano.

—No, tranquilo. No ha pasado nada.

Durante unos instantes que a mí se me hacen eternos, su padre y él se miran retándose hasta que el viejo dice:

—La comida se enfría. Tenéis cinco minutos para asearos. Vamos, *Pulgas*.

Y sin decir nada más, hace girar la silla de ruedas y desaparece en el interior de la casa, seguido por el perro.

Resoplo y respiro hondo, cuando oigo que la Tata exclama:

—Maldito perro.

Sonrío e, intentando quitarle hierro al asunto, repito:

—Tranquilos. No ha pasado nada.

Dylan, que intuyo que teme problemas con su padre, me da un beso en la cabeza y murmura:

—No te preocupes. Todo irá bien.

Convencida de que el Ogro pretende disfrutar a mi costa, sonrío y contesto:

—¡No lo dudo!

—Tata, enséñale su habitación para que se refresque —le ordena entonces a la mujer.

Y, dicho esto, se marcha con Tony. Ella y yo entramos en la impresionante casa. Lo primero que me llama la atención es el silencio. Un silencio denso, incómodo. Un silencio que no me gusta nada. Pero el lugar es impresionante. Mármoles en el suelo, lujo y elegancia allá donde mire. Subimos una majestuosa escalera y, al llegar al rellano, veo un pasillo con varias puertas. La Tata abre una de ellas y me comunica:

—Ésta es tu habitación. La de Dylan es la segunda puerta a la derecha. —Me guiña un ojo y yo sonrío—. Refréscate y luego baja al comedor. Te esperamos.

Cuando me quedo sola en la estancia, miro a mi alrededor. La habitación es preciosa, pero me molesta no dormir con Dylan.

Sin tiempo que perder, entro en el cuarto de baño de la habitación, me lavo la cara y las manos y decido darme prisa. No quiero que el padre de Dylan me machaque.

Bajo la escalera por la que acabo de subir y, al llegar a la puerta del salón, oigo la voz del hombre diciendo:

—¿Tenías que regalarle el anillo de tu madre?

—Sí, papá —oigo que responde Dylan.

—Anselmo —interviene la Tata—, el anillo es del muchacho y se lo puede regalar a quien quiera.

—Pero era de tu madre —insiste el gruñón.

Me apoyo en la pared, asustada. Está claro que esto va a ser duro. Y no puedo escapar de aquí, ¡no tengo adónde ir!

—Mamá me regaló ese anillo, como a Tony y a Omar les regaló otros —oigo decir a Dylan—. Ella siempre dijo que se lo debíamos entregar a la mujer que creyéramos tenía nuestro corazón. Y Yanira tiene el mío. Por tanto, lo llevará como a mamá le hubiera gustado.

Me estremezco al oírle decir eso. ¡Es un amor!

—Mira tu hermano Omar —continúa la voz del padre—. Cada divorcio nos ha costado un dineral. Las mujeres con las que se ha casado han sido todas unas aprov...

—Lo que haga o deje de hacer Omar con su vida o sus mujeres no me incumbe —lo corta Dylan—. Yo sólo me preocupo por mi futura mujer. Por nadie más.

¡Olé mi chicarrón!

Su contestación me da fuerzas y tomo aire para entrar en el salón. Que sea lo que Dios quiera.

Entro con paso seguro y veo que Tony no está. Sólo Dylan, su padre y la Tata. Al verme, mi moreno, se acerca a mí, me coge la mano y, después de besármela, me mira como diciéndome que no me amilane.

—Nos casamos el 14 de febrero en Los Ángeles. Yanira será la próxima señora Ferrasa.

La Tata aplaude y, contenta, nos abraza y felicita. Pero yo no puedo apartar la vista del hombre que nos observa desde su silla de ruedas. Y finalmente digo:

—Señor, le aseguro que estoy enamorada de su hijo y...

—Veremos cuánto dura ese supuesto amor —me corta él.

—Papá... —murmura Dylan, rabioso.

—Anselmo, por favor —interviene también la Tata.

Pero él, ofuscado y sin importarle lo que yo piense, prosigue, mirando a su hijo:

—Rubia y cantante. La has conocido en ese barco donde estabas, claro. ¿Qué te hace pensar que ella es la mujer de tu vida y no una que se aprovecha de tu posición para triunfar en la música?

—¡¿Qué?! —susurro alucinada.

—Tranquila, cariño —me pide Dylan y, mirando a su padre, sisea—: No todos somos tan desconfiados como tú. A veces hay que dejarse llevar por las percepciones y los sentimientos. Porque...

—No empieces a hablar de sentimientos, como tu madre.

Dylan resopla y yo no doy crédito. Finalmente, replica:

—Ella se dejó llevar por los sentimientos y por eso se casó tres veces contigo. Deberías entender de lo que hablo, ¿no crees, papá?

Sin un ápice de piedad, el viejo coge una carpeta de encima de una mesita y, tirándola sobre la mesa del comedor, dice:

—Aquí tienes, entérate de quién es esta muchacha. Espero que aquí encuentres sus «sentimientos».

Atónita, miro la carpeta y veo que pone «Yanira Van Der Vall». Suelto un chillido de indignación. Clavo mis ojos en Dylan, pero él me pide silencio. Mira a su padre y dice con voz calmada:

—¿En serio has hecho investigar a Yanira?

El hombre asiente y el gruñido del perro me hace mirarlo.

¡Será feo el jodío animal...!

Apoyándose en la mesa, el Ogro se levanta de la silla de ruedas y, con una expresión que asustaría al mismísimo diablo, sisea:

—¿Lo dudabas? —Dylan maldice y su padre continúa—: Por Dios, tiene veintiséis años y tú treinta y siete. La has conocido hace menos de tres meses ¿Dónde tienes la cabeza, hijo? ¿Casarte con ella? ¿Te has vuelto loco?

En ese momento recuerdo eso de que la edad sólo importa en los vinos y en el queso, pero no me parece que sea momento de decir lo que pienso, así que me callo mientras el hombre grita:

—Su familia tiene un negocio del que viven todos, aunque, por lo que he visto no les va mal. Ella canta en hoteles y...

—¡Papá, basta! —lo corta Dylan, ofuscado.

Pulgas ladra y veo que la Tata le da un puntapié.

¡Por todos los santos! ¡Si me pinchan, no sangro! Vaya tela el Ogro y su mascota.

¡Menudo recibimiento!

—¿Una niña rubita y cantante de orquesta es la mujer que quieres para ti? ¿Se puede saber en qué estás pensando? Creía que tú eras diferente de tus hermanos y que buscabas otra cosa, como la doctora Caty Thomson, de Los Ángeles. Caty es el tipo de mujer que necesitas para que te dé estabilidad e hijos. E infinidad de veces te ha demostrado que te quiere, estando siempre a tu lado y esperándote. Ésta no es más que una cantante a la que apenas conoces. Por el amor de Dios, hijo, ¿acaso no has tenido bastante con una madre cantante?

Pedazo de dardo envenenado que me acaba de lanzar el viejo al mencionar a esa Caty.

Su comentario es, como poco, ofensivo para mí, que soy la rubita y cantante. Ah... ¡y niña!

Observo cómo Dylan se enfrenta a él y pienso en Caty Thomson. Es la primera vez que oigo hablar de ella, pero estoy segura de que no va a ser la última.

La Tata se mete también en la discusión y, cuando no puedo más, me planto delante del desagradable hombre que me mira con gesto agrio y digo:

—Me parece muy descortés lo que está haciendo. Tengo veintiséis años, sí, y soy rubia y cantante, pero eso no es sinónimo de tonta, ni de aprovechada. Y en cuanto a investigar sobre mí o mi familia como si fuéramos delincuentes, me molesta, me enfada y me hace querer sacar lo peor de mí.

—Que te moleste o te enfade no me importa lo más mínimo.

¡Será borde el tío!

—Cariño, no te molestes...

—Ay, Dios bendito —susurra la Tata.

—Tengo una familia muy trabajadora y decente —prosigo, no haciendo caso de las palabras de Dylan —, que nunca ofenderían a nadie como lo está haciendo usted. Y en cuanto a mi voz, yo...

—No me cuentes historias, rubita —me interrumpe él—. El dinero y la fama son algo muy goloso para muchas mujeres. Yo simplemente velo por el bien de mi hijo.

Miro la mesa y me contengo para no coger un cuchillo y lanzarme a lo banzai sobre él.

—Métase su jodido dinero por donde le quepa —siseo, perdiendo los papeles.

—¡Yanira! —grita Dylan.

—Le devolveré a Dylan el anillo de su madre —continúo furiosa—. No necesito ninguna joya para querer a su hijo. Le quería sin este anillo y le puedo seguir queriendo sin él.

Con gesto rabioso, me quito el anillo y lo tiro sobre la carpeta donde supuestamente está mi vida escrita en unas hojas. Dylan me mira incrédulo y entonces su padre suelta:

—¿Y encima contestona?

Con ganas de estrangular a ese antipático, me vuelvo con toda mi furia española y respondo, mientras contengo mi rabia:

—Contestona ante las personas que se lo merecen. Y usted se lo merece.

Miro a Dylan, su rostro está tan descompuesto como el mío, y digo:

—Me marcho de aquí.

Salgo casi corriendo del salón, pero antes de llegar a la puerta, sus brazos me rodean y me detienen. Me susurra maravillosas palabras de amor. Es lo que necesito. Seguimos así unos momentos y luego me besa en la cabeza y se disculpa:

—Lo siento, cariño. Sabía que lo pondría difícil, pero...

—Me quiero ir de aquí —lo corto, a punto de llorar.

—Chisss... Amor. Tranquila.

Respiro con dificultad y siento que me ahogo, pero los mimos que Dylan me da me tranquilizan. Nunca me he sentido tan mal ante nadie. Apenas han sido diez minutos, pero han bastado para saber que ese hombre me odia... por ser joven, cantante y rubita.

Tengo ganas de llorar, pero no lo voy a hacer. De pronto, veo a su padre detrás de nosotros y me asusto.

—La comida se enfría —nos dice—. Vamos, entrad.

Dylan y yo lo miramos. El hombre, de nuevo sentado en la silla de ruedas, nos mira con semblante impasible. La rabia me corroe por dentro cuando veo que se da la vuelta y desaparece en el interior del comedor.

Dylan, ofuscado y sin importarle nada, me coge de la mano y tira de mí hacia la puerta de la calle. Salimos y el aire fresco me da en la cara. Respiro aliviada. En ese instante llega Tony, que sube los escalones de dos en dos y pregunta:

—¿Qué ocurre?

—Nos vamos —contesta Dylan.

Su hermano lo agarra del brazo e inquiere:

—No será por lo que imagino...

Dylan asiente y oigo que Tony suelta un improperio y se toca el oscuro cabello. Mira a la derecha, resopla, y luego, mirando a su hermano, dice:

—Ya lo conoces. ¿Qué esperabas que hiciera?

Él no contesta y yo, incapaz de callarme, pregunto, soltándome de su mano:

—¿Por qué me has traído aquí sabiendo lo que iba a pasar?

Veo que los hermanos se miran. El dolor cruza sus rostros y Dylan responde:

—Porque es mi padre y tenías que conocerlo tarde o temprano.

Lo miro alucinada. Ahora entiendo la paciencia que la Tata me pedía que tuviera.

Me entra la risa y Tony, que conoce el motivo de ésta, dice:

—Eso es lo que mi padre necesita. Ríete de él. Enséñale que tú también tienes carácter y así te lo ganarás. Si dejas que te venza, nunca te respetará, como nunca ha respetado a las mujeres de Omar.

—Tony —murmura Dylan, incómodo—, tengamos la fiesta en paz. Bastante incómodo ha sido ya todo como para...

—¿Me permites que me ría de él? —lo corto de pronto.

—No... joder. No quiero que te rías de mi padre.

Vale, lo entiendo. Yo tampoco querría que se riera él del mío, pero insisto:

—¿Y que le presente batalla?

Dylan resopla. No sabe qué decir y finalmente contesta:

—Escucha, cariño, ya lo has conocido. Nos podemos ir de aquí y no tienes por qué volver a verlo hasta el día de la boda. No pretendo que entres en su absurdo juego, no hace falta. Sé que me quieres y sabes que yo te quiero, ¡no necesito nada más!

Rabiosa por lo que ese jodido viejo es capaz de hacer para incomodar a los que tiene cerca, levanto el mentón y, mirando al maravilloso hombre que está a mi lado, propongo:

—Regresemos al salón.

—¡¿Qué?!

Tony sonríe, se me acerca y me da un beso en la mejilla. Y antes de entrar en la casa, me anima:

—¡Dale al viejo lo que se merece, Yanira!

Cuando se va dejándonos solos, tomo aire y, mirando a Dylan con seguridad, digo:

—No soporto que haya investigado a mi familia y quiero que sepa que ni él ni nadie puede conmigo. Te prometo que controlaré todas mis contestaciones y no caeré en la grosería ni la vulgaridad. Tu padre se acaba de encontrar de frente con la horma de su zapato. Se va a enterar de cómo somos las españolas rubitas, si tú me lo permites.

Mis palabras lo desconciertan, pero finalmente sonríe y contesta:

—Te lo permito si me dices algo cariñoso.

Al entender a lo que se refiere, pongo los ojos en blanco y murmuro:

—Te quiero, cariño.

Dylan sonríe y, besándome, asiente:

—Vamos, caprichosa, demuéstrale al Ogro cómo es mi preciosa mujer.

Tomando aire y tragándome las lágrimas, lo beso, lo agarro con fuerza de la mano y dejo que me lleve de nuevo al salón.

La Tata, Tony y el padre de Dylan nos esperan. Sobre la mesa sigue la carpeta con la información sobre mí, y también el anillo. Tony me guiña un ojo. La Tata, al pasar por mi lado, me aprieta la mano un momento para darme ánimo y me señala una silla a su lado.

Con descaro, yo cojo la carpeta y el anillo. El Ogro me mira y yo lo miro también, desafiante, mientras me pongo el anillo lentamente. Después me vuelvo hacia Dylan, que me observa, y entregándole la carpeta, le indico:

—Toma, cariño, luego lo leemos juntos. Seguro que hasta descubro cosas de mí que no sabía.

El Ogro frunce el cejo. Bien. Eso me gusta.

Dylan sonríe y yo me acerco a Tony, lo abrazo por detrás y, tras darle un beso en la mejilla, le digo al oído:

—Eres el tío más estupendo que conozco y si no me hubiera enamorado de tu hermano, me habría enamorado de ti.

Después me acerco a la silla que queda a la derecha de su padre y en la que está *Pulgas*. Sin miramientos, echo al perro de un manotazo y el animal gruñe. Una vez libre la silla, me siento, miro al dueño del bicho y, tras parpadear, digo:

—Tengo una hambre atroz, ¿con qué me va a deleitar, señor?

Anselmo Ferrasa me mira desconcertado. No esperaba esa reacción de mí y no contesta nada.

Instantes después, unas mujeres del servicio entran en la estancia y me miran extrañadas al verme sentada junto a su señor. Yo sonrío. Colocan distintas fuentes sobre la mesa. Observo la comida encantada. Ensaladas, pollo, huevos con mahonesa, verdura. Todo tiene buena pinta y me sirvo.

Comemos en silencio. Las comidas en mi casa son pura algarabía y una oportunidad para comunicarnos. Creo que nunca he estado en una comida donde esté todo el mundo callado. Pero en esta casa callan y comen y yo decido hacer lo mismo.

Con disimulo, observo cómo el padre de Dylan me mira comer. Lo tengo alucinado. A pesar de tener el estómago cerrado por los nervios a causa de la situación, engullo como una posesa, hasta que lo oigo decir:

—Tienes buen apetito.

Eso me hace mirarlo y, sonriendo, replico:

—Cuando me desafían me entra hambre, ¿a usted no?

Mi comentario no sé si le molesta o le gusta, porque no sonríe. Pero al ver sus ojos, sé que le ha hecho gracia y asevera:

—No suelo equivocarme.

—¿Y si lo hace pide disculpas?

—Depende. Quizá por algunas cosas.

Lo miro, sonrío y, con una de mis miraditas, sentencio, antes de meterme un trozo de carne en la boca:

—Conmigo lo hará por todas.

Con el rabillo del ojo, veo que finalmente la comisura de sus labios se curva ligeramente, mientras come un poco de ensalada.

Ya sé a quién se parece Dylan. Está cortado por el mismo patrón que su padre.

25

Soy lo prohibido

Al día siguiente, cuando abro los ojos y me veo sola en esa inmensa habitación, me quiero morir. No quiero estar aquí. No quiero enfrentarme al padre de Dylan y no quiero discutir, ni con él ni con nadie.

¿Por qué he accedido a quedarme?

Tras darme una ducha, me pongo unos vaqueros, una camiseta y las lentillas y salgo de la habitación. La casa está en silencio y eso me pone nerviosa. Parece un monasterio. Cuando llego a la cocina, veo a una mujer que no conozco. Se me presenta como Elsa y yo le sonrío y me presento también. Entonces la puerta se abre y entra la Tata, que me abraza al verme.

—Hola, linda, ¿cómo has dormido?

—Bien. Muy bien.

Sonrió al recordar que Dylan vino a mi habitación en mitad de la noche y me hizo el amor con lujuria. Al acordarme de cómo me mordió el labio inferior mientras me penetraba contra la pared del baño me excita y, moviendo la cabeza para dejar de pensar en ello, pregunto:

—¿Tienes Cola Cao o Nesquik?

La mujer asiente. Saca de un armarito un bote de Cola Cao y, mientras Elsa sale de la cocina, se ofrece:

—¿Te preparo un vasito de leche?

Por no hacerle el feo, digo que sí. Dos segundos después, deja el vaso de leche, el bote de Cola Cao y una cuchara frente a mí.

Sin dudarlo, cojo la cuchara, abro el bote y me meto una cucharada de cacao en la boca.

Mmmmm... ¡me encanta!

La mujer me mira alucinada y entonces oigo una voz fuerte decir a mi derecha:

—Por el amor de Dios, ¿por qué haces esa guarrada?

Me atraganto, toso. Tiro el vaso de leche y el Cola Cao me sale por la nariz.

—Ay, Dios —susurra la Tata.

El padre de Dylan me mira furioso, mientras yo me siento de lo más ridícula, con la boca y los labios manchados de chocolate. Rápidamente, la Tata recoge con un pañito la leche que he tirado sobre la encimera y yo voy por un vaso de agua para poder respirar.

Señor, ¡me estoy ahogando y nadie se da cuenta!

—Tata, creo que habrá que enseñarle también a comer —sisea el hombre.

Mi mirada y la suya se encuentran. Está claro que no me lo va a poner fácil.

Cuando se da la vuelta y se marcha caminando de la cocina, la Tata me dice:

—¿Estás bien, corazón?

Yo asiento.

De pronto oigo un gruñido. Miro a mis pies y *Pulgas*, que ha estado lamiendo la leche del suelo, me mira y me enseña los dientes en actitud desafiante. Me aparto de su lado. No me fío de este perro.

Salgo al jardín y veo a Dylan sentado con su hermano Tony. Me acerco a ellos, me acomodo sobre las piernas de mi chico y me olvido de lo ocurrido.

Charlamos durante un rato y, entre risas, me cuentan fechorías de cuando eran pequeños. De pronto, oigo el llanto de un niño. Muevo la cabeza para saber de dónde viene y al fondo de la parcela veo a una mujer que lleva de la mano a una niña pequeña. La mujer se para, se agacha y zarandea a la cría, que llora aún más. Eso me subleva y pregunto:

—¿Quién es esa mujer?

Tony y Dylan miran y su semblante se oscurece. Éste dice:

—Es Elsa, una de las cocineras de la casa, con su sobrina.

Es la mujer que acabo de conocer en la cocina. La sigo con la mirada hasta que la pierdo de vista y luego me olvido de ella y vuelvo a divertirme con lo que mi chico y su hermano me cuentan.

Por la noche, tras la cena, Tony se marcha, la Tata se va a dormir y el ogro desaparece. Dylan y yo nos sentamos en el cómodo salón y decidimos ver una película. Miramos la cartelera en el canal de pago y nos decidimos por *Iron Man 3*. Tanto a él como a mí nos gustan las películas de acción.

—¿Sabes si la Tata tiene palomitas en la cocina?

—No lo sé, voy a mirar, pero no me extrañaría. A veces la he visto haciendo para la sobrina de Elsa —responde Dylan y, besándome, añade antes de levantarse—. No te muevas de aquí. En seguida vuelvo.

Mientras lo espero, jugueteo con el mando de la tele y busco la MTV. Miley Cyrus está cantando su famoso *Wrecking ball* y yo la tarareo. La antigua niña de Disney ha cambiado radicalmente de estilo y no sólo en el vestir. Encantada, canto la canción y, cuando me canso, busco la MTV latina y salto de gusto al ver a Pablo López interpretando su famosa *Vi* y canto con él.

> *Dime si hoy se acaba el mundo, corazón,*
> *dime qué vas llevarte,*
> *dime qué me llevo yo*

Me sumerjo tanto en la música que me olvido de dónde estoy. Me levanto y, con el mando de la tele en la mano a modo de micrófono, canto y me dejo llevar por la melodía de esta fantástica canción, mientras bailo, canto y disfruto, hasta que, de pronto, oigo un ruido y, al volverme, veo a Dylan con un bol de palomitas en la mano y su padre a su lado.

¡Joderrrrrr!

Dejo de cantar de golpe y apago el televisor. Ninguno dice nada, pero los dos me miran.

Finalmente, el Ogro le dice a su hijo:

—Es hora de dormir, ¿a qué se debe este escándalo?

¡Se me ha ido la pinza con la música! Avergonzada, murmuro sin dejar hablar a mi prometido:

—Tiene razón, señor. Le pido disculpas.

Con una mueca agria, él mira a Dylan enfadado.

—Esto es lo que quieres para ti, hijo. Ella cantando y tú trayéndole palomitas.

Y, sin más, se da la vuelta y se va, dejándonos mudos. Miro a mi chico y veo que está serio.

Pobre... Se ha comido una bronca por mi locura.

Se acerca a mí y deja el bol de palomitas en la mesa. Piensa un momento y luego dice:

—Escucha, cariño, te agradecería que la próxima vez que cantes, controles el tono de voz, y más siendo estas horas.

Tiene razón. Estoy arrepentidísima, pero de pronto, él me besa, sonríe y susurra:

—Me encanta oírte cantar.

Cinco minutos más tarde, nos sumergimos en *Iron Man 3* y disfrutamos de la película, aunque el comentario del Ogro sigue dando vueltas en mi cabeza.

A la mañana siguiente, cuando bajo a la cocina, me encuentro allí con Elsa. Ella me mira y me da los buenos días. De pronto, la puerta que da al jardín se abre y entra una niña que rápidamente identifico como la que lloraba ayer.

La pequeña me dedica una preciosa sonrisa y me quedo a cuadros cuando Elsa se le acerca, le da un sonoro bofetón que me encoge el alma y sisea:

—Vete a casa ahora mismo. ¿Cómo te tengo que decir que aquí no puedes entrar?

La niña hace un puchero, pero no se mueve. Con su manita, se toca la cara y balbucea:

—No quiero estar sola.

Indignada por lo que acabo de ver, me acerco a ella y la cojo en brazos. Le doy un beso para calmarla y luego le digo a Elsa, enfadada:

—Pero ¿qué forma es ésta de tratar a una niña?

La muy imbécil me mira y su expresión no me gusta.

—Es mi sobrina —responde escuetamente:

—¿Y porque sea tu sobrina tienes que tratarla así?

De malos modos, Elsa se quita el mandil y masculla algo. De un tirón, me arranca a la pequeña de los brazos y, mirándome, gruñe:

—Tengo que ir un momento a mi casa.

Boquiabierta e impotente, no digo nada. Si lo hago será para ponerla a parir por lo que ha hecho. Sin más, la mujer abre la puerta y se va.

Una vez me quedo sola en la cocina, maldigo. La actitud de esta mujer me enerva.

Miro a mi alrededor y recuerdo dónde guarda la Tata el Cola Cao, así que lo saco, cojo una cuchara y me siento en un taburete junto a la encimera. Abro el bote y miro a ambos lados. No hay ogros en la costa. Con gusto, me meto una cucharada llena en la boca y lo saboreo.

Mientras lo hago, miro mi móvil. Tengo un mensaje de Coral.

Me voy a Suecia unos días. He conocido a un bombón impresionante. Ya te contaré.

Suelto una carcajada. Sin duda, mi amiga sigue en fase Comecienta. Dejo el móvil y cojo unas galletas de yogur que están buenísimas. Por la ventana, veo a Elsa llegar hasta la que debe de ser su casa. Abre la puerta y se mete dentro con la niña.

¿Por qué la habrá tratado así?

En ese momento, *Pulgas* entra en la cocina y me mira con su fea cara.

—¿Algo que objetar? —le pregunto.

El animal mueve el cuello y ladea la cabeza. Sonrío. Recuerdo lo que les gusta a los perros que hay en mi casa y decido ver si a éste lo tiento. Me dirijo a la nevera, la abro y curioseo. Cuando veo un paquete de salchichas de Frankfurt, saco una y, mirando al animal, le digo:

—¿La quieres?

Pulgas se pone nervioso y parece mirar a los lados, como he hecho yo antes. Eso me hace gracia.

Parto la salchicha en trozos y le tiendo uno. Viene hacia mí y lo coge. Trozo a trozo, consigo que me dé una pata, luego la otra y que, finalmente, coma de mi mano. Está claro que a los perros la comida les gusta más que a mí el cacao en polvo. Cuando se acaba la salchicha, el animal se va.

Me río. Si el padre de Dylan se entera de que su perro y yo hemos confraternizado de esta manera, se enfadará.

En ese momento, la Tata entra en la cocina, me mira y, con una encantadora sonrisa, me saluda:

—Buenos días, corazón.

Yo me acerco a ella y le doy un beso. En mi casa nos besamos al acostarnos y al levantarnos, y yo necesito ese contacto. La mujer sonríe y, sacándose un sobre del bolsillo de la falda, dice:

—Esto me lo ha dejado Dylan para ti.

—¿Se ha ido? —pregunto asustada.

—Ha tenido que salir.

Con ansiedad, abro el sobre y leo:

Buenos días, cariño:

He ido con Tony a arreglar unos papeles de mi madre.

Espero llegar antes de la comida. En cuanto a mi padre, mantente alejada de él, no cantes muy alto y te aseguro que no te molestará.

Te quiero,

Dylan

Leo la carta dos veces más. ¿Por qué no me ha avisado para que fuera con él?

—Tranquila, el Ogro salió tambien.

Saber que no está me tranquiliza y al recordar lo que ha ocurrido con Elsa, se lo comento a la Tata, que dice:

—¡Maldita Elsa, qué daño le está haciendo a esa pequeña!

Durante un rato, hablamos de ello. Veo su indignación y me doy cuenta de que cuando habla de la niña lo hace con cariño. Pero también noto cierta rabia en sus palabras.

Me pone un vaso de leche delante, se sienta y pregunta:

—¿Anoche eras tú la que cantaba?

—Sí.

Suelta una carcajada y dice:

—Anda, tómate la leche. Es buena para los huesos. Tiene mucho calcio.

Resoplo. Otra como mi madre... Le echa dos cucharaditas de Cola Cao e insiste:

—Vamos, te vendrá bien. Tómala.

Lo hago por no hacerle el feo. Doy un sorbito y ella dice:

—Llevaba meses sin oír cantar a nadie en esta casa y te aseguro que me encantó. La música siempre estuvo muy presente en «Villa Melodía» hasta que murió la señora. Luego, el gruñón prohibió todo tipo de música. —Al ver mi cara, añade—: Cántame algo, por favor.

Sonrío y, dispuesta a contentarla, pregunto, retirando el vaso de leche:

—¿Qué quieres que te cante?

—Lo que quieras, corazón. Cualquier cosa será bienvenida.

Canto *Cry me out*, que me encanta.

La Tata mueve la cabeza entusiasmada mientras yo disfruto como siempre que canto. Cuando acabo, aplaude y, acercándome el vaso de leche, dice:

—¡Qué bonita voz! ¿Y alguna cancioncita en español ahora?

Pienso. Tras cantar tengo sed. Bebo leche y sonrío. La Tata sonríe también. En ese instante, me viene a la cabeza una canción de Chenoa que me gusta y canto:

Dibujo todo con color y siento nanananana en mi corazón.
Ya nadie más puede pasar...
Dibujo cosas sin dolor y siento nananana sin ton ni son.
Qué bueno es sentirse bien y romper las rutinas que ciegan mi ser.

La mujer me escucha embelesada y, cuando termino aplaude de nuevo y comenta:

—¡Qué voz tienes hija...! No me extraña que Dylan se enamorara de ti.

Su comentario me hace sonreír. La Tata me recuerda a mis abuelas. Cariñosa, atenta, entregada. De pronto, oímos un portazo y al padre de Dylan que grita:

—Por el amor de Dios, al final va a llover. ¡Que se calle ya!

Las dos nos miramos. Yo me quedo blanca, pero ella niega con la cabeza.

—¡No le hagas caso! —me aconseja.

El corazón se me va a salir del pecho. ¿Cómo no le voy a hacer caso al padre de mi novio? Dos segundos después, aparece por la puerta de la cocina y, mirándome fijamente a los ojos, me ordena:

—Ven. Quiero enseñarte algo.

Y dicho esto, da media vuelta y se va.

Dos veces me ha pillado ya cantando a pleno pulmón. ¡Qué horror!

La Tata sonríe y, encogiéndose de hombros, me apremia:

—Anda, ve, cariño, no se te comerá. Y, tranquila, si no le gustase tu voz, te habría mandado callar antes de terminar la canción.

Con paso decidido, me encamino hacia la puerta y, al salir de la cocina, veo que él me está esperando.

¡Ahhhh, vaya susto me ha dado! ¡Y menuda cara de amargado tiene!

—Sígueme.

Yo lo hago sin rechistar. Cualquiera le dice que no al simpático.

Veo que le cuesta caminar, pero yo no digo ni mu. Se para delante de una puerta y, cuando la abre, veo que la oscuridad reina en su interior.

No entro. No me muevo.

¿Y si me encierra allí con varios sicarios?

Desconfío. Este hombre no me da buena espina.

Él entra, enciende las luces y veo que la estancia se ilumina. Asomo la cabeza y, ¡Dios santoooooooooooo!, me quedo atónita al ver lo que hay dentro.

—Éste era el despacho de Luisa, mi mujer.

Entro con la boca abierta y miro la habitación decorada en rojo y púrpura. Veo fotos de cientos de actuaciones. Fotos de la artista con sus hijos. Fotos del Ogro y de ella besándose. Carteles de conciertos. Discos de oro y platino colgados de las paredes. Cientos de regalos a cuál más curioso y, al fondo, una vitrina plagada de pequeños gramófonos.

—¿Esto son Premios Grammy? —pregunto.

No responde.

Lo miro con cara de póquer y al final asiente. Hechizada, me acerco a la vitrina y leo «Mejor álbum de fusión tropical», «Mejor álbum del año», «Mejor grabación del año», «Mejor artista». Alucinada, cuento como más de veinte y me emociono. No los toco. Los miro como quien mira un diamante de tropecientos mil quilates, cuando el padre de Dylan dice:

—Lo que hay a tu derecha son Premios Billboard.

Curiosa leo en ellos, «Premio a la canción del año», «Premio al artista del año», «Premio al grupo tropical del año», «Premio a la trayectoria artística musical» e, igual que de los Grammy, hay un montón.

¡Increíble! Esto es increíble.

Lo observo todo con los ojos como platos y sonrío. Miro al hombre que está a mi lado sin moverse y le comento maravillada:

—Su mujer era una cantante excepcional. No me extraña que le dieran tantos premios.

—Tú también tienes una bonita voz —contesta, sorprendiéndome.

—Gracias —le digo, total y absolutamente asombrada.

Su gesto se suaviza. Creo que va a decir algo bonito, pero de repente, cogiendo uno de los premios, pregunta:

—¿Esto es lo que tú buscas?

—¡¿Qué?!

—Esto es lo que quieres, ¿verdad?

Desconcertada, no soy capaz de responder. Mi semblante cambia y él prosigue:

—Puedo encontrarte un mánager y un productor. Puedo darte a elegir entre varios para que produzcan tu álbum y tengas éxito. A cambio, sólo tienes que dejar a Dylan y no casarte con él.

Alucino pepinillos. ¿Me está sobornando?

Doy un paso atrás. Él, sin quitarme ojo, añade:

—Mañana mismo puedes tener ese mánager y ese productor si me dices que sí y sales de la vida de mi hijo.

La sangre se me revoluciona.

Plan A: cojo un Grammy y se lo estampo en la cabeza.

Plan B: cojo un Grammy y se lo estampo en la cabeza.

Plan C: cojo un Grammy y se lo estampo en la cabeza.

Resoplo. Tomo aire y descarto mis planes A, B y C, mientras me muerdo la lengua. Si digo lo que pienso, no sólo este viejo me echará de su casa, sino que la policía me echará del país amordazada.

¿Cómo puede ser tan mala persona?

¿Cómo puede hacerle esto a Dylan?

Por un instante, al llevarme al santuario de su mujer, creía que había firmado una tregua conmigo. Pero no. Lo tenía todo pensado.

¡Vaya tela el viejo!

—Se equivoca conmigo —digo, tras tranquilizarme—. Para mí, es más importante su hijo que un productor o un disco. No me conoce. Ni tampoco quiere conocerme. ¿Cómo puede pensar así de mí? ¿Qué clase de persona cree que soy?

—La clase de persona que va a hacer daño a mi hijo.

—¿Por qué cree eso?

Con una sombría mirada que me deja ver el dolor que lleva dentro, musita:

—Porque yo he estado casado con una cantante. Por eso lo sé. Y tú no me gustas. No pienses que vas a sacarle dinero a mi hijo, rubia Clairol... No quiero verlo con un piojo pegado.

¿Rubia Clairol?

Pero ¿qué dice? ¿Qué significa eso?

Resoplo. Los planes A, B y C de estamparle el Grammy en la cabeza vuelven a tentarme.

¿Se enfadará mucho Dylan si lo hago?

Estoy a punto de contestarle, de ponerme a su nivel, pero cierro los ojos y pienso. Le he prometido a Dylan que no seré grosera ni mal hablada y he de cumplirlo. Lo que este hombre busca es sacarme de mis casillas y no se lo voy a permitir. No por mí, sino por Dylan y, finalmente, respondo:

—Si por mí fuera, le diría las cosas más horribles que nunca una mujer le ha dicho. Pero precisamente porque quiero y respeto a su hijo, me callaré, me iré de aquí y olvidaré que esto tan desagradable ha ocurrido.

—¿Rechazas mi tentadora oferta?

Ay, que al final le doy... Me marcho o le doy.

No respondo. Salgo furiosa de la habitación y subo los escalones de dos en dos. Voy a mi cuarto, me desnudo, y me meto bajo la ducha para intentar calmarme los nervios y la ansiedad que ese sombrío hombre me provoca.

Cuando regresa Dylan, veo que está de buen humor. No le comento lo que ha pasado. Hacerlo le generaría sufrimiento y eso es lo último que quiero.

Esa noche en mi habitación estoy tensa. Pienso en lo ocurrido con el Ogro y maldigo.

¡Vaya tío más impresentable!

Recordar lo que piensa de mí y lo que quería hacer para separarme de su hijo me revuelve las tripas y me destroza el corazón.

Miro el reloj. Son las 23.17 y sé que Dylan no tardará en entrar en mi cuarto. Pero estoy ansiosa por verlo. Lo necesito a mi lado y esta noche decido ser yo quien vaya en su busca.

Vestida con un liviano camisón de seda y encaje color crema, abro la puerta, asomo la cabeza y, al no ver a nadie, corro hasta su cuarto. Abro y entro rápidamente.

Una vez dentro, miro a mi alrededor y veo que no está, pero oigo música en el baño. Se debe de estar duchando. Me acerco con sigilo y sonrío al oír el agua y a Dylan canturrear.

Pero ¡qué precioso es mi futuro marido!

Sin hacer ruido, me quedo unos segundos escuchándolo.

Su voz me embriaga...

Su voz es un bálsamo para mí...

Y cuando la ansiedad me embarga, abro la puerta y entro en el cuarto de baño.

Al oír el ruido, Dylan se da la vuelta y, al verme, dice con una sonrisa:

—Hola, cariño.

—Hola.

Lo miro embelesada y explica:

—Pensaba ir a tu cuarto después de la ducha.

Asiento. No lo dudo.

Sin hablar, me quito las zapatillas y, con el camisón de seda puesto, abro la puerta de la mampara y me meto con él debajo del agua. El camisón se me empapa en dos segundos.

—¿Qué haces? —pregunta Dylan, sorprendido.

—Mojarme contigo.

Sonríe. Observa cómo la tela se pega a mi cuerpo y murmura:

—Wepaaaaa.

Sonrío por esa expresión tan de su tierra y lo ataco como una fiera.

Doy un paso hacia él y lo beso. Mi moreno reacciona velozmente y me abraza. Nuestras lenguas se encuentran y danzan con rapidez, mientras el éxtasis crece por momentos, como un preludio de lo que va a ocurrir.

Con cómplices besos, Dylan me desnuda. El camisón empapado cae al suelo de la ducha y, tras él, mi bonito tanga. Sin apartar mis ojos de los suyos y sin dejar de besarnos, poso una mano en su pecho y muy... muy lentamente la voy bajando. Toco su vientre plano y me deleito con su tabletita de chocolate.

¡Es increíble lo bueno que está!

Mis movimientos, lentos y perturbadores, lo vuelven loco y lo hacen estremecer y, cuando abandono su boca, llevo la mía a uno de sus erectos pezones.

Mmmmm... ¡me encanta!

Se lo chupo con deleite, se lo rodeo con la lengua y, extasiada, lo oigo gemir. Bajo la boca, mi lengua sigue su recorrido y me arrodillo ante su ya dura y perfecta erección. Dylan se apoya en la pared y murmura:

—Soy todo tuyo..., caprichosa.

—Me encanta saberlo. —Sonrío.

Mi chico, agitado, animado y avivado por mi pasión y entrega, responde:

—Más me gusta a mí serlo.

Sonrío con lujuria al escucharlo y le pido:

—Separa las piernas.

Acata mi orden al instante y la respiración se le acelera cuando le beso la parte interna de los muslos y le doy unos mordisquitos que lo hacen sonreír. Lo vuelve loco verme así.

Con una mano agarro su pene con mimo, apretándolo con suavidad. Él jadea y se estremece.

Lo tengo a mi merced. Lo sé. Me lo dicen sus ojos y la predisposición de su cuerpo.

Como una dominatrix, sonrío. Me encanta aplicarle esta dulce tortura. Nuestra tortura sexual.

Lo toco. Lo miro. Paseo su húmedo pene por mi mojado rostro, dispuesta a hacer crecer su ansiedad hasta unos límites de locura. Pero cuando mi propia ansiedad va a explotar, abro la boca e introduzco su pene en ella, notando sus temblores.

—Bebé, me vuelves loco —lo oigo decir.

Con mi presa en la boca y su cuerpo totalmente rendido a mis deseos, me siento perversa, poderosa y comienzo a succionar con ansia esa parte de su cuerpo que tanto placer me da, mientras mi chico se muerde el labio inferior y mueve las caderas.

Sus manos se enredan en mi húmedo pelo y lo oigo susurrar:

—No pares, conejita... no pares.

Hago lo que me pide mientras le acaricio los testículos. Sé que le gusta que lo toque justamente ahí y da un respingo mientras mi boca succiona su pene y mi lengua lo acaricia.

Sintiéndome la propietaria absoluta del cuerpo de mi futuro marido, no paro y a cada segundo me adueño más de él. Muevo la cabeza atrás y adelante para meterlo y sacarlo de mi boca, mientras mi pasión se mezcla con su deseo avivando nuestra locura.

Dylan tiembla y jadea enloquecido y yo no paro. Sigo. Lo hago mío.

Su anhelo y mi pasión crecen en nuestro interior salvajemente, hasta que Dylan no puede más, suelta un alarido brutal y, cogiéndome de la muñeca, me incorpora, me iza en sus brazos y, apoyándome contra la pared, musita:

—Necesito poseerte ¡ya!

Sonrío. Mi mirada lo provoca y me besa con lujuria, morbo y ansiedad. ¡Lo he vuelto loco!

Sin pararse, introduce su pene en mi húmeda vagina y de una embestida se mete totalmente en mí, mientras me tapa la boca para ahogar mi chillido. Yo le muerdo la mano y él, estimulado por mi reacción, murmura:

—Te voy a follar con rudeza, por lo que acabas de hacer.

Oh, sí... Sin duda alguna es lo que quiero.

Sin más, vuelve a introducirse nuevamente en mí y yo me revuelvo entre sus brazos, entusiasmada. Mis locos chillidos lo agitan y, con arremetidas a cuál más salvaje, embiste una y otra vez, llevándome a la lujuria total, mientras mi cuerpo se abre para recibirlo.

En ese instante, el romanticismo queda a un lado y nos convertimos en dos animales en celo para darnos el mayor placer. Acometida tras acometida, lo recibo, me acoplo, lo disfruto. Cada vez que siento que sus caderas retroceden, me preparo para recibirlo y su respuesta es colosal.

La música que suena en la radio y el sonido del agua de la ducha atenúa nuestras agitadas respiraciones y chillidos, y siento que mi placer y mis orgasmos no tienen fin.

Dylan no me mira. Con su boca en mi clavícula, se limita a darme lo que necesito y a coger lo que anhelo, hasta que el clímax nos llega y siento cómo su semilla me llena entera, tras un último embate que nos deja a los dos rotos y agotados.

26

Qué precio tiene el cielo

Un par de días después, estoy con Dylan disfrutando de una soleada mañana en la piscina. El Ogro no ha vuelto a tentarme con ninguna nueva oferta. Es más, creo que está sorprendido porque no le haya contado nada a su hijo. Nos reímos, nos hacemos ahogadillas y nos besamos. Nuestra felicidad parece completa, pero ambos notamos que en el momento en que aparece su padre, el buen rollo deja de flotar en el ambiente. De pronto, recuerdo algo y digo:

—¿Qué significa para vosotros «rubia Clairol»?

Dylan, sorprendido, me mira, y pregunta:

—¿Quién te ha dicho eso?

Por su expresión sé que no es nada bueno y, con una candorosa sonrisa, lo beso y contesto:

—No me lo ha dicho nadie, cariño. Pero se lo oí decir a unos hombres el otro día, cuando estábamos tomando algo, y me llamó la atención.

Molesto con lo que me tiene que decir, responde:

—Esa expresión es como decirle en tu país puta a una mujer.

Me atraganto.

Me asfixio.

¿El Ogro me llamó puta?

Joder... joder... joder... Pero no estoy dispuesta a amargarme el precioso día que tengo por delante con Dylan, así que sonrío y disimulo.

¡La madre que lo parió!

Nuestros juegos continúan y mi amor me saca del agua echada sobre un hombro. Luego me deja en el suelo y pregunta:

—¿Tienes la cámara de fotos aquí?

—La tengo en la habitación. —Y poniéndome las zapatillas, añado—: No te muevas. Voy a buscarla y en dos minutos estoy aquí.

Enrollándome una toalla, subo a mi habitación. Saco la cámara de la maleta y, al salir, oigo música y la voz de una mujer en uno de los cuartos.

Me acerco con cautela. La música y las voces salen de la habitación del Ogro. La puerta entreabierta me invita a asomarme. Lo hago y me sorprende ver al padre de Dylan, ese que ahora sé que me llamó puta, mirando un vídeo casero.

En él, Dylan y sus hermanos de pequeños, ríen mientras se tiran a la piscina.

Junto a ellos hay una mujer con un turbante celeste al que los niños llaman mamá y que identifico como la gran diva Luisa Fernández. A su lado, veo al Ogro sonreír mientras bromea con ella.

Vaya... ¡si sabía sonreír!

La película acaba y comienza otra. En ésta veo a los tres chicos alrededor de un árbol de Navidad abriendo montones de regalos, mientras el Ogro y su mujer, sentados en uno de los sofás que hay en el salón, los miran abrazados haciéndose arrumacos. Se besan con mimo y, al ver que los están grabando, se ríen y protestan.

De nuevo la película acaba y empieza otra y en esta ocasión aparecen los padres de Dylan vestidos de noche, en el jardín de la casa, bailando entre la multitud. Parecen pasarlo bien. Y me encanta ver la enorme dulzura en la mirada de ella.

Un ruido me distrae de lo que estoy viendo y observo que el padre de Dylan se limpia los ojos con un pañuelo blanco. ¿Está llorando?

¿El Ogro tiene sentimientos?

Sin duda alguna, los vídeos que está mirando conmueven su duro corazón y eso me sorprende.

Decido dejar de cotillear y, sin hacer ruido, me marcho y regreso a la piscina. Dylan me espera y sonrío al ver que me quita la cámara de las manos y comienza a hacerme fotos.

Esa noche, me lleva a cenar a un precioso sitio de El Dorado y me presenta a varios de sus amigos. Son todos de su edad y me miran sonrientes. Él, al ver cómo me miran, les deja a todos claro con su mirada que tengan cuidado. Su instinto posesivo me hace sonreír.

Todos son encantadores y pasamos una noche maravillosa, mientras asistimos a la actuación de una orquesta.

Dylan no me pide que cante, ni siquiera menciona que me dedique a eso. No me molesta que no lo haga. Esta noche quiero disfrutar a su lado de lo que otros hacen y él me lo agradece con la mirada.

Al regresar de madrugada en el coche, Dylan se desvía por un camino y, cuando para en una playa desierta, pregunto:

—¿Te apetece que nos bañemos?

Él sonríe y, con voz guasona, responde:

—Un boricua no se baña, se acicala.

Me río. Él también y, sin demora, nos desnudamos y corremos hacia la playa, llevando sólo un par de toallas.

Cuando llegamos a la orilla, Dylan me coge de la mano y me arrastra hacia el mar. El agua está fría y suelto mi toalla, que queda flotando. Nos mojamos entre risas, mientras nos besamos.

—Quiero un surtido de tus maravillosos besos.

Mimosa, me aprieto contra él y pregunto:

—¿De chocolate... de fresa... de caramelo?

Agarrándome del cuello él me acerca a su boca y afirma:

—Los quiero todos.

Abandonada a sus brazos, mi surtido de besos se convierte a cada instante en más pecaminoso y, ante nuestra desnudez, está claro lo que los dos deseamos. Cada recoveco de mi boca es suyo y su boca era mía, mientras su erección crece por momentos y yo la noto golpear mis muslos. Me pongo a cien.

—Eres increíblemente sexy.

—Y tú eres increíblemente ardiente y posesivo.

Nos miramos. A veces, las miradas dicen más que las palabras y mi amado murmura:

—Te voy a hacer el amor en el agua.

Deseosa de ello, asiento y respondo:

—Lo espero ansiosa.

Ambos sonreímos y noto cómo sus dedos comienzan a jugar con mi clítoris. Mi respiración se acelera, se entrecorta, haciéndole saber cuánto lo deseo. Cuánto lo necesito.

Mis pezones se yerguen y Dylan, izándome en el agua, me los muerde. Aprieta su boca contra mis pechos y yo lo dejo hacer. Me encanta que domine la situación. Adoro cuando su ímpetu varonil me hace saber que soy suya.

Me muerde los pezones, me los chupa. Los lame mientras yo me entrego al puro disfrute sin pensar en nada más. En ese instante, en ese momento, sólo estamos él, yo y un increíble y paradisíaco lugar.

—¿A qué quieres jugar, caprichosa?

—A lo que tú quieras... a lo que quieras...

Dylan sonríe. Ve mi entrega total y, mirándome a los ojos, guía la punta de su duro pene hacia mi cálida humedad. Luego, lentamente, muy, muy lentamente, entra en mí, mientras susurra:

—Así, cariño..., despacio.

Pero yo ansío más.

Yo quiero tenerlo entero dentro de mí y ese anhelo me puede. Pero él no me lo permite y prosigue lenta y pausadamente.

Cuando por fin siento su pene en mi interior, un gemido embriagador sale de mi alma y Dylan lo atrapa en su boca. Me besa mientras me aprieta contra su cuerpo y noto cómo su pene late en mi interior.

Llevándome en brazos, camina hacia la playa y, cuando el agua le llega por las caderas, musita con voz ronca:

—Échate hacia atrás y déjate flotar.

Hago lo que me pide, mientras él me sujeta por las caderas y me aprieta contra su cuerpo para no salirse de mí.

Oh, Dios, ¡qué placer!

Dylan mueve las caderas para ahondar más en mí. Movimientos rotatorios que me vuelven loca y arqueo la espalda en busca de más.

Durante unos minutos, aguanto en esa postura, pero la excitación me hace moverme y me hundo. Rápidamente, él me levanta y murmura, mientras yo escupo agua:

—No, cariño. No quiero que te ahogues.

Nos entra la risa a los dos, mientras me aparto el agua de la cara y el pelo de los ojos.

Sin soltarme ni salir de mí, Dylan camina hacia la orilla. En el camino, atrapo la toalla que ha quedado flotando y cuando ya estamos fuera y él me baja al suelo, murmuro:

—¿Qué tal si lo hacemos sobre la arena, como en esa película antigua, *De aquí a la eternidad*?

Él sonríe y, sin detenerse, contesta:

—Si lo hacemos, mañana estaremos los dos escocidos.

Suelto una carcajada. Tiene razón. La arena entraría en partes de nuestros cuerpos que, con la fricción, se irritarían. Cómo se nota que ambos vivimos en la playa y sabemos a lo que nos referimos.

Llegamos hasta el coche. Dylan me quita la toalla empapada de las manos y la coloca sobre el capó. Luego me sienta encima y, tumbándose sobre mí, sin decir nada, introduce su duro pene en mi interior. Me inmoviliza sobre el coche y, divertido, susurra:

—El juego de hoy es fácil: disfrutemos.

Jadeo. No quiero que pare. Sus penetraciones vigorosas me hacen perder la razón. No puedo hablar. No puedo contestar. Sólo puedo gozar de lo que me hace sin que yo haga absolutamente nada, excepto disfrutar de lo que me da.

Se hunde en mí una y otra vez, mientras muerde con deleite y cuidado uno de mis pezones. Yo miro la luna y gimo. Jadeo. Le doy lo que quiere. Si algo me ha quedado claro en el tiempo que llevamos juntos es que a Dylan le gusta oír mi placer mientras hacemos el amor. Cuando suelta mi pezón, se incorpora, pero no detiene sus acometidas. Me agarra las caderas con fuerza y lo miro. Apenas veo su rostro; en cambio, él sí ve el mío iluminado por la luna. Gotas de su pelo caen sobre mí y oigo su pasión en cada una de sus acometidas.

Así estamos hasta que el fuego nos consume y siento que derrama en mi interior todo su calor. Ambos llegamos al clímax y, agotado, Dylan se deja caer sobre mí.

Cuando se recupera, su boca busca la mía y, cogiéndome en brazos, propone:

—Vamos a refrescarnos.

Sin soltarme, me lleva de nuevo hasta la playa. Nos bañamos durante unos minutos, hasta que él señala una roca y dice:

—Eso que ves ahí es la roca Ojo de Buey. La leyenda dice que guarda un tesoro abandonado por el pirata Cofresí. Nadie puede acercarse a ella o el mar lo mata.

Miro con curiosidad hacia donde señala. Ni loca iría yo a ese lugar.

Minutos después, caminamos hacia el coche cogidos de la mano. Dylan saca unas toallas limpias del maletero y nos secamos con ellas. Luego nos vestimos y regresamos a la gran casona, donde de nuevo hacemos el amor, aunque esta vez soy yo la que le pide que no se mueva y él obedece.

27

Precisamente ahora

Cada día madrugo más. Estoy tan intranquila en esta casa que apenas puedo dormir.

Cada mañana intento pensar que ese día todo cambiará. Todo ha de cambiar por Dylan. Pero cuando veo a su padre, y lo saludo e intento acercarme a él a pesar de los pesares, una vez tras otra él ignora mi presencia. Pasa de mí.

Otras mañanas en las que está leyendo el periódico acompañado de mi novio o de Tony en el salón, cuando entro se levanta y se va. Dylan me mira y me guiña un ojo con complicidad. Yo sonrío pero lo que me gustaría sería cantarle las cuarenta a ese viejo cascarrabias.

Una tarde en la que estoy mirando por uno de los ventanales, veo que da un traspié y corro a ayudarlo. Al principio se agarra a mí para no caerse, pero en cuanto se da cuenta de que soy yo, me suelta como si se quemara.

Si ve que llamo a *Pulgas*, lo coge del collar y no lo suelta para que el animal no se relacione conmigo. Si entro en el salón y por casualidad está hablando con alguien que lo ha ido a visitar, con voz dura me presenta como la prometida de su hijo Dylan, pero luego se las apaña para hacerme desaparecer. Lo incomodo.

Este hombre me desconcierta. A veces, cuando estoy con Dylan y éste ríe a carcajadas por algo que yo digo, su expresión se suaviza. Parece alegrarse de ver reír a su hijo. Pero en cuanto ve que lo miro, su cejo vuelve a fruncirse.

Otras veces, cuando Dylan y yo volvemos de la playa con nuestras tablas de surf, nos mira con expresión plácida. Incluso a veces me parece que sonríe, pero en cuanto bajo la guardia y, en especial, cuando su hijo no lo oye, me hace daño y eso cada día me cansa más.

El viejo es un auténtico cascarrabias. Me da una de cal y otra de arena, pero me callo. Pienso en Dylan y no quiero agobiarlo. Pronto nos marcharemos y, desde luego, yo no pienso volver nunca más.

Una mañana en que estoy tranquilamente en la cocina, comiendo Cola Cao mientras leo un libro, de repente oigo a mi lado:

—¿Otra vez haciendo la misma guarrada?

Al ver su expresión de ogro, me ahogo con el cacao y, sin poderlo remediar, al toser se lo echo encima.

Su cara es un poema; la mía, otro y, como siempre, me entra la risa mientras pienso: «Eso por llamarme puta».

Mi risa lo saca de sus casillas. Me dedica unas crueles palabras que me llegan al alma y sale de la cocina muy enfadado.

Minutos después, mientras estoy limpiando el estropicio, con la ayuda de la Tata, a la que le he contado lo ocurrido, Dylan viene a buscarme y me pide explicaciones. Intento dárselas, pero es mirar a la Tata y volver a reír.

Mi chico no se ríe en absoluto. Nosotras dos intentamos parar, pero no podemos. Al final, Dylan se marcha enfadado. Ahora tengo a dos Ferrasa enfadados conmigo.

¡Casi nada!

Los días pasan y, a pesar de lo mucho que me cuesta, comienzo a aprender a encajar el juego del viejo. Tiene una lengua afilada y en ocasiones muy cruel y me he dado cuenta de que empeora cuando su hijo no está presente.

Delante de Dylan discutimos, pero cuando él no está, se permite decirme cosas terribles.

Pero también me he dado cuenta de una cosa: le molesta más verme reír que enfadada. Por lo tanto, ¡a reír se ha dicho!

Pulgas y yo hemos llegado a un entendimiento. Yo le doy salchichas a escondidas y él se hace mi amigo. Pobre perro, el día que su amo se dé cuenta de que le es infiel conmigo, le espera una buena.

A veces, cuando por la tarde estoy sola en el jardín, veo a la niña que entró aquel día en la cocina. Debe de volver de la guardería. Lleva una pequeña mochila a la espalda y me saluda con su manita.

Un día, mientras Dylan habla por teléfono dentro de la casa, yo estoy tirada en la hamaca, tomando el sol y escuchando música en mi iPhone. Tarareo bajito:

No me llores más, preciosa mía.
Tú no me llores más, que enciendes mi pena.
No me llores más, preciosa mía...

De pronto, la niña aparece corriendo y se para delante de mí. Me quito los auriculares y, sentándome en la hamaca, le sonrío. Ella se acerca, toca mi pelo rubio y murmura:

—¿Yo preciosa?

Me ha debido de oír cantar y respondo:

—Sí. Tú eres preciosa.

Ella suelta una alegre carcajada y, tal como ha venido, se va. La sigo con la mirada y veo que corre hacia la casa donde la vi desaparecer aquel día con su tía. Vuelvo a ponerme los auriculares y continúo tarareando, mientras sonrío por la ocurrencia de la pequeña.

Esa tarde, Tony me enseña el sitio donde compone. Es una casita aparte de la casona principal. Me confiesa que prefiere alojarse allí. La regla de su padre de no escuchar música le molesta y en cambio en esa casa, alejado de la grande, puede hacer lo que quiera.

Asombrada, miro los premios que ha recibido por sus canciones y ahora entiendo mejor esa sensibilidad que malinterpreté cuando lo conocí. Por otra parte, desde que he llegado a la isla y he salido de noche con los hermanos Ferrasa, he podido ver el éxito que tienen con las mujeres. A Dylan no se le acercan porque si alguna lo hace le arranco los ojos, pero a Tony sí y disfruto al ver lo conquistador nato que es. No se le escapa una. Como diría mi madre, donde pone el ojo pone la bala.

En su refugio particular, me canta y toca al piano la última canción que ha compuesto. Es magnífica, romántica y habla, cómo no, de un corazón roto por amor. Lo escucho embobada, mientras él la interpreta con los ojos cerrados; cuando acaba aplaudo y exclamo:

—Qué canción más bonita.

—Wepaaaaaa. Me encanta que te guste.

Yo lo miro divertida.

—¿Por qué siempre dices eso de «Wepaaaaaaa»?

Tony suelta una carcajada.

—Proviene de un rap que dice: «Si eres boricua de verdad, grita, ¡Wepaaa!».

Ambos nos reímos y luego él me mira y dice:

—Espero que algún día me dejes componer alguna canción para ti. No dudo que vas a triunfar en la música. Tengo muy buen ojo para esto y Omar también.

Oírle decir eso me ruboriza. Es algo que en un futuro espero que sea así y respondo:

—Una no. ¡Todas! Para mí sería un honor.

Con Dylan mi relación es perfecta. Viene a mi dormitorio todas las noches y juntos disfrutamos de lo que nos quita la razón, pero lo hacemos en silencio. Mi chico es morboso, caliente y posesivo y eso cada vez me gusta más. Y hay ocasiones en que le vendo los ojos y lo hago mío sin dejarle opinar, ni llevar las riendas del juego, lo vuelvo loco con mi posesión.

Mi relación con *Pulgas* también va viento en popa, algo que no puedo decir del Ogro. Tras verlo llorar aquel día en su habitación, mientras miraba las películas, mi corazoncito se apiada de él. Nuestro trato no ha ido a mejor, pero intento entender el porqué de su amargura. Sin embargo, soy incapaz de hacerlo. Si amaba a su mujer y a sus hijos, ¿por qué está continuamente enfadado?

Una mañana en la que Dylan lo ha acompañado al médico, tras hablar con mi madre por teléfono y hacerle saber que estoy como una reina para que no se preocupe, me pongo a leer en una de las bonitas terrazas que tiene la casa, cuando oigo que la Tata consuela a alguien. Me incorporo en la hamaca y, sorprendida, veo que se trata de la niña. Ésta llora desconsoladamente, abrazada a ella, que camina arriba y abajo con la pequeña en brazos, susurrándole palabras al oído.

Me levanto, voy hacia ellas y pregunto:

—¿Qué ocurre?

Con gesto de agobio, la Tata responde:

—Ay, Dios bendito. La nena estaba sola en la playa y una ola le ha dado un revolcón. Lo he visto desde la terraza y he ido a buscarla.

En ese momento aparece Elsa con cara de disgusto. Se acerca y, al ver llorar a la niña, pregunta, tras dedicarme una de sus malvadas miraditas:

—¿Qué ocurre?

—Mira, loca —dice la Tata fuera de sus casillas, sorprendiéndome—, ocurre que la niña estaba sola en la playa. ¿Cómo puede ser eso? ¿Acaso no va al jardín de infancia mientras tú trabajas?

—Hoy se nos ha escapado la guagua y no he podido llevarla —se excusa.

—Pues en ese caso me lo dices a mí —le reprocha la Tata—. Y buscamos una solución. Lo que desde luego no puede ser es que una nena tan chiquita esté sola.

Elsa maldice, mientras veo que la cría se esconde tras las faldas de la Tata. Eso me hace entender el miedo que le tiene a esa bruja y se me calienta la sangre. Finalmente, sin contemplaciones, alarga la mano para cogerla, algo que no puede hacer, porque la pequeña se mueve con rapidez. Entonces sisea:

—Dame a la nena. La encerraré en casa mientras estoy trabajando.

¿Va a encerrar a la niña?

La Tata debe de pensar lo mismo que yo, porque dice:

—La nena no puede estar sola en casa bajo llave. Es muy pequeña y...

—No... sola no —gimotea la niña.

Se me parte el corazón. Pero Elsa, que tiene menos sentimientos que una langosta, masculla:

—La mala vida que me das, maldita mojona.

—Ay, Señor. Elsa, por el amor de Dios, ¡no le digas eso a la pequeña! —protesta la Tata.

Poco después, me entero de que «mojona» es como decirle caca y la que protesta soy yo. Discuto con esa odiosa mujer, pero no la impresiono. Ella sabe que el Ogro no me traga y se aprovecha de ello.

—¡Ya está bien! —chilla la Tata para hacernos callar y, mirando a Elsa, dice—: La nena no puede continuar así. Algún día le va a pasar algo y luego vendrán las lamentaciones.

—¿Y qué quieres que haga, Tata? —grita la mujer—. No es mi hija. Es la bastarda de mi hermana, pero esa sinvergüenza se marchó dejándome a mí la carga. Yo ahora soy la que tiene que luchar con ella todos los días y trabajar para mantenerla.

Parpadeo. No doy crédito a lo que oigo y digo:

—Yo me puedo llevar a la niña conmigo a la piscina mientras trabajas.

—No, Yanira. Eso no es buena idea —dice la Tata.

Sin entender qué hay de malo en lo que propongo, pregunto:

—¿Por qué? ¿Qué ocurre?

Las dos mujeres se miran y Elsa contesta:

—Al señor Ferrasa no le gustará el detalle.

Sonrío. Al señor Ferrasa no le gusta nada, pero insisto:

—¿Por qué no le gustará el detalle?

La Tata cierra los ojos y, cuando los abre, musita:

—Al señor no le gusta ver a la pequeña en la piscina.

—¡Piscinaaaaaa! —aplaude la niña, dejando de llorar.

La miro con ternura. Tiene unos bonitos rizos morenos y con esa camiseta y pantalón verde fosforito está preciosa. Sin más, ignorando lo que me dicen, cojo a la pequeña de la mano y digo:

—Tata, me la llevo conmigo.

Elsa, sin cambiar su agria expresión, sonríe y murmura:

—Luego no diga que no la advertí que no se llevara a Preciosa... señorita.

—¿Se llama Preciosa? —ellas asienten y yo suelto una carcajada.

Ahora entiendo la reacción de la cría. Cuando me oyó cantar, pensó que le estaba hablando a ella. Con más ganas aún de llevármela, digo:

—Vamos, no se hable más. La niña se viene conmigo.

Elsa sonríe. La Tata no. Yo cojo en brazos a la cría, que no pesa nada y le pregunto:

—Preciosa, ¿nos vamos a la piscina?

Ella dice que sí con la cabeza, riéndose encantada. Y si hay algo bonito en este mundo es la risa de un niño. Durante un par de horas las dos nos divertimos jugando en el agua y me sorprende cuando, con su media lengua, me pide que le cante la canción del otro día. Yo lo hago y cada vez que digo «No me llores más, preciosa mía», ella niega con la cabeza y murmura: «¡No lloro!».

Veo que varios trabajadores de la finca nos miran extrañados y eso me da que pensar. ¿Qué ocurre para que todos nos miren así?

Pasado un rato, la Tata viene con la intención de llevarse a la niña. Me niego. Me lo estoy pasando genial con este bomboncito cariñoso. Cinco minutos después, regresa con unos refrescos y unos sándwiches, pero Preciosa no quiere comer nada.

Hablo con la Tata. Aún no puedo creer que su propia tía le dijera eso de «mojona», pobrecita mía, con lo cariñosa y bonita que es, aunque esté tan delgada. Yo creo que no se alimenta bien y, en mi opinión, también está algo abandonada en cuanto a la higiene. La Tata me da la razón y veo en sus ojos que se desespera.

Cuando se va, yo sigo jugando con la pequeña, hasta que, de pronto, el Ogro aparece seguido de Dylan y grita:

—¿Qué hace esta niña en la piscina?

Oh... oh... ¡nos ha pillado!

Preciosa se asusta y se queda paralizada mientras yo contesto:

—La he invitado a bañarse conmigo.

Se hace un tenso silencio y veo a la Tata venir corriendo apurada. Sin decir nada, coge a la pequeña. Dylan dice sin acercarse.

—Tata... llévatela.

—¡La quiero fuera de mi vista ya! —grita el Ogro fuera de sí.

Tras mirarme y soltar su habitual «¡Ay, Dios bendito!», la Tata se la lleva y el puchero de Preciosa me rompe el corazón.

¿Por qué todo el mundo trata tan mal a esta pobre niña?

Una vez se marchan, salgo de la piscina, me enrollo en una toalla y Dylan empieza:

—Cariño, escuch...

—¿Quién te crees que eres para invitar a nadie en esta casa? —lo corta su padre.

—Papá, déjame a mí que...

—No, no te dejo. ¡Es mi casa!

Dylan resopla y, como puedo, yo respondo:

—Tiene usted razón, es su casa. Pero hacía calor y he pensado...

—Pues no vuelvas a pensar. Está visto que no es lo tuyo, rubita —concluye el Ogro, dándose la vuelta.

Cuando se va, seguido de su perro, miro a Dylan, que me observa taciturno y pregunto:

—Pero ¿qué he hecho mal?

Acercándose a mí con un gesto de enfado parecido al de su padre, contesta:

—Hay muchas cosas que tú no sabes. A partir de hoy no vuelvas a invitar a esa niña a la piscina, ¿entendido?

Su respuesta no me vale e insisto:

—¿Por qué? Tu padre tiene aquí un paraíso increíble del que no disfruta y no veo por qué esa cría no lo puede disfrutar.

—Yanira —murmura, conteniéndose—, limítate a hacer lo que te digo y no preguntes más.

Y dicho esto, se da la vuelta para marcharse, pero yo no pienso quedarme con este mal sabor de boca, así que me pongo delante de él e insisto de nuevo:

—Dime qué ocurre. No puedes pedirme que acate órdenes sin saber por qué y quedarte tan pancho. No seas como tu padre y aclárame las cosas. He visto que todos los trabajadores de la finca me miraban extrañados mientras estaba en la piscina con Preciosa. ¿Cuál es el problema?

Dylan parece cada vez más furioso y contesta:

—¿Y aun viendo cómo te miraban no podías intuir que algo no iba bien?

—Pero si sólo es una niña pequeña, Dylan... Joder, ¿qué puede estar mal?

Hace ademán de seguir andando, pero yo le vuelvo a cortar el camino y, finalmente, murmura enfadado:

—La hermana de Elsa intentó jugársela a mi familia.

—¡¿Cómo?!

—Dijo que esa cría era hija de Omar.

Vayaaaaaaaaaaaaaaa... Eso hace que entienda muchas cosas, pero pregunto:

—¿Y lo es?

Dylan mira por encima de mi cabeza y responde:

—Ni lo sé ni quiero saberlo. Mi hermano dijo que no y no se habló más de ello. Sólo sé que la madre, al ver que no conseguía su propósito, se marchó y dejó a la pequeña al cuidado de su hermana Elsa. Dos meses después, supimos que había muerto a consecuencia de un atraco en Miami. Mi madre sufrió mucho con ello y me consta que ayudó a Elsa a su manera dándole algo de dinero, pero cuando ella murió, mi padre decidió olvidarse del tema, aunque les permite vivir aquí.

Bueno... bueno... bueno... me acabo de enterar de lo que ocurre y pregunto, a riesgo de que se enfade aún más:

—Entiendo que tu padre se quiera olvidar del tema, pero ¿Omar no quiere saber si realmente es su hija? Incluso tu padre, ¿no quiere saber si es su nieta? ¿O tú, tu sobrina? Digo yo que los Ferrasa tenéis dinero y los medios necesarios para poder saberlo, ¿no?

Dylan sonríe. Pero no es una verdadera sonrisa y responde con una voz que no me gusta:

—Omar dice que no es su hija y su palabra nos vale. Por desgracia, no es el primer nieto que se le adjudica a mi padre, ni hijo de alguno de los tres Ferrasa. Si hiciéramos caso a todas las mujeres que dicen tener hijos de mis hermanos o míos, te aseguro que seríamos una familia más que numerosa. Ahora eres una Ferrasa, Yanira, y tienes que estar de nuestra parte, ¿entendido?

No asiento. No puedo.

Sus palabras y lo que conllevan no me hacen gracia. ¿Tan mujeriego es Dylan? Voy a decir algo más, cuando él me corta en tono seco:

—Y ahora, si no te importa, se acabaron las confidencias. Voy a ver cómo está mi padre. Y, por favor, a partir de ahora, pregunta antes de hacer nada o de invitar a nadie, ¿entendido?

¿Lo mando a la mierda o me callo?

Ya sólo me queda preguntarles a los Ferrasa si puedo respirar.

Dejo que pase por mi lado sin decir nada y sin detenerlo. Estoy indignada.

Cuando me quedo sola, intento entender lo que ha ocurrido y esforzarme por ponerme del lado de quienes se supone que he de estar: de la familia Ferrasa. Pero no puedo. Si esos tres hermanos son unos pichas bravas, que apechuguen luego con lo que les ocurra.

Me pongo furiosa y maldigo al pensar en la pobre niña. Apenas con cuatro años, está pagando la rabia de unos mayores, sin que ella entienda nada, y eso me enerva.

Cuando llega la hora de la comida y me cruzo con Elsa, veo que sonríe. ¡Será mala pécora!

Al entrar en el comedor, la expresión del Ogro echa para atrás. ¡Vaya tela! Está claro que hoy me la lía. Resoplo y me dispongo a plantarle cara. Si me toca palmas, hoy tengo el día flamenco y seguro que le bailo.

¡Vamos que si le bailo!

—¿Algo que objetar, joven?

Al oír eso, lo miro y me dan ganas de decirle eso de «¡Anda *pal* carajo!», que tanto dicen por aquí, pero me contengo y pregunto:

—¿Usted qué cree?

El silencio cae de nuevo sobre «Villa Monasterio», hasta que él vuelve al ataque:

—Ya me ha dicho mi hijo que te ha dejado las cosas claras.

—Anselmo... —interviene la Tata.

Resoplo. Pero ¡qué tocanarices es este hombre!

Está visto que o le contesto o no me deja en paz. Así que miro a Dylan y pregunto:

—¿Qué es lo que se supone que me has dejado claro?

Él está incómodo, puedo verlo en sus ojos, y entonces, su padre responde por él:

—Te ha dejado claro quién manda aquí.

—Papá, por favor, no empecemos —musita Dylan con cara de enfado.

Me entra la risa. Lo que este viejo intenta es surrealista.

—¿De qué te ríes? —pregunta.

Niego con la cabeza y no contesto. Pienso en dedicarle la palabra «mojón» a él, pero mejor me callo por educación. Aunque dos segundos después insiste:

—Quien ríe último, ríe mejor, rubita. Recuérdalo.

Vuelvo a resoplar.

Me conozco y noto cómo mi adrenalina comienza a revolucionarse. Respiro hondo o exploto. Mi nivel de tolerancia con este hombre comienza a desaparecer. Creo que toda persona tiene un límite y el mío, por desgracia, está muy cerca.

Dylan lo sabe. Con la mirada, me pide que no salte, que no diga nada. Me suplica que me calle. Me grita que está tan harto como yo de su padre, pero que tiene que aguantarlo. Decido hacerle caso. Por él haré lo que sea. Pero su don Anselmo Ferrasa, que es un jodido, sigue insistiendo:

—Di lo que tengas que decir. Vamos... atrévete...

Plan A: se lo digo y quedo fatal.

Plan B: me callo y él se cree que le tengo miedo.

Plan C: ¡paso de él!

Como dice mi abuela Nira, «No hay mejor desprecio que no hacer aprecio».

—Ay, Dios bendito, Anselmo —protesta la Tata—, ¿quieres hacer el favor de dejar de agobiar a Yanira?

—Tata —levanta el Ogro la voz—, ¿quieres hacer el favor de callarte? Estoy en mi casa y puedo decir lo que me dé la gana a quien me dé la gana. No te olvides de quién eres tú aquí.

Lo miro sin dar crédito a lo que oigo.

En ese momento, Dylan suelta un rugido, mira a su padre furioso y grita:

—¡Se acabó, papá! No vuelvas a hablarles así ni a Yanira ni a la Tata. Te estás pasando. Yo no soy Omar, ni Tony. Yo no voy a aguantar tanta tontería. Al final, lo que vas a conseguir es que salgamos por esa puerta y no volvamos más.

—Lo que ésta haga no...

—Me llamo Yanira —lo corto, dando un manotazo en la mesa.

Desde que llegué a la casa, nunca me ha llamado por mi nombre. Siempre soy «rubita», «joven» o «ésta» y eso comienza a tocarme la moral, por no decir otra cosa.

Sé que lo hace aposta.

Sé que lo que busca es molestarme y ahora, ignorándome, dice:

—Dylan, el otro día llamó Caty y...

—Papá, ¡he dicho que se acabó! —grita él.

El Ogro sonríe.

Pero ¿cómo puede ser tan malo?

Está claro que disfruta con el daño que hace. La Tata, desesperada, se levanta y sale de la habitación llorando. Pobre mujer. Con lo buena que es y tener que aguantar esto. Voy a levantarme para ir tras ella, pero Dylan me lo impide yendo él.

El silencio reina en el comedor al quedarnos solos y entonces, ese hombre malvado me dice:

—¿Me pasas la bandeja de la ensalada?

Si la cojo se la estampo en la nariz así que respondo:

—No.

Mi negativa lo ha pillado de sorpresa y, cuando me mira, digo:

—Hace poco tuve un jefe al que llamábamos el Rancio, porque no se soportaba ni él. Y mira por dónde, me acabo de dar cuenta de que usted es igual. Son unos amargados que sólo se sienten felices si amargan también a los que están a su alrededor. —Sus ojos echan chispas y los míos fogonazos, y prosigo—: Dylan está soportando todo lo que usted hace o dice porque lo quiere, ¿no se da cuenta? ¿No se percata de que como siga así se va a ir y no le va a volver a ver? Haga el favor de parar. Si no lo hace, le aseguro que lo va a lamentar.

—¿Me estás amenazando, rubita?

—¿Hoy no me dice lo de rubia Clairol? —Me mira y le aclaro—: Ya sé lo que significa y es muy triste saber que usted me llamó algo así. Pero tranquilo, Dylan no lo sabe. No se lo he dicho.

El Ogro me mira sorprendido y cuando va a responder, añado:

—Su hijo tiene límites. Y una cosa más, yo no amenazo.

Echándose vino en su copa, bebe un trago. Piensa y luego dice:

—Antes de morir su madre, Dylan salía con una mujer que le convenía por edad y por todo y que sin duda le podía dar una mejor vida que la que tú le vas a dar. Caty Thomson es una reputada pediatra que podría darle hijos y un hogar como Dios manda. Justo lo que mi hijo necesita y que estoy seguro de que tú le vas a negar.

Que hable de una ex de mi novio en mi presencia me pone a dos mil por hora, pero en ese momento, Dylan entra hecho una furia y grita:

—¡Ya está bien, papá! ¿Qué es lo que estás buscando? —El viejo no responde y mi chico sisea—: Caty pertenece al pasado. Asúmelo de una santa vez. Ella y yo nunca vamos a tener nada, excepto una bonita amistad.

—Hijo, ¿has olvidado la regla número uno?

Dylan se calla y yo lo miro. «¿Qué es la regla número uno?»

Tras un incómodo silencio, toma aire y responde:

—No, papá. No la he olvidado. Pero me he enamorado de Yanira y...

—Me lo prometiste, Dylan. ¡Prometiste que nunca te casarías con una cantante!

Vale. Ya sé cuál es la regla número uno.

—Mamá y Yanira son dos personas distintas. Y parece mentira que tú, habiéndote casado tres veces con ella, digas eso.

La emoción se apodera del ambiente. Los ojos de Dylan y los de su padre están brillantes de lágrimas y el viejo dice:

—Intento que no te pase lo que me pasó a mí. Sabes que adoré a tu madre por encima de todas las cosas, pero su carrera siempre fue más importante para ella que nosotros. Y sabes que si...

—Se acabo el presuponer, papá. Basta de hacer daño a la mujer que amo por el simple hecho de que no sea lo que quieres para mí. Si sigues así, te vas a quedar solo en esta casona y entonces sí que lo vas a lamentar.

Miro al viejo con cara de «¡Te lo dije!».

¡Olé mi chico! Estoy a punto de levantarme y darle un besazo de tornillo por sus palabras, cuando su padre continúa:

—Te casarás con ella pero cometerás un error. Te conozco y tú no vas a soportar a una mujer como ésta. Lo sé, hijo... Y lo sé porque eres como yo. Buscas otra vida, no la vida de una artista. Y lo que más me jode es que lo sabes. ¡Lo sabes, Dylan!, pero no estás poniendo ningún remedio y vas a sufrir tanto como sufrí yo.

La cara de Dylan se contrae y me asusto.

Espero que le diga que está equivocado, pero no lo hace. Cierra los ojos desesperado.

Estoy a punto de liarla parda. Pero inexplicablemente, en ese momento me acuerdo de mi hermano Garret y murmuro:

—Sólo el oscuro señor de los Siths conoce nuestra debilidad, si informamos al Senado, nuestros adversarios aumentarán.

De pronto, ellos dos me miran alucinados. Hasta yo flipo con lo que he dicho. Me entra la risa y, encogiéndome de hombros, aclaro:

—Lo dice Yoda, el bajito orejotas de color verde de *La guerra de las galaxias*.

El viejo, desconcertado, no sabe qué contestar y veo que a Dylan se le curva la comisura de los labios y me vuelve a mirar con amor.

Comemos en absoluto silencio y la Tata regresa. Con su mirada me hace saber que está más tranquila y yo asiento. El ambiente se calma y, cuando traen el postre, el padre de Dylan dice:

—Héctor y Joaquín han llamado. Vendrán el fin de semana.

Quieren conocer a tu novia. Y como el lunes os vais para Los Ángeles, he pensado que ya que están aquí, organizar una fiesta el sábado por la noche para presentársela a los amigos.

Vaya... de pronto he ascendido a novia. No sé si alegrarme o cortarme las venas.

—Qué idea más maravillosa —aplaude la Tata.

Padre e hijo se miran durante unos segundos. Duelo de titanes. Temo que comiencen de nuevo con los reproches, pero finalmente, mi chico responde:

—Sí, es una excelente idea, papá. Gracias.

—Tata, encárgate de todo. Avisa a Tito y dile que venga. Luego llama a Omar y dile que le quiero aquí el sábado con o sin la tonta de su mujer, que él decida.

Suspiro. Pobrecita la mujer de Omar. Lo que habrá tenido que soportar.

—De acuerdo, Anselmo.

El silencio reina de nuevo en el lugar y, mirando a Dylan, pregunto:

—¿Quiénes son Héctor y Joaquín?

—Mis tíos. Ellos dos y Tito eran hermanos de mi madre.

El tenedor se me cae de las manos. Dios Santo, ¡sé quiénes son!

Héctor es trompetista y Joaquín el que toca los bongos. Forman parte de la famosa banda con la que cantaba Luisa Fernández, los Kodigo Salsa. Juntos ganaron muchos premios. Recuerdo haberlos visto alguna vez por televisión, junto a Tito Fuentes y Celia Cruz.

Al ver mi expresión, el Ogro sonríe y, en un tono que deja mucho que desear, murmura, mirándome:

—Espero que sepas comportarte.

—Joder... ya estamos otra vez... —protesta Dylan.

Levanto una mano. Ya estaba esperando ese ataque y, sin amilanarme, replico:

—Tranquilo, señor. Mis padres me educaron muy bien.

—Eso espero.

Al ver cómo me mira, pregunto en tono mordaz:

—¿Y a usted, lo educaron bien sus padres?

—Yanira..., no empieces tú ahora —gruñe Dylan.

Me levanto y doy un nuevo manotazo en la mesa.

¡Joder, me la acabo de destrozar!

Pero sin demostrarlo, miro a Dylan y al ver su gesto confuso, digo:

—Si me disculpas... Me voy antes de que diga algo de verdad hiriente.

28

Le deseo

Al salir del salón, oigo que Dylan discute con su padre. No es para menos. Entro en mi habitación y me acerco a la ventana mientras me masajeo la mano. La abro de par en par y aspiro el aire que entra del mar.

¿Cómo este hombre puede tenerlo todo y vivir tan amargado?

Pienso en mis padres. En el cariño que le demostraron a Dylan desde el primer momento y me desespero. ¿Por qué no he recibido yo eso también?

Empiezo a tranquilizarme, cuando se abre la puerta de la habitación. Es Dylan, que cerrando de un portazo, me suelta:

—¡Si continúas así, nos vamos!

—¡¿Qué?!

—Lo que oyes. Es muy incómodo estar en medio de vosotros y...

—Eso no me lo digas a mí, díselo a él. Sabes perfectamente que es tu padre quien me busca continuamente y...

—Pues sé más lista que él. No entres en su juego.

—¿Y dejar que me hunda? ¿Que me coma? ¿Que pueda conmigo? —replico malhumorada—. Joder, Dylan... qué poco me conoces si esperas eso de mí.

Acercándose en actitud intimidatoria, sisea:

—Espero de ti sensatez, madurez, saber estar. ¿Acaso no te has dado cuenta?

Molesta por su tono, me aparto y contesto:

—No me hables como él. No soy tonta.

—Pues en ocasiones lo...

Lo corto con el ímpetu de un tsunami.

—¿Ibas a decir que lo parezco?

Dylan no responde. Se calla y yo, hecha una fiera, grito:

—¡Se acabó! ¡Quiero irme de aquí ahora mismo! Me rindo. Tu padre ha podido conmigo. A la mierda tu dinero, la boda y todo. ¡No puedo más!

Dylan no se mueve. Sólo me mira y, acercándome a él en actitud intimidatoria, yo sigo:

—No es fácil ver cómo el padre de la persona más importante de mi vida me desprecia continuamente, me habla mal, me humilla, me desprestigia, porque cree que sólo quiero tu dinero o bien lanzarme al estrellato como cantante. No es fácil escuchar que la tal Caty es la mujer ideal para ti. ¿Por qué nunca me has hablado de ella?

—Porque ella es pasado, Yanira. Yo tampoco te he preguntado por tus exnovios. No me interesan.

Tiene razón. Nunca me ha preguntado y prosigo:

—Según tu maravilloso padre, ella es la mujer ideal para ti. Te hará feliz y yo un puñetero desgraciado. ¿Cómo crees que me siento cuando lo oigo? —Dylan no responde y continúo—: No es fácil no mandar a tu padre a la mierda cada vez que abre su jodida boca y la menciona para desprestigiarme a mí.

—Vale, cariño, tranquilízate.

Su tono me hace saber que se está conteniendo. Tiene la boca crispada y me ahorro contarle el desagradable episodio en el que su padre intentó chantajearme con una carrera musical para que lo dejara, lo de rubia Clairol o todos los feos que me hace cada día. Contarle eso le haría mucho daño, pero grito furiosa:

—¡Tu padre no es un ogro, es un maldito cabrón!

—Yanira, no te pases.

—No me paso, Dylan, ¡me quedo corta! —digo furiosa—. Desde que he llegado, intento entender que es especial, pero ¡se comporta como un divo! ¡Cuando la que era una diva era tu madre! —Le duele que la mencione, pero ya no puedo dar marcha atrás—.Todo lo que yo hago o digo es cuestionable, reprochable. Reconoce que me busca... y aunque intento mantener mi lengua, mi genio y mi mal humor controlados por ti, si sigo aquí creo que la mala víbora que llevo dentro va a salir y entonces sí que me va a odiar. Por lo tanto, ¡sácame de esta casa!

Intenta abrazarme, pero yo lo empujo. Me aparto de su lado y no dejo que se acerque a mí. Eso sé que lo afecta. Lo irrita.

Dylan, que debe de estar tan harto como yo, explota y nos enzarzamos en una tremenda discusión, en la que ninguno de los dos pone freno a sus reproches ni a sus quejas.

A gritos, Dylan reconoce las dudas que le genera que yo quiera seguir adelante con mi carrera de cantante. Yo le respondo que sus dudas son infundadas y él me responde que ya ha vivido con una cantante y sabe de qué va el tema. Sus comentarios despectivos me duelen. Ver que su padre le está haciendo ya dudar de lo nuestro me enerva aún más y me pongo como una fiera. Él tampoco se queda atrás y cuando ya no nos podemos decir nada más, abre la puerta de la habitación y se va.

Como siempre, se va dejándome sola.

Desesperada, miro por la ventana y lo veo encaminarse hacia el garaje. Oigo el motor de su automóvil y poco después veo que se marcha.

Me echo sobre la cama y lloro angustiada durante un buen rato. Cuando me tranquilizo, no sé qué hacer ni adónde ir. Al pasear la vista por la habitación, veo mi móvil. Se me ocurre una cosa. Me meto en Google y busco Caty Thomson, pediatra.

Rápidamente, me aparecen varias páginas y al abrir una de ellas veo que tiene una pequeña clínica pediátrica en Los Ángeles.

¡Bien! Los tres estaremos en la misma ciudad. Me desespero.

Busco fotos y las encuentro. Caty es de piel morena y, para más inri, de Puerto Rico, como ellos. Ahora entiendo por qué Anselmo me llama despectivamente rubita. Desde luego, no soy morenita, como su adorada Caty.

Leo varios artículos en los que se ve a Dylan y a ella junto a Luisa y Anselmo en varias galas benéficas. Parecen felices. Se habla de su supuesto romance, pero nunca se confirma. Aunque en otra serie de fotos se los ve en la playa, besándose. Pensar que la ha besado como me besa a mí me parte el corazón. Molesta por mi absurda curiosidad, tiro el móvil sobre la cama y vuelvo a llorar.

El dolor de mano se me pasa y durante horas espero el regreso de Dylan, pero no vuelve. Eso me hace dudar. Me encela. Me hace sentir fatal. No bajo a cenar, aunque la Tata me lo pide. Me niego. No quiero estar en la misma habitación que ese viejo gruñón.

Lloro y me desespero y a las dos de la madrugada, cuando sé que todos duermen, bajo a la cocina a beber agua.

Entro a oscuras y pienso en mi hermano Argen. Necesito hablar con él y, sin dudarlo, me dejo caer al suelo en un rincón de la cocina y, tras calcular la diferencia horaria, lo llamo por teléfono.

Se oyen dos timbrazos y entonces:

—Hola, mi niñaaaaaaaaaaaaa.

Su voz cariñosa me emociona y me echo a llorar. Argen se preocupa. Me pide que por favor deje de llorar y que le hable. Rápidamente me recompongo. No puedo hacerle eso a mi hermano y, secándome las lágrimas, le hago saber:

—Ya está... ya se me ha pasado.

—¿Qué te ocurre, Yanira?

Necesito ser sincera, decirle la verdad y murmuro:

—Aquí todo es un desastre, Argen. Todo está saliendo mal.

—¿Estás mal con Dylan?

—Con Dylan no, ¡con su jodido padre! Ese maldito Ogro se cree que estoy con él por su dinero. No cree que esté enamorada. Me llama rubita con desprecio. Cree que por tener veintiséis años no tengo cerebro. Me rechaza por ser cantante y no para de insistir en que su hijo no va a ser feliz conmigo y que... y que... debería dejarlo.

Mi hermano resopla y dice:

—Tranquilízate, Yanira. Si ese hombre dice eso es porque no te conoce. Si te conociera...

—No quiere conocerme, Argen —gimoteo desesperada—. Sólo quiere desesperarme, humillarme y sacarme de mis casillas para discutir conmigo a todas horas y que su hijo me odie y finalmente me deje. Hoy nos hemos enfrentado como nunca y yo... ahora no sé dónde está Dylan y...

De pronto oigo a mi madre, que le quita el teléfono a mi hermano y dice:

—Cariño, ¿cómo estás?

Tragándome el nudo de emociones que no me dejan vivir, respondo:

—Hola, mamá. Estoy bien... muy bien.

—¿Qué tal la familia de Dylan?

—Bien, mamá la familia de Dylan está muy bien.

—¿Y su padre, mi niña, está mejor?

Se me encoge el estómago. Tengo que mentirle:

—Sí, mamá, Anselmo esta mejor. Se toma la medicación que le han dado y cada día está más fuerte. Ya incluso camina con normalidad.

—¿Cómo es? ¿Cariñosote, como tu padre?

Comparar a mi padre con ese hombre es como comparar un Gucci con un bolso de los chinos. Por supuesto, mi padre es el Gucci, y el de los chinos es el otro y contesto:

—Es un señor muy amable. Adora a sus hijos y conmigo es muy cariñoso. Por cierto, os manda muchos recuerdos.

Oigo a mi madre reír y yo sonrío. ¡Cuánto la quiero!

—¿Y comes bien, cariño?

—Sí, mamá, como bien. Incluso tomo leche, que sabes que no me gusta, pero la tomo por ti. No te preocupes, ¿vale, mami?

Hablamos unos minutos más y, finalmente, me vuelve a pasar con mi hermano. Cuando Argen coge el teléfono, murmura:

—Perdóname, Yanira. Mamá ha llegado en este momento y me ha quitado el teléfono de las manos. ¿Le has contado algo?

—No, no le he dicho nada. Simplemente que todo bien por aquí y que el padre de Dylan es muy cariñoso. Ah... y que tomo leche.

Eso nos hace reír a los dos y entonces mi hermano me plantea:

—¿Quieres que vaya a buscarte? Puedo coger el primer vuelo que haya y mañana estoy ahí.

Lo pienso. No sé qué responder e, intentando aclararme, respondo:

—Déjame pensarlo y mañana hablamos, ¿vale?

Me despido de él, cierro el móvil y me tapo la cara con las manos.

¿Qué debo hacer?

Unos pasitos llaman mi atención. *Pulgas* acaba de entrar en la cocina y viene hacia mí. Me acerca el morro a la cara y me da un lametazo.

¡Ay, qué lindo, mi *Pulgui*!

Me levanto y, a oscuras, abro la nevera y le doy lo que sé que me está pidiendo. Una vez se come su salchicha, le ordeno que se vaya, pero no quiere. Se tumba en el suelo de la cocina y se queda dormido.

Cuando consigo encontrar un poco de fuerzas, salgo al jardín. Está precioso, iluminado por la luna. Pienso en lo que he hablado con mi hermano y me doy cuenta de que estoy enfadada con Dylan y que no quiero verlo. Creo que su padre está consiguiendo lo que busca: hacernos romper. Está minando nuestras fuerzas, crea dudas en él e inseguridades en mí y al final uno de los dos va a terminar con todo.

¡Menudo viejo zorro!

Camino por el jardín y me acerco a la valla para ver el mar. Las vistas son espectaculares. Abro la puerta lateral de la cancela y salgo. Al ver el cartel donde pone «Villa Melodía», murmuro con amargura:

—Deberían cambiarlo por «Villa Monasterio» o por «Villa Capullo».

Cruzo la carretera y, de pronto, veo acercarse las luces de un coche y me escondo. El corazón se me acelera al ver que es Dylan. No tiene buena cara y me preocupa. Aunque la mía tampoco debe de estar muy bien. Cuando el coche desaparece, respiro aliviada. No me ha visto.

¿Irá a mi habitación o se irá a la suya?

Salgo de detrás del árbol y camino hacia la playa, pero de pronto oigo a mi espalda:

—¿Qué haces levantada y sola por aquí a estas horas?

Doy un chillido, asustada. Pero me tranquilizo al encontrarme con Tony.

Aliviada, sin pensarlo me echo en sus brazos y cuando me separo de él, le digo:

—Hoy he tenido un día terrible, Tony.

—Algo me ha dicho la Tata por teléfono —comenta, mirándome—. Vamos, relájate.

Caminamos por la arena de la playa y pregunto:

—¿Qué haces tú aquí?

Señala su coche, aparcado en un lateral, y explica:

—Me gusta pasear de noche por la playa. Mi madre lo hacía cuando estaba en casa y creo que su manía ahora es la mía.

Para ser una mujer que, según el Ogro, antepuso su carrera a su familia, sus hijos guardan muy buenos recuerdos de ella.

—¿Puedo preguntarte cómo era tu madre?

Tony sonríe y, agarrándome del brazo, me explica, mientras caminamos por la playa:

—Era una persona detallista, divertida, cariñosa, ayudaba a todo el que podía y, sobre todo, era muy artista y madre. Viajaba por trabajo más de lo que nos gustaba a todos, pero cuando regresaba ¡era la bomba! —Sonríe—. Nunca hizo diferencias entre Dylan, Omar y yo. Para ella, los tres éramos hijos suyos y si en alguna entrevista sacaban ese tema, mostraba sus garras de leona para defender a sus tres cachorros por igual. Nos conocía muy bien a todos y, a su manera, nos recompensaba por sus ausencias. Parece que fue ayer cuando teníamos largas conversaciones de noche aquí, en esta misma playa. A mis hermanos y a mí nos encantaban esos momentos con ella. Eran especiales. Eran sólo nuestros.

—¿Y con tu padre se llevaba bien?

—Sí y no. De hecho se separaron dos veces, pero como ya sabes, se casaron tres. Se amaban con la misma intensidad con que se odiaban y mi padre siempre lo achacaba a la diferencia de edad.

—¿Se llevaban muchos años?

—No. Sólo diez. Pero...

—Ay, Dios bendito —digo como la Tata, al ser conciente de otra cosa que el viejo odia de mí—. A mí Dylan me lleva once años.

Me entra la risa. ¡Maldita risa!

Tony, al entender mi desesperación, dice:

—No te agobies por eso ahora. —Asiento no muy convencida y prosigue—: Papá no soportaba bien sus ausencias. Era él quien se tenía que preocupar entonces de nuestras notas, de nuestras clases particulares o de ir a las funciones del colegio. Nunca se perdió ni una, pero todos sabemos que añoraba a mamá y eso le agrió el carácter. Cada año, en Navidad, le hacía prometer que el año siguiente se retiraría. Eso nunca pasó. La vida de mi madre era su carrera, algo que a papá con su trabajo como abogado nunca lo apasionó, y justo cuando empezaba a estar un poco más en casa, decidió operarse para estar más bonita y bueno... pasó lo que pasó.

—Dios... Cuánto lo siento, Tony —murmuro apesadumbrada.

—Lo sé, Yanira, lo sé. —Y, mirándome con tristeza, añade—: Y lo gracioso es que la historia se vuelve a repetir con mi hermano y contigo. Dylan, a pesar de ser el pequeño de los tres, siempre ha sido el más centrado, el más serio, el que nunca ha querido saber nada del mundo del espectáculo, el más parecido a papá, y mira por dónde, se enamora de una chica como mamá. Una cantante.

Sonrío con amargura. Ahora entiendo un poco mejor por qué el Ogro se niega a aceptarme. No quiere para su hijo la soledad que él ha tenido que vivir. Está claro que nunca seré objeto de su devoción y digo:

—He tenido una terrible discusión con Dylan por culpa de tu padre. Dice que...

Tony no me deja terminar. Me corta y sisea:

—Joder... con mi padre.

Así es.

—Creo que esto no va a funcionar, Tony. Vamos a cometer un error y cada vez lo veo más claro. Lo mejor es que regrese a España.

—No.

—Necesito desaparecer —insisto desesperada—. Tu padre me está volviendo loca. Pero si hasta me ha llamado rubia Clairol...

—¡¿Mi padre te ha llamado eso?!

Asiento y, angustiadísima, se lo cuento todo. Tony, atónito, no da crédito a lo que oye, cuando añado:

—Pero si hasta me ha tentado con una propuesta bochornosa para que me marche y deje a Dylan.

Él, que ya está calentito, me mira y con la mandíbula tensa, pregunta:

—¿Qué clase de propuesta?

Horrorizada por lo que creo que he dado entender, aclaro:

—Nada sexual, tranquilo... tranquilo. —Respira aliviado y explico—: Hace unos días, me pilló cantando. Me invitó a visitar el despacho de tu madre. Yo pensé que íbamos a fumar la pipa de la paz y cuando más emocionada estaba mirando los premios de toda su vida, me dice que me puede buscar un productor musical que lance mi carrera al estrellato, pero que, a cambio, tengo que dejar a Dylan y desaparecer.

El gesto de Tony se descompone.

—Pero qué cabrón es el viejo. ¡Menudo mojón!

No digo nada por respeto, pero pienso lo mismo que él. O peor.

—¿Se lo has dicho a Dylan?

Niego con la cabeza y Tony sisea:

—Tienes que contárselo. Él sólo ve que tú le contestas a nuestro padre, que le entras al trapo, pero si se entera de esto o de las otras cosas que me has contado, yo creo que...

—Le haré daño, Tony, y lo último que yo quiero es hacerle daño.

Durante unos segundos medita lo que le digo y, finalmente, con un gesto de tristeza, dice:

—Mi hermano está loco por ti. No permitas que mi padre estropee lo vuestro. Si te vas, le harás daño a Dylan y él se habrá salido con la suya.

—Pero si me quedo también le hare daño. ¿No lo ves?

—No. Dylan no es tonto, Yanira, habla con él.

—Hoy ha sido horrible. Nos hemos dicho de todo y...

El teléfono de Tony empieza a sonar y reconozco la melodía de una canción de Maxwell. Me enseña la pantalla y veo que pone «Dylan», aunque sin verlo ya sabía que era él. Niego con la cabeza y me hace una seña con la mano para que me calle. Oigo a Dylan gritar y Tony, tras decirle con tranquilidad que está conmigo, corta la llamada.

—Te busca y está histérico.

Lo he oído. Pero no puedo enfrentarme ahora a él. No tengo fuerzas. El teléfono comienza a sonar de nuevo. Otra vez es Dylan. Tony, al ver mi estado, propone:

—Vámonos de aquí. Te llevaré a un sitio para tomar algo.

Asiento. Necesito tranquilizarme. El móvil suena otra vez. Tony le quita el sonido. Se lo agradezco. Subimos a su coche y cuando va a meter la llave en el contacto, me fijo en algo que cuelga del llavero y pregunto:

—¿Ésa es la llave de tu corazón?

Él sonríe, asiente con la cabeza y dice, tocándola con cariño:

—Sí. Cosas de mamá. Ella era muy romántica y...

—Y tú, al igual que Dylan, también lo eres, ¿verdad?

Mi guapo cuñado me mira y confiesa:

—Una vez creí haber encontrado a la persona idónea para entregársela. Se llamaba Paola. Pero a diferencia de ti, ella se dejó convencer por el dinero de mi padre. —Y con una triste sonrisa, añade—: La tentó y aceptó. Ella sí que era una oportunista. Tú no. Y se lo vas a demostrar al viejo. Debes hacerlo por Dylan y por ti.

Los ojos se me llenan de lágrimas. Saber que Tony ha sufrido por amor me redoblan las ganas de llorar. Sin decir nada más, él pone en marcha el motor del coche y al hacerlo se enciende la radio. La música llena mis sentidos y sonrío. Me trago las lágrimas mientras enfila la carretera de la playa y miro el mar.

Media hora después, aminora la marcha y veo que aparca en un bareto con luces de colores. Suena música alegre y eso me encanta. Es lo que necesito, ¡divertirme!

Su teléfono no para de vibrar. Ambos sabemos que es Dylan, pero no contesta. Se lo agradezco.

Al entrar, Tony me coge de la mano y vamos a una mesa. Feliz, miro a la orquesta que toca salsa mientras la gente baila. Dos segundos después viene una camarera. Tony me la presenta. Se llama Emy, que es un encanto, y nos pregunta:

—¿Os traigo un par de chichaítos?

No sé qué es eso y Tony me explica:

—Ron con licor de anís. Es fuertecito.

Asiento. Necesito algo así.

Minutos después, la chica nos trae un par de vasos y Tony pregunta:

—¿Preparada, cuñada?

—Por supuesto.

Cogemos nuestros vasos y, cuando le doy un trago al mío, siento que me quemo la garganta.

¡Dios santoooooooooooooooooo!

—Wepaaaaaaaaa —grita Tony.

Cuando dejo el vaso en la mesa, toso. Él ríe y me aconseja:

—Despacito o mañana no te podrás levantar de la cama.

Digo que sí con la cabeza mientras los ojos me lloran por el ron.

—¿Cómo es Caty? —pregunto.

Tony me mira y al ver que no tiene escapatoria, contesta:

—Una buena chica, aunque algo rara.

—¡¿Rara?!

—Hay algo en ella que nunca ha terminado de gustarme y estoy segura de que a mi hermano le pasa igual. —Da un nuevo trago a su bebida y prosigue—: Siempre estuvo enamorada de Dylan, a pesar de los escarceos de éste con otras mujeres.

—¿Dylan la engañó con otras?

—Mi hermano nunca ha querido nada serio con nadie. Tampoco con Caty. Pero siempre que cortaba con alguno de sus ligues, allí estaba ella, la cariñosa Caty, para mimarlo. Eso con el tiempo se volvió en algo normal y mis padres le cogieron cariño.

—¿Y Dylan la quería?

Tony, incómodo con la conversación, responde:

—No, él nunca la quiso como ella deseaba y me consta que siempre se lo dejó claro. —Asiento y él, agarrándome de la mano, añade—: Conozco a mi hermano muy bien y te aseguro que lo que siente por ti nunca lo ha sentido por nadie. Tú eres su amor. Su mujer. Su vida. Que no te quepa la menor duda.

Emocionada por esas palabras, murmuro:

—Tus palabras me hacen ver lo romántico que eres.

Tony sonríe y afirma:

—Es la maldición de los Ferrasa. Románticos y cabezotas.

—Estoy segura de que algún día aparecerá esa chica que no te decepcionará, y a la que podrás entregarle la llave de tu corazón.

—Lo dudo. Ahora ya lo tengo blindado.

Oír eso me hace gracia y, tras beberme de golpe la bebida, miro a Emy y pido:

—Dos chichaítos más.

Quince minutos después, me noto más relajada. Los chichaítos comienzan a hacer su efecto y me olvido de mis problemas para disfrutar junto a Tony de la velada. La orquesta es estupenda. Me encanta cómo tocan. Tienen un ritmo estupendo y un cantante de voz calentita. La gente baila y lo pasa bien.

—¿Bailamos? —propone Tony.

Animada, asiento. Lo sigo como puedo. Aquí todos bailan de escándalo y pronto él me demuestra que es todo un experto.

—¿A ti también te enseñó a bailar tu madre?

Él sonríe y responde:

—Sí, señorita. Mis hermanos y yo tuvimos de maestra nada menos que a la reina de la salsa de Puerto Rico. —Y, divertido, añade—: Eh... cuñada, ¡tú tampoco lo haces mal!

Dejándonos llevar por el ritmazo, bailamos varias piezas y la alegría del ambiente se me contagia.

Cuando nos sentamos, ambos estamos sudorosos, contentos y agotados. El móvil sigue vibrando. Dylan debe de estar desesperado, pero no quiero hablar con él. No quiero verlo. Traen más chichaítos y Tony pregunta.

—¿Quieres cantar?

Niego con la cabeza. El grupo es muy bueno y yo no sé si estaría a su altura.

Tony me guiña un ojo y, llamando a uno de la orquesta, me señala y un par de minutos después ya estoy en el escenario.

Adrenalina de la buena toma mi cuerpo y sé que voy a disfrutar.

Tras hablar con los músicos y decirles que he cantado en orquestas, me convencen para que cante salsa. Al fin y al cabo, el sitio lo pide y a mí siempre me divierte hacerlo. El cantante y yo nos lanzamos con *Vivir lo nuestro*, de Marc Anthony y La India.

Desde una montaña alta, alta como las estrellas,
voy a gritar que te quiero para que el mundo lo sepa.

El ritmo entra en mí y de pronto comienzo a disfrutar de lo que hago como llevaba tiempo sin hacer. Cantar me relaja. Lo echaba de menos. Me hace olvidar las penas y, mirando a Tony, que nos escucha encantado desde la mesa, digo, señalándolo mientras bailo:

Y volar... volar... tan lejos
donde nadie nos obstruya el pensamiento.

Eso necesito yo, que nadie me obstruya el pensamiento. Disfruto mientras la canción dura, mientras bailo y canto en el escenario con esta orquesta desconocida para mí, pero a la que me acoplo como siempre con facilidad.

Tras esta canción llegan unas cuantas más y el ritmo ya se ha apoderado de mí por completo. Cuando bajo del escenario exclamo:

—¡Wepaaaaaaaaaaaaa!

Tony sonríe y, al sentarme, pido:

—Dos chichaítos, Emy.

—No deberías beber más o mañana lo pagarás.

—Que sean cuatro chichaítos, Emy —grito, haciéndolo reír.

Un par de horas más tarde, estoy bolinga y, aunque todavía sé que me llamo Yanira Van Der Vall, bailo con todo el que me lo propone y muevo las caderas y los pechos como nunca en mi vida. ¡Azúcarrrrrrrrrrr!

Tony, que está más sobrio que yo, en varias ocasiones intenta que nos vayamos, pero yo me niego. ¡Quiero seguir bailando y bebiendo y pasándolo bien!

¡Vivan los chichaítos!

Pasa el tiempo. Bailo, bailo y bailo... hasta que, de pronto, unas fuertes manos me paran en medio de la pista de baile. Me arrancan de los brazos de un tipo, me dan la vuelta y me encuentro con los ojos y la cara enfadada de Dylan.

Me entra la risa. ¡Menudo rebote tiene el amigo!

—Emy, pon tres chichaítos más —chillo.

Con expresión de enfado total, Dylan sisea:

—¿No crees que ya has bebido suficiente por hoy?

Pero yo, soltándome de él, prosigo mi baile y exclamo:

—¡Weppaaaaaa!

Me mira inmóvil. Yo paso de él y sigo bailando mientras muevo las caderas y grito a lo Celia Cruz.

—¡Azúcarrrrrrrrrrrrr!

Veo que Tony se levanta, se acerca a su hermano y lo oigo decir:

—Necesitaba desfogarse. Pero ahora ya no sé qué hacer para sacarla de aquí y por eso te he llamado. Lo siento, hermano.

Yo miro a Tony y le espeto a voces:

—¡Serás chivato, cortarrollosssssssssss!

Yo sigo bailando, mientras veo cómo ellos discuten. De pronto, mis pies se separan del suelo y Dylan me carga sobre su hombro y me saca del local.

—Suéltame, idiota —grito mientras le aporreo la espalda.

Estoy torpe. Noto que mis movimientos son lentos, a pesar de que yo intento acelerarlos.

¡Mi madre, qué pedal llevo!

Cuando Dylan me mete en el coche, yo intento salir. ¡Quiero bailar salsa! Pero él me inmoviliza, me coge la barbilla y sisea, mirándome a los ojos:

—Yanira, estate quieta para que pueda ponerte el cinturón.

—¿Y Tony? —me preocupo.

Miro hacia la derecha y lo veo a nuestro lado.

—Tony, deja tu coche aquí y siéntate atrás —le dice Dylan—. No estás para conducir.

—No quiero regresar a «Villa Monasterio» —protesto con énfasis.

Tony se echa a reír y, divertida, yo grito al ver a mi moreno con cara de enfado.

—Venga ya, hombreeeeeeeeeeeee. ¡Menudo aguafiestas eres, Dylan!

Una vez me pone el cinturón y su hermano se ha sentado, él también se mete en el coche. Yo enciendo la radio y pongo el volumen a toda leche. Dylan la apaga. Yo la vuelvo a encender. Él la vuelve a apagar. Así estamos un rato hasta que, mirándome, me amenaza:

—Estate quietecita si no quieres que te ate las manos.

Me vuelvo a reír por lo que dice y pregunto:

—¿Me das un besito?

Dylan se acerca a mí, pero yo, apartándome, grito:

—Te acabo de hacer la cobraaaaaaa. ¡Te la debía!

Tony se ríe a carcajadas y, finalmente, a pesar de mi pedo, veo que mi chico sonríe. Pone el coche en marcha y el rugido del motor me calma. Cierro los ojos y apoyo la cabeza en el asiento.

—Estoy mareada.

—Avisa si vas a vomitar —me advierte.

El aire fresco me da en la cara mientras él conduce. No veo por dónde vamos. Estoy tan cansada y bolinga que apenas puedo abrir los ojos. La oscuridad de la noche nos envuelve y, cuando llegamos, veo que la casa está iluminada. No sé qué hora será y cuando Dylan me baja del coche y me coge en brazos, oigo:

—Que se vayan a dormir. Ya hablaremos con ellos mañana.

Reconozco la voz del padre de Dylan y abro los ojos. Lo miro y, al pasar por su lado, le hago una peineta y murmuro con toda mi rabia:

—Que te den morcilla, ¡mojón! Eres un viejo amargado y un cabrón de mierda.

La risa de Tony llega a mis oídos y yo también me río. Me parto de risa.

Dylan no dice nada, sólo me lleva en brazos hasta la habitación. Una vez allí, a oscuras, me tumba en la cama y, cuando se va a marchar, le agarro de la camisa y murmuro:

—Dile a la abuela Ankie que deje de tocar la guitarra.

Oigo que Dylan ríe y ya no recuerdo más.

29

Olvídame tú

A la mañana siguiente, cuando me despierto, mi cuerpo no es mío.

Pienso en los chichaítos y una arcada me hace sentarme de inmediato en la cama.

Todo me da vueltas. Miro el suelo y se mueve.

¿Tanto ron bebí?

Me toco los párpados. ¡Dios santo, no me quité las lentillas! Debo de tener los ojos como sandías.

Me meto un dedo en un ojo y casi me lo saco. Lo intento otra vez y no encuentro la lentilla. Desesperada, busco en el otro ojo y nada, tampoco. De pronto, me paro, miro al frente y me doy cuenta de que no veo con claridad. Sobre la mesilla distingo el botecito donde guardo las lentillas. Lo cojo, lo abro y suspiro al ver que están allí.

Dylan debió de quitármelas. ¡Qué rico es!

Tengo la vejiga a reventar e intento levantarme para ir a hacer pis.

Todo se mueve y murmuro:

—Estoy fatal...

Miro hacia la puerta del baño. Está cerca. Me levanto, pero pierdo el equilibrio y, tras dar un traspié, me estampo directamente contra la pared. En mi caída me llevo por delante la mesilla y la lámpara y el estropicio está servido.

Me toco la cabeza. Qué dolor...

Atontada y en el suelo, miro a mi alrededor cuando la puerta se abre y entra Dylan.

—¡Cariño! —grita, al verme en el suelo.

—Me he caído. Menudo tortazo me he dado.

Levantándome con cuidado, miro su cara distorsionada. Juraría que está preocupado y pregunta:

—¿Te has hecho daño?

Pero no hay tiempo de explicaciones y masculло:

—Me meo... me meoooooooooooo.

Él me coge en brazos, me lleva al cuarto de baño, levanta la tapa del váter, me baja las bragas y me sienta.

Ay, Dios. Soy el antiglamour. ¡A lo que hemos llegado!

Sin querer mirarlo a los ojos, orino sentada en la taza, mientras esto no para y no para... y cuando por fin termino, cojo papel y me limpio solita.

Intento levantarme, pero no puedo. ¿Qué me ocurre? Todo me vuelve a dar vueltas y vueltas. Noto las manos de Dylan y le doy un manotazo mientras grito:

—Déjame y vete.

Él no se mueve y, pasados unos segundos, gruño:

—En cuanto pueda levantarme, me voy a mi casa. No me quiero casar contigo. Yo... yo no quiero que la persona que esté a mi lado sea un desgraciado y si ya lo piensas antes de la boda, es porque lo vas a ser.

Me entra la llorera y, despeinada y con los el pelos sobre la cara, lloro sin importarme la pinta que debo de tener.

—No llores, cariño.

—¡Déjame en paz!

—Tranquilízate, por favor —insiste él con ternura.

Pero no me tranquilizo. Lloro como un oso y al final Dylan me levanta, me sube las bragas y me lleva de nuevo en volandas a la cama, mientras yo protesto entre sollozos. Una vez allí, me tumba y, retirándome la maraña de pelos de la cara, afirma:

—No quiero verte llorar.

Pero yo soy como el payaso del anuncio. Mis lágrimas brotan solas, soy incapaz de pararlas y oigo que Dylan me dice:

—Te quiero, me quieres y nos vamos a casar.

—No, no lo vamos a hacer.

Nuestros ojos se encuentran. Lo miro a través de las lágrimas. Tiene el semblante ceniciento y se lo ve agobiado. Entonces, agarrando la llave que llevo colgada al cuello, murmura:

—Eres la única que tiene la llave de mi corazón.

Mi berrido al oír eso es desolador. ¿Cómo me puede decir algo tan bonito y romántico siempre?

Cuando cinco minutos después me tranquilizo, mi chico, con más paciencia que un santo, pregunta, tras secarme las lágrimas con un kleenex:

—¿Dónde te has dado cuando te has caído?

Me señalo la cabeza, que me duele una barbaridad y lo oigo que dice tras inspeccionármela:

—Menudo chichón te ha salido.

Me besa en la frente y yo hago un mohín.

—Voy a por hielo a la cocina —me informa—. Eso te bajará la hinchazón.

Dos segundos después, estoy sola en la habitación. Las lágrimas siguen corriendo por mi cara. Estoy triste. Muy triste. Mi familia está lejos. El gruñón cerca y antes de que regrese mi amor, me acurruco sobre la cama, cierro los ojos y vuelvo a caer en brazos de Morfeo.

No sé cuánto tiempo ha pasado cuando me despierto.

La luz que entra por la ventana ya no tiene la misma potencia. Ahora es anaranjada. Me muevo en la cama y me estiro hasta que noto que me duele la cabeza. Me siento como puedo. Todo me da vueltas y, tocándome el chichonazo, murmuro:

—Joder... ¿Qué tengo aquí?

—Te has dado un buen golpe contra la pared, cariño, y tienes un estupendo chichón —oigo que responde Dylan, sentándose a mi lado.

Lo miro y achino los ojos para verlo mejor. Él me retira de nuevo el pelo de la cara y yo me siento como si me hubiera pasado una marabunta de hormigas rojas y asesinas por encima. Me encuentro algo mejor que antes y pregunto:

—¿Tony está bien?

Dylan sonríe y afirma:

—Él está acostumbrado a los chichaítos. Tú no.

Escuchar mencionar la bebida me hace llevarme las manos a la boca.

¡Qué náuseas!

—No quiero verte llorar nunca más, ¿entendido? —dice Dylan.

Voy a responder cuando se abre la puerta y entra la Tata con un tazón. Al verme, pregunta:

—¿Estás bien, corazón? —Asiento y ella gruñe—: Ya le he dicho cuatro cosas a Tony. Pero cómo se le puede ocurrir llevarte a beber chichaítos.

De nuevo me tapo la boca con las manos. Dylan sonríe.

Cuando se me pasa la angustia, la Tata deja la bandeja sobre la cama y me aconseja:

—Come algo. Te vendrá bien y te recuperarás antes.

Cuando ella se va, Dylan me mira con una dulce sonrisa y, sentándose de nuevo a mi lado, se ofrece:

—Ven. Te daré la sopa.

Arrugo la nariz. No puedo tomar nada o potaré fijo.

—No... no... no... Dylan. No me entra.

—Tienes que tomarlo. —Y cuando voy a protestar de nuevo, insiste—: Cariño, hazme caso. Esta sopa mágica de la Tata te ayudará a reponerte. Piensa que vivimos aquí y sabemos a lo que nos enfrentamos.

Cojo la servilleta de la bandeja y me la pongo de mala gana alrededor del cuello. Dylan me mete una cucharada de sopa en la boca. Me entran las angustias de la muerte, pero cuando voy a protestar, me indica con dulzura:

—Otra cucharada más, cielo.

Abro la boca y mete otra cucharada más. Me quiero morir de lo mal que me siento pero él insiste:

—Otra más.

Y así sigue. Cuando ya no puedo más, amenazo:

—Si me obligas a tomarme una más, te juro que te mato.

Dylan sonríe y dejando la cuchara y el tazón sobre la bandeja, y afirma:

—Tu cuerpo te lo agradecerá en un rato. Ya lo verás.

Acostándome de nuevo, murmuro:

—Lo dudo.

La sopa da vueltas como una lavadora en mi estómago y no sé cuánto tiempo va a quedarse ahí. Cierro los ojos e incluso con ellos cerrados siento que Dylan me observa. No tengo fuerzas ni para mirarlo. Me quedo dormida y cuando me despierto es Tony el que está frente a mí.

—Hola, bailona.

—¡Wepaaa! —me mofo sin fuerzas.

Tony sonríe. Yo, levantando los brazos, pido que me abrace. Él lo hace con cariño.

—Gracias por soportarme ayer. Gracias... gracias...

—No me des las gracias, cuñada. Me tendrás siempre que quieras.

—Pero qué mono eres.

Lo veo cabecear y luego pregunta:

—¿No me odias por haberte invitado a...?

—Ni se te ocurra decir el nombre —lo corto.

Ambos nos reímos y de pronto me doy cuenta de que estoy muchísimo mejor. Mi cuerpo vuelve a ser mío y controlo mis movimientos. El mareo ha desaparecido.

Miro hacia la ventana y veo que es totalmente de noche. Alucinada, le pregunto a Tony:

—¿He estado durmiendo todo el día?

—Te dije que bebieras despacito —contesta.

De pronto, mil imágenes pasan por mi mente. Los chichaítos, la salsa, el baile, Dylan, su padre, ¡los insultos! Todo regresa con claridad a mi mente y, asustada, pido:

—Tony..., dime que anoche no le dije a tu padre lo que estoy recordando.

Él me mira, asiente y murmura:

—Wepaaaaaaaaaa.

Horrorizada cojo una almohada y me tapo la cara con ella. ¡Me quiero morir!

—Joder... joder y joder. No quiero ni imaginar lo que pensará ahora de mí.

—Eso es de lo último que te tienes que preocupar en este momento y menos después de cómo te ha tratado él a ti.

Al oír la voz de Dylan, me quito al almohada de la cara, vuelvo la cabeza y lo veo apoyado en la pared. Nuestras miradas se encuentran.

Ay, Dios, ¡cuánto lo quiero!

Tony me da un beso en la frente, se levanta de la cama y se marcha hacia la puerta.

—Pasa una buena noche —me desea—. Mañana subiré a verte.

Cuando sale de la habitación y Dylan y yo nos quedamos solos, el silencio me inunda.

No sé qué decir. Él sigue apoyado en la pared, sin quitarme ojo. Tiene esa cara suya de perdonavidas que tanto me gusta y de pronto pregunta:

—¿A mí no me pides que te dé un abrazo, como a Tony?

—No.

—¿Por qué?

Al pensar en las cosas que me dijo el día anterior, respondo:

—Estoy enfadada contigo. Si realmente piensas lo que dijiste ayer, no sé qué hago aquí. No sé por qué te quieres casar conmigo.

El silencio vuelve de nuevo y ninguno de los dos dice nada. Dylan me mira y yo lo observo a través de las pestañas, hasta que de pronto, desconcertándome, pregunta:

—¿Has visto la camiseta que llevas puesta?

Con curiosidad bajo la vista y, al verla, muevo la cabeza:

—¿Por qué llevo la camiseta de las reconciliaciones? —gruño.

Dylan sonríe y, sin moverse, musita:

—Porque te necesito, mi amor.

Oh, Dios, ¿por qué siempre hace o dice justo lo que me toca la fibra sensible?

—¿Por qué no me lo dijiste? —dice de pronto.

No contesto. No quiero pensar que se refiere a lo que yo creo y añade:

—Tony me ha contado vuestra conversación. Nunca imaginé que mi padre pudiera decirte cosas tan terribles. Pero, tranquila, he hablado con él y no me lo ha negado. Ha admitido su error.

De nuevo horrorizada, vuelvo a coger la almohada y me tapo la cara. ¿Por qué es todo tan difícil? ¿Por qué?

La cama se hunde y noto a Dylan sentado a mi lado. Me quita la almohada y nuestros ojos se encuentran. No sé qué decir. Con cariño, él me aparta el pelo de los ojos.

—Me encanta tu pelo. Es precioso.

Sin dejar de mirarme, me pasa la mano por el óvalo de la cara y murmura:

—No quiero volverte a ver llorar y mucho menos que te vayas de mi lado. He sido un estúpido al dejarme influir por los miedos de mi padre, pero créeme cuando te digo que...

—No puedo estar con alguien que me observa siempre pendiente de si lo decepcionaré o no —lo corto—. No sé si llegaré a triunfar en el mundo de la música, sólo sé que quiero intentar perseguir mi sueño, como quizá tú has luchado por el tuyo de ser cirujano.

Me mira emocionado. Entiende lo que digo. Lo sé. Lo veo en sus ojos. Me acaricia la mejilla y musita:

—Te cambio un beso por una sonrisa.

Me derrito. ¡Puede conmigo!

—Te necesito, Yanira. Conseguirás tu sueño, pero, por favor, quiéreme.

Como he hecho con Tony minutos antes, abro los brazos. Dylan sonríe al ver mi gesto y, encantado, me abraza mientras exclama:

—Cómo me gusta tu camiseta de las reconciliaciones.

Yo sonrío. A mí me gusta él.

Durante un par de minutos estamos callados el uno en brazos del otro, hasta que, abriendo mi corazón, afirmo sin que él me lo pida:

—Te quiero, cariño, eso nunca lo dudes.

Sé que mis palabras le llegan al corazón. Soy poco proclive a decir algo tan cariñoso y lo emociona. Su boca busca la mía, pero retirándome digo a media voz:

—Debo de saber a rayos y centellas. Guarda ese beso para cuando me duche.

Dylan por fin sonríe y eso me relaja.

—Ha llamado Argen. Estaba preocupado por ti. Al parecer, tenías que haberle llamado para decirle si venía a recogerte. —Decir eso veo que le duele—. He hablado con él y le he dicho que no se preocupe, pero no me ha creído. Deberías llamarlo.

Se saca mi móvil del bolsillo y me lo da. Entiendo que si no lo llamo, Argen aparecerá como una fiera en Puerto Rico y, tras dos timbrazos, oigo su voz:

—¡Yanira! Por el amor de Dios. Estaba preocupado. ¿Estás bien?

Sonrío y miro a Dylan, que está a mi lado, y respondo:

—Sí. Pero déjame decirte que nunca bebas chicháitos. ¡Son demoledores!

Oigo reír a mi hermano y mi amor hace lo mismo.

—¿Se ha solucionado todo? ¿Quieres que vaya a buscarte?

Miro a mi chico, que me mira con amor, y contesto:

—Estoy bien, Argen. Tranquilo. Todo se ha solucionado.

Tras hablar con él un rato, cierro el móvil y lo dejo sobre la mesilla.

—He hablado con mi padre y creo que todo le ha quedado claro por fin —dice Dylan.

—Lo siento...

—No sientas nada, cariño —replica con mimo—. Si alguien tiene que sentir aquí algo soy yo. No he sabido protegerte de él como te merecías, pero a partir de ahora lo haré y, si tú quieres, nos iremos ahora mismo de esta casa. Anularemos la fiesta que ha organizado y...

—No. Asistiremos a esa fiesta.

Dylan sonríe, me besa la frente y musita:

—Donde a ti no te quieran, a mí tampoco. Nunca lo dudes.

Oír eso hace que se me llenen los ojos de lágrimas y nos volvemos a abrazar. Me encantaría irme de allí. No volver a ver al viejo zorro, pero no sería justo para Dylan. Es su padre y sé que lo quiere. Con mimo, hundo los dedos en su pelo y, mirándome, él murmura:

—Pero el lunes, tal como dijimos, ¡nos vamos a Los Ángeles!

—Estoy deseando conocer tu casa.

—Nuestra casa —matiza.

Dicho esto se tumba a mi lado y, durante horas, hacemos planes sobre lo que haremos cuando lleguemos a Los Ángeles.

30

Y sí fuera ella

A la mañana siguiente, cuando me despierto, estoy sola en la cama. Me incorporo con cuidado y veo que estoy infinitamente mejor. Me toco la cabeza y veo que el chichón ha bajado, aunque sigue allí.

Pongo los pies en el suelo y al hacerlo me viene a la mente la peineta que le hice al padre de Dylan y las duras palabras que le dediqué.

Dios mío... Dios mío, ¿cómo pude decirle eso?

Tras pensar horrorizada en mi mal comportamiento, decido pedirle perdón al Ogro. Mis padres se gastaron un dineral en llevarnos al colegio como para que yo sea tan maleducada.

Me avergüenzo de mí.

Cuando salgo de la habitación, «Villa Monasterio» como siempre está en silencio.

Bajo la escalera acojonada con lo que me voy a encontrar y oigo a Dylan hablar en la puerta de la casa. Cotilleo entre los barrotes y, sorprendida, veo que está hablando con Tony y con Omar.

¿Cuándo ha llegado este último?

Sin dejarme ver, los escucho. Ríen. Parece ser cierto que han enterrado el hacha de guerra y eso me llena de felicidad.

Cuando éstos se alejan camino de las cocheras, bajo los escalones y miro en el salón. No hay nadie. Respiro aliviada. No quiero ver al Ogro. No sabría qué decirle. Al ir hacia la cocina, me encuentro con *Pulgas*, me agacho, lo acaricio y el animal parece feliz de verme. Murmuro:

—Hola, precioso. Yo también me alegro de verte.

Tras unos minutos de mimitos a este animal, que cada día me parece más guapo, continúo mi camino hacia la cocina cuando oigo unos pasos. Los reconozco y me entran los siete males.

Cuento hasta cinco y finalmente me doy la vuelta. El Ogro está a escasos metros de mí, con su habitual gesto de «Soy un divo genial».

Telita su cara de mosqueo.

Plan A: lo saludo aunque no me conteste.

Plan B: no lo saludo.

Plan C: le hago otra peineta.

Sin dudar elijo el plan A. Es lo mejor.

Su mirada como siempre es gélida. Me pone los pelos de punta y resoplo. Estoy por desistir de mi plan A y continuar mi camino, pero no, yo no soy así, y finalmente digo:

—Buenos días.

Sin mover ni un músculo, él sigue mirándome. Me preparo para su habitual exabrupto mañanero, y a pesar de la peineta y las dulces palabritas que le dediqué, me sorprende respondiéndome:

—Buenos días.

Lo miro alucinada.

Por el amor de Dios, ¡me ha deseado buenos días!

Esto es lo más amable que me ha dicho desde que llegué aquí.

De repente, mi estómago da un rugido tan fuerte que me sobresalto.

Dios, ¡qué hambre tengo!

El padre de Dylan, al oírlo, se sorprende tanto como yo y, levantando una ceja, me sugiere:

—Ve a la cocina y desayuna algo más que cacao.

Asiento. Voy a darme la vuelta, pero antes de hacerlo, digo:

—Quería pedirle disculpas por la peineta que le hice...

—¡¿Peineta?!

Al ver que no entiende esa palabra, sonrío y le explico:

—El gesto que le hice con el dedo la otra noche, señor. —Lo repito avergonzada y él asiente—. De verdad, señor, siento haberle hecho ese gesto tan feo y dicho las terribles palabras que le dije. Bebí más de la cuenta y...

—Sí. Ya me dijeron que te tomaste varios chichaítos, ¿no?

Asiento. Para qué negarlo, me puse ciega, y añado:

—De verdad que lo siento. Yo no soy tan maleducada. Es más, si mi abuela se enterase de lo que le dije, le aseguro que me lavaba la boca con un estropajo. Nunca le ha gustado que sus nietos digan palabrotas y yo creo que me excedí con usted.

Su mirada imperturbable me traspasa y entonces dice:

—Estás disculpada, siempre y cuando tú me disculpes a mí también.

Ahí va, mi madreeeeeeeeeeee... ¿Estaré aún pedo?

Pero al ser consciente de que no, sin dudarlo contesto:

—Por supuesto, señor, está usted disculpado.

Nos miramos los dos de pie en medio del pasillo y yo no sé qué decir. Esa conversación se me hace difícil. En ese momento, él carraspea y dice:

—Me llamo Anselmo. Eso de «señor» me incomoda.

¡Si me pinchan no sangro!

El Ogro me ha dedicado varias frases amables en apenas unos minutos.

¿Tendrá fiebre o habrá tomado alguna seta alucinógena?

Nos miramos. Nos retamos sin hablar y, sin quitarle ojo, me la juego y respondo:

—Lo llamaré Anselmo siempre y cuando usted me llame Yanira.

¡Toma yaaaaaaaaa!

En ese instante, mi estómago vuelve a rugir. Por Dios, qué oportuno.

El Ogro me mira, frunce el cejo y yo me preparo para su inminente ataque. Pero antes de darse la vuelta con su bastón, dice:

—Ve a desayunar, Yanira. Luego hablaremos. Y, por favor, toma leche como quiere tu madre.

Lo veo alejarse y estoy alucinada. ¡Flipada!

¿Qué ha pasado aquí?

¿Hemos mantenido una conversación?

¿Ha dicho que tome leche? ¿Cómo sabe que mi madre quiere que lo haga?

Verdaderamente, esto es un Expediente X como poco.

En la cocina, todavía desconcertada por lo ocurrido, me preparo un café con leche. Lo necesito y sonrío al ver que estoy tomando leche. Cojo unas magdalenas y comienzo a desayunar mientras mi mente no para de pensar. Tengo un hambre atroz. Cuando estoy terminando, Tony entra en la cocina y, mirándome con gesto guasón, sonríe y, sin decir nada, nos chocamos las manos y ambos soltamos:

—¡Wepaaaa!

—Metida en juerga eres la bomba, cuñada.

—Mira quién va a hablar, ¡cuñado!

Nos reímos y pregunta, sentándose a mi lado:

—¿Cómo tienes el chichón?

Llevándome la mano a la cabeza, me lo toco y contesto:

—Bien. Sobrevivo a ésta.

Me mira divertido. Yo bebo un trago de mi café con leche y entonces pregunta:

—¿Al menos lo pasaste bien conmigo?

—Sí, mucho. Fue divertido y espero volver a repetirlo, pero sin chichaítos.

—¿Estás más tranquila?

—Sí.

Tony sonríe y en ese instante se abre la puerta y entran Omar y Dylan. Mi chico también sonríe y el corazón se me acelera. Estoy colada por él no..., lo siguiente.

Omar se acerca a mí con gesto risueño y, tras darme dos besos en las mejillas, saluda:

—Hola, juerguista. Ya me han dicho que los chichaítos te gustan mucho.

Sonrío. Dylan me besa en los labios y responde por mí:

—Creo que Yanira va a estar un buen tiempo sin probarlos.

Eso me hace reír. Omar se sienta a mi lado, coge una magdalena y dice:

—Me han informado de que estás librando tu propia batalla contra el Ogro, ¿no?

Sonrío al oírlo y, sin saber por qué, respondo:

—No llames así a tu padre, ¡pobrecito!

Dylan me mira, sorprendido por mis palabras y pregunta:

—¿Qué me he perdido?

Encogiéndome de hombros, yo sonrío pero no cuento nada. No quiero hacerme ilusiones. Seguro que cuando me vuelva a cruzar con él, me vuelve a llamar de todo menos Yanira.

En ese instante, entra una joven de mi edad, ¡y rubia! Con unos tacones de infarto, una minifalda y dice:

—Bichito... ya estoy aquí.

Omar sonríe, la coge de la mano y me la presenta:

—Yanira, ella es mi mujer, Tifany. Tifany, ella es Yanira, la prometida de Dylan.

La saludo encantada, pero mi sexto sentido me hace entender que la pobre es más simple que una piedra. La Tata entra en la cocina y se une a la conversación. Está contenta y, una vez termino mi desayuno, nos anima a que vayamos a la playa.

Nosotros nos cambiamos de ropa y vamos encantados.

Una vez llegamos a la playa, oigo:

—Bichito... ¡qué horror de arena!

Tifany se queja cuando la arena se le mete entre las uñas de los pies. Omar, alucinado, la mira y responde:

—En la playa hay arena, cariño. ¿Qué quieres?

—Se me estropeará el dibujo de florecitas que me hice en las uñas.

Intento no mirar a Dylan y Tony. Oigo que se ríen y si los miro soltaré una carcajada. De pronto, Dylan me coge en volandas, me echa sobre su hombro y corriendo me mete en el agua con él, mojándome el pareo que llevo puesto. Tony nos sigue. Divertidos, jugamos los tres y, cuando paramos, Tony mira a Dylan y dice:

—Bichito... nunca dejes que me enamore de una mujer como Tifany.

Dylan suelta una carcajada y, tras darle un puñetazo en el bíceps, responde:

—Dudo que lo hicieras, hermano.

Al cabo de un rato, Tony sale del agua y se va a sentar junto a Omar y su mujer. Al quedarnos solos, Dylan me mira, me coge entre sus brazos y dice:

—Si no estuvieran mis hermanos, te haría el amor ahora mismo.

Sonrío. Su mirada me hace saber que habla en serio y murmuro para tentarlo:

—Hazlo.

Me mira alucinado y, acercando mi boca a la suya, musito:

—Tus manos bajo el agua pueden hacer lo que quieras.

Sonreímos y él responde:

—No me tientes.

Con descaro, le meto la mano por dentro del bañador y lo toco. Cuando noto que su erección comienza a crecer, lo provoco:

—Vamos, hazlo. La conejita te lo ordena.

Mi amor sonríe. Le gusta que sea tan descarada en el sexo con él.

Me coge en brazos, colocándome de tal forma que ni sus hermanos ni nadie de la playa me puedan ver la cara. Mete la mano bajo la braga de mi biquini y, tras introducir un dedo en mi interior, acerca su boca a la mía y susurra:

—Rodéame con las piernas. —Cuando lo hago, dice—: Así... muy bien. Ahora no te puedes mover cariño. Si lo haces, los que están en la playa se darán cuenta de lo que hacemos.

—No me moveré.

—¿Seguro?

Doy un salto al profundizar Dylan con dos dedos. Mimosa, me abro para él y cuchicheo:

—Soy tuya, ¿recuerdas?

Un bufido de placer escapa de su boca y, con los ojos brillantes, me dice:

—Caprichosa..., ¿pretendes volverme loco?

Asiento. Dylan sonríe y, mientras me masturba, me pide que lo mire a los ojos. El sol. El agua. La mirada de mi chico y lo que éste me hace me llevan al séptimo cielo.

—Chissss... no te muevas, conejita. Sólo déjate hacer.

Se me escapa un gemido y mi amor asiente, mientras sus dos dedos entran y salen de mi cuerpo, llenándose él también de lujuria.

—¡Ay, Dios bendito! —jadeo—. Esto no ha sido buena idea.

—¿Por qué, cariño?

Se me escapa un nuevo gemido y respondo:

—Porque ahora quiero más y no podemos.

Dylan sonríe y, mirándome con su cara de perdonavidas, murmura sin dejar de acariciarme:

—Caprichosa.

Asiento. Me abrazo más a él y disfruto. Dylan me besa. Mete su lengua en mi boca y me hace el amor con ella y con sus dedos bajo el agua al mismo tiempo. La experiencia de hacerlo allí es delirante, pero no me puedo mover. No puedo gritar o todo el mundo se enteraría.

Cuando el calor sube por mi cuerpo y sé que mi orgasmo está a punto de llegar, le muerdo el labio inferior y luego se lo suelto y lo beso para ahogar mi gemido de placer.

Cuando mis temblores cesan, él me besa en el cuello y me advierte:

—Ahora tenemos que esperar un ratito para salir.

—¿Por qué?

Con un gracioso gesto, mira hacia abajo y pregunta:

—¿Tú qué crees?

Nos reímos a carcajadas y cinco minutos más tarde, cuando me dice que ya está en condiciones de salir del agua, lo hacemos y vamos donde están los otros. Tony nos tira dos toallas que saca de una bolsa y Dylan y yo nos secamos.

Luego extendemos las toallas en la playa y nos tumbamos sobre ellas. Durante un rato, charlamos los cinco, hasta que de pronto siento que un cuerpo muy pequeño se tira sobre mi espalda. La expresión de Dylan y sus hermanos cambia y yo entiendo el porqué al ver que se trata de la pequeña Preciosa.

La niña, ajena a lo que los mayores piensan de ella, al verme ha venido corriendo hacia mí. A Omar le cambia el gesto y, enfadado, pregunta:

—¿Qué narices hace aquí?

Tifany, que no sabe nada, comenta con su voz chillona:

—Qué niña más mona. ¡Qué morenita!

No sé qué decir.

No sé qué hacer.

Pero lo que está claro es que no voy a echar a la niña de allí a patadas.

Los tres hermanos Ferrasa me miran en busca de explicaciones y, finalmente, pregunto:

—Dylan, ¿ves a Elsa en la playa?

Miramos en busca de la mujer, pero no la vemos. La cara de Omar es un poema y, mirándolo, digo:

—Vale. Ya sé lo que pasó. No me mires así.

—¿Dónde está tu tía, Preciosa? —pregunta Dylan.

La niña se sienta con nosotros en las toallas y responde:

—No lo sé.

—¿Has venido sola a la playa? —pregunta Tony, sorprendido.

La cría asiente y yo digo escandalizada:

—¿Cómo puede venir una niña tan pequeña sola a la playa?

—Hay niños que se crían en la calle —apunta Tifany—. La criada de mi madre tiene nietos y tendríais que ver cómo son, ¡auténticos salvajes!

Omar, incómodo con la situación, se levanta, coge a la niña del brazo, la levanta de la toalla y sisea empujándola:

—Vamos. Corre para tu casa ahora mismo.

Eso me indigna. ¿Por qué le habla así a la pequeña?

Voy a levantarme, pero no puedo. Dylan me sujeta del brazo. Menudo mal rollo se ha creado en décimas de segundo. La niña me mira con los ojos llenos de lágrimas y metiéndose el dedo en la boca, echa a correr.

La veo marcharse y se me encoge el corazón. Omar se vuelve a sentar en la toalla y asevera:

—La quiero lejos de mí.

Lo miro boquiabierta e incapaz de mantenerme al margen, murmuro:

—Qué triste eso que dices.

—Más tristes son las sinvergüenzas que se intentan aprovechar del dinero de los demás —replica malhumorado.

—Exacto. Eso es tristísimo —afirmo—. Pero que te culpabilicen de algo que no has hecho, te aseguro que aún lo es más.

El mal rollo va en aumento. Éste es el Omar que conocí por teléfono. Duro. Despiadado. Sin sentimientos. Dylan me pide que me calle, pero no puedo. Es injusto cómo tratan a la pequeña Preciosa y así se lo digo a todos.

—Olvidemos a esa nena y sigamos pasándolo bien. Por cierto, bichito, el otro día vi en mi joyería preferida un anillo que me encanta y cuando regresemos a Los Ángeles quiero que me lo compres, ¿vale? —dice Tifany.

Pero ni los tres hermanos ni yo podemos olvidar lo que ha pasado y la mujer insiste.

—¿Me has oído, bichito?

—Sí. Ya lo compraremos —asiente Omar con gesto incómodo.

Él, como yo, mira a la niña, tan chiquitita, tan poquita cosa, correr sola por la arena y vuelvo a la carga:

—¿Cómo podéis ser tan duros con ella? ¿Qué culpa tiene de lo que su madre hiciera en su momento?

Ninguno contesta, incluso me percato de que Tifany no pregunta porque intuye de lo que hablo y, mirando a Dylan, prosigo:

—Sólo tiene cuatro años.

—Tienes razón, cariño —responde Dylan—. Pero es mejor que lo dejemos así.

Furiosa con la situación, miro hacia la niña, que sigue corriendo a lo lejos e, incapaz de dejarla ir así, de un tirón me deshago de la mano de Dylan, me levanto y grito:

—Preciosa, ¡espera!

Pero ella no me oye. Corro tras ella. Veo que va derecha a la carretera. Me angustio y vuelvo a gritar, mientras acelero el paso todo lo que puedo.

—Preciosa, ¡para! ¡Para! No cruces la carretera.

Ella no me hace caso y solamente puedo ver que a cada zancada está más y más cerca de la carretera y que yo voy a ser incapaz de llegar para pararla.

De pronto, los tres hermanos Ferrasa me adelantan a grandes zancadas. Ellos también han visto lo que va a pasar. La niña va a cruzar sin mirar y vienen varios coches. La angustia me puede, mientras chillo y oigo a Dylan, Tony y Omar gritarle que se detenga.

El sonido de un frenazo seco me deja sin respiración.

No... no... no... ¡No puede haber ocurrido!

No veo qué pasa y, cuando llego y me meto entre la gente, la niña llora en brazos de Dylan. Omar la coge y la abraza, pero ella, al verme, me tiende sus manitas. La cojo mientras Dylan, sin resuello, murmura para tranquilizarme:

—La hemos pillado a tiempo. Sólo está asustada.

Le doy las gracias con la mirada y después beso con cariño la cabeza de la niña, mientras ella, asustada, llora y el conductor del vehículo da gracias a Dios por no haberle pasado por encima.

Me siento en el arcén de la carretera acunándola, mientras mi respiración se normaliza y Tony habla con el conductor. Omar nos mira todavía jadeante. No digo nada. Sólo quiero que Preciosa deje de temblar y de llorar y, acercando mi boca a su oído, le canto.

No me llores más, preciosa mía.
Tú no me llores más, que enciendes mis penas.
No me llores más, preciosa mía,
tú no me llores más, que el tiempo se agota entre lágrimas rotas por la soledad.

La niña se calla. Parpadea y me escucha. No está acostumbrada a que alguien la acune. A que alguien le cante o le dé cariño. Dylan me mira y pronto veo que Omar y Tony también. Los tres se quedan quietos escuchándome. Sin dejar de mecerla le sigo cantando y, cuando sonríe y sus temblores se calman, le beso la mejilla y pregunto:

—¿Te ha gustado la canción?

—Sí.

—¿Dónde te has hecho pupa?

La niña se señala la rodilla. Tiene una pequeña rozadura, un raspón sin importancia, y hago lo que solía hacer cuando trabajaba en la guardería y un niño se caía. Le paso las manos por encima de la rozadura, sin tocarla, y canturreo:

Sana sanita, si no se cura hoy se curará mañanita.

Después le doy un beso en la rodilla y sonrío. Preciosa hace lo mismo.

En ese instante, salen la Tata y Elsa por la puerta de la finca. Alguien las ha avisado de lo ocurrido y la Tata grita nerviosa:

—La nena... ay, Dios bendito, ¿la nena está bien?

Omar, al verla, la tranquiliza.

—Está bien, Tata. No te preocupes, que Preciosa está bien.

—Gracias a Dios... gracias a Dios... —dice la mujer, mirándome.

Elsa, con gesto agrio, se acerca a mí y grita:

—Voy a tener que cerrar también con llave la ventana. —Cuando yo le voy a contestar, sisea—: Sólo me da problemas y disgustos esta mojona.

Pero cuando ve a los hermanos Ferrasa mirándola, suaviza el semblante y dice:

—Ven con la tita, Preciosa.

La cría se agarra a mi cuello. No quiere ir con ella. Comienza a temblar de nuevo y yo, sin dejar que la toque, digo bien claro:

—Mira, Elsa, no sé cómo son las leyes en este país en referencia a los niños, pero te aseguro que como se te ocurra tocar a la niña o tratarla mal, yo voy a poner en práctica mi propia ley y te juro por mi padre que lo vas a lamentar.

Ella da un paso atrás mientras yo me levanto del bordillo del arcén.

La Tata se acerca, le tiende los brazos a la niña y dice, al ver cómo miro a Elsa:

—Tranquila, Yanira. Estará conmigo. Yo la atenderé.

Cuando se van a marchar, agarro a Elsa del brazo y siseo:

—Te lo advierto, si tocas a la niña, te mato.

—Wepaaa... el genio que te gastas, cuñada —comenta Tony cuando ya se han ido.

Yo levanto la ceja, pongo los brazos en jarras y, mirando a los tres hermanos, digo muy seria:

—Entiendo que estéis enfadados con la madre de esa niña por lo que quiso hacer. Pero haced el favor de ser adultos y pensad que esa niña no tiene por qué pagar lo que la descerebrada de su madre hiciera y más si encima la abandonó con la mala bruja de su tía.

—Tú que sabrás, Yanira —protesta Omar.

Acercándome a él, respondo:

—Efectivamente, no sé nada. Pero lo que sí sé es lo que veo y lo que veo es a una pequeña abandonada por su madre y asustada y acobardada por su tía. También veo que tres gigantes como vosotros no hacéis nada por ella. ¿Acaso hay que apellidarse Ferrasa para que echéis una mano?

—Su madre...

—Tony —lo interrumpo—, su madre no es ella, igual que tú no eres tu padre. ¿Cuándo os vais a dar cuenta? ¿Cuándo vais a dejar de hacerles pagar las culpas de otros a los inocentes?

Se hace el silencio y, de pronto, Omar murmura:

—Me hice las pruebas de paternidad.

Al oír eso, Tony y Dylan miran a su hermano. Yo también. Queremos que continúe y finalmente dice:

—Cada mes, le paso a Elsa una cantidad para que la cuide. Es todo lo que puedo hacer por ella.

Dylan parpadea incrédulo y pregunta:

—¡¿Es tu hija?!

Omar asiente con la cabeza.

—Los resultados de las pruebas lo confirman.

Todos nos quedamos callados, hasta que Tony, malhumorado, dice:

—Sin saber si era tu hija o no, yo ya le pasaba dinero a su tía para que la cuidara. Le dije a Elsa que no se lo comentara a nadie. No quería problemas con vosotros.

—Menuda sinvergüenza —siseo al oírlo—. Ha rentabilizado muy bien eso de *no* cuidar de su sobrina. Omar le pasaba dinero. Tony también y...

—Yo también —apunta Dylan, dejándonos sin habla—. Al igual que vosotros, le doy un dinero al mes para la nena y le pedí discreción.

Los tres hermanos se miran incrédulos y, de pronto, empiezan a hablar sobre el tema de la niña por primera vez y no dan crédito a lo que oyen. La tía de la criatura tiene montado un buen negocio con ella.

—O sea —los corto—, los tres le dais dinero a Elsa y la muy caradura no le da a la cría ni un poco de cariño, la deja encerrada en casa y a saber qué más.

—¿Que la encierra? —gritan Omar y Dylan.

Asiento. No dan crédito y continúo:

—Sólo me han bastado unos días aquí para ver lo que esa mujer hace con la niña. En todo este tiempo, la única a la que he visto darle cariño a esa pequeña ha sido a la Tata. Pero, claro, la pobre mujer vive con el Ogro y está atada de pies y manos como para poder hacer nada más por ella.

Omar se desespera. Tony maldice y Dylan acercándose a mí, dice:

—Cariño, creo que...

—Mira, Dylan, déjame terminar —le digo, mirándolo—. Enfádate conmigo si quieres, pero esa niña sólo busca cariño en una casa donde es repudiada por algo de lo que ella no tiene la culpa. Y mientras yo esté aquí, ese cariño no se lo pienso negar, le disguste al puñetero Anselmo Ferrrasa o a quien sea. No sé qué puedo hacer por esa niña, si hablar con Servicios Sociales o con quién, pero sin duda algo hay que hacer. Preciosa no puede seguir viviendo así.

Los tres hermanos se miran desconcertados y grito:

—Pero ¿no habéis visto lo cariñosa que es esa pequeña conmigo? Sólo me ha visto dos o tres veces y se abraza a mí con desesperación.

Ninguno habla.

—Y, por último —concluyo—, os diré una cosa aunque os enfadéis conmigo: no conocí personalmente a vuestra madre, pero por lo que me habéis contado de ella, estoy segura de que no le gustaría nada lo que está pasando aquí. —Y señalando a Omar, añado—: Y más siendo tú el padre.

Él agacha la cabeza. Tony asiente y Dylan admite:

—Tienes razón, Yanira. Sabiendo lo que ahora sabemos, mi madre debe de estar muy enfadada. Esto hay que solucionarlo y...

—Decidme —interviene Omar—, ¿qué podía hacer yo con la niña? Vivo en Los Ángeles. Soy productor musical. ¿Qué podía hacer? —repite.

Tony lo mira y responde:

—Desde luego, cuidarla mejor de lo que lo has hecho, sin duda.

Su hermano maldice y Dylan interviene:

—Es una Ferrasa, Omar, y ahora que lo sé, esto no se va a quedar así.

Asiento orgullosa y, mirando al desesperado padre de la criatura, digo:

—Omar, si no quieres vivir con ella, no lo hagas. Pero asegúrate de que tiene una buena calidad de vida y no la vida de mierda que lleva con la imbécil de su tía.

Tras unos segundos de silencio, Omar me mira, luego mira hacia la playa, donde Tifany toma el sol tranquilamente, y afirma con rotundidad:

—Lo haré. Te aseguro que lo haré.

—Vuestra familia tiene dinero y medios para ayudar a esa pequeña a ser feliz. —Los tres me miran y yo concluyo—: Hacedlo, por ella, por vuestra madre y por vosotros mismos.

Una vez termino me noto agitada. Acabo de sacar por mi cuerpo el resto de la rabia que me quedaba.

—Te has quedado a gusto —observa Dylan, cogiéndome de la mano.

—No lo sabes tú bien.

De pronto me entra la risa. ¡Ya la echaba yo de menos!

Dylan sonríe y Tony exclama de nuevo:

—Cuñada, ¡menudo genio gastas!

—Soy una Van Der Vall, a ver si te crees que sólo los Ferrasa tenéis genio.

Dando un paso hacia mí, Omar me pone una mano en el hombro y dice:

—Gracias por tu sinceridad. Eres como mamá y, nos guste o no, necesitamos a una mujer como tú a nuestro lado para darnos cuenta del verdadero significado de las cosas.

Me emociono. Ay que lloro. Me comienza a temblar la barbilla y me doy aire con la mano. Al verme así, los tres me abrazan. Me siento protegida por estos tres hombretones y ellos bromean hasta hacerme sonreír.

Cuando por fin me tranquilizo, regresamos a la playa, donde nos espera Tifany, y Dylan, sin soltarme la cintura, me besa en la cabeza y asevera orgulloso:

—Van Der Vall y Ferrasa, ¡buena combinación!

31

Solo otra vez

Ese día, cuando llega la hora de comer, regresamos todos a «Villa Melodía».

Cuando entro en la casa, lo primero que hago junto a los tres hermanos y Tifany es buscar a la Tata. Ella nos lleva hasta su habitación, donde la pequeña Preciosa duerme y todos la miramos. ¡Qué guapa es!

Cuando salimos de la habitación, comentamos durante unos minutos lo que va a ocurrir y veo que Omar se implica, pero Tifany se queda al margen. No le gusta lo que oye. No dice nada. Eso me hace saber que no está de acuerdo con lo que su marido piensa hacer. Dylan me mira, se percata de lo que observo y me aprieta la mano.

La Tata está descolocada con lo que oye, pero asiente. Nos hace saber que podemos contar con ella para lo que sea. Incluso comenta que si sus tres muchachos la ayudan, se irá de la casa con la niña y dejará al Ogro. Rápidamente, los tres se niegan. La niña y ella seguirán allí.

Sin duda se han despertado y se han dado cuenta de la realidad. Esa niña es una de ellos y la van a defender a capa y espada. Finalmente, Dylan toma las riendas del asunto y, como siempre, se hace cargo de la situación. Él hablará con su padre. El Ogro es un buen abogado y puede ayudarlos.

Al entrar en el salón, Anselmo ya está sentado a la mesa y nos mira con actitud intimidatoria.

Desde luego, si hubiera sido actor, como malo y villano ¡no habría tenido precio!

Miro a Tifany y veo que ella no lo mira. Está intimidada y, cuando nos vamos a sentar, me agarra y cuchichea:

—¡No te sientes ahí!

—¿Por qué? —pregunto en el mismo tono.

La joven mira para ver si alguien nos oye y susurra:

—Éste era el sitio de Luisa, la madre.

Me quedo anonadada.

¿Todos estos días me he estado sentando donde no debía?

¿He estado desafiando al Ogro todos los días sin saberlo?

Eso me disgusta sobremanera. ¿Por qué Dylan u otro no me han dicho nada?

Una vez lo sé, me busco otro sitio, pero cuando voy a sentarme al otro lado de la mesa, Anselmo me mira y pregunta:

—Yanira, ¿por qué te sientas ahí?

Ostras, ¡me ha llamado por mi nombre!

Todos me miran, yo me rasco la cabeza y, encogiéndome de hombros, me invento:

—Creía que Omar se sentaría y...

—Éste es tu sitio —dice él—. Ven. Siéntate.

De nuevo todos me miran y Dylan, extrañado, frunce el cejo, mientras me percato de que se ha dado cuenta de que me ha llamado por mi nombre.

Sin decir nada, me vuelvo a sentar en el mismo sitio donde me he sentado todos estos días y sonrío como una tonta.

Minutos después, para no variar, en «Villa Monasterio» comemos en silencio y, para asombro de todos, Anselmo no dice ni mu. Yo miro a Dylan a la espera de que le diga algo de Preciosa, pero con la mirada, me indica que sea prudente. Ya buscará el momento. Asiento. Tiene razón.

De pronto, Anselmo dice:

—Vuestra madre se habrá revuelto en su tumba todo este tiempo al ver lo tontos que hemos llegado a ser. —Todos lo miramos y prosigue—: Yanira tiene razón: hay que solucionar la situación de esa niña y alejarla de la bruja de su tía.

Toma yaaaaaaaa. ¡No me puedo creer que el Ogro haya dicho eso!

Miro a Dylan, que no me mira. Sólo mira a su padre.

—Papá, yo había pensado...

—Omar —lo corta el Ogro, levantando la voz—, si sabías que ella era una Ferrasa deberías haberlo dicho. Me avergüenza haber dado ese trato a un nieto mío y más me avergüenza saber que tú sabías que era hija tuya y la has tratado así.

Oigo a Tifany toser. No le gusta la conversación. Anselmo la mira y pregunta:

—¿Algo que decir, joven?

Ella niega con la cabeza y el viejo prosigue, mirándonos:

—Sé lo que ha pasado en la carretera. Me he acercado, alertado al oír el frenazo y no he podido evitar escucharos hablar. En especial a Yanira.

Cierro los ojos. Me va a caer la del pulpo.

Veo que los tres hermanos se miran y Dylan intenta disculparse:

—Papá, si quieres podemos hablar luego y...

—No hay nada que hablar, hijo —replica su padre con voz cansada—. Necesito las pruebas de paternidad del descerebrado de tu hermano e intentaré solucionar este embrollo lo antes posible. Tata, tú te encargarás de ella mientras tanto. No la quiero ver en las manos de su tía. Y en cuanto a esa sinvergüenza, en cuanto se arreglen los papeles, la quiero fuera de «Villa Melodía».

—Sí, Anselmo. Yo misma la echaré —responde la mujer, sonriendo.

Omar mira a su padre y murmura:

—Te pido perdón, papá. Sé que lo que hice estuvo mal y...

—Más que a mí, pídele perdón a tu madre y a esa niña. Ellas han sufrido seguramente más que tú y yo.

El silencio vuelve al comedor y yo los miro a todos. Están serios. Esto ha sido muy fuerte y, finalmente, Omar dice, sorprendiéndonos:

—Yo me haré cargo de todo. Es mi hija.

Los demás lo miramos y Tifany habla:

—Bichito, en nuestra vida no hay lugar para una niña. La casa no está acondicionada y...

—Por el amor de Dios —gruñe Anselmo—. ¿Quieres dejar de llamar a mi hijo con ese ridículo nombre?

—Yo me ocuparé de ella —continúa Omar—. Es mi hija y vivirá conmigo te guste a ti o no. —Mira a su mujer y, desencajado, añade—: Cuando he visto que podía haber terminado bajo las ruedas de ese coche, me he asustado. Me he dado cuenta de tantas cosas que...

—Es bueno darse cuenta de los errores —lo corta su padre, mirándome, y, suavizando la voz, prosigue, mirando a su hijo—: Tranquilo, Omar. Lo solucionaremos. Pero de momento creo que hasta que la pequeña te coja cariño, debe vivir en esta casa. Se criará como se merece. Es una Ferrasa y no se hable más. Sigamos comiendo.

¡Si me pinchan no sangro!

No doy crédito a lo que acabo de oír y me percato de que los demás están tan asombrados como yo. Estoy a punto de aplaudir. De darle cuatro besazos al Ogro, pero temo que cambie de opinión si hago eso. Así que miro a Dylan. Él me guiña un ojo y, contenta, como y callo hasta que el patriarca me mira y me pregunta:

—¿Te gusta la comida, Yanira?

Yo le sonrío y respondo con afabilidad:

—Sí. La carne está muy rica, ¿qué es?

La Tata responde rápidamente:

—Filete de res pequeño. Aquí se llama bisté encebollado.

—Para mi familia siempre lo mejor —afirma Anselmo. Y luego añade—: Yanira, después de comer, quisiera hablar contigo.

Me entran las calandracas de la muerte.

¿Qué tiene que hablar conmigo?

Pero sin querer amilanarme, cruzo una mirada con Tony, que me guiña un ojo y asiento.

—De acuerdo, Anselmo.

Busco la protección de Dylan. Lo necesito a mi lado para hablar con su padre y él, al leer la desesperación en mi mirada, se ofrece:

—Yo la acompañaré.

Anselmo asiente sin decir nada y sigue comiendo.

La Tata sonríe y me pregunta por comidas de mi tierra. Yo respondo encantada, mientras los demás también intervienen.

Por primera vez, charlamos alrededor de la mesa mientras comemos y algunas risas suenan en la estancia y veo a Anselmo sonreír. No dice nada, pero al menos sonríe.

—¿Qué os parece si os preparo comida española un día de éstos?

Dylan sonríe divertido. Sabe que no tengo ni idea de cocinar y contesta:

—A mí me parece una idea excelente.

Me río. Como poco, los envenenaré. Al notar la mirada de su padre, le pregunto:

—Anselmo, ¿te parece buena idea?

—¿Con que te gustaría deleitarnos? —pregunta él.

Pienso rápidamente. Mis especialidades son huevos fritos con patatas y beicon, tortilla de patata con cebolla, empanadillas, croquetas congeladas y poco más. En mi casa, con mi madre y mis dos abuelas tan buenas cocineras, no me he molestado en aprender. Pero dispuesta a no dejarme amilanar, le digo:

—¿Qué te gustaría probar de la comida española?

Él me mira. Me escudriña con su acerada mirada y responde:

—Cuando Luisa y yo viajamos hace años por España, probamos muchas cosas. —Y dejándose llevar por los recuerdos, sonríe y aclara—: Exquisitas paellas. Maravillosos guisos con garbanzos, judías o carne. Y recuerdo un pescado de nombre bienmesabe, que comimos en Cádiz, que estaba exquisito.

¿Bienmesabe? ¿Qué pescado es ése? Creo que no lo he probado nunca, pero asiento y murmuro:

—Oh, sí... está buenísimo. De los mejores pescados que hay. —Y al ver cómo me miran todos, añado—: Sin menospreciar los que aquí tenéis, por supuesto.

Anselmo me mira y pregunta:

—¿Qué te parece si lo preparas el sábado para comer? Tito, Héctor y Joaquín estarán aquí y podríamos tener una comida familiar antes de la fiesta de la noche.

Mi seguridad se resquebraja. Creo que me he lanzado demasiado inconscientemente al ruedo y el toro me va a pillar, pero al ver cómo me miran todos, acepto:

—¡Genial! Me parece estupendo.

—¿Cocinarás bienmesabe? —pregunta Anselmo.

Madre... madre... madre, pero ¿en qué lío me estoy metiendo yo sola?

Resoplo, pienso y respondo:

—Si lo encuentro, ¡claro que sí! Ya verás qué bien me sale.

Dylan sonríe. No da crédito a mis palabras, pero yo, dispuesta a conseguir mi propósito, concluyo:

—Pues el sábado, ya sabéis, ¡comidita española!

Cuando terminamos de comer, hablamos con la Tata del almuerzo del sábado. Yo estoy horrorizada. Al cabo de un rato, Dylan me coge de la mano y me lleva al jardín. Necesito que me dé el aire.

De repente me entra la risa. Esto es surrealista. Me he metido en un fregado yo solita y ahora no sé cómo voy a salir de él. Dylan, besándome, cuchichea:

—Caprichosa..., ¿en qué lío te has vuelto a meter?

Media hora después, la Tata nos llama. Anselmo quiere que Dylan y yo vayamos a su despacho. Nerviosa y sin soltar la mano de mi chico, entro en ese mausoleo donde nunca antes había estado. El despacho del Ferrasa padre, es, como poco, impresionante.

Una vez nos sentamos los tres, el padre de Dylan dice:

—Me gustaría que no me interrumpierais, ¿entendido?

Los dos asentimos.

—Como bien predijiste el primer día que te sentaste a mi mesa, algún día tendría que pedirte disculpas por todo y eso es lo que voy a hacer, Yanira. —Lo miro sorprendida y él prosigue—: Mi vida con Luisa no ha sido fácil a causa de su profesión y nunca quise esa vida para ninguno de mis hijos. Y menos aún para Dylan, que es el más parecido a mí y el que más ha huido de las cámaras, los focos y la prensa. —Toma aire—. Sin tú saberlo, Yanira, cada vez que te enfrentabas a mí, veía a mi Luisa y eso, aunque en ocasiones me desesperaba, también me gustaba. Si algo siempre me gustó de ella era su humanidad, su paciencia conmigo para hacerme ver los distintos matices de las cosas, su sensibilidad y saber que si algún día me ocurría algo, ella lucharía por nuestros hijos como la leona que era. Y tú no te quedas atrás.

»Durante días, te has enfrentado a mi intolerancia y a mis malos modos de una manera que no te puedo reprochar. He sido el Ogro que todo el mundo ve en mí y, aun así, aquí estás, con una madurez que deja la mía por los suelos. —Sonríe y yo también—. En este tiempo, no sólo has enamorado a mi hijo, sino también a *Pulgas*, a la Tata y a todos los que entran en esta casa. Te hice una proposición muy fea y muy tentadora que rechazaste y ese día me di cuenta de que tú no eras como yo pensaba. Ese y los posteriores días, me di cuenta de que, por amor, no le habías dicho nada a mi hijo. Porque no querías hacerlo sufrir ni enfrentarlo a mí.

»La otra noche te oí hablar por teléfono con tu hermano y tu madre. Yo estaba en la cocina, a oscuras, y tú no me viste. Y me volviste a sorprender cuando, al hablar con tu madre, le dijiste que yo era amable, bueno y muy cariñoso con todo el mundo. Ahí, muchacha... en ese momento, me di cuenta de que mi actitud contigo tenía que cambiar. Pero luego llegaste con varios chichaítos de más y me fue imposible hablar contigo, aunque ya se encargó Dylan de hacerlo y ponerme en mi sitio.

Toma aire y luego continúa:

—Estoy avergonzado, Yanira. Si Luisa pudiera, regresaba del cielo y me echaba una de sus buenas broncas por ser un viejo intolerante y cabrón. —Sonríe e, inconscientemente, yo también lo hago—. He tenido tres hijos. Tres varones y creo que me estoy dando cuenta de que uno de mis problemas es que no sé cómo tratar a una mujer.

»Mi Luisa era mi esposa, ¡una leona! Pero tú eres otro tipo de mujer, mi hija a partir de ahora, y no sé cómo te tengo que tratar para hacerte sentir bien. Estoy muerto de vergüenza por haberme comportado contigo como no te mereces y espero que me des la oportunidad de poder comenzar de cero y obligarte a tomar leche, que ya sé que no te gusta a pesar de que le mientes a tu madre. —Lo miro emocionada—.Y ya, como colofón, gracias a ti, todos los Ferrasa hemos abierto los ojos respecto a Preciosa y la verdad se ha descubierto a pesar de que el descerebrado de mi hijo Omar se ocupó de ocultarla.

Tengo la respiración tan acelerada que no puedo ni hablar. Miro a Dylan. Él sonríe y me guiña un ojo y, al mirar de nuevo a su padre, éste reitera:

—Te pido perdón por todo, Yanira, como tú dijiste. Y te doy las gracias por todo. Porque te lo mereces. Sin duda alguna, tu llegada a esta casa ha marcado un antes y un después en la familia y ahora sólo espero que mi hijo y tú me perdonéis y seáis muy felices juntos.

Se calla y me mira a la espera de que diga algo. Pero estoy tan nerviosa que no sé qué decir y, como siempre, me entra risa. El Ogro y mi chico sonríen. Eso me tranquiliza y, cuando consigo recuperar el control, sin soltar la mano de Dylan, digo:

—Nunca pensé que algún día te oiría decir cosas tan bonitas, Anselmo. Por supuesto que estás perdonado y me hago cargo de que la situación tampoco ha sido fácil para ti. De pronto, tu hijo, ese que te prometió que nunca se casaría con una cantante, aparece y te dice que va a hacerlo justo con una de ellas. Te entiendo, de verdad. —Ambos nos reímos y añado—: Yo también te pido disculpas por todo lo que haya podido decir que te hubiera podido molestar.

—Estás perdonada, hija. Totalmente perdonada. Y ahora que todo ha quedado claro entre nosotros, quiero pedirte una cosa. —Asiento y agrega—: Estoy seguro de que con esa voz que tienes y la familia de la que vas a formar parte, triunfarás en el mundo de la música. Sólo te pido que no olvides quién eres ahora y quién te quiere como eres ahora, no cuando seas famosa. Mantén los pies en el suelo y todo irá bien.

—Te lo prometo, Anselmo. Te prometo que así será.

Acto seguido, el hombre se levanta, abre los brazos y, sin necesidad de que me diga nada, sé lo que quiere y se lo doy. Nos fundimos en un maravilloso abrazo. Dylan, que ha permanecido callado todo este rato, nos observa. Lo miro y sé que en este instante es totalmente feliz.

Esa noche, cuando mi amor y yo cerramos la puerta de mi habitación, me recuerda lo que ha ocurrido por la mañana, cuando estábamos en el mar. Sin demora pongo música, la que sé que a él le gusta: Maxwell. Dylan sonríe. Me acerco a él, lo beso en la boca e, instantes después, murmura mientras muerde mis labios:

—Tú has pedido entonces lo que querías, conejita y ahora pido yo.

—¿Y qué pides? —susurro, besando su cuello mientras mis manos van derechas a su entrepierna.

Sonreímos.

Me mira desde su altura con esa cara de perdonavidas que me vuelve loca. Excitada, le doy un azote, le desabrocho el vaquero y, metiendo la mano dentro, musito:

—Oh, sí... así te quiero yo, siempre para mí. —Y, separándome unos milímetros, ordeno, mientras me siento en el borde de la cama—: Desnúdate.

Recuerdo en este momento algo que leí una vez y decido ponerlo en práctica. Bajo la atenta mirada de él, busco mi bolso, lo abro y sonrío al encontrar lo que busco. Rápidamente, vuelvo a la cama y, al verme la cara, Dylan pregunta:

—¿Qué has cogido?

Divertida, le enseño un caramelo de menta. Él levanta las cejas y yo explico:

—He leído en algunos sitios que esto acrecienta el placer.

Sonreímos, mientras yo desenvuelvo el caramelo y me lo meto en la boca. El fuerte sabor a menta me hace estremecer.

Con su actitud tan masculina, que como siempre me deja encantada, mi amor se deshace de los zapatos, se quita la camisa, el pantalón y los calzoncillos.

Mientras chupo el caramelo, con un dedo le indico que se acerque. Lo hace. Dylan es poderoso, grandioso, devastador. Se me para delante. Su erección queda frente a mi cara y, sin tocarla, le pongo las manos en sus caderas. Las bajo hasta sus rodillas y luego las vuelvo a subir. Despúes las llevo hasta su trasero. ¡Dios, qué culito tan duro tiene! Se lo toco. Sonrío y, consciente de lo que con la mirada me está pidiendo a gritos, digo:

—Me vuelves loca, cariño, y quiero que hoy seas tú quien experimente las seis fases del orgasmo, por eso te voy a besar aquí —le beso el ombligo—. Aquí —beso más abajo del ombligo—. Aquí —le beso la punta del pene—. Aquí —beso su muslo derecho—. Aquí —beso su muslo izquierdo. Y cuando cojo con mis manos su miembro, sonrío y susurro—: Y aquí.

Al besárselo lo oigo jadear, y, abriendo la boca, lo muerdo con dulzura, con cariño y con pasión.

Dylan tiembla. Cojo su erecto miembro y lo paseo por mi cara. Me lo paso por los ojos, las mejillas, la nariz y, cuando llego a mi boca, se lo rozo con los labios, hasta que, abriéndolos, me coloco el caramelo en un lado de la boca y lo rodeo con los labios.

—Dios, cariño —lo oigo decir.

Sin duda debe de sentir el mismo frescor que yo siento. ¡Qué excitante!

Muevo el caramelo en mi boca y lo aprieto contra su glande. Dylan jadea. Tiembla. Siento lo intensa que es la sensación que le produce y yo disfruto tanto como él.

Sus manos vuelan a mi pelo. Me lo toca, me lo revuelve. Le gusta lo que hago. Y, pasados unos minutos en los que noto que el vello de su cuerpo se eriza, miro hacia arriba y lo oigo decir con voz ronca:

—No pares o te mato, conejita.

«¡Bien!... Ha llegado a la fase homicida del orgasmo», pienso divertida.

Con mis labios, aprisiono su erecto pene y lo aprieto. Un gemido escapa de su boca y yo sonrío. Durante varios minutos, me dedico a chupar, lamer y hacerle soltar dulces y varoniles gemidos.

Manejo la situación. Soy yo la que marca el ritmo. La que le hace pedir más. Soy yo la que chupa y lame su tremenda erección y él quien está en mis manos.

¡Dios, cómo me gusta tenerlo sometido a mí!

Se nos acelera la respiración. Decido sacarme el caramelo de la boca, no sea que con tanto meneo y la emoción del momento se me vaya por otro lado, me ahogue y terminemos en urgencias.

Cuando lo hago, Dylan me empuja hacia atrás en la cama y me mira con peligro. Me excito aún más. Sé que se acabó el tenerlo sometido a mis caprichos, pero ahora, sin decir nada, coloca mis piernas en sus hombros, me tapa la boca con la mano y de un fuerte empellón me penetra.

Me arqueo en la cama al recibirlo, y mi grito es silenciado por su mano. Cuando segundos después la retira de mi boca, murmura:

—No grites, conejita. No quiero que nadie te oiga.

Inmovilizada por cómo me tiene sujeta, asiento mientras él comienza a entrar y salir de mí.

¡Oh, Dios, qué placer!

Estoy tremendamente húmeda, lo que facilita la penetración. Una... dos... tres... veinte veces se hunde en mi interior volviéndome loca, mientras yo me muerdo los labios para no gritar de placer.

Dylan, que me conoce, sonríe y lo vuelve a hacer. Acelera el ritmo. Me empala en él y luego se para. ¡Quiero que continúe!

Me baja las piernas de los hombros y me arrastra al suelo. Quedo sentada a horcajadas sobre él, todavía con su pene dentro.

Estamos frente a frente. Le miro la boca, sus preciosos labios. Sonríe. Sabe lo que pienso. Los posa sobre los míos y murmura, como si me hubiera oído:

—Tú sí que eres preciosa.

Me muevo. Tengo el control de nuevo y le exijo:

—Dime que te gusta esto.

Asiente y se aprieta contra mí. Ambos gemimos y, cuando deja de hacerlo, murmura:

—Claro que me gusta, cariño.

—¿Más?

—Sí.

Me vuelvo a mover y él vuelve a apretarme contra su cuerpo mientras yo me arqueo de placer.

Miro sus labios. Esos labios carnosos que siempre me han vuelto loca y me lanzo a ellos. Durante varios minutos, nuestro caliente y morboso juego prosigue, mientras ambos jadeamos el uno sobre el otro.

Su boca sobre la mía atrapa nuestros sofocos. Nadie nos puede oír. Nuestras pupilas se dilatan y, como siempre, nos dejamos llevar por el placer.

Un par de horas después, tras tres asaltos a cuál más demoledor, Dylan me abraza en la oscuridad de nuestra habitación y decidimos dormir. Pero mi mente recuerda la frase que tanto él como su padre me han dicho en momentos distintos: «Mantén los pies en el suelo».

32

Vivo por ella

Como bien predijo Dylan, el viernes por la tarde la camisa no me llega al cuerpo.

Voy al mercado con la Tata y Preciosa y no encuentro nada de lo que mi madre me dijo cuando la llamé por teléfono para pedirle auxilio con la comida. Pero no dispuesta a rendirme, compro garbanzos. No son lechosos, como ella me dijo, pero garbanzos son. Compro un pescado que me han dicho que es parecido al bienmesabe y solomillo de carne para hacer el guiso de mi abuela Nira.

Después, vamos a comprarle ropa a Preciosa. La niña disfruta viniendo con nosotras y nosotras disfrutamos aún más con ella. Se la ve feliz y no se suelta en ningún momento de nuestra mano. Cuando le ponemos un vestido de raso celeste, nos dedica una maravillosa sonrisa. Sin duda alguna, su nueva vida le gusta.

Cuando llegamos a la cocina de la casa, no sé por dónde empezar. Cojo los garbanzos y los echo en agua para cocinarlos al día siguiente, el pescado lo pongo a macerar en un aliño de agua, vinagre y especias que huele fatal. Y meto la carne en el frigorífico.

Elsa ya no está en la casa. Sé que han hablado con ella y el sucio juego se le acabó. Según me dijo Dylan, no puso objeciones a nada y renunció a la custodia de la niña por una módica cantidad. Menudo asco de tía. No le deseo nada malo, pero tampoco nada bueno.

La Tata me mira con curiosidad, seguramente pensando si seré capaz de preparar lo que me he propuesto. Por mi parte, finjo tanta seguridad que hasta yo me lo creo.

El sábado por la mañana, cuando me levanto, estoy de los nervios y le digo a la nueva cocinera que salga de la cocina hasta que yo termine. Aquí hoy mando yo.

Cuando consigo que la Tata y ella se vayan, casi me tiro de los pelos. Pero ¿qué estoy haciendo?

En la olla exprés, meto los garbanzos, tocino, pollo, puntas de jamón y chorizo. Según mi madre, cuando el pitorro comience a dar vueltas a gran velocidad, cuento tres cuartos de hora y ya estará listo.

Lo pongo al fuego y en ese momento se abre la puerta: es Dylan con Tito y dos hombres que rápidamente supongo que son sus tíos.

Tito me abraza y me presenta a sus hermanos Héctor y Joaquín, que son dos encantos. Los tres hombres se interesan por mí. Me preguntan cómo me encuentro en la isla y, divertidos, se mofan del Ogro. Evito reírme a carcajadas ante sus comentarios, pero al ver que Dylan lo hace, no me corto y me río yo también.

Tito, que me conoce desde hace más tiempo, me dice al oído:

—Me han dicho que has puesto la vida del Ogro patas arriba y que lo estás haciendo muy bien. Enhorabuena, Van Der Vall.

Eso me hace reír. Entonces, Héctor, mirando las cosas que tengo sobre la encimera, comenta:

—Nos ha dicho Anselmo que nos vas a deleitar con comida española.

Asiento y miro a Dylan y al ver que se ríe, tengo ganas de matarlo, pero respondo:

—¡En ello estoy!

Cuando se van de la cocina, me echo a temblar justo en el momento en que el pitorro de la olla exprés comienza a dar vueltas. Miro el reloj. A partir de ahora, cuarenta y cinco minutos.

Troceo la carne, la sofrío, echo agua y un par de pastillas de caldo como mi madre me ha dicho. Lo pongo a cocer. Una vez tengo eso también al fuego, comienzo a pelar las patatas. Voy a hacer tres tortillas de patata, que me salen de lujo. Las troceo, las frío a fuego lento con la cebollita, bato los huevos y, cuando las patatas están, las saco y tras mezclarlas con el huevo, cuajo las tortillas.

Me encanta cómo huele. Luego las decoro con pimiento morrón rojo por encima.

Pero ¡qué bonitas han quedado!

De pronto, miro el reloj y grito. Rápidamente, quito la olla exprés del fuego y maldigo al ver que ha estado una hora y media en vez de tres cuartos de hora.

Cuando pierde presión, la abro y casi me echo a llorar. Allí no hay garbanzos ni nada. Lo único que se ve es una pasta marronácea que da hasta asco mirarla. Me doy cabezazos contra la pared.

Diez minutos más tarde, ya repuesta de mi fracaso con los garbanzos, pruebo la carne en salsa. Está dura como una piedra y sosa a más no poder. Maldigo, echo sal y le meto caña al fuego.

Miro el reloj y se me encoge el estómago al ver que en menos de una hora tengo al peor de los jurados en el comedor, a la espera de mi comida.

Pienso qué puedo hacer para solucionar este lío. Miro la nevera y de pronto veo el pescado. ¡Dios míooooooooooo, se me había olvidado!

Lo cojo. Me da asco tocarlo y maldigo. De pronto, la puerta de la cocina se abre y veo a Dylan.

—¿Todo bien por aquí, cariño?

Quiero decirle que sí a pesar de que estoy a punto de cortarme las venas con un tenedor, pero arrugando el entrecejo, murmuro desesperada:

—Soy un desastre.

Dylan sonríe, entra en la cocina, se acerca a mí y susurra:

—Eres un maravilloso desastre y por eso estoy loco por ti.

Nos besamos y, cuando sus carnosos labios se separan de los míos, mira a mi alrededor y pregunta:

—¿Necesitas ayuda?

Con desesperación y un hilo de voz, musito:

—Lo que necesito es un milagro, Dylan.

Mi chico sonríe. Yo no.

Me guiña un ojo. Yo no.

Hasta que me pide que no me mueva y sale de la cocina.

¿Se va? ¿Me deja así?

Aún no he reaccionado, cuando veo que entra en la cocina con unas enormes bolsas marrones que deja sobre la encimera.

—No te ofendas, cariño, pero imaginé que esto pasaría —dice.

—Pues imaginaste bien —respondo—. Estoy pensando en hacerles unos huevos fritos con patatas a todos. Eso se me da de lujo, pero creo que esperan algo más.

Dylan sonríe, me besa de nuevo y murmura:

—¿Y si te digo que lo que traigo en estas bolsas salvará tu reputación de experta cocinera?

El corazón me da un vuelco.

—En ese caso... te como a besos.

Cuando voy a mirar lo que hay en la bolsas, Dylan no me deja y cuchichea:

—Eso sí, este favor te lo voy a cobrar muy caro.

Me entra la risa y, al entender por dónde va ese favor, afirmo mimosa:

—Seré tu conejita obediente cuándo, cómo y dónde quieras.

Él me muerde los labios y pregunta:

—¿Seguro?

Mmmm... me encanta cuando me hace eso.

Acercándome más a él, asiento y, con voz traviesa, murmuro:

—Te lo prometo, cariño.

Nos miramos en silencio. Por nuestra cabeza sé que pasan mil imágenes calientes y morbosas y, finalmente, Dylan se aparta de mí y me apremia:

—Vamos..., tiraremos la comida que has hecho y yo llevaré las bolsas al contenedor. Después sacaremos la comida que he comprado y la repartiremos por distintas cazuelas.

Aplaudo. ¡Bien!

Mientras yo cotilleo en las bolsas, él me explica divertido:

—Ayer sonsaqué a la Tata sobre qué habíais comprado en el mercado: garbanzos, carne y pescado. Pues bien, aquí tienes eso mismo y cocinado a la española.

Plan A: me ofendo.

Plan B: me lo como a besos.

Sin duda el plan B. Lo besuqueo mientras Dylan se ríe.

Una vez consigo separarme de él, comienzo a organizar lo que mi amor ha traído. La carne en salsa huele de maravilla. Los garbanzos en plan cocidito, de lo mejor, y el bienmesabe ¡de lujo!

—Escucha, cariño —dice entonces Dylan, leyendo una notita—. Rita dice que...

—¿Quién es Rita? —pregunto con curiosidad.

—La mujer de un amigo. Ella es española y cocina en uno de los mejores hoteles de El Dorado. —Una vez aclarado eso, prosigue leyendo la nota—. Aquí dice que pongas los garbanzos a fuego lento durante al menos cuarenta minutos. En cuanto a la carne en salsa, dice que le eches dos vasos de agua para calentarla y la retires del fuego a los diez minutos de que rompa a hervir. El pescado, viene recién frito, no tienes que hacer nada, excepto ponerlo en una bonita bandeja.

Rápidamente, hago lo que me dice, mientras Dylan tira los restos del desastre de comida que yo he preparado. Lo único que se salvan son mis tortillas. Se ven magníficas y me siento orgullosa de ellas. Una vez lo tengo todo en el fuego, Dylan me entrega otra bolsa que yo no he abierto y doy un chillido. El remate de mi felicidad es cuando veo una fiambrera grande repleta de papas arrugás y, en botecitos, salsa de mojo rojo y verde. Miro a mi chico y dice:

—Encargué las patatas a tu tierra hace unos días y Rita las coció. Me ha dicho que te diga que las salsas verde y roja las hizo ella, pero que no te preocupes, que le han salido genial.

Me emociono. Este hombre está en todo y, soltando los tarros con mojo, lo abrazo y le confieso:

—¿Sabes que eres el mejor?

Dylan sonríe. Adoro cuando lo hace y, besándome, contesta:

—Mandaría a freír espárragos esta maldita comida y te llevaría arriba para desnudarte y hacerte el amor. Pero creo que todo el esfuerzo, bien vale que mi familia lo deguste, ¿no crees?

Me río y digo que sí con la cabeza.

—Estoy agotada. Lo creas o no, menuda mañana me he dado en la cocina.

—Ahora pongámoslo en platos bonitos y saquémoslo a la mesa —dice Dylan cuando ya lo tenemos todo preparado—. La familia espera.

Más ancha que larga, por fin dejo entrar a la cocinera y a la Tata, que me miran boquiabiertas. Coloco todos los manjares sobre la mesa y el olor a rica comida se extiende por toda la casa. La Tata, sorprendida, se acerca a mí y cuchichea, mirando las patatas arrugás:

—Me dejas sin palabras. ¿Todo eso lo has hecho tú?

Me río. No le quiero mentir y, guiñándole un ojo, contesto:

—Dylan sí que me deja a mí sin palabras. Gracias a él lo he conseguido.

Divertida, ella mueve la cabeza y sonríe. Sé que guardará mi secreto.

33

Just a Dream

Una vez está todo sobre la mesa del comedor, salgo al jardín para decirles a todos que pueden entrar. Seremos siete hombres, la mujer de Omar, la Tata y yo. Cuando el padre de Dylan aparece apoyado en su bastón y con la pequeña Preciosa cogida de la otra mano, mis ojos se iluminan. Al verme, la pequeña corre a mis brazos y yo la aúpo.

Ver a la niña me hace feliz y mirando a Anselmo le guiño un ojo. Él me lo guiña a mí también y después veo que mira con curiosidad lo que hay sobre la mesa. Luego me mira a mí y pregunta con su habitual actitud desafiante:

—¿Estás segura de que no nos vas a envenenar?

Yo achino los ojos y respondo:

—Tranquilo. Lo haré tan lenta y sutilmente que no sufrirás.

Sonríe y Dylan, agarrándome de la cintura, dice con orgullo:

—Familia, ¡a comer lo que mi futura mujercita nos ha preparado!

Minutos después, sus tíos me felicitan. Les encanta todo lo que prueban. Mis cuñados devoran la comida, Tifany picotea aquí y allá para no engordar y la Tata disfruta contenta junto a Preciosa. Comemos entre risas y mientras charlamos. Eso me encanta.

Observo a Anselmo con el rabillo del ojo. Está pendiente de la niña y sonrío cuando ella le mete un garbanzo en la boca. El viejo sonríe y se lo come y luego la pequeña se come uno. Incrédula, contemplo al gruñón de Anselmo en su recién estrenada faceta de abuelo y me derrito. Sin duda, esta pequeña Ferrasa va a ser la niña más envidiada de todo Puerto Rico.

Cuando terminamos, todos estamos llenos, repletos. Omar, Tifany y Tony se levantan para marcharse, aunque, antes, Omar le echa los brazos a Preciosa y ésta lo abraza sin titubear. Está claro que está dispuesta a dar amor a todos a cambio de cariño. Durante unos instantes, observo a Omar y lo veo sonreír con su hija en brazos. Tifany en cambio está más seria. Sé que no le hizo gracia la aparición de la pequeña, pero eso es lo que menos me importa en ese momento. Poco después, la Tata se lleva a la niña a dormir la siesta y nos quedamos Dylan, sus tíos, su padre y yo.

—¿Qué es lo que más te ha gustado de todo, Anselmo?

El hombre da un trago a su café y responde:

—Los garbanzos estaban muy buenos y el pescado también. —Yo asiento—. Pero lo mejor ha sido la tortilla de patata. Reconozco que te ha salido muy buena.

Eso me hace feliz, porque es lo único que yo he preparado y aplaudo porque ese hombre sea capaz de echarme un piropo sin él saberlo.

—La carne en salsa, ¡espectacular! —afirma Tito, sonriendo.

Los tíos de Dylan son maravillosos. Son músicos de vocación y se les nota en su manera de hablar, de expresarse, incluso de interpretar algún cachito de canción para mí. Estoy emocionada, pero me corto cuando oigo a Tito decir:

—Esta jovencita tiene una voz increíble. Tendríais que escucharla.

La mano de Dylan que sostenía la mía, se tensa. Lo miro con disimulo, pero él no mueve ni un músculo cuando Héctor dice:

—Es cierto, Tito me comentó que cantabas en la orquesta de un barco.

Me entran los calores. Tengo delante a unos grandes de la música que han recibido todo tipo de premios y respondo:

—Sí. He cantado con distintas orquestas.

—Cantar con orquestas es un gran aprendizaje, Yanira. ¡El mejor! —asevera Joaquín y, mirándome, añade–: Esta noche, en la fiesta, espero oírte cantar.

Me pongo nerviosa. Quienes me lo están pidiendo son dos músicos mundialmente famosos y eso me intimida. No soy tímida, pero en un momento así me tiembla todo. Durante un rato hablamos de música, ritmos y melodías hasta que me percato de que Dylan está incómodo y digo:

—Quizá esta noche sea mejor que no cante.

Dylan y sus tíos me miran y Tito pregunta:

—¿Por qué?

Tocándome la garganta a modo de disculpa, murmuro:

—Estoy algo afónica y no quisiera que se llevaran un mal recuerdo de mí. Además, habrá mucha gente. Demasiada.

El padre de Dylan, que hasta el momento ha estado callado, sonríe. Y su sonrisita no me da buena espina.

—Demasiados chichaítos con Tony hace unos días —apostilla.

¡La madre que lo parió!

Dylan suelta una carcajada. El buen humor de su padre veo que le influye y, dándome un beso en los nudillos interviene:

—Esta noche, estoy seguro de que os dejará a todos con la boca abierta. Su voz es tan bonita como ella.

Definitivamente me lo como a besos, a achuchones y a todo lo que se me ocurra.

Sus tíos aplauden, su padre sonríe y yo, confusa, lo miro y me guiña un ojo.

Minutos después, Anselmo se levanta y dice:

—Vamos Héctor, Tito, Joaquín. Dejemos a los muchachos un rato a solas para que disfruten un poco antes de la fiesta.

Joaquín y Tito se levantan y me guiñan un ojo. Héctor se levanta también, sonríe a Dylan y, mirándome a mí, murmura divertido para que sólo nosotros lo oigamos:

—No veo el momento de verte dejar al Ogro sin palabras.

Su confianza en mí sin siquiera haberme oído cantar me hace sonreír y cuando Dylan y yo nos quedamos solos, murmuro:

—¿Por qué me animas a cantar esta noche si sé que no te gusta que lo haga?

—Porque sé que eso es lo que a ti te hace feliz y yo necesito que lo seas.

Su respuesta, como siempre, es perfecta, romántica y maravillosa. Sin dilación, me coge en brazos y me sienta sobre sus rodillas. Me besa con mimo y yo a él y, cuando se separa de mí, comenta:

—Algunos invitados te van a sorprender.

—¿Por qué?

—Porque te conozco y lo sé —dice.

—¿Quiénes son?

—Amigos de la familia. —Y, besándome de nuevo, murmura—. Vas a dejarlos a todos flipados. Ya lo verás.

Su apoyo y su confianza en mí me maravillan y, con ganas de otro tipo de intimidad, le digo:

—De momento, quiero dejarlo flipado a usted, señor Ferrasa. Elija un juego y su conejita caliente aceptará sin dudar.

Mi proposición le gusta y pregunta:

—¿Elijo yo?

Con un gesto de lo más provocador y lujurioso, asiento.

—¿Un juego caliente?

Vuelvo a asentir. Dylan sonríe y, levantándose, me da un azote y con voz sensual propone:

—Vayamos a ello. Sólo tenemos unas horas antes de que comience la fiesta.

Corremos escaleras arriba y esta vez me arrastra hasta su habitación.

—¿Estás segura de que quieres un juego caliente?

—Muy caliente —afirmo.

Me besa. Dejo que explore mi boca con pasión y murmura, sin apartarse.

—¿Qué te parece si hoy hacemos algo diferente?

Digo que sí. No sé qué me va a proponer, pero sea lo que sea, asiento. Él sonríe y mete la mano debajo mi falda corta.

—Tengo un amigo que disfruta mientras...

Sorprendida, me separo unos centímetros de su boca y le pregunto:

—¿Quieres hacer un trío?

Dylan de momento no responde.

—¿Tú quieres? —pregunta.

Estoy excitada, caliente, deseosa y dispuesta a hacer lo que él proponga.

—En este instante, haría contigo cualquier cosa. Es tu juego. Tú decides. Cuando sea mi juego, yo decidiré.

—Caprichosa, eres un peligro.

Me da pequeños mordiscos en el labio inferior, mientras yo me quito los zapatos. Entonces, él para y, mirándome, me dice:

—Siéntate en la cama. Quítate las bragas y abre las piernas.

Su orden me excita y al ver que lo miro, insiste con voz ronca de ordeno y mando:

—Vamos... estoy esperando.

No lo hago esperar. Me siento en la cama me quito las bragas con sensualidad, mientras abro las piernas para él. Sus pupilas se dilatan al ver lo que le ofrezco sin reservas y murmura:

—Excitante.

Se acerca a mí, se inclina y pasa un dedo por mi húmedo sexo, mientras dice:

—Iremos a casa de alguien que conozco y haremos que nos mire mientras te hago mía, ¿qué te parece?

¿Que qué me parece?

Me sorprende su propuesta. La respiración se me acelera. Nunca he hecho nada así estando con él, pero su propuesta me excita, me perturba y contesto:

—Excitante y morboso mi amor.

Introduce entonces el dedo en mi vagina y, acercando su boca a la mía, susurra:

—Sólo serás mía. Yo te disfrutaré, te follaré y la otra persona únicamente mirará y te disfrutará sin tocarte.

Jadeo y muevo las caderas para que Dylan meta el dedo más profundamente, pero él lo saca y se levanta. Lo sigo con la mirada mientras se mueve por la habitación y lo veo abrir un cajón y sacar de él un neceser. Abre otro cajón. Veo que es un minibar, de donde coge una botella de agua. Luego se sienta en la cama, abre el neceser y saca cuatro bolas redondas, unidas por un hilo fino. A continuación, abre la botella, moja las bolas con agua y murmura:

—Te las introduciré una a una y tú no dirás que no.

No, no voy a decir que no.

¡Claro que no!

Mete la primera... sonrío.

Mete la segunda... sonríe.

Mete la tercera... jadeo.

Mete la cuarta... jadea.

Enloquecidos, nos miramos y me vuelvo loca cuando introduce también un dedo y las mueve en mi interior. Su fricción me hace morir de placer.

La vibración de las bolas es excitante. Dylan sonríe travieso.

¡Esa sonrisa me pone a mil!

Pide que me levante. Cuando lo hago, me pone las bragas. Una vez me las sube, me baja la falda y, desde su imponente estatura, susurra:

—Aguanta con ellas dentro hasta que lleguemos a nuestro destino.

Y, sin más, recoge el neceser, me da la mano y abre la puerta de la habitación. Las bolas chocan dentro de mi vagina y apenas puedo caminar. Dylan me apremia:

—Vamos, estoy impaciente.

Se para en la puerta de mi habitación y me indica:

—Ponte los zapatos con más tacón que tengas.

Abro el armario y veo los que voy a llevar esa noche en la fiesta y me los pongo. De su mano, bajo la escalera y salimos a la calle, mientras me acaloro por las vibraciones de las bolas. Nunca antes he sentido algo así.

Cuando me siento en el coche, se me escapa un gemido. Al oírlo, Dylan sonríe. Me pasa las manos por las piernas. Yo las abro y cuando su palma llega hasta mi braga, aprieta y musita:

—Disfruta y házmelo saber.

El morbo le puede.

El morbo me puede.

Cuando arranca el coche suena la música de Maxwell y salimos a la carretera. Cada bache me hace jadear. Cada acelerón me hace gemir. Cada frenada, me vuelve loca.

Agarrada al cinturón de seguridad, cierro los ojos y disfruto de la sensación que esas bolas me están causando. Aprieto las piernas y ésta se acrecenta. Abro los ojos y miro a Dylan, que sonríe tras sus gafas de sol.

Estoy muy excitada. Llegamos a un edificio muy moderno, entra el coche en el aparcamiento y, una vez para el motor, me mira y dice:

—Abre las piernas.

Hago lo que me pide. Su mano vuelve a subir por mis muslos y cuando llega de nuevo a la tela de mi braga, aprieta y murmura:

—Estás mojada.

¿Mojada?

Lo que estoy es caliente y cachonda.

Como puedo salgo del coche. Andar con esas bolas en mi interior a cada instante se hace más difícil y, cuando llegamos al ascensor, vuelvo a jadear. Dylan aprieta al botón del séptimo piso y cuando el ascensor se pone en marcha, se acerca a mí y, aprisionándome contra la pared, musita:

—Eres mi conejita caliente y me vas a dar placer.

Asiento. Me mira con gesto serio, me besa y, cuando se aparta de mi boca, dice con voz ronca.

—Repite quién eres y qué me vas a dar.

Su juego me provoca y, excitada, digo:

—Soy tu conejita caliente y te voy a dar placer.

El ascensor se para y se abren las puertas. Agarrada a su mano, recorremos un largo y lujoso pasillo de color blanco. Cuando llegamos a una puerta, Dylan saca una tarjeta, la introduce y la puerta se abre.

Acalorada resoplo, mientras noto cómo mis bragas se empapan.

Madre mía cómo me están poniendo estas bolas y la situación.

Entramos. Dylan cierra la puerta y deja el neceser sobre una mesa negra. Veo que se agarra ella y, mirándome, murmura:

—Yanira, estoy tan excitado que temo hacerte daño.

Me acerco a él y, deseosa de continuar con el juego, lo contradigo:

—No lo harás. Nunca lo permitirías.

Nos besamos. Su respiración es fuerte. Me suelta de pronto y me dice:

—Vamos al baño a ducharnos.

Me dejo guiar por él. No conozco el lugar. No sé dónde está nada y cuando entramos en el cuarto de baño, me quedo parada. Allí, sentado en un taburete, un hombre de la edad de Dylan nos espera con un cuaderno y un lápiz en la mano. Al vernos no se levanta ni habla. Sólo nos mira y Dylan ordena:

—Desnúdate y deja tu ropa sobre el taburete rojo.

Sin demora, me desabrocho la camisa mientras veo que Dylan y el desconocido se saludan.

¿No me lo va a presentar?

Pasados unos segundos, intuyo que no y dejo la camisa sobre el taburete rojo.

El individuo no se desnuda. Sólo me mira. Tiene las pupilas dilatadas y noto que le gusta lo que ve. Me quito el sujetador, los zapatos, la falda, las bragas. Una vez me quedo totalmente desnuda, Dylan me llama, me pone delante del hombre y murmura:

—Es suave, cálida y deliciosa, pero es mía. Tú sólo mirarás porque es lo que te gusta, lo que te da placer.

El otro hombre asiente.

Mi respiración se acelera y jadeo. Dylan comienza a tocarme delante de él. Le tienta. Me muestra ante él mientras susurra en mi oído:

—Entra en la ducha.

Hago lo que me pide y entra detrás de mí. Dylan abre el grifo, me empapa el pelo, me lo retira de la cara con mimo y, besándome, dice contra mi boca:

—Eres preciosa.

Sonrío y lo beso. El agua corre por nuestros cuerpos y él me mete una mano entre las piernas. Yo las separo y jadeo al sentir uno de sus dedos junto a las bolas. No me importa el hombre que nos mira. Sólo quiero disfrutar de mi amor y dejarle disfrutar de mí.

Su boca busca una y otra vez la mía. La encuentra. La devora. Su mano me agarra una pierna y me pide que se la ponga alrededor de la cintura. Obedezco. Pero al hacerlo las bolas se mueven dentro de mí y grito. Dylan sonríe. Vuelve a llevar su mano hasta mi vagina e, introduciendo una bola que quiere salir, murmura:

—Todavía no.

Cierro los ojos mientras me mueve sobre su cuerpo. Pasea una rodilla contra mi sexo y, cuando me aprieta, yo suelto un gemido. Lo hace varias veces hasta que cierra el grifo y salimos de la ducha.

Al hacerlo, me percato de que el hombre ya no está allí, y mis zapatos tampoco. Pero al entrar en la moderna habitación, totalmente negra, lo vuelvo a ver junto a la cama.

Como si él no estuviera, Dylan me tumba en ella. Ambos estamos mojados, empapados, pero no parece importarle. Me besa. Me chupa los labios. Me lame los pezones y seca las gotas de agua mientras el hombre nos mira y se mueve alrededor de la cama para tener mejor ángulo de visión de lo que quiere ver para poder dibujarlo.

Dylan se para, me coge las manos y, tras ponerme unas esposas de cuero, me sujeta a un arete que hay en el cabecero de la cama.

Se levanta, sonríe y cierra las cortinas. Todo se oscurece y, de pronto, una luz íntima y violeta se enciende sobre la cama. Observo que el hombre le da mis zapatos de tacón y Dylan me los pone. Luego me tapa los ojos con una tela oscura y dejo de ver.

La cama se mueve. Noto que alguien se pone sobre mí y murmura ante mi cara:

—Adivina quién soy.

Sonrío y mi amor me besa.

Cuando separa sus labios de los míos estoy acelerada, húmeda, excitada. Mi corazón se altera y más cuando lo oigo decir:

—¿Recuerdas aquel día en el barco en el que el juego era que la conejita estaba temerosa? —Asiento y oigo su risa mientras murmura—: Hoy quiero ver a una conejita caliente. Muy caliente y entregada, ¿entendido?

Digo que sí con la cabeza.

Sus manos vuelan por mi cuerpo, mientras, esposada a la cama, cierro las piernas y me vuelvo loca. Las bolas me abrasan la vagina y, cuando siento que su mano se detiene entre mis muslos, los abro para él y susurro:

—Soy tuya.

Como un lobo hambriento se lanza a mi boca. Me entrego a él y, cuando me mete la lengua en la boca con brusquedad, yo le respondo jadeando. No veo nada, lo que me da otra visión de este tórrido momento. Ciega y maniatada, las sensaciones se intensifican. Su mano implacable me toca la cara interna de los muslos haciéndome temblar. Me tienta. Me muevo deseosa de que me haga suya y, cuando introduce un dedo en mi caliente humedad, me arqueo enloquecida.

—Sí, cariño... caliente... así...

Su voz es pura dinamita, pura lujuria, pura locura y me enloquece. De pronto, siento que se levanta de la cama y dos segundos después suena música. No es Maxwell. La cama se hunde otra vez. Me toca. Reconozco sus manos. Pasa su lengua por mi barbilla y, cuando llega a mi oído, murmura:

—*Just a dream*, de Eric Roberson.

Esa sensual canción inunda la habitación.

—Abre las piernas para mí, cariño.

Su petición es excitante y mis piernas se abren solas mientras escucho la bonita melodía. Cientos de besos cubren la cara interna de mis muslos y gimo sin medida, sin ocultar lo mucho que me gusta. De pronto, suelto un grito al notar cómo mi amor me saca una de las bolas de la vagina. Respiro acelerada al notar la mano de Dylan sobre mi vientre y lo oigo murmurar:

—Respira con tranquilidad.

Intento hacerlo, mientras sus dulces besos vuelven a la cara interna de mis muslos y él vuelve a tirar y saca otra bola. El placer es inmenso y más cuando me besa el monte de Venus.

Quiero tocarle, pero no puedo. Estoy maniatada y él saca otra bola. Antes de que pueda reponerme vuelve a tirar y saca la última.

En ese instante, oigo un zumbido. Jadeo. La bonita canción se acaba y comienza otra que no conozco. Es otra voz. Dylan no me dice quién canta, en cambio, me ordena:

—Date la vuelta y ponte a cuatro patas.

Todavía maniatada y sin poder ver lo hago, necesito su ayuda para hacerlo y me excito al representarme la imagen que en este instante debo de ofrecerles a mi amor y al otro hombre.

De pronto, noto algo cremoso en el ano. Esta frío y pregunto:

—¿Qué es?

—Lubricante.

Me asusto. Sé lo que va a hacer y murmuro:

—Dylan...

—Tranquila, mi amor..., tranquila.

Intento estarlo, cuando de pronto me abre las nalgas y me unta más de ese gel. Me muevo nerviosa. Dylan coloca una de sus manos en mi espalda y la baja, haciéndome levantar el culo. A continuación, me indica:

—Relájate y déjate hacer.

Siento cómo su dedo juguetea con mi ano. Jadeo. Me muevo y él me ordena con dulzura:

—No te muevas. Facilítame la tarea.

Hago lo que me pide y poco a poco siento que mi ano se acopla a esa intromisión. Dylan mete y saca el dedo y cuando se me escapa un gemido, susurra:

—Bien, conejita... vamos bien.

A ese dedo le añade otro más. La piel me tira y digo:

—Dylan...

—Recuerda, nunca te haría daño. —Y, parándose, pregunta—: ¿Continúo?

Intento confiar en él. Intento creer en él y asiento.

—Sí.

Poco a poco, sus dedos entran en mí con delicadeza. ¡Dios qué placer!

Comienzo a moverme y él, al verlo, me muerde en un costado.

—¿Te gusta?

—Sí —respondo con sinceridad.

Oigo su risa y jadeo cuando sus dedos se hunden en mi ano.

—Imagínate el día en que pueda estar totalmente dentro de ti, conejita. Asiré tus caderas desde atrás y te follaré una y otra vez y tú te volverás loca y me volverás loco a mí.

Digo que sí con la cabeza. Ya lo deseo.

Pasados unos minutos, Dylan abandona mi trasero. Me da un par de besos en las nalgas y me señala:

—Túmbate de nuevo boca arriba, mi amor.

—¿Ya? —pregunto, molesta por que ahora abandone mi ano.

—El sexo anal se disfruta yendo poco a poco, cariño —murmura en mi oído—. Si no tuviéramos una fiesta esta noche, te aseguro que continuaría hasta que tú misma me pidieras que te follara, pero no quiero que luego estés dolorida.

Tiene razón. Nuestra fiesta es esta noche y no quiero estar mal. Ayudada por él, me doy la vuelta y oigo que me dice:

—No cierres las piernas, conejita. No quiero que las cierres.

Excitada por su voz y por su orden, hago lo que me pide, pero me tiemblan las piernas y él exige levantando la voz:

—Te prohíbo que las cierres.

El morbo me vuelve loca. Las abro todo lo que puedo.

Nunca pensé que Dylan pudiera jugar así, pero me gusta. Me pone a cien.

—Éste no es *Lobezno* —dice ahora, sin que yo pueda ver nada—. Lo compre para ti y lo vamos a estrenar ahora mismo.

Sus calidas manos abren los pliegues de mi sexo. Yo jadeo, siento la vibración cerca de mi clítoris y comenta:

—Al uno con lo excitada que estás es poco para ti, ¿verdad, cariño?

—Sí —convengo.

—Al dos, el cosquilleo se hace más intenso y regular.

—Sí —jadeo.

—Al tres... mmm, te gusta, ¿verdad? —El zumbido del vibrador, acompañado por el cosquilleo delirante que me provoca, me hace morderme los labios. Las piernas se me cierran y Dylan exige—: Ábrelas.

Lo hago. Me excita y susurra:

—Demuéstrame cuánto disfrutas. Grita. La habitación está insonorizada.

Mis jadeos suben de tono e incesantes gritos de placer salen de mi boca mientras mi chico, mi moreno, mi amor, me masturba y me impide cerrar las piernas. Oleadas de placer toman mi cuerpo mientras disfruto de la situación de dominación a la que estoy siendo sometida por el hombre que amo.

Me quita la venda de los ojos y por fin puedo ver. Su amigo está tras él y dibuja sin perderse un detalle. Un nuevo jadeo sale de mi boca al sentir el placer del vibrador en mi clítoris y echo la cabeza hacia atrás. El zumbido se para. Miro a Dylan, que, colocándose sobre mí, dice, clavando su mirada en mí:

—Clávame los tacones cuando te penetre.

¡Ay, Dios!

Se mete con urgencia entre mis piernas.

Su acometida es tan fuerte que, al moverse mi cuerpo, siento cómo le clavo los tacones en la parte trasera de las piernas.

Un sonoro y delirante jadeo escapa de mi boca al sentir aquella tremenda posesión. Enloquecido, Dylan se hunde una y otra vez en mí hasta que me ordena:

—Grita, quiero oírte.

Lo hago. Mis gritos, acompañados de los roncos jadeos de él, nos excitan. Sigue hundiéndose en mí con todas sus fuerzas y yo clavándole los tacones.

A una serie de rápidas acometidas le siguen otras más lentas y rotundas. No sé cuáles me gustan más. Sólo sé que no quiero que pare.

—Me voy a correr. Estoy tan excitado que me voy a correr —le oigo decir.

Quiero abrazarlo. Quiero clavarle las uñas en su espalda, pero con las esposas no puedo. Mi cuerpo se retuerce de placer, esclavo de él.

Miro a su amigo. Ya no está detrás de Dylan, sino apoyado en la pared, masturbándose, mientras nos observa hacer el amor como locos. Un calor inmenso me sube desde las plantas de los pies, mientras Dylan se hunde una y otra vez en mí y, cuando no puedo más, exploto y grito, dejándome ir.

Él no para. Sigue duro en mi interior mientras yo siento que mis jugos empapan nuestros cuerpos. Abierta para él, lo recibo gustosa mientras mi vagina tiembla, hasta que, con un varonil gruñido, se deja caer sobre mí y lo siento temblar también.

Al cabo de un rato, cuando creo que todo ha terminado, Dylan me besa, me desata las manos y yo lo abrazo. Permanecemos así unos minutos hasta que, levantándose, me da unos pañuelos de papel y ambos nos secamos.

Su amigo ha desaparecido. Ya no está. Sólo hay un dibujo sobre una silla. Dylan lo coge, me lo entrega y veo que somos él y yo haciendo el amor.

—¿Qué te parece?

—Increíble —digo, mientras lo miro.

Sin duda alguna el dibujo es tórrido y Dylan, mirándome, murmura:

—Le pedí que lo hiciera para nosotros.

Cuando dejo el dibujo de nuevo sobre la silla, miro a mi amor y digo:

—Me ha encantado la primera canción que ha sonado antes.

—¿La de Eric Roberson?

Asiento. Dylan levanta un dedo, se acerca al equipo de música e instantes después vuelve a sonar la bonita y sensual melodía. Abro los brazos para recibirle y empezamos a bailar con nuestros cuerpos desnudos pegados.

Dicen que yo canto bien, pero de lo que no me cabe la menor duda es de que Dylan baila de maravilla. Su cuerpo se mueve lenta y pausadamente al compás de la canción y sabe llevarme con él. Noto su respiración en mi cuello. Me da cientos de dulces besos en él, en mi oreja, en mis mejillas y, cuando llega a mi boca, murmura:

—Estoy loco por ti, cariño.

Sonrío. Le ofrezco mis labios y él los acepta. Nos besamos lentamente, al compás de la música, hasta que Dylan me coge en brazos y me lleva a la ducha, donde me vuelve a hacer el amor. Me penetra y yo lo recibo gustosa. Sin llegar a finalizar, regresamos a la habitación. La luz sigue siendo violeta. Dylan me deja sobre la cama y comienza a lamerme el sexo con fervor.

Extasiada, hundo los dedos en su pelo mientras él pasea su lengua por todos los lados y mis fluidos me empapan. Su rudeza y afán de posesión me hacen gozar. Me abre para él. Me expone para él. Me retuerzo, jadeo, gimo.

Con una mano me sujeta el trasero. Me lo masajea y yo grito al notar que uno de sus dedos entra en mi ano. Entra y sale de mí al mismo tiempo que no para de chuparme el clítoris. Mis gemidos se convierten en gritos de placer, mientras siento que pierdo la cordura.

La locura del momento se apodera de mí y le pido que lo haga. Le pido que me penetre por el ano. Dylan se resiste, se niega, pero yo insisto. Al final, me da la vuelta con brusquedad. Me pone a cuatro patas y, apretándome con una mano contra la cama, acerca su duro pene en la entrada de mi ano, pero no aprieta.

—Hazlo —exijo, mientras oigo su agitada respiración.

Dylan se introduce un poco, pero no lo suficiente. Le grito, le ordeno que lo haga, y cuando creo que lo va a hacer, me agarra del pelo, tira de él hacia atrás y, penetrándome por la vagina hasta el fondo, murmura:

—Hoy no puede ser.

Me suelta el pelo y me sujeta por la cintura. Con una fuerte embestida se hunde de nuevo en mí por completo.

Yo grito extasiada.

Sale de mí en su totalidad y vuelve a introducirse de golpe. Eso me produce un increíble placer y le pido:

—Más... más.

—Caprichosa... —lo oigo decir.

Enloquecido por mis exigencias, siento que me invade, me empotra, me penetra con todas sus fuerzas, mientras yo grito y exijo más. Quiero tenerlo dentro de mí eternamente. Quiero que no pare.

Sin descanso, mi amor me hace suya.

Sin descanso, me entrego a él y sé que él se entrega a mí.

Sin descanso, las penetraciones se vuelven violentas hasta que, pasados unos segundos, tenemos al unísono un orgasmo bestial. ¡Increíble!

Agotado, Dylan se deja caer a un lado de la cama y yo caigo de bruces sobre ella. Mi respiración es rápida, pero la de él es violenta. Lo miro. Lo veo sudoroso a la par que mojado por la ducha y pregunto:

—¿Estás bien?

Asiente, cierra los ojos y, cuando recupera el resuello, murmura:

—Mejor que en toda mi vida.

Suelto una carcajada y Dylan añade:

—Casi me convences. Menos mal que he mantenido el control.

Vuelvo a reír. Estoy como una cabra. Tan pronto quiero sexo anal como no. Él me abraza. Me besa y, mirándome a los ojos, dice:

—Caprichosa, cada día estoy más loco por ti.

34

Con los años que me quedan

Horas después, estoy ante el espejo de mi habitación, arreglándome para la fiesta que se da en nuestro honor. Todavía tengo el sabor de Dylan y el recuerdo de lo que hemos hecho hace un rato en mi boca y en mi cuerpo y sonrío mientras me miro al espejo.

Me he recogido el pelo en un moño alto pero despeinado que mi madre siempre dice que me queda bien.

Me observo, ataviada con un vestido negro de falda corta de plumas. Dylan nunca me ha visto con él puesto, pero estoy segura de que le gustará. Y más cuando vea que llevo los zapatos de esta tarde.

Suenan unos golpecitos en la puerta y al volverme veo que se abre y entra el hombre en el que estoy pensando. Me quedo sin palabras.

¡Está impresionante con ese traje!

Su mirada me hace saber que a él también le gusta lo que ve y, haciéndome una seña con el dedo, me pide que me dé la vuelta. Lo hago y, cuando termino de darla, ya lo tengo a mi lado, besándome.

—Estás preciosa y elegante cariño.

Yo resoplo y contesto:

—Pues tú estas buenísimo y tentador.

Dylan sonríe y, sin soltarme, murmura:

—No sé si quiero que te conozcan o no.

—¿Por qué? —pregunto divertida.

Tocándome el cuello responde:

—Los conozco. Querrán bailar contigo y te alejaran de mí.

Mimosa, me abrazo más a él y digo:

—Pero tú tienes en exclusiva lo que ellos nunca tendrán. Mi surtido de besos, mi cuerpo, mis jadeos. Tranquilo, lobo, tu conejita sólo se muere por ti.

Él suelta una sonora carcajada y, dándome un delicado azote en el trasero, afirma:

—Salgamos de aquí antes de que decida comerte.

Bajamos la escalera entre risas y arrumacos y me sorprende ver la casa ya llena de gente. De pronto, me veo sumergida en una vorágine de personas a las que no conozco y que están encantados de conocerme. Mis cuñados sonríen al verme y cuando veo a Anselmo, le digo:

—Estás guapísimo.

El halago le gusta y, besándome la mano, contesta:

—Y tú eres la más bonita de la fiesta.

Sin soltarme ni un segundo, Dylan me besa delante de todos y pregunta:

—Papá, ¿por qué crees que me voy a casar con ella?

De pronto, Preciosa se lanza a mis brazos. Con su vestidito celeste de seda es una muñeca. Durante varios minutos, nos cuenta emocionada y a su manera lo que ha comido, hasta que la Tata se la lleva, quitándomela de los brazos.

Oigo música y cuando miro a Anselmo, que no me ha quitado ojo, éste dice:

—¡Una fiesta sin música no es una fiesta!

«Villa Monasterio» se ha convertido de pronto en «Villa Melodía».

De la mano de mi chico salgo al jardín, donde veo más gente y, sobre una tarima, varios músicos tocando salsa. ¡Me encanta!

—Como ves, papá sigue implorando tu perdón —cuchichea Dylan en mi oído.

Eso me conmueve y, mirando a Anselmo, que habla con unos desconocidos, exclamo:

—¡Pobrecito, pero si ya lo perdoné...!

A partir de ese momento, todo se convierte una locura. Todos me quieren conocer y Dylan no me suelta. Se lo agradezco. De pronto, un hombre se para frente a nosotros y yo me quedo sin habla. Por el amor de Dios, ¡es Marc Anthony!

Los dos se saludan con afabilidad y Dylan me presenta. Marc resulta ser un tipo muy normal y me enamora su profundidad al hablar y su sentido del humor. De pronto, me doy la vuelta y el corazón se me paraliza: acabo de ver a Ricky Martin, que saluda a Omar y a Tony. Dylan, al verlo, me coge de la mano y me lleva hasta él.

Oh, Dios, ¡no me lo puedo creer!

Estoy en una nube. Los Ferrasa me presentan a Juan Luis Guerra, Chayanne, Gloria Estefan, Luis Fonsi, Thalia, y varios jugadores de baloncesto, a cuál más mono. Y creo que me va a dar un infarto cuando veo a Bisbal.

Oh, Señor, mi David Bisbal está aquí.

¡Anda, que no he cantado yo sus canciones!

Al presentármelo y decirle que yo soy española, David se alegra mucho y charlamos un buen rato. ¡Es de lo más salado! Y cuando se entera de que he cantado en orquestas, como él, charlamos de eso, mientras, divertido, Dylan nos escucha contar algunas anécdotas.

Cuando la cena comienza estoy como loca. Deslumbrada. Profundamente impresionada. Tengo los ojos abiertos como platos por verme rodeada de toda esa gente. Dylan me dice al oído:

—Maxwell no ha podido venir. Tiene concierto esta noche y te manda un saludo. Te lo presentaré cuando estemos en Los Ángeles.

—¿En serio?

Él sonríe. Debe de verme sobrepasada por la emoción de lo que estoy viviendo y me aclara, acercándose a mí:

—Tranquila, cariño. Son gente como tú y como yo.

—Pero Dylan, ¡son mis ídolos! He ido a sus conciertos y aún tengo guardada como oro en paño una camiseta que me firmó Ricky Martin y la entrada de cuando Bisbal vino a tocar a Tenerife.

Dylan sonríe y comenta:

—Pues acostúmbrate a tratarlos como a iguales. Y recuerda, ellos no son más que tú. Sólo hacen su trabajo como cualquier persona hace el suyo.

Asiento. Intento aceptar lo que dice, pero me resulta increíble ver a mis ídolos sentados en este bonito jardín, festejando que se vaya a celebrar nuestra boda. Cuando se lo cuente a mis padres o a Coral, ¡no se lo van a creer!

Fotos. Necesito fotos con todos ellos y, mirando a Dylan, murmuro:

—¿Estaría mal que luego les pidiera que se hicieran una foto conmigo?

Mi amor se limpia la boca con una servilleta, suelta una carcajada y responde:

—No. Luego se harán una foto contigo. Ahora come.

Pero no puedo hacerlo. Sólo puedo mirar y sonreír cuando me sonríen.

La cena se acaba, nos levantamos de las mesas y vamos a la zona donde está el escenario con los músicos. Una vez llegamos allí, Anselmo sube al estrado y dice unas bonitas y breves palabras dedicadas a Dylan y a mí. No se extiende, la emoción le puede.

Cuando termina, todos aplauden y llega el momento de los tíos de Dylan. Divertidos, hablan de él y de mí y todos se ríen, hasta que se emocionan al recordar a su hermana. Todos levantamos las copas y, mirando al cielo, brindamos por Luisa. Al parecer, era un gesto que ella hacía para brindar por los suyos que ya no estaban.

Miro a Dylan y lo veo emocionado. Lo beso y me sonríe. Después miro a Tony y a Omar, que están a mi lado y al verles la misma reacción que Dylan, les doy un pellizco en el brazo para llamar su atención. Ese gesto los hace sonreír y les guiño un ojo.

—Esta canción —prosigue Héctor desde el escenario— era una canción muy especial para mi hermana y el gruñón de mi cuñado.

—Todos se ríen y, mirando al cielo, concluye—: ¡Va por ti, Leona!

La música comienza. Rápidamente identifico la canción. Es una preciosa canción de Puerto Rico llamado *Lamento Boricano*. ¡Me la sé! ¡Es muy bonitaaaaaaaaa!

Rodeada por los cuatro emocionados hombres Ferrasa, sé que tengo que hacer algo para sacarlos de su tristeza. Así que, para llamar la atención de todos y que piensen en otra cosa, miro a Anselmo y, tirando de él, digo:

—¿Me concedes este baile?

Él me mira asombrado y antes de que diga nada, insisto:

—Vamos, suegro. No me puedes decir que no.

El hombre sonríe. Le guiño un ojo a Dylan, que asiente, y veo sonreír a Omar y Tony.

Una vez salgo a la pista, abrazo al hombre que me hizo la vida imposible durante un breve período de tiempo y le digo:

—Vale. El plan A es que nadie te vea lloriquear como una nenaza, o perderás el título de gruñon oficial del reino.

Anselmo suelta una carcajada y reconoce:

—Me gusta tu plan A.

—Genial... —Sonrío mientras bailo con él y los músicos cantan:

> *Y alegre, el jibarito va pensando así,*
> *diciendo así, cantando así por el camino.*
> *Si yo vendo la carga, mi Dios querido,*
> *un traje a mi viejita voy a comprar.*

—Por cierto Anselmo, cuando llegue la parte de salsa calentita, ¿qué te parece si nos marcamos un bailecito?

Él me mira alucinado.

—Estoy un poco torpe, Yanira.

Me río, le guiño un ojo y replico:

—¡No disimules! Siendo un Ferrasa tienes que hacerlo de lujo.

El hombre se muere de risa. Ha olvidado las penas y, mientras bailamos, yo hablo y hablo y no paro de hablar y de decir tonterías para que no pueda pensar en sus penas. Cuando llega la parte de salsa que ambos esperamos, él sonríe y me deja boquiabierta al ver lo bien que baila el jodido Ferrasa.

Los invitados nos jalean y mi futuro suegro y yo nos marcamos una salsa que los deja a todos sin palabras. Cuando la canción acaba y todos aplaudimos, contentos, Anselmo, alias el Ogro, dice:

—Nunca olvidaré este momento.

Nos acercamos hasta donde están Dylan y sus hermanos, que

aplauden a su padre. Éste se ríe divertido y yo me río con él. Tras darme un beso en la mejilla, dice, mirando a su hijo:

—Esta joya vale su peso en oro. Átala corto.

—Lo sé papá. Lo sé —admite Dylan, mientras yo me río.

De pronto, el ritmo de la música cambia. ¡Salsa bailona! Tony me pregunta:

—¿Bailamos, cuñada?

Acepto sin dudar y disfruto en brazos de mi guapo cuñado, mientras me dejo llevar y noto el orgullo en la mirada de mi futuro marido. Dylan prefiere bailar en privado, por lo que no espero que baile conmigo esta noche.

A partir de ese instante, todos quieren bailar conmigo y yo acepto y, cuando Marc Anthony me anima a subir al escenario a cantar con él, creo que me voy a morir.

Ay, Dios bendito, como diría la Tata.

Dylan me guiña un ojo y Marc me pregunta qué canción quiero cantar. Yo rápidamente le digo *Valió la pena*. Él sonríe y se lo dice a los músicos. Antes de empezar, miro a Dylan, le guiño un ojo y digo sin palabras, «¡Para ti!». Ésta es la canción que sonaba cuando hice por primera vez el amor con él en el almacén del barco.

Marc comienza a cantar y yo lo miro alucinada.

¡Por Dios, voy a cantar con Marc Anthony!

Cuando me señala, dándome paso para cantar, creo que voy a sufrir un infarto. Cierro los ojos y respiro hondo y, cuando los abro, sé que a partir de ese instante todo saldrá bien. Canto dándole la réplica a Marc y disfruto. Cuando él me ve más tranquila, me coge de la mano y comienza a bailar salsa conmigo mientras continuamos cantando. No me amilano y lo sigo, mientras los demás aplauden encantados. El primero, mi Dylan. El segundo, mi suegro.

Cuando terminamos la canción, Marc y yo nos abrazamos y, a partir de ese momento, no vuelvo con Dylan. Cuando no es uno es otro y al final canto con todos. El ritmo es frenético y disfruto de la calurosa acogida que me brindan. Cada vez que subo al escenario mis ojos y los de mi amor se encuentran y en los suyos veo deseo y felicidad. Un deseo increíble y eso me provoca, me calienta y me fascina. Y me da una felicidad que me llena el corazón.

Una de las veces que bajo del escenario, tras cantar con Bisbal su canción *Dígale*, unas manos me agarran con fuerza por la cintura. Al mirar, veo que es Dylan. Con una encantadora sonrisa, me acerca a él me besa y dice contra mi boca:

—Sígueme.

No lo dudo. Lo seguiría al fin del mundo.

Me aleja de la fiesta y me lleva hacia la parte de atrás de la casa, donde no hay nadie y, al llegar junto a una pared, me aprisiona contra ella y me besa. Me devora con locura. Cuando se separa de mí, sin decir nada, me hace entrar en el garaje. Allí, sin luz, iluminado únicamente por la luna que entra por la ventana, veo aparcado su coche.

Me apoya en su vehículo y me vuelve a besar. Me toca. Me provoca. Le ofrezco mi lengua y él la saborea delicadamente, hasta que le oigo decir:

—Quítate el vestido y la ropa interior si no quieres que te lo rompa todo.

—¿Aquí?

—Sí. Aquí.

Al ver su excitación no lo dudo. Rápidamente me quito el tanga (sujetador no llevo), y me deshago del vestido. No quiero que me lo rompa. Sería muy embarazoso, volver a la fiesta con el vestido hecho trizas.

Una vez me quedo desnuda, mi amor me besa las mejillas, el cuello, lame mis pechos y chupa mis pezones, haciéndome disfrutar.

Me coge como a una muñeca y me tumba sobre el capó del coche. Está frío, pero no me quejo, más bien se agradece, tras el calor que él me provoca. Sin hablar, me besa el vientre, el ombligo y, tras clavar las manos en mis caderas, llega a mi pubis.

¡Oh, Diosssssss!

Me huele, aspira mi olor y, cuando vuelve a mirarme, murmura con voz ronca, mientras se desabrocha el pantalón:

—El lobo está hambriento de ti, cariño.

Con la respiración a mil y la adrenalina a dos mil, deseosa de alimentar a mi depredador, separo las piernas y sonrío. Dylan se acerca, me coge por las caderas y, tumbandose sobre mí, me penetra. Yo le rodeo la cintura con mis piernas para no dejarlo salir. Con mimo, me besa los pechos mientras se mueve dentro de mi vagina y yo jadeo de placer.

¡Oh, sí!

Un inmenso gozo, cargado de sentimiento, lujuria y descontrol se apodera de los dos. No hablamos. Sólo disfrutamos. Nuestros gemidos se entremezclan, mientras Dylan me hace suya una y otra vez y yo le hago mío hasta que nuestros cuerpos se tensan al mismo tiempo y, tras un extasiado jadeo, nos dejamos vencer por el placer.

Nos miramos con la respiración agitada. Dylan me retira el pelo de la cara y murmura:

—Me haces perder la razón cuando te deseo.

Sonrío.

Con cariño, me besa los hombros, el cuello, las mejillas, y yo entreabro la boca para recibir un beso lleno de ternura y amor. Lo disfruto, lo saboreo hasta que él se retira de mí y yo me escurro por el capó del coche.

Me sujeta y, una vez me pone de pie, me suelta. Abre su coche, saca un paquete de kleenex y nos limpiamos. Cuando me visto y ambos estamos presentables, lo miro divertida y pregunto:

—¿Qué te ha pasado?

Dylan sonríe y, negando con la cabeza, afirma:

—Verte y no poder tocarte es para mí una agonía.

—¿Ahora qué quieres hacer? —le pregunto otra vez sonriente.

—Lo que quiero hacer tiene que posponerse hasta después de la fiesta, cariño —susurra.

—¿Regresamos a la fiesta entonces?

Dylan me besa, asiente y responde:

—No hay más remedio, aunque lo que no sé es cuántas veces te voy a traer aquí.

Regresamos entre risas y nos unimos a la diversión. Es nuestra fiesta de compromiso y tiene que ser inolvidable.

35

Cosa más bella

El lunes a la ocho de la mañana llegamos al aeropuerto Luis Muñoz Marín de Puerto Rico y Anselmo dice:

—Tenéis que regresar pronto. Esta visita se me ha hecho corta.

Dylan sonríe y yo, encantada por cómo ha cambiado todo, respondo:

—Lo prometo, Anselmo. Tengo que retarte a un mano a mano de chichaítos.

Él se ríe y me abraza. Tifany, que está a nuestro lado, nos observa. Ella no le habla. Ni siquiera se le acerca. Tiene claro que no quiere nada con el viejo y yo la respeto. Tal como Anselmo la ignora, es como para no querer nada con él.

Preciosa sonríe en brazos de Omar y oigo que éste le explica:

—Papá se tiene que ir a trabajar, pero el viernes volverá a verte, ¿de acuerdo?

—Sí —asiente la niña.

Sonrío encantada al ver la escena. Sin duda alguna, Omar se ha tomado muy en serio su papel de padre y Preciosa ha sabido aceptar su nueva vida con facilidad. Está claro que los niños nos dan a los mayores cien mil vueltas en cuanto a adaptación. Pero cuando miro a Tifany, sé que para Omar las cosas no van a ser fáciles.

Una vez nos despedimos de Anselmo, Tony, Preciosa y la Tata, Omar, Tifany, Dylan y yo embarcamos rumbo a Los Ángeles.

El vuelo es directo. Como soy de las que se marean en avión, me tomo una biodramina y, como siempre, me entra sueño. Dylan, a mi lado, sonríe y, tras pedirle a la azafata una manta para mí, me besa y murmura:

—Duerme, cariño.

Oh, sí. No hace falta que me lo diga. Antes de despegar, ya estoy totalmente ceporra.

Noto que alguien me besa con dulzura en la cara y oigo que me dicen:

—Despierta, caprichosa. Estamos a punto de llegar.

Abro los ojos sorprendida. ¿Ya?

Una vez desembarcamos en el aeropuerto y recogemos nuestro equipaje, nos despedimos de Omar y Tifany. Pero ésta se empeña en quedar para cenar esta noche en un local de moda. Se pone tan pesadita que al final Dylan y yo aceptamos. A las ocho en un lugar llamado Open.

Ya en el taxi, Dylan, tras darle la dirección al taxista, me abraza. Somos dichosos y eso nadie nos lo va a quitar. Encantada, lo miro todo con curiosidad, mientras mi amor me explica por dónde pasamos. Es todo alucinante.

¡Estoy en Los Ángeles!

Miro entusiasmada por la ventanilla como niña con zapatos nuevos y doy un salto y grito como una quinceañera cuando veo en las colinas el cartel de Hollywood.

Dylan sonríe.

Media hora más tarde, llegamos a una calle llamada Devon Avenue. Se ve que es una zona cara y cuando el taxista se para ante una valla blanca, entiendo que hemos llegado a nuestro destino. Tras bajar las maletas y Dylan pagarle, el hombre se va y mi amor me mira, me agarra por la cintura y, sonriendo, dice:

—Bienvenida a tu hogar.

Sonrío emocionada. Dylan aprieta un mando que se saca del bolsillo y la valla blanca se abre. Observo con curiosidad la casa de aspecto minimalista que aparece frente a nosotros. Nada tiene que ver con la de Anselmo en Puerto Rico. Ésta es un edificio blanco, como dos cubos unidos. Tiene grandes ventanales y, sinceramente, ¡más fea no puede ser! Demasiado moderna para lo que yo considero un hogar. Pero no digo nada.

Cuando entramos, Dylan teclea unos números en el panel de la entrada. Me imagino que estará desactivando la alarma y, de pronto, todas las persianas comienzan a subir a la vez y las luces se encienden. Lo miro alucinada y me aclara:

—Es una casa domótica, cariño.

Asiento y miro a mi alrededor, en la entrada. Todo esta niquelado, limpio y en su sitio. Vamos, el lugar perfecto para que, en cuatro días, si no soy cuidadosa, lo tenga como una leonera.

—Llevo más de dos años sin venir por aquí.

—¿En serio?

Dylan asiente y comenta:

—Tony dice que se ha alojado en ella cuando ha venido a Los Ángeles por asuntos de trabajo y mi padre creo que un par de veces. Espero que Wilma haya cuidado bien de la casa.

—¿Quién es Wilma?

—La mujer que viene a limpiar. Lleva conmigo desde hace años y es un encanto. Ya la conocerás.

Una vez Dylan entra nuestro equipaje, me coge de la mano y dice:

—Ven, te enseñaré tu hogar.

La casa está dividida en dos plantas.

Está claro que allí vive un hombre y soltero. El lugar lo proclama a gritos.

La cocina es una pasada. Negra y roja. Armarios hasta el techo. Electrodomésticos integrados y una más que impresionante isla central con una bonita encimera de al menos tres metros en cuarzo rojo. Pero algo que veo en la nevera me crispa, aunque no digo nada.

Me enseña el salón, con un enorme televisor y un impresionante equipo de música. Mesas de cristal. Sillas negras. Un par de sillones megamodernos de color caqui y redondos y un gran sillón negro. Minimalismo a tope. Líneas sencillas y puras, pero al mirar a un aparador veo un par de fotos que me dejan alucinada. Tampoco digo nada.

Mi visita prosigue por las tres habitaciones de esta curiosa casa. Son a cuál más moderna. Roja. Verde. Azul. Camas grandes. Pocos muebles y decoradas con gusto, eso no lo voy a negar. Dylan me comenta que le compró la casa a una estrella de Hollywood hace unos años. Yo asiento. Desde luego, es la típica de las revista. Me enseña también una bonita sauna, un gimnasio y, en uno de los increíbles cuartos de baños veo un body azulón con puntilla negra allí colgado. No digo nada.

Bajamos de nuevo a la primera planta y me muestra su despacho. A diferencia del resto de la casa, la decoración de éste es clásica. Eso me llama la atención, pero aún me la llaman más un par de dibujos eróticos, que me recuerdan al que nos hicieron hace unos días. Eso me saca de mis casillas, pero tampoco digo nada.

La casa es bonita y perfecta. Tan perfecta y bonita que ya le he cogido manía sin poderlo remediar. Me callo. Y sigo sin decir nada.

Dylan, encantado, me lleva hasta su habitación. Es espaciosa y con una enorme cama que miro con recelo, igual que su baño. Imaginar todas las mujeres que han pasado por aquí me está matando. No digo nada en esta ocasión tampoco.

¡Menudo picadero tiene aquí montado mi chicarrón!

Cuando abre la puerta corredera de la terraza, veo algo tapado con una lona y a su lado un precioso jacuzzi rodeado de madera de teca oscura. Doy un silbido de aprobación y dice:

—¡Por fin algo que te gusta!

Su comentario me llama la atención.

—¿Por qué dices eso? —pregunto.

Él, acercándose, me abraza y responde mimoso:

—Te conozco, caprichosa, y que no digas nada no es buena señal. Vamos, cariño, dime qué te ocurre.

Con una ceja levantada estilo Cruella de Vil, pregunto a mi vez:

—¿De verdad quieres saberlo?

Dylan asiente y yo tomo aire. Aquí van mis reproches. Separándome de él, me acerco hasta un mueble, cojo un portafotos y salgo de la habitación. Dylan me sigue. Voy al baño, cojo la prenda femenina y él murmura:

—Cariño...

No lo escucho y prosigo mosqueada. Del despacho cojo los dibujos eróticos, de la cocina despego la foto de la nevera y, al llegar al salón, lo tiro todo sobre una mesa, cojo dos marcos de fotos y, cuando lo tengo junto, miro a Dylan y le recrimino:

—Si yo te hubiera llevado alguna vez a mi propia casa y tuviera estas cosas en ella, te aseguro que habría tenido la delicadeza de quitarlas para evitar problemas. Sabes bien lo que he sufrido en casa de tu padre al oír hablar de la encantadora Caty, como para que ahora tenga que soportar ver vuestras fotitos abrazados y sonrientes por todas partes.

Él observa las cosas que le señalo y asiente. Luego se acerca a mí, pero no se lo permito. Me aparto. Levanta las cejas. Yo también. Mi gesto no le ha gustado. Doy un paso atrás. Él da otro hacia mí. Vuelvo a dar otro paso hacia atrás. Él lo vuelve a dar hacia mí.

—No, Dylan, no me toques ni me beses. Estoy enfadada.

—Todo tiene su explicación.

Doy otro paso hacia atrás.

—Oh, claro que sí... ¡No lo dudo!

Mi trasero da contra el respaldo del sillón de terciopelo negro. Ya no puedo dar más pasos hacia atrás y Dylan, que está literalmente sobre mí, murmura con cara seria:

—Te he dicho al entrar que llevo sin estar en mi propia casa más de dos años, ¿no me has escuchado?

Tiene razón. Y él añade:

—Estas fotos estaban aquí cuando me marché. Caty las puso.

—Oh... la emoción me embarga —me mofo molesta.

—Cariño, no las recordaba, porque si así hubiera sido, te aseguro que nunca habría permitido que continuaran donde estaban. En cuanto a la ropa interior, no tengo ni idea de quién es, pero seguro que Tony tiene alguna explicación para ello. ¿Quieres que lo llamemos?

Sigo sin responder y Dylan, acercando su boca a la mía, murmura:

—¿Acaso me crees tan idiota como para traerte aquí y no quitar esas cosas que para mí no significan nada y que sé que a ti te pueden molestar?

Parpadeo. Miro sus ojos y sé que es totalmente sincero y, desinflándome como un globo, digo, echándole los brazos al cuello:

—Estoy celosa, Dylan. Terriblemente celosa.

Mi amor sonríe, me besa y, sentándome sobre el respaldo del sofá, me plantea en voz baja:

—¿Qué puedo hacer yo para que mi preciosa novia se relaje?

—De momento, quitar todo esto de mi vista.

Sin dudarlo, Dylan lo coge todo y desaparece en la cocina. Intuyo que lo ha tirado a la basura. Dos segundos después, aparece, vuelve a abrazarme y murmura:

—¿Algo más?

Me entra la risa y contesto:

—No sé...

Él levanta una ceja. Lo veo sonreír y, posando su mano sobre mis rodillas, me explica:

—Ordené comprar algo que está junto al jacuzzi. Es un regalo para nosotros. Algo para jugar y pasarlo bien. ¿Quieres que lo probemos?

—¿Me gustará?

Mi morenazo sonríe y responde:

—Creo que sí, pero para probarlo tengo que desnudarte.

Suelto una carcajada y, de un tirón, él me quita por la cabeza el liviano vestido que llevo, dejándome sólo con las bragas y el sujetador. Cogiéndome en brazos, me lleva hasta uno de los sofás redondos de diseño y, con delicadeza, me deja en él. Acto seguido, me quita las bragas, me besa el pubis, aspira mi aroma y se levanta. Sin decir nada, rodea el sillón y, cuando está detrás de mí, dice:

—Recuéstate.

Lo hago. Mis ojos lo miran con calentura. ¡Dios cómo me pone! Y me vuelve a pedir:

—Abre las piernas. Apóyalas sobre los brazos del sofá.

Sin dudarlo, lo hago y entonces, Dylan, desde detrás de mí, murmura:

—Qué preciosa vista la que me ofeces, cariño. ¿Preparada para disfrutar las seis fases del orgasmo?

Mi respiración se me acelera y estoy a punto de gritar: ¡Oh, síííííííííííí!

Estoy en ese sofá, sin bragas y abierta para lo que él quiera. Instantes después, todavía desde detrás de mí, mi amor se inclina y lleva su boca directamente hacia mi intimidad, mientras con las manos me sujeta los muslos para que no los cierre.

¡Oh, Dios... es maravilloso!

Durante un buen rato, se dedica a chuparme, a lamerme, a jugar con mi clítoris y yo me entrego a él. Va alcanzando cada fase del orgasmo. Grito. Y, cuando llegamos a la fase homicida y le pido que no pare, él continúa. Cuando suelto un más que placentero gemido de placer, comienza a jugar con mi ano sin retirar la lengua de mi clítoris y yo jadeo mientras lo oigo reír.

¡Será malote...!

De pronto, para, se incorpora, rodea el sofá, me hace levantar y murmura, mientras me mira a los ojos:

—Nunca vuelvas a dudar de mi fidelidad hacia ti.

—Vale...

Su boca vuelve a besar mis labios y, cuando se separa, dice:

—Si alguien me vuelve loco de deseo y me quita el sueño, ésa eres tú. Y si alguien va a llenar esta casa de fotos y recuerdos, sólo vas a ser tú, ¿entendido?

Asiento. Acto seguido, me coge en brazos y me lleva a grandes zancadas hasta su habitación. Una vez allí, me deja en el suelo y, al ver cómo miro la cama, susurra:

—Redecoraremos la casa de arriba abajo, ¿de acuerdo?

Sonrío. Me parece una idea genial. Si va a ser mi casa, quiero sentirla mía por completo. Dylan se desnuda con rapidez. Ya no puedo mirar hacia otro lado y, cuando termina y veo su erección, la boca se me reseca. Me quita el sujetador, que todavía llevo puesto, y me ordena:

—Ven, sígueme.

Me coge de la mano y salimos a la terraza. Es privada. Nadie nos puede ver y Dylan, señalando una enorme lona, la quita y aparece una especie de inmenso sillón negro de cuero. Lo miro. En mi vida he visto algo igual. No sé lo que es y, entregándome una caja que está sin abrir, dice:

—Ábrela.

Sin demora, hago lo que me pide mientras él me mira con gesto divertido. Una vez la abro, me encuentro con una especie de rulo redondo y varios penes de distintos tamaños y colores. Desconcertada, lo miro y pregunto:

—¿Para qué es esto?

Dylan, riéndose al ver mi cara, me quita el rulo de las manos, lo acopla en un lateral del sillón de cuero y veo que se puede elegir la altura. Coge un pequeño y fino pene de silicona, lo toca, hace que yo lo toque y pregunta:

—¿Te parece suave?

Digo que sí con la cabeza. Él lo moja en el jacuzzi, lo incrusta en el centro del rulo y conecta el cable a un enchufe. Aprieta un pequeño mando a distancia y aquello comienza a rotar.

Me entra la risa.

Me da un folleto donde vienen las instrucciones y me sorprendo al ver las fotos.

—Como ves, también se puede utilizar a solas.

Yo miro una foto en la que se ve a una mujer sobre ese sillón, boca arriba con un grueso pene entrándole por la vagina.

Aprieta otro botón y el minipene cambia el ritmo y comienza a entrar y salir despacito del rulo.

—Dylan..., estás como una cabra.

Él suelta una carcajada y, enseñándole otra foto que veo, me mofo:

—Mira, también lo puedes utilizar tú.

Dylan mira la foto. En ella se ve a un hombre boca abajo, agarrado al sillón, mientras se deja penetrar el ano por un pene. Él lo mira, me mira, niega con la cabeza y murmura:

—Ni loco.

Me río. Le da de nuevo al mando a distancia y el pene se acelera, entrando y saliendo del rulo con mayor rapidez.

Yo lo miro alucinada. ¡Qué marcha! Dylan sonríe, lo para y, tumbándose sobre ese extraño sillón de cuero negro boca arriba, me indica:

—Ven. Siéntate sobre mí.

Hago lo que me pide y mirándolo divertida, pregunto:

—¿Lo estás pensando hacer de verdad?

Él asiente risueño y, besándome, murmura:

—Sólo si tú quieres.

¡Ya lo creo que quiero!

Con mi amor quiero hacer todo, absolutamente todo lo que deseemos.

—Una de las mañanas que desaparecí de la casa de papá fue para ir a comprobar su funcionamiento. Lo vi una noche en un canal de TeleTienda y pensé que tú y yo lo podíamos pasar muy bien con esto. Lo encargué. Lo trajeron hace tres días y le dije a Wilma que lo colocaran aquí.

Me río y contesto:

—Lo que te inventas para no hacer un trío como Dios manda.

—Lo haremos, cariño —dice él, levantándome unos milímetros para introducirse en mí. Una vez tengo su ya duro pene dentro, prosigue—: Tengo que estar preparado para compartirte y, de momento, como mucho te puedo compartir con esta máquina.

—Mmmm... me excita que digas eso —susurro, sintiéndolo en mi interior.

Me muevo sentada a horcajadas sobre él. Balanceo las caderas de adelante atrás y ambos gemimos de placer. Apoyo las manos en su moreno pecho y así estamos un rato, besándonos, tentándonos, disfrutando del momento, hasta que Dylan coge un pequeño bote de lubricante que hay en el suelo, lo abre mientras me muevo sobre él y murmura:

—Inclínate sobre mí.

Así lo hago y sus manos empapadas de ese incoloro gel, me untan el trasero, juguetean con él y, finalmente y con mimo, me mete un dedo en el ano.

—Mmmm... —jadeo.

—¿Te gusta?

Asiento. Sin duda, mi ano está cada día más deseoso de recibirlo. Mientras le doy cientos de besos en el cuello, él suelta el lubricante y coge el pequeño mando a distancia, lo acciona y un ruido suena detrás de mí. Al mirar, veo girar aquel pequeño pene.

—¿En serio lo probamos?

Digo que sí con la respiración acelerada y Dylan prosigue, parándolo:

—Acóplate bien sobre mi pecho.

Cuando lo hago, se mueve un poco sin salirse de mí y, cuando me tiene como desea, me mira y murmura:

—Si algo te incomoda, dímelo y lo pararé.

—Vale.

Sonríe y, con el mando en la mano, añade:

—Esto es para jugar, no para pasar un mal rato. ¿De acuerdo, cariño?

Asiento y Dylan me coge las caderas y, sin salir de mí, me coloca sobre el pequeño pene.

—¿Lo notas en la entrada de tu ano?

—Sí, lo noto.

Él le da al uno del mando a distancia y el pene de gel rota. Me río divertida. Me hace cosquillas y digo:

—Me siento como si me fuera a taladrar una broca.

Dylan sonríe.

—Tu imaginación me deja sin palabras.

Noto que él me abre las cachas del culo y me aprieta con delicadeza contra el pene de gel. Al sentir cómo entra en mí lentamente, me muevo y Dylan, mirándome para ver si estoy bien, afirma:

—Jugar con esta máquina será como si fuéramos tres.

Un jadeo sale de mí al notar cómo ese pene del tamaño de un dedo entra en mí y gira. Mi cuerpo se abre gustoso y lo disfruto. Arqueo las caderas para acoplarme a él, mientras mi amor no me quita ojo y, con un hilo de voz, musita:

—¿Cómo te sientes, cariño?

—Bien...

Dylan se aprieta contra mí. Siento temblar su pene duro en el interior de mi vagina. Nos miramos, nos besamos y ambos jadeamos de placer. Lentamente, mi ano se acopla a ese artilugio y mi cuerpo se relaja y calienta, deseosa de más.

—Si le doy al dos—murmura Dylan, al sentirme relajada—, el pene entrará y saldrá de ti mientras yo puedo disfrutar sin preocuparme de él.

—Hazlo.

Cuando Dylan le da al dos, el movimiento del pene de gel cambia. Ya no gira sobre sí mismo. Ahora entra y sale con lentitud y, mientras miro a Dylan a los ojos, confieso:

—Me gusta.

Él sonríe y, sin soltarme las cachas del culo, me sigue abriendo y susurra:

—A mí sí que me gusta verte disfrutar, caprichosa. Tu boca es una delicia y tal como la abres ahora mismo, me incita a meter en ella mil cosas. —Jadeo y prosigue—: Estás siendo penetrada por dos sitios, mi amor. Por el ano y por la vagina ¿Cómo te sientes?

—Bien... me siento bien.

Así estamos un buen rato. El momento es excitante para los dos. Dylan me penetra y al mismo tiempo, teniéndome abierta, permite que ese aparatito lo haga también y pronto mi trasero da en el tope del rulo, haciéndonos saber que el pene entra y sale totalmente dentro de mí.

—Ahhh... —exclamo al sentirlo y, mirando a Dylan, digo excitada—: Luego probaremos con otro pene más grueso, ¿de acuerdo?

—Dios, cariño... —tiembla él al oírme.

Cada vez que siento el tope del rulo dar en mi trasero, la sensación es como un azotito y sé que a mi chico, al sentirlo y apretarme contra él, lo vuelve loco.

—Súbelo al tres —exijo.

—¿Segura?

—Segurísima, ¡hazlo!

Dylan toca el mando a distancia y la máquina acelera su entrada y salida de mí y los azotitos son más rápidos. Más secos. Más aniquiladores.

¡Oh, Dios, qué placer!

Incapaz de quedarme quieta, me muevo en busca de mi goce y mi amor, enloquecido, con las manos en mis caderas, me ayuda a empotrarme contra el pene de gel. Recostada sobre él, lo beso mientras la máquina hace su trabajo y Dylan tiembla a cada acometida que me da y que él siente.

El momento es morboso, excitante y caliente, pero pasado un rato yo necesito moverme y le informo:

—Cariño... voy a tener que parar.

—¿Duele?

Niego con la cabeza y, sacando con cuidado ese pene de silicona de mi ano, me siento a horcajadas sobre el maravilloso pene de mi amor y murmuro, mientras comienzo a mover las caderas:

—No duele. Pero nada se puede comparar a esto.

Lo embisto apretando los muslos contra su cuerpo y un gemido sale de nuestras bocas.

Dylan me coge de las caderas y me ayuda a moverme sobre él. Se arquea. Lo siento temblar y veo que se muerde los labios. Yo muerdo también los míos y disfruto de su entrega y de la visión que me proporciona estar sobre él de esa manera.

¡Es tan sexy!

Sin parar, seguimos con nuestro maravilloso y glorioso juego. Mi amor me da algún azote en el trasero y me incita a que mueva las caderas con movimientos secos, embestidas perturbadoras y choques enérgicos.

—Ahhhh... —gime cuando lo hago.

Mis movimientos rápidos y contundentes le gustan. Grita. Jadea. Tiembla y yo me vuelvo loca. Lo vuelvo a repetir una y otra vez, mientras sus gemidos y cómo se le tensan las venas del cuello me hacen saber lo mucho que disfruta. Me encanta verlo así. Adoro hacerlo disfrutar.

Aumento la fricción de nuestros cuerpos, mientras mi empapada vagina succiona su pene y gemimos de gozo y lujuria. El calor es inmenso, apasionado y delicioso. Nuestros movimientos son frenéticos, exigentes, posesivos y, cuando mi cuerpo tiembla sobre el de Dylan y siento el suyo temblar debajo del mío, un explosivo clímax se apodera de los dos y caigo derrumbada sobre mi moreno, mientras él me aprieta con fuerza contra su cuerpo y lo oigo murmurar:

—Eres mi vida, Yanira... mi vida.

Nos abrazamos con la respiración entrecortada, mientras escuchamos el sonido de nuestros acelerados corazones y el rápido movimiento de la máquina que ha jugado con nosotros. Nos miramos y reímos. Sin duda, nos quedan por descubrir millones de cosas juntos y ésta ha sido una de ellas.

36

Volveré junto a ti

Esa noche, cuando llegamos al restaurante donde hemos quedado con Omar y Tifany, nos sentimos muy felices. Hemos pasado una estupenda tarde solos, sin que nadie nos moleste, haciendo lo que más nos gusta: el amor de mil maneras distintas.

Dylan es mi vicio, mi amado, mi perversión, mi vida. Y lo mejor de todo es que yo lo soy también para él.

Nunca pensé que una felicidad como la que estoy viviendo con este hombre pudiera ser posible, pero sí, la felicidad total existe y Dylan lo es para mí.

Cuando vemos a Omar y a Tifany nos acercamos a ellos y nos sentamos. Tifany sin duda está en su salsa. Este lujo le gusta y, por primera vez, la veo disfrutar de algo y no quejarse.

Bebemos champán y brindamos por un más que bonito futuro juntos. Dylan me besa y yo recibo su beso gustosa. Está feliz. Lo veo en su cara y estoy segura de que él ve mi felicidad en la mía.

La comida es excelente y yo me río cuando Dylan le pide al camarero que nos traiga una botella de agua de diseño. Nos sirve a todos y, levantando la copa, pregunta mirándome:

—¿Brindamos?

Yo sonrío y digo:

—Da mala suerte.

Dylan sonríe también. Y, finalmente, olvidándome de mis supersticiones, brindamos con agua. Nada puede salir mal. Todo es mágico y, cuando nos vamos a volver a besar, oímos a nuestra espalda:

—Dylan, ¿eres tú?

Al oír la voz nos volvemos y mi sonrisa de pronto languidece. La reconozco en décimas de segundo. Es Caty, su ex. La pediatra.

—Pero, bueno, ¡qué casualidad! —exclama ella.

Sin duda alguna, pienso yo, mientras maldigo por haber brindado con agua. Con la cantidad de sitios que debe de haber en Los Ángeles y nos la hemos tenido que encontrar allí justo la primera noche.

Dylan, al verla, se quita la servilleta que tiene sobre las piernas, se levanta y la abraza encantado. El abrazo dura algo más de lo normal e intento entenderlo. Fue su novia y compartieron muchas cosas. Omar la saluda también y después Tifany. Cuando ha saludado a todos los de la mesa, Caty me mira y Dylan, cogiéndome de la mano, nos presenta:

—Caty, ella es Yanira, mi prometida.

Sin perder su sonrisa, la mujer de ojos negros como la noche me mira. Me escanea con el mismo descaro con que la escaneo yo y, cuando se da por satisfecha, se acerca a mí, me da dos besos y dice:

—Encantada de conocerte.

—Lo mismo digo —respondo con amabilidad.

Acto seguido nos presenta a su acompañante. Un hombre más joven que ella y bastante guapo, que noto que se siente algo descolocado, pero sonríe.

¿Sabrá que Dylan y ella fueron novios?

Una vez acaban los saludos, Dylan los invita a que se sienten con nosotros. Caty acepta sin contar con su acompañante y los camareros colocan dos servicios más y traen dos sillas para ellos. Tifany me mira. Sin duda piensa lo mismo que yo, pero ambas callamos. Debo ser cortés. Pero cuando volvamos a casa, le voy a decir cuatro cositas sobre este acto reflejo a mi Ferrasa.

Una cosa es conocer a su ex, la famosa Caty, saludarla o sonreírle y otra tener que cenar con ella. ¡Menudo mal rollo!

Pero durante la cena, cambio de opinión: Caty es encantadora y divertida. Hablo con ella y me cuenta que tiene treinta y cinco años y adora su trabajo en su clínica pediátrica. Yo le comento que trabajé durante un tiempo en una guardería y eso le llama la atención. Hablamos de niños y queda patente que a las dos nos encantan. Omar le dice que soy cantante y eso la sorprende. Mira a Dylan, que sonríe. Sin duda alguna, conoce su regla número uno en contra de estar con una cantante y el descubrimiento parece dejarla estupefacta.

Durante la cena hablamos de mil cosas y cuando ve el anillo que llevo en el dedo, lo reconoce y, con una agradable sonrisa, dice:

—Es precioso, ¿verdad? —añade tras mi asentimiento—: Me alegra saber que Dylan encontró a quién dárselo. Sin duda alguna te quiere.

Sonrío y agradezco sus palabras y cuando termina la cena, la idea que tenía de ella al principio de la noche ha cambiado totalmente. Esta mujer no me mira como a una rival ni hace nada inapropiado para que yo me sienta molesta. Al revés, sus ojos se han dulcificado y parece encantada por nuestro próximo enlace.

Cuando terminamos de cenar, decidimos ir juntos a tomar algo. Caty propone el Cheers y me quedo sorprendida cuando su acompañante se desmarca. Sin duda alguna no le hace gracia la compañía. Alejándose unos pasos, veo que Caty habla con él. Intenta convencerlo y finalmente lo hace.

Cada pareja se dirige al local en su coche. Dylan está tan contento que no digo nada. Ya hablaré en otro momento con él sobre este asunto. Al fin y al cabo, Caty me ha demostrado ser una chica encantadora y civilizada.

Cuando llegamos al Cheers, mi chico se encuentra con algunos colegas del hospital. Varios médicos cubanos nos saludan y se alegran al saber que Dylan volverá a ejercer en breve y que pronto se va a casar. Todos brindan con nosotros por nuestro próximo enlace y él, levantándome en sus brazos a modo de trofeo, me hace reír.

Su alegría es tal que hasta baila conmigo en la pista una preciosa balada y, enamorados, nos besamos mientras mi particular Ferrasa me dice las cosas más románticas y bellas que cualquier mujer querría escuchar.

Lo pasamos muy bien y me siento totalmente integrada hablando con sus amigos y con su ex. Son encantadores. En un momento dado, las mujeres vamos al servicio y, mientras nos damos brillo de labios ante el espejo, Caty dice, mirándome:

—Es la llave de su corazón, ¿verdad?

Asiento con una sonrisa y toco la llave que cuelga de mi cuello.

Ella, con una candorosa sonrisa, murmura en tono bajo, para que sólo yo la oiga:

—Si algo me ha gustado siempre de él es lo apasionado que es para todo. Romántico, caballeroso y ardiente. Ése es mi Dylan.

El comentario me toca las narices y la miro.

¿Qué es eso de «su» Dylan?

Mi gesto molesto y desafiante debe de ser muy elocuente, porque añade con una sonrisita que no me gusta nada:

—Por supuesto mujer, ahora tuyo.

Bueno... bueno... bueno... ¿a que la liamos al final?

Plan A: le arranco la cabeza.

Plan B: le borro la sonrisita de un guantazo.

Plan C: no digo nada e intento tranquilizarme.

Elijo el plan C. El A y el B me iban a a traer problemas y no sólo con Dylan.

De repente, Caty se da la vuelta y sale del servicio. Yo respiro y me tranquilizo, mientras por mi cabeza pasan las palabras: «sabandija», «marrana», «rastrera», «parásita», «alimaña», «guarra», «perra», «zorra» y no sigo porque si no voy a explotar.

Ya sé que entre ellos hubo algo, pero no me parece de buen gusto su comentario. Con una fría y enfadada sonrisa asiento a solas ante el espejo. Guardo mi brillo de labios en el bolso y decido no decir nada o, como abra la boca y salga todo lo que tengo dentro, la pongo fina.

Pero media hora más tarde, mi nivel de cabreo sube, sube y sube cuando la muy cerda, porque no tiene otro nombre, comienza a comentar ante las féminas del grupo detalles de cómo eligieron Dylan y ella la encimera roja de la cocina de la casa, por qué decidieron el color almendra para las paredes del salón o el estreno que hicieron del colchón de la habitación principal.

Mi gesto ya no es candoroso y creo que todas se dan cuenta menos ella.

Sus anécdotas fuera de lugar ya me tienen harta. Y, una de dos: o me voy de allí, o la lío gorda, gorda, ¡gordísima!

Miro a Dylan, que habla con sus compañeros y con Omar y Tifany, y sonríe ajeno a lo que Caty cuenta. Pero cuando nuestras miradas se cruzan, sabe que me ocurre algo. De pronto suena *Sobreviviré*, de Mónica Naranjo, y las mujeres, conscientes de que se va a liar, para quitarse de en medio se lanzan a la pista a bailar. Caty las sigue. Yo me contengo. Si lo hago, me la cargo en público y en plena pista.

Dylan se acerca a mí, me coge de la cintura y me pregunta al oído:

—¿Qué ocurre, cariño?

Volviéndome hacia él para que nadie me oiga, respondo:

—¡Quiero irme de aquí ya! Y cuando digo ya es *ya*.

Sin preguntar nada, asiente. Nos despedimos de los que nos rodean y Omar y Tifany aprovechan y se marchan con nosotros. Es tarde y están cansados.

Miro hacia la pista y la mirada de Caty y la mía se cruzan. ¡Menuda alimaña!

Yo la miro como diciendo «¡Cuidado conmigo!» y, agarrada de la mano de Dylan, nos vamos sin despedirnos de ella.

¡Paso de tonterías!

Al salir del local, caminamos un par de metros y nos despedimos de mis cuñados, que cruzan al otro lado de la calle para ir hacia su coche, mientras nosotros dos nos dirigimos al nuestro.

—¡Maldita bruja de mierda!

Dylan, que no sabe qué me pasa, me mira y dice:

—De acuerdo, cariño, ¿qué ha ocurrido?

Enfadada, me paro y siseo:

—Tu ex, esa sabandija con cara de angelito, ha tenido la poca vergüenza de decirme, para sacarme de mis casillas, que «su» Dylan es romántico, caballeroso y apasionado. Y por si eso fuera poco, no ha perdido la ocasión de contarme, a mí y a todas las mujeres de tus amigos, por qué elegisteis la encimera roja de la cocina, el porqué del color almendra de las paredes, y para rematar, la muy asquerosa se ha pasado tres pueblos insinuando que el día que os llevaron el colchón de la cama principal le disteis un buen estreno.

Dylan se ha puesto serio.

—¿Ha comentado eso?

—Sí —afirmo—, lo ha hecho. No sé a qué quiere jugar esa perra, pero que tenga cuidado conmigo.

Él está desconcertado por mis palabras y murmura:

—Vale, cariño. Tranquilízate.

—Me tranquilizo. ¡Claro que me tranquilizo! —grito—. Pero ¿qué te parecería que un ex mío, delante de un grupo de hombres, presumiera de lo bien que lo ha pasado conmigo en la cama delante de ti? ¿A que jodería?

Sin duda le jodería. Sólo hay que ver cómo se desencaja cuando dice:

—Vamos, acompáñame.

—¿Adónde vamos?

Con gesto más que enfadado, Dylan sisea:

—A hablar con Caty.

Soltándome de su mano, protesto:

—Paso. No quiero verle la cara o te juro que al final la liamos.

Él insiste.

—Acompáñame. Es tarde y no quiero dejarte sola en la calle. Ven.

Sonrío ante su instinto protector.

—Con la mala leche que llevo en este instante —replico—, tranquilo que nadie me va a hacer nada. O se irá peor de cómo llegó.

Dylan sonríe ante mis palabras, me guiña un ojo y murmura, dirigiéndose al pub:

—Tardaré dos minutos. No te muevas de aquí.

Lo miro entrar en el local. Si a mí un ex me hiciera esto, desde luego que le diría cuatro cosas bien dichas. ¡Maldita perra!

Por mi mente comienzan a pasar los peores improperios que una persona puede decir. Me encantaría soltárselos todos a ella. Pero no. Mejor me callo. Con lo que Dylan le diga, seguro que es más que suficiente.

—Yanira.

Al oír la voz de Omar, miro al otro lado de la acera y lo veo con Tifany en su coche.

—¿Qué haces aquí sola?

Sin querer contarle la verdad de lo ocurrido, sonrío y contesto:

—Dylan se ha olvidado algo en el pub. Saldrá en seguida.

Omar para el motor, se baja del coche y dice, ignorando a Tifany:

—Esperaremos contigo. No quiero que estés sola en la calle.

Sonrío. Ésa es la galantería de los Ferrasa.

Encantada por el detalle, comienzo a cruzar la calle para acercarme a ellos mientras sonrío. Seguro que Dylan está poniendo fina a la asquerosa. De pronto, un coche enciende las luces a unos metros de mí. Lo miro y prosigo mi camino, pero el sonido de un estridente acelerón me hace volver a mirarlo y me detengo.

Los pies se me quedan pegados y el coche se acerca. El miedo me paraliza y en ese momento veo a Dylan salir del local. Nuestras miradas se encuentran y lo oigo gritar desesperado:

—¡¡¡Yanira!!!

Continuará...

Otros títulos de la autora en Booket:

booket